रामकृष्ण परमहंस और मैं

(जीवन-वृत्तांत)

रामकृष्ण परमहंस और मैं

(जीवन-वृत्तांत)

डॉ. रीता सिंह

प्रलेक प्रकाशन प्रा.लि.
Pralek Prakashan Pvt. Ltd.

ISBN : 978-81-947467-1-3

पहला पेपरबैक संस्करण : 2021

प्रकाशक :
प्रलेक प्रकाशन प्राइवेट लिमिटेड
PRALEK PRAKASHAN PVT. LTD.

वितरक :
जेवीपी पब्लिकेशन प्राइवेट लिमिटेड
JVP PUBLICATION PVT. LTD.
602, आई-3, ग्लोबल सिटी
विरार (वेस्ट), मुम्बई, महाराष्ट्र-401303
दूरभाष : 9833402902 / 7021263557
Email : pralek.prakashan@gmail.com
Website : www.pralekprakashan.com

रामकृष्ण परमहंस और मैं : डॉ. रीता सिंह
Ramkrishna Paramhans aur Mai : by Dr. Reeta Singh

आवरण सज्जा : सचिन राठौर

पुस्तक सज्जा : जेवीपी पब्लिकेशन प्रा.लि.

समर्पण

पढ़ते-पढ़ते कब मैं लिखने लगी, मुझे खुद पता नहीं चला। इस लेखन की लत से समाज के, व्यक्ति के, व्यक्तित्व के सारे रहस्य परत दर परत मेरे सामने खुलने लगे। रहस्य रोमांच बनकर, प्रश्न जिज्ञासा बनकर और समस्याएँ समाधान बनकर मुझे लेखन को प्रेरित करने लगे।

यह पुस्तक भी इसी प्रेरणा का परिणाम है।

सृष्टि के कण-कण को समर्पित यह मेरी लेखनी

डॉ. रीता सिंह

असिस्टेंट प्रोफेसर, शिक्षाशास्त्र विभाग सह

न्यासयोग ग्रैंड मास्टर

डॉ. रीता सिंह : एक परिचय

पति : श्री अरुण अशेष

जन्म-तिथि : 05-04-1972

स्थाई पता : ग्राम + पोस्ट—नवानी, थाना—झंझारपुर, जिला—मधुबनी, बिहार।

शिक्षा : एम.ए. पीएच.डी.(गृह विज्ञान), एम. ए., पीएच.डी. (हिन्दी), एम.ए. (शिक्षा), एम.ए. (तंत्र) (आगमाचार्य), एम.ए. (योग), पी.जी. डिप्लोमा इन जर्नलिज्म, ग्रैंड मास्टर इन न्यास योग एनर्जी थेरेपी, ग्रैंड मास्टर इन रेकी, ट्रेनिंग इन टिश्यू कल्चर बैम्बू फार्मिंग

प्रकाशन : विभिन्न साहित्यिक पत्र-पत्रिकाओं, हिन्दी दैनिक आज, हिन्दुस्तान, दैनिक जागरण, दैनिक भास्कर, पत्रिका—वनिता, तापमान, सुबह, श्यामा संदेश, आदि में आलेख, कथा आदि में प्रकाशित।

शोध पत्रिका प्रज्ञा, एजुकेशनल साइंस रिभ्यु, मन्दाकिनी, शोध-प्रभा, पाटलिपुत्रा जर्नल ऑफ इन्डोलॉजी नेट पत्रिका 'स्वर्गविभा', में प्रकाशन।

प्रकाशित पुस्तकें : 1. बिहार के मुसहर, 2. न्यास योग ऊर्जा ऊपचार, 3. न्यास का इतिहास, 4. गुरुमुख से, 5. कामधेनु योग शिक्षा, 6. किस विधि मिलना होय (कहानी-संग्रह)

प्रेस में : 1. काव्य-संग्रह, 2. एक यात्रा यह भी, 3. न्यास योग ऊर्जा उपचार भाग-2, 4. गुरुमुख से भाग-2, 5. न्यास योग तनाव प्रबंधन, 6. न्यास योग अभ्यास पुस्तिका।

अवार्ड : पत्रकार श्री (2005), प्रो. सहदेव सिंह स्मृति सम्मान (2016), सृजन सम्मान (2017), राष्ट्रभाषा गौरव सम्मान (2019), भाषा सहोदरी हिन्दी सम्मान (2019), चन्द्रशेखर सम्मान (2020), इंडियन इंशप्रेशनल वुमेन अवार्ड (2020), वूमेन एक्सीलेंस एचीभमेंट अवार्ड (2020)

सम्प्रति : शिक्षा शास्त्र विभाग (बी.एड.), कामेश्वर सिंह दरभंगा संस्कृत विश्वविद्यालय, दरभंगा में सहायक प्राध्यापिका पद पर कार्यरत।

सम्पर्क : डॉ. रीता सिंह, गेस्ट हाउस, कामेश्वर सिंह दरभंगा संस्कृत विश्वविद्यालय, सोती लेन, दरभंगा-846008

मो. : 9470273898/7004906203

ई मेल : reeta.singh4340@gmail.com

एक यात्रा ऐसी भी

रीता सिंह की किताब रामकृष्ण परमहंस और मैं की जरूरत इन दिनों अहम् हो गई है। यह पुस्तक संस्मरण, चिंतन, जीवनी और रेखाचित्र का समुच्चय प्रस्तुत करती है। इसमें सारी विधाओं का सहज ही आस्वाद मिलेगा। सबसे बड़ी बात है कि साफ-सुथरी जिज्ञासा कैसे बाल मन को कुरेदती है। यदि जिज्ञासु मन की प्यास गहरी हो, समाधान ढूँढ़ने की अभिलाषा उत्कट हो, न सोने दे न जगने दे। चित्त को अपनी ओर खींचे रखे तब जो कुछ निकल कर बाहर आयगा वह लेखिका रीता सिंह को आकार देगा।

किसी सत्य को खोजने रीता ने कभी शॉर्टकट नहीं अपनाया। सारी तफसील लिखने में वे सफल रही। एक जिज्ञासा का सूत्र पकड़ते हुए रीता अतल गहराई में पहुँच जाती हैं। गूढ विषयों को सरलीकृत करती चलती हैं। अध्यात्म जैसे गरिष्ट विषय का सादगी भरा परिपाक का श्रेय लेखिका की सशक्त कलम को देना ही होगा यही प्रेय है।

उषाकिरण खान

प्राक्कथन

रामकृष्ण और मैं डॉ. रीता सिंह द्वारा लिखित आत्मकथात्मक पुस्तक का प्राक्कथन लिखने का सम्मान मैंने पाया है तो थोड़ा सा अपना परिचय दे दूँ ताकि पुस्तक पढ़ने की प्रसन्नता दुगुनी हो जाए।

मैं रेखा सिंह हूँ। डॉ. रीता सिंह जी की बड़ी बहन। मैंने विज्ञान विषय में स्नातकोत्तर की डिग्री ली एवं उसके बाद दिल्ली के एक नामी संस्थान से सॉफ्टवेयर इंजीनियरिंग का कोर्स किया। अच्छी कम्पनी में सॉफ्टवेयर डेवलपर के पोस्ट पर कार्य करने लगी। पर कुछ समय बाद यह काम मन को थकाने लगा। तब वेव डिजाइनिंग और डेवलपमेंट की ओर रुख की।

इस कार्य में मन रम गया क्योंकि प्रतिदिन नया कार्य, नई जानकारी, नए शोध एवं नए विषय के साथ आता था। हर एक नया वेबसाइट रोमांच और चैलेंज के साथ आता था। मेरा कलाप्रेमी और जिज्ञासु मन इससे सन्तुष्ट होता रहा।

जैसा कि इस पुस्तक में डॉ. रीता ने लिखा है, हमारे घर में पढ़ाई-लिखाई का बड़ा माहौल था। इससे प्रभावित होकर मुझे भी विद्यालय के दिनों से बड़े साहित्यकारों की स्थापित कृतियों को पढ़ने की लत लग चुकी थी। कभी-कभी कुछ लिख भी लिया करती थी।

अभी मैं श्रीमद फाउंडेशन और सेंटर फॉर न्यासयोग एवं अल्टेनेटिव थेरेपी के कार्य-संचालन में पूरी तरह संलग्न हूँ। इसके वेबसाइट निर्माण, संचालन, ब्लॉग, यूट्यूब चैनल, फेसबुक, आदि का संपूर्ण कार्य मेरी जिम्मेदारी है।

पर इन सबमें, सबसे ज्यादा आनन्द का विषय है, डॉ. रीता की हर रचना को शुरू से अंत तक पढ़ना, उसमें जगह-जगह अपनी राय देना, उसके पुस्तक के लिए कवर डिजाइन करना आदि।

इस तरह लेखिका के बचपन से लेकर अभी तक के हर कार्य की पल-पल की सहयोगी और साक्षी हूँ, इसलिए शायद उन्होंने इस आत्मकथात्मक रचना, जो कि वस्तुत: सत्य घटनाओं पर आधारित है, के प्राक्कथन लिखने के लिए मुझे चुना। इसके लिए उनको बहुत-बहुत धन्यवाद।

मेरे सामने ही पलती-बढ़ती-पढ़ती कब वह इतनी सयानी हो गई, मुझे और परिवार के अन्य सदस्यों को पता ही नहीं चला।

आइए थोड़ा रीता जी के बारे में बात करते हैं। जिनका जन्म सन् 1972 ई. में, पटना में, भारतीय कम्युनिस्ट पार्टी के नेता कॉमरेड अन्नदा प्रसाद सिंह तथा बिहार महिला समाज की नेत्री कामरेड ऊषा सिंह के गोद में हुआ।

हम पाँच भाई-बहनों में ये सबसे छोटी और सबकी लाडली रही। बचपन से ही घर के बाहर की दुनिया के प्रति इनका इतना अधिक आकर्षण था कि कभी-कभी तो मुझसे मार भी खाती थी। परंतु किसी भी स्थिति में बाहर जाने का एक मौका नहीं छोड़ती थी। बाहर की दुनिया को पढ़ने, उनको समझने का सिलसिला बचपन से इनके भीतर जन्म ले चुका था। हम समझ नहीं पा रहे थे कि एक ऐसा व्यक्तित्व हमारे साथ-साथ पल बढ़ रहा है, जिनका जन्म ही लोक-कल्याण के लिए हुआ है।

पाँच विषयों में पी.जी. दो विषयों में पी-एच.डी. से आभूषित डॉ. रीता अनगिनत सम्मान से सम्मानित हो चुकी हैं। साहित्य, शिक्षण और अध्यात्म को जोड़कर जीवन को संचालित करती डॉ. रीता सकारात्मक ऊर्जा की वह पिंड हैं, जिससे चहुं दिशा प्रकाशित हो रहा है।

यह पुस्तक रामकृष्ण परमहंस और मैं डॉ. रीता सिंह जी की उसी सतत यात्रा का जीवंत-वृतांत है।

आकर्षक और सरल भाषा-शैली में उन्होंने अपनी सरस भावों का बड़ा ही मनोहारी चित्रण इस पुस्तक में किया है। अपने बीते हुए जीवन को पुनः देखना और उन घटनाओं के प्रभावों का विश्लेषण ही तो आत्मकथा लेखन है। बहुत ही सहजता से उन घटनाओं को कलमबद्ध किया है लेखिका ने।

शिप्ले कहते हैं, "आत्मकथा लेखक के जीवन का एक शृंखलाबद्ध ऐसा विवरण कह सकते हैं जिससे वह अपने विशाल जीवन सामग्री की पृष्ठभूमि में से कुछ महत्त्वपूर्ण बातों को लेकर उनको व्यवस्थित ढंग से सामने रखता है या फिर अपनी अंतर्दृष्टि से उनको संस्मरण के रूप में प्रस्तुत करता है। वैसे आत्मकथा मूलतः लेखक के जीवन का सात्त्यपूर्ण विवरण होता है जिसमें मुख्य बल आत्मनिरीक्षण और अपने जीवन की सार्थकता को बाह्य परिवेश में प्रस्तुत करने पर होता है।

यह पुस्तक बहुत सारे आयामों के साथ लेखिका के अनुवांशिक, सांस्कृतिक और परिवेशात्मक संस्कारों का परिदृश्य प्रस्तुत करता है और इन संस्कारों का लेखिका के बाल मन पर प्रभाव एवं आगे के उनके जीवन की मानसिक संरचना का निर्धारण कैसे हुआ को खोलकर सामने लाता है।

इस कथा में डॉ. रीता ने ज्यादातर उन्हीं संस्मरणों, उन्हीं व्यक्तियों, उन्हीं घटनाओं की ज्यादा बात की है जिन्होंने उनके व्यक्तित्व निर्माण के विभिन्न पक्षों को उभारा एवं मजबूत किया है। निश्चित ही पाठक वर्ग भी व्यक्तित्व निर्माण के उन वार्तालापों का लाभ प्राप्त करेंगे। इसे पढ़ते हुए सहज ही जीवन के यथार्थ एवं गुढ़ रहस्यों के प्रति जिज्ञासा उत्पन्न होती है।

आज डॉ. रीता जी का जीवन उनके हर जानने वाले के लिए खुली किताब है। उनका हर पल समाज सेवा में तन-मन-धन से समर्पित है।

यह पुस्तक उनके बचपन से यहाँ तक पहुँचने के सफर को बड़ी ही मासूमियत

और सत्यता बयान करता है। इसकी सत्यता को मैं इसलिए स्थापित कर सकती हूँ कि बड़ी बहन होने के नाते बहुत सारी वर्णित घटनाओं की गवाह रही हूँ।

माँ और उनका सम्बन्ध जो पुस्तक में वर्णित है वह मुझे लगता है कुछ कम ही है क्योंकि हमने देखा है जबसे वह अपने पैरों पर खड़ी हुई है तब से जो माँ का हाथ थामा है तो माँ के अंतिम श्वास तक साथ रही हर पल। साथ-साथ गंगा-स्नान को जाना, साथ-साथ महिला समाज की बैठकों में जाना, बाजार जाना। हर जगह माँ के साथ-साथ चलते-चलते कब यह इतनी आध्यात्मिक हो गई, हमें पता ही नहीं चला।

इनके बाल मन में जो रामकृष्ण परमहंस को लेकर सवाल उठे, माँ काली को लेकर जो इनका उलझन और फिर उसका उत्तर पाने का जद्दोजहद अद्‌भुत है।

इतनी छोटी उम्र और ऐसे-ऐसे विचार, हमारी तो कल्पना में भी नहीं था। इन्होंने अपने हर विद्यालय और विश्वविद्यालय से जो ज्ञान सहेजा, यह सचमुच कुछ अलग है।

चाहे कह सिखों के गुरुद्वारा कमिटी द्वारा संचालित प्राइमरी स्कूल, श्री गुरु नानक मॉडल स्कूल हो या फिर स्वामी दयानंद सरस्वती के आदर्शों पर चलने वाला आर्य कन्या विद्यालय या फिर अरविंद महिला कॉलेज। सामान्यत: तो बच्चे कक्षा पास कर निकल जाते हैं और बात खत्म।

पुस्तक में वर्णित हर छोटी और बड़ी घटना जो इनके साथ घटित हुई, उसे पढ़ते हुए मन उच्चतम आध्यात्मिक अवस्था में पहुँच जाता है। बालू पर शिवलिंग बनाना, बड़े चाचा पर देवी का आना, माँ काली से स्वप्न में बातें दार्शनिक विमर्श के साथ इसके आध्यात्मिक सोच को व्यापकता में सामने लाती है।

इस पुस्तक का एक उद्धरण लेते हैं—

''कहते हैं कि कामदेव को भष्म कर, अग्नि को निस्तेज कर, शिव ने पार्वती के साथ अटूट अहर्निश प्रेम किया। उस प्रचंड यौनिक प्रेम को कवि कालिदास ने शब्दबद्ध कर दिया। गुप्त कामक्रीड़ा को सार्वजनिक करने वाले कवि कालिदास को कुष्ठ रोग हो गया। कहते हैं कि क्षमा प्रार्थना के बाद कालिदास ने रघुवंशम लिखा तब रोग मुक्त हुए।

यह पौराणिक कथा विचारणीय है कि किसी को एकांतिक यौनिकता को भंग करने की आज्ञा प्रकृति नहीं देती है। ऐसी अनेकों कथाएँ हिरण, पक्षी, मछली के माध्यम से भी पुराणों में वर्णित है। युवा इससे सीखें कि प्रेम गलत नहीं है पर प्रेम के यौनिक पक्ष का प्रदर्शन एवं निरर्थक उपभोग को प्रकृति सहन नहीं करती है।

अगला एक और उद्धरण देखिए, ''कल की ही बात है तेजी से मैं घर तरफ आ रही थी कि मोटरसाइकिल पर सवार लड़के गोलियों की बौछार करते सामने से गुजर गए। सहम कर सड़क किनारे खड़ी हो गई। सड़क काँप रही थी या मेरी टाँग, कुछ पता नहीं चला। स्थिरता आई तो आगे बढ़ी। एक युवा लाश सड़क पर पड़ी थी।

सड़क ने अकेले उस लाश को थाम रखा था।

पुस्तक की सभी घटनाएँ जिज्ञासा, रहस्य, रोमांच, मार्मिकता और संवेदनाओं के साथ आगे बढ़ती हैं। लेखन की यह खूबसूरती और तारतम्यता पाठक को पकड़े रखती है, वह क्षणिक अलगाव भी पसन्द नहीं करता।

आगे देखिए शब्दों और भावों का तालमेल ''सड़क कह रही है, मेरी पीड़ा तुम नहीं समझोगी। जाम में फँसे गर्भ में सिसकते शिशु की कराह पीड़ादायी है। बेतहाशा दौड़ रहे वाहनों से कुचलते रक्त की धार का वहन पीड़ादायी है। मेरे मोखे पर बैठकर भीख माँगते लोगों के दलाल की क्रूरता पीड़ादायी है। वर्दी के फैले हाथ पर पड़ते सिक्कों की खनक पीड़ादायी है। थककर चूर रात के वीराने में अधमरे मजदूर के शरीर से निकल रहे पसीने की चिपचिपी अहसास पीड़ादायी है।''

जब इन्होंने यौवन में प्रवेश किया तो सामान्य बालिकाओं की तरह किसी लड़के के प्रेम में पड़ने के बजाय प्रेम पर पूरा अनुसन्धान ही कर डाला और आज भी उनका प्रेम पर ही अनुसन्धान जारी है। न्यासयोग मन्त्र दिव्य प्रेम को हर हृदय में स्थापित कर देना ही उनके जीवन का लक्ष्य है।

प्रेम के अनुसन्धान काल में ही इन्होंने वेदों का अध्ययन शुरू किया एवं ऋग्वेद में वर्णित यम-यमी संवाद को सामने लाकर आज के समाज को सार्थक सन्देश देने की सफल कोशिश की है।

अंत में संक्षेप में यही कहना चाहूँगी कि संस्मरणात्मक शैली में लिखी गई यह आत्मकथा डॉ. रीता के करुणामयी और संवेदनाशील मन का दर्पण है। इस दर्पण में जीवन के हर पहलू का रोचक वर्णन है। प्रेरणा है।

सतत समाजसेवा में समर्पित डॉ. रीता सिंह का जीवन अँधेरे में जलते दीपक की वह लौ है, जो स्वयं के जलकर भष्म होने को नहीं देखती, अँधेरे में फैले प्रकाश को देखकर स्थिर रहती है, शांत रहती है, सतत जलती रहती है।

—रेखा सिंह

सॉफ्टवेयर इंजीनियर

नई दिल्ली

रामकृष्ण परमहंस और मैं

रामकृष्ण से कब मेरा परिचय हुआ सही काल बताना तो सम्भव नहीं। पर याद आता है इस मानव जीवन में जब से होश सँभाला, उनसे बात प्रारम्भ हो गई थी। घर से बहुत दूर नहीं था पटना का रामकृष्ण आश्रम। पहली मुलाकात तो किसी दशहरे के मेले पर हुई थी। माँ की मूर्ति से अलग सफ़ेद से बैठे हुए। उनका सफ़ेद पत्थर का होना ही शायद मुझे आकर्षित करता था। उस दशहरे के मेले के बाद वह मेरा दूसरा घर बन गया।

लँगरटोली में मेरी बड़ी दीदी का घर था। वह हमलोगों की शिक्षिका थी। उनके यहाँ प्रायः प्रतिदिन आना होता था। उनके यहाँ से निकलते वक्त भेंट कर लिया करती थी अपने बाबा से। उन्हें मैं मन ही मन बाबा ही कहती थी। परिसर की शांति सबसे मोहक होती। कोई कुछ नहीं कहता, चाहे आप कितनी देर वहाँ बैठकर कुछ भी सोच लो। बाहरी मौन कायम रखना होता था बस।

मेरे आठवें साल से यह क्रम बढ़ता गया। बाबा से बात कर मुझे बहुत मजा आता। जो कुछ भी कहना होता कह देती। साथ ही यह हिदायत दे देती, यह सब माँ काली को कह दीजिएगा। वह मुझसे नहीं मिलती। आप तो उनके पास ही रहते हैं।

मेरे घर में पूजा आदि कर्मकांड की मनाही थी। पिताजी कहते थे "धर्म अफीम की तरह है, जो व्यक्ति को धीरे-धीरे मार देता है।" इसके कारण घर में बहुत क्लेश होता था। माँ भी उसी विचारधारा के कार्य से जुड़ी थी। लेकिन परम्परागत संस्कार नहीं छोड़ सकती थी। कुलदेवी की पूजा ना हो यह उन्हें गवारा ना था। माता-पिता के इस द्वंद की शिकार बेचारी कुलदेवी की प्रतिमा बराबर होती थी। एक के द्वारा वह फेंकी जाती और दूसरे ही क्षण क्षमा वाले भरे नेत्रों से दूसरे के द्वारा सहेजी जाती। सारे विरोध को सहती माँ दुर्गा की प्रतिमा, माँ की ही साथ देती और माँ की प्रार्थना पर शायद पिताजी को उनसे माफी भी मिल जाती थी।

मैं माँ की सबसे छोटी, आज्ञाकारी बेटी थी। देवताओं के लिए चोरी-छिपे जो मदद माँ की कर सकती थी करती थी। पहली पूजा भी उन्हें मेरी ही मिलती थी अगरबत्ती जलाकर। माँ तो बारह बजे के बाद ही पूजा कर पाती थी। जब पिताजी घर से बाहर जाते। घर में मंझली दीदी भी थी। भाभी भी थीं। दो भाई थे। गाँव के कई भाई साथ रहते थे। पर माँ के पूजा वाले पक्ष पर सभी तटस्थ रहते।।

अब समझ आता है कि संबंधों की यह अबूझ पहेली मानवीय जीवन का स्थायी हिस्सा है।

हमारे घर का यह विरोधाभास सिर्फ धार्मिक कर्मकांड को लेकर था। अन्य स्तर

एक हँसता-खिलखिलाता परिवार था हमारा। बड़ी दीदी के तीन बच्चे, मुझसे दो वर्ष बड़े एक भाई, चाचा के हमउम्र पुत्र। बच्चों की एक पूरी टोली थी। पिताजी और बड़ी दीदी के कड़े शैक्षणिक अनुशासन भी थे। एक सुव्यवस्थित सोच निर्मित करने के लिए मार्क्स, लेनिन और स्टालिन के बड़े-बड़े चित्र घर के मुख्य कमरे में लगे थे, जो बराबर हमारी सोचने की गति पर नियंत्रण रखते थे। इन चित्रों के व्यक्तित्व हमेशा हमारे बीच जीवित रहें, इसके लिए कामरेडों की एक भारी भीड़ घर से चार कदम की दूरी पर बने ऑफिस में रहती थी। घर के पीछे एक बड़ा मैदान था। उसके किनारे पर एक गौशाला थी और वहीं तीन चार कमरे थे। वहाँ भी कुछ कामरेड हमेशा रहते थे। उन्हें हम खाना देने जाया करते थे। उनके बारे में किसी से बात करने की हमें मनाही रहती थी। हम खेलते-कूदते उनके पास चले जाया करते थे। एक ही नाम याद है कामरेड डांगे। उनकी बहुत चर्चा होती थी। नाम भी कुछ याद-सा रह जाने वाला था। सभी आपस में बात किया करते थे कुछ नहीं तो लाल झंडे की सलामी तो मिलेगी। माँ अपनी दुर्गा की प्रतिमा की तरह उनलोगों के लिए भी चिंतित रहती थी। हमें हमेशा चेतावनी देती रहती कि भूल से भी कहीं उनलोगों की चर्चा ना करूँ।

इस कड़े अनुशासन के बाद भी बहुत मामले में हम स्वतंत्र थे। खेल का हमारा निर्धारित समय शाम साढ़े चार से छह सिर्फ हमारा था। हम गुल्ली-डण्डा खेलते थे। चोरी-छिपे गोली खेलते थे। कबड्डी खेलते थे। हमारा सबसे ज्यादा प्रिय खेल था—घर-घर का खेल। इस खेल में जितने भी बच्चे हों सभी का समायोजन हो जाता था। दुकान का दृश्य, मेले का दृश्य, स्कूल का दृश्य, गुड्डे-गुड्डी की शादी आदि सब इस खेल का हिस्सा होता था। घर-घर के खेल में पिताजी द्वारा माँ दुर्गा की मूर्ति फेंकना और माँ का रोकर फिर से मूर्ति को समेटने वाला दृश्य जरूर होता था। भाई और अन्य लड़कों को पिताजी की तरह गुस्सा करना और फिर भाषण देना बहुत पसंद था।

उस समय कोयला और गोइठा से जलने वाले चूल्हे पर खाना बनता था। एक छोटा सा कमरानुमा स्थान था, जहाँ कोयला रखा जाता था। खेल-खेल में हम अपनी दुर्गा को वहीं छुपाकर रखते थे। मैं ही प्रायः माँ बनती थी। पूजा करने जैसे ही जाती, पिता बना नायक पहुँच जाता और दुर्गा फेंक दी जाती। फिर बताया जाता धर्म गरीबों के खून चूसने का सबसे बड़ा साधन है। धर्म के नाम पर बहुत लोगों का अधिकार छीना जाता है। इसलिए उन गरीबों की बस्ती में जाकर उनकी मदद करो, वही पूजा है। मूर्ति की पूजा गलत है। मैं रोने लगती। फिर सभी चले जाते। मैं माँ की तरह रोकर मूर्ति को उठा लेती। झाड़पोछ कर किसी ऐसे स्थान पर रख देती जहाँ किसी की नजर ना पड़े। यह हमारा पसंदीदा खेल था।

एक दिन इस खेल में नया मोड़ आया। सब ठीक चल रहा था। पिता बने नायक के द्वारा मूर्ति फेंकने के बाद भाषण चल रहा था कि मैं चिल्ला पड़ी, रुको मैं आश्रम वाले बाबा से कहकर माँ काली को बुलाती हूँ, वह जीभ निकालकर सभी को खा जाएगी।

फिर मैंने जीभ निकल लिया। आँखें मेरी फैल गई। सभी मेरे स्वरूप और चिल्लाहट पर हड़बड़ा गए। यह कहानी में नया मोड़ था। तुरन्त ही सभी सामान्य हो गए और चिढ़ाने लगे "माँ काली आ गई भागो।" तब से काली वाला अंश भी खेल में शामिल हो गया। मेरे प्रतिपल के जीवन से भी उनलोगों ने इस अंश को जोड़ दिया। मैं माँ काली के नाम पर चिढ़ाने की सामग्री बन गई। मेरे घुँघराले बाल खुले नहीं कि काली। थोड़ा गुस्सा हुई नहीं कि काली। मैं भी लम्बी जीभ के साथ उनके पीछे दौड़ पड़ती।

प्राय: शनिवार को मैं आश्रम जाती थी। आधे वक्त की छुट्टी के कारण समय मिल जाता था। लगभग तीन-चार बजे मैं वहाँ जाती थी। मैं पाँचवीं कक्षा में थी। ना ज्यादा छोटी और ना बहुत बड़ी। मध्यम आयु वर्ग की लड़कियाँ सबसे ज्यादा सुरक्षित और स्वतंत्र होती थीं उस समय। लड़कों की तरह उससे बाहर के काम भी लिए जाते थे और मन्दिरों आदि में जाने की छूट भी मिलती थी। में पाँचवी में ही थी पक्का याद है। क्योंकि हमारा स्कूल पाँचवी कक्षा तक का ही था और अगले साल स्कूल बदलने वाले थे। इस साल घर के लगभग बच्चों के स्कूल बदल चुके थे। मैंने भी पाँचवीं में नामांकन के लिए दूसरे स्कूल में परीक्षा दिया था पर नामांकन नहीं हो पाया। मेरे साथ ही रेणु दी की बेटी भी नए स्कूल में नामांकन हेतु परीक्षा दी थी उसका नामांकन वहाँ हो गया। अपने हमउम्र भाई-बहनों में सिर्फ मैं छूट गई। दीदी का छोटा बेटा राजेश जो तीसरी कक्षा में था सम्भवत: और मैं पुराने स्कूल में रह गई। स्कूल में परिवार के ही इतने बच्चे थे कि दूसरे बच्चे से बहुत प्रगाढ़ मित्रता कभी हुई नहीं। दीदी की दृष्टि भी हमलोगों पर रहती थी, इसलिए भी हम अपने में ही रहते थे। खेल के साथी सभी थे। स्कूल के बगल में बड़ा मैदान था। हमें एक घण्टा का भोजनावकाश मिलता था। उस मैदान के हृदय को इतनी देर में रौंद डालते थे हम बच्चे। हमें पता था कि यह स्कूल का ही मैदान है। अब पता चला समाजवादियों का जमीन था। जो भी हो मैं स्कूल में अकेली हो गई क्योंकि खेल के साथी से मन की बात नहीं कि जा सकती थी। दूसरे बाल मन को यह बात सालती भी थी कि सभी नामांकन की परीक्षा में पास कर गए और मैं ही क्यों नहीं कर पाई। प्रारम्भ में यह स्थिति मुझे बहुत दुख देता था और ठाकुर से शिकायत भी कर आई थी कि यह सब ठीक नहीं है। पिताजी सही ही कहते हैं देवी-देवता सिर्फ हमें ठगने के लिए हैं। मैं तो रोज माँ की पूजा में मदद भी करती हूँ फिर भी मेरा ही नाम नहीं लिखाया और सब जो भगवान की पूजा कभी नहीं करता सभी का नाम दूसरे स्कूल में नामांकित हो गया। कई दिनों तक ठाकुर के पास जाना भी छोड़ दिया। दुर्गा से भी मन गुस्सा हो गया था, पर उनकी पूजा छोड़ने का विकल्प नहीं था। बिना इच्छा के अगरबत्ती दिखा देती थी। माँ को गुस्सा दिला नहीं सकती थी। उनके साथ कहीं जाना फिर बन्द हो जाता। उनके साथ जाने के आकर्षण पर मैं रोक नहीं लगा सकती थी। जब कुछ दिनों बाद चित्त स्थिर हुआ। मन हल्का हुआ तो आश्रम गई।

ठाकुर के सामने बैठी थी कि अचानक आँखों से आँसू बहने लगे। फिर देखती हूँ कि ठाकुर ने आकर आँखें पोंछ दी और बोले काली कहीं रोती है।

मैंने घबड़ाकर आँखें खोल दी। सामने अचल ठाकुर बैठे थे। आस-पास कोई नहीं था। हाँ आँखों से बूँद-बूँद आँसू जरूर टपक रहे थे। मैंने सोचा मेरे साथ आया दीदी का बेटा राकेश उर्फ टुटु मुझे रोता देख कान में कह गया होगा "काली कहीं रोती है!" पर वह भी वहाँ नहीं था कि पूछती। फिर से अचल ठाकुर के आगे आँख बन्द कर बैठ गई। लेकिन अब शांति नहीं थी। ना कोई बात कर पा रही थी। ना कुछ सोच पा रही थी। आँख बंद करते वह आवाज वहाँ गूँज उठती थी कि "काली कहीं रोती है!" बस एक ही प्रश्न मन में घुमड़ रहा था किसने कहा "काली कहीं रोती है।" उठकर बाहर आ गई। टुटु को खोजा। वह एक पेड़ के नीचे बैठा अपनी दुनिया में मग्न था।

मैंने उससे सीधा प्रश्न किया—"क्यों मेरे कान में तुमने कुछ बोला।"

वह अचंभित सा मेरी ओर देखा और खीजकर बोला—"क्यों चीख रही हो। मैं तो तबसे यहीं बैठा हूँ अंदर गया ही नहीं तो कुछ बोलूँगा कैसे?"

हमारी जमकर लड़ाई हुई। वह यह मानने को तैयार नहीं था कि उसने मेरी कान में आकर कहा था "काली कहीं रोती है।" मैं भी अड़ी थी कि कोई और क्यों बोलेगा? तुमने ही मुझे तंग करने के लिए बोला होगा।

हमें लड़ते देख स्वामीजी आए और आश्रम में चुप रहने की सलाह दी। शांति बनाए रखने को कहा। हमदोनों मुँह फुलाकर घर की तरफ निकल पड़े।

मेरे समझ के परे था यह पहेली। यदि टुटु ने नहीं बोला तो क्या सच में ठाकुर आए थे। अभी तक के मेरे कल्पना में सिर्फ माँ काली ही बोलने वाली प्रतिमा थी। ठाकुर की प्रतिमा भी बोल सकती है, यह कभी सोचा ही नहीं। बाल बुद्धि में इतना ही समाया था कि देवी-देवता आदि बोल सकते हैं। रामकृष्ण तो हमारी तरह आदमी थे, मरने के बाद कैसे बोलेंगे?

मेरा भीतरी द्वंद जारी था। बाहर से मौन हम दोनों घर पहुँच गए। वहाँ सभी बच्चे पिटो खेल रहे थे। हम भी सब भूल पिटो खेल में शामिल हो गए। दूसरे दिन रविवार था। हमारी छुट्टी थी। कुछ दैनिक कार्य सम्पन्न करने के बाद पिताजी के पास जाने का सोची।

मेरे पिताजी को मैं प्यार करती थी कि नहीं कभी सोचा नहीं। अभी भी नहीं सोच पाती।

देखने में आकर्षक व्यक्तित्व था उनका। कद मंझोला था। सिरोभाग बहुत विस्तृत। हृष्ट-पुष्ट शरीर। धोती पहनते तो संत से लगते थे। वाणी आग उगलती थी। देश की सारी व्यवस्था को बदल देने को आतुर रहते थे। याद नहीं कि उनके साथ हमलोग कभी कुछ खेले होंगे। हाँ उनके पोते-पोती को शायद यह सुख कुछ मिला था। पक्का नहीं बता सकती। नाती-नातिन तो उनके मार्क्सवादी प्रवचन से भागते रहते थे, यह पक्का

याद है। मैं उनकी ओजस्वी भाषण की कायल थी। गाँधी मैदान में लाखों की भीड़ जब उनके लिए ताली बजाती तो मेरी इच्छा होती मंच पर जाकर बोलूँ, यह मेरे बाउजी हैं या मैं इनकी बेटी हूँ। आज भी उनकी बेटी होने का पहचान गर्व देता है। प्यार वाली बात पर कोई परिदृश्य उभरता नहीं है। शायद उस काल में पिता ऐसे ही हुआ करते थे। कड़क, अनुशासित और स्वयं में सिमटे हुए से। बच्चे और पिता की कड़ी माँ होती थी। माँ ही दोनों के संवादों को संशोधित कर एक-दूसरे तक पहुँचाती थी। मेरी माँ भी इस भूमिका को बखूबी निभाती थी। बड़े भाई-बहन को सीधे उनसे बातचीत करते बहुत कम ही देखती थी। माँ की मृत्यु के बाद सभी कुछ-कुछ बातचीत करने लगे।

तो मैं उनके पास अपने प्रश्न के साथ जाने का सोच तो रही थी। पर लग रहा था उनके पास क्या जबाब होगा? जो दुर्गा की मूर्ति फेंक देते हैं। धर्म को अफीम कहते हैं। मंदिर, मस्जिद को देश के लिए घातक कहते हैं, वहाँ जाने से मना करते हैं वो डाँट और गुस्सा के अलावा क्या देंगे!

दुविधा में थी जाऊँ या ना जाऊँ। जबाब मिलने से ज्यादा डाँट सुनने का खतरा था। पर जबाब उनके अलावा कहीं और मिल भी तो नहीं सकता था। मन ने अंतिम रूप में उनके पास जाने का ही निर्णय लिया।

मैं उनके पास जाने से पूर्व ही जानती थी वे किसी किताब के अक्षरों को लाल, हरे कलमों से घेर रहे होंगे। हमने जबसे होश सँभाला घर में उनकी दो ही गतिविधियाँ देखीं। एक किताबों में लाल, हरे कलम से लाइन खींचना, डायरी में कुछ उतारना और दूसरी कामरेडों से बात करना। कई तरह के कामरेड आते थे। कोई शूट-बूट में, कोई कुर्ते-पजामे में और ज्यादातर फटे-पुराने कपड़ों में। सभी को पिताजी एक ही साथ बैठाते और बात करते थे। फटे-पुराने कपड़े वाले व्यक्ति गरीब नहीं होते थे। पिताजी बताते थे ये पूँजीपतियों के शोषण के शिकार कामगार वर्ग हैं। इन्हीं के सहारे देश चलता है। लेकिन इनके घर भोजन भी नहीं होता। पिताजी बात तो सही कहते थे। मैं माँ के साथ उनके घर जाकर देखती रहती कि उनके पास पर्याप्त खाना, कपड़ा, मकान कुछ नहीं होता था। आंदोलन से भी उन्हें कुछ मिलता कहाँ था और जितना मिलता था पर्याप्त कहाँ था? फिर भी आंदोलन करना उनका काम था। ये सभी आकर हमेशा आंदोलन की ही रूपरेखा तैयार करते रहते थे।

पिताजी के कुछ अन्य कामों में माँ के पूजा की आलोचना करना, हमें अपनी किताबों से परिचय करवाना और बहुत गुस्सा आने पर बालक वृन्द की पिटाई करना प्रमुख था। हम बालिकाएँ उनके गुस्से और पिटाई से बचे होते थे। हमारी संख्या भी कम ही थी। रेखा दीदी (मंझली दीदी) पढ़ाकू ही थी। भतीजियाँ कान्वेंट में पढ़ती थी साथ ही छोटी-छोटी भी थी तो उनपर गुस्सा का कोई मतलब ही नहीं था। ले-देकर मैं बचती थी, तो सुबह-सुबह मैं उनके लिए करेले का रस, तुलसीपत्र आदि का इंतजाम करती थी। उनके ज्ञान का पूरा-पूरा लाभ उठाती थी। उनके साथ पार्टी-ऑफिस की

कक्षा में जाती थी। उनके सारे कागजातों को सँभाल कर रखती थी। मैं उनकी स्थायी सचिव थी। अतः मुझपर क्रोध का कोई सवाल ही नहीं था। बच गए भाई लोग तो सारा जगह का क्रोध उनपर निकलता था। वैसे कुछ सालों बाद पिटाई का कार्यक्रम स्थायी बन्द ही हो गया।

तो सुबह होते ही मैं अपने प्रश्न के साथ उनके सामने खड़ी थी।

उन्होंने प्रश्न सुना। मुझसे प्रतिप्रश्न किया तुम्हें क्या लगता है? क्या तुम सोचती हो कि किसी मृत व्यक्ति के पत्थर की प्रतिमा बोलेगी?

मैं चुप रही। पिताजी बोले—मूर्ति कभी नहीं बोलती है। तुम्हारे अंदर ही यह सब विचार उत्पन्न होते हैं और भीतर से ही आवाज भी सुनाई पड़ती है। देवी-देवता की आवाज सुनने की बात हमारी कल्पना है।

मैंने प्रश्न किया, ''पर रामकृष्ण परमहंस तो काली से बात करते थे। उनके साथ खाते थे। उनके साथ रहते थे।''

पिताजी बोले—तुम्हें पता है जब रामकृष्ण को यह लगने लगा कि उनकी काली जीवित है। उनसे बात करती है तो एक दिन अपने गुरु के आदेश पर अपने भीतर ही काली को मार दिया था।

क्या काली मर गई है? वह अब नहीं है!

मेरे चेहरे पर अविश्वास मिश्रित कालिमा छा गई।

मेरा सिर अविश्वास दर्शाता हुआ हिलने लगा। मुझे लग रहा था कि पिताजी देवी-देवता से मेरे विश्वास को हटाने के लिए यह बोल रहे हैं। मेरे चेहरे को उन्होंने पढ़ लिया।

उन्होंने एक किताब की ओर इशारा किया और बोले—''वह किताब ले आओ।''

मैं किताब लेकर आई। रामकृष्ण परमहंस के बारे में किताब थी। उन्होंने किताब का एक अंश पढ़ने को दिया। वह अंश बाद में मैंने रामकृष्ण के कई जीवनी में पढ़ा।

अंश पढ़ने के बाद मैं आधी-अधूरी समझ के साथ उनकी ओर देखने लगी। उन्होंने समझाया कि रामकृष्ण काली-काली की ही जप में रहते थे। एक दिन एक संन्यासी उनके पास आए और बोले तुममें संन्यासी बनने के सभी गुण है। तुम संन्यासी बन जाओ। रामकृष्ण ने कहा—माँ से पूछकर बताऊँगा।

जब संन्यासी ने देखा कि माटी की मूरत वाली माँ से वह पूछकर आ रहा है, तो कुछ देर सोच में पड़ गए।

जब रामकृष्ण वापस आए कि मैं संन्यास के लिए तैयार हूँ, तब गुरु जी ने कहा—नाम जप छोड़ना होगा। मूर्ति रूप भी छोड़ना होगा। बिना रंग-रूप वाले, बिना आकार वाले ज्योति-स्वरूप भगवान की पूजा करनी होगी।

रामकृष्ण मान तो गए, पर जब भी ध्यान करने बैठते काली माता सामने आ जाती। उन्होंने अपने गुरु से कहा—''मुझसे काली नहीं छूटेगी। मैं आपकी साधना नहीं कर पाऊँगा। मैं संन्यासी नहीं बन सकता हूँ।

गुरुजी ने कहा—तुम्हारी काली तुम्हारी ही कल्पना है। उसे तुम तलवार से काट डालो।

परमहंस ने कहा—तलवार कहाँ से लाऊँ?

गुरुजी बोले—जब कल्पना से काली को ला सकते हो, तो तलवार भी ला सकते हो। जैसे ही काली आए, वैसे ही तलवार से काट डालना।

मैंने बीच में ही कहा—"परमहंस तो नहीं माने होंगे। वो अपनी काली को कैसे काट सकते थे?"

पिताजी ने कहा—"उस समय गुरु-शिष्य परम्परा थी। यदि गुरु को अपना लिया तो उनकी हर बात शिष्य मानता था। कोई शंका नहीं करता था। गुरु के निर्णय पर कोई प्रश्न नहीं उठाता था। परमहंस ने भी उनकी बात मान ली।"

मैंने कहा—कितने खराब गुरु थे। अपनी माँ को ही काटने बोल रहे थे। मुझे नहीं सुनना ऐसी कहानी, मैं जा रही हूँ। मैं जाने को उद्दत हुई।

मैं अब ऊब रही थी। काली कटने का प्रसंग मुझे पसन्द भी नहीं आ रहा था। पर पिताजी ने जाने नहीं दिया। तब तक बच्चे की सारी फौज कहानी सुनने को जमा हो गई थी। उन्हें मजा आ रहा था। पिताजी से ऐसी कहानी कभी सुनी भी तो नहीं थी।

पिताजी बोले—"गुरु कभी खराब नहीं होते। सर्वश्रेष्ठ गुरु शिष्य की मनोदशा को जानते हैं। उनका कर्तव्य होता है कि किसी शिष्य को अपने छत्रछाया में लिया तो उनको सही दिशा दे। सही बात बताए।"

गुरुजी जानते थे कि रामकृष्ण अपनी कल्पना की मूर्ति में उलझ गया है। अपनी सारी शक्ति उस कोरी कल्पना को जीने में ही लग रहा है। जबकि इस शक्ति की जरूरत समाज को है। इसलिए वे उनको उस जाल से बाहर निकालने की पूरी कोशिश कर रहे थे।

श्रोता वृन्द में से किसी ने पूछा—रामकृष्ण को तलवार मिला क्या?

"नहीं। इतना आसान नहीं था। गुरुजी के लिए वह कल्पना थी। पर रामकृष्ण की वह माँ थी। उनके लिए तलवार प्राप्त करना आसान नहीं था। कैसे इतनी जल्दी अपनी माँ को काट देते? कई दिन प्रयास करते रहे, पर तलवार आता ही नहीं। काली को देखते बालक की तरह रोने लगते। गुरुजी से फिर कहा, मुझसे नहीं होगा।" पिताजी ने बताया।

"मतलब काली बच गई"—मैंने खुशी जाहिर की।

दीदी का बड़ा बेटा टूटू जो मेरा परम हितैषी भी था और मेरे काली पक्ष का आलोचक भी।

बीच में ही बोल पड़ा—"अरे, तेरी काली को रामकृष्ण ने काट ही डाला होगा। प्रतिपुष्टि के लिए पिताजी की ओर देखकर बोला, है ना नानाजी।"

पिताजी बोले—"हाँ, काट तो डाला। पर उतनी आसानी से नहीं, जितनी आसानी से तुमने कहा। इसके लिए उनके गुरुजी को बहुत मेहनत करनी पड़ी।

गुरुजी ने उन्हें कहा—रुको, ध्यान के समय अब मैं तुम्हारे सामने रहूँगा। जैसे ही काली आएगी, मैं तुम्हारे कपाल पर प्रहार करूँगा और तुम काली पर तलवार चलना। गुरु आदेश उस समय सर्वोपरि होता था। रामकृष्ण तैयार हो गए।

तब गुरु जी ने शीशे के एक टुकड़े के नुकीले भाग को उनके टीका लगाने वाले जगह पर रखा और ध्यान करने को कहा। जैसे ही गुरु को पता लगा कि काली की मूर्ति रामकृष्ण के मन में बनने लगी, उन्होंने कसकर शीशा गड़ा दिया। रक्त बहने लगा। तभी रामकृष्ण ने तलवार उठाया और टुकड़ों-टुकड़ों में काली को काट डाला। काली के नष्ट होते ही ही उनका मन दिव्य ज्योति से भर गया।

पिताजी ने मेरी आँखों में विश्वास कायम करते हुए कहा—"अब काली है ही नहीं। काली को तो रामकृष्ण ने स्वयं ही अपने तलवार से काट डाला है। अब वह काली के बारे में कैसे कुछ कहेंगे या किस काली के पास रहेंगे।"

फिर पिताजी बहुत देर कुछ-कुछ समझाते रहे। हमारे अंदर ही रोशनी है। वही भगवान है। जिनके जीवन में अंधकार है, उनके जीवन में उस रोशनी से उजाला भरना ही पूजा है। और भी पता नहीं क्या-क्या!!

काली अब है ही नहीं। इस खबर के बाद मैं वहाँ बैठी तो थी, पर सुनाई कुछ नहीं पड़ रहा था। सारा संसार अचानक शून्य हो गया था।

अब किससे पता करूँ काली और रामकृष्ण के बारे में। पिताजी की किताब और कहानी दोनों पर भरोसा था। पर मन नहीं मानता था कि काली को ठाकुर ने मार दिया होगा और अब वह नहीं है। पिताजी की कहानी भी खत्म हुई और सभा भी।

परन्तु मेरे भीतर एक गहन अंधकार छा गया था। जिस काली और रामकृष्ण पर भरोसा था कि माँ की दुर्गा को सुरक्षित करेंगी, वह तो है ही नहीं।

दिन बिता। रात के घने अँधेरे में मेरी नींद खुल गई। यह क्या? मेरी खुद की माँ बगल में नहीं है।

सब तरफ देखा। वह घर में नहीं थी।

आधी रात में किससे क्या पूछती? चुपचाप चादर ओढ़कर पड़ी रही। हर दिन की तरह आज की सुबह भी माँ की आवाज से नींद खुली। माँ तो सामने थी। रात में मैं माँ के नहीं होने का स्वप्न देख रही थी क्या? मैंने तो घर में सभी जगह देखा था, माँ नहीं थी। एक नई पहेली मेरे सामने थी। मैंने माँ से पूछा, रात में कहाँ थी?

कहाँ थी मतलब? तुम्हारे बगल में ही तो सोई थी—माँ ने कहा।

नहीं, तुम नहीं थी। मैंने विश्वास के साथ माँ से कहा।

माँ ने बात टालते हुए कहा, छोड़ो उन बातों को। जाकर जल्दी बाउजी का सारा इंतजाम करो, उनके उठने का समय हो गया है।

मैं दौड़कर तुलसी पत्ता तोड़ लाई। ग्यारह तुलसी पत्ता और एक बड़े करेले का रस रोज सुबह पिताजी लेते हैं। यह उनके डायबिटीज का इलाज था। सारा काम करने के बाद फिर माँ के पास गई। रात में कहाँ गई थी?

माँ बोली—बुद्धू। रात नहीं था। साढ़े तीन बजे रहा होगा। सुबह हो जाती है उस समय। मैं बगीचा से फूल तोड़ने जाती हूँ। नहीं तो बाद में दूसरे लोग तोड़ लेते हैं। देखती नहीं, देर होने पर फूल नहीं मिलता है।

उनका तर्क सही लगा। पर उनका एक कदम भी बाहर हो और मैं घर के अंदर रहूँ। असम्भव। मैं सब कुछ भूल गई। बस एक बात याद रहा। कल साढ़े तीन बजे जगना है और माँ के साथ फूल तोड़ने जाना है।

जगना क्या, रात भर नींद ही नहीं आई। जैसे-तैसे करवट बदलते समय बीता। माँ की हलचल प्रारम्भ हुई। उसने एक डोलची में अपनी साड़ी और अन्य कपड़े रखे। पूजा की बहुत सारी सामग्री रखी और चलने को उद्धत हुई कि मैं उठ बैठी। मैं भी जाऊँगी। अब आधी रात में वह क्या करती? मेरा भी एक कपड़ा रखा और साथ ले ली। किवाड़ बाहर से ही लगाने की व्यवस्था थी।

मैं बाहर निकलकर पूछी—फूल तोड़ने में कपड़ा रखने की क्या जरूरत है?

कुछ जबाब मिलता, उससे पहले हम बगीचा में थे। हरसिंगार का फूल चारों ओर अपनी सुगन्धि बिखेर रहा था। पूर्णिमा के चंद्रमा की शीतल रोशनी में बगीचा नहाया हुआ था। एक तरफ गुलाब की गुलाबी लालिमा हमें आकर्षित कर रही थी तो दूसरी तरफ उड़हुल के पेड़ से लिपटी अपराजिता की लतड़ पर खिली अपनी नील-सी खूबसूरती लिए अपराजिता हमें बुला रही थी। तभी एक चाची ने आवाज दी। मुन्नी इधर से सदाबहार का फूल चुन लाओ जल्दी। हमें देर हो रही है।

मैंने ध्यान ही नहीं दिया सात-आठ चाची और दो दादी भी जल्दी-जल्दी फूल तोड़ रही थी। सभी फूल एक जगह जमा हुआ। उन लोगों ने माँ से पूछा—"मुन्नी भी जाएगी क्या? घर में बता तो नहीं देगी।"

माँ ने कहा—"हाँ, आज साथ ही उठ गई। जिद करने लगी तो साथ ले ली।"

फिर मेरी ओर देखकर पूछी—"किसी को बताओगी तो नहीं?"

मैंने बिना सोचे बोल दिया—"किसी को नहीं बताऊँगी।" साथ जाना था तो उनकी बातों को मानना ही था।

मुझे फूलडाली पकड़ा दी गई। इसे लेकर चलो और रास्ते में कहीं फूल दिखे तो तोड़ कर रख लेना।

हमारे साथ चल रही दादी के ही कैम्पस में रहते थे हम। दादी का ही बगीचा था वह। चारों तरफ से बड़े पेड़ थे। आम के, अमरूद के, पपीता के, कटहल के, नीम के, बेल के। कुछ और भी बड़े पेड़ थे। उसमें सिर्फ पत्ते रहते थे। उन वृक्षों में कोई

फल नहीं देखा कभी। हाँ, कभी पेट में दर्द हो या सर्दी-खांसी हो तो उन सब वृक्षों के पत्ते का कड़वा काढ़ा पीने को माँ देती थी।

इन वृक्षों का एक और महत्त्व था। उसके डाल पर चढ़कर हम अमरूद, आम बेल आदि तोड़ सकते थे। उसमें भी उसकी कम ही सहायता ली जाती थी क्योंकि चहारदीवारी से सटे ही सभी फलदार वृक्ष थे। उसके बाद वाले घेरे में फूलों वाले बड़े पेड़ थे। हरसिंगार और उड़हुल के याद हैं और भी दो-तीन थे। उसके बाद वाले घेरे में विभिन्न तरह के गुलाब थे। अंतिम घेरे में गेंदा, सदाबहार आदि था। अपराजिता के लतर बड़े पेड़ों पर चढ़े रहते थे। एक कोने में बहुत सारे तुलसी पौधे थे। हरा तुलसी पूजा के लिए। श्याम तुलसी खाने के लिए।

बहुत मजे का था वह बगीचा। एक छोटा गेट हमेशा लगा रहता था उसका। उसमें दादी का ताला भी लटका रहता था। माली को छोड़कर किसी को अंदर जाने की इजाजत नहीं थी।

आमतौर पर हम बगीचा में नहीं ही जाते थे। पर सरस्वती पूजा और दुर्गा पूजा में मूर्ति बैठाने के कारण फूल की चोरी करनी पड़ती थी। दादी के बगीचा से ही नहीं, हम आप-पास के कई बगीचा के फूल चुरा लाते थे। खासकर काजीपुर क्वार्टर के सभी घरों के आगे छोटी फुलवारी हुआ करती थी, वहाँ से हम फूल चुरा लाते थे। मान्यता यह थी कि पूजा के लिए फूल चुराना चोरी नहीं है। गेट का लगा ताला भी हमें नहीं रोक पाता। हमारी धमालचौकड़ी टीम चहारदीवारी पार कर अंदर पहुँच ही जाती।

बगीचा से सटे पीछे की ओर एक बहुत बड़ा पेड़ था। मान्यता थी कि उस पेड़ पर भूतनी रहती है। रात में भूतनी के पायल की छनछन की आवाज बहुतों ने सुन रखी थी। रात में तो निकलती ही थी। दोपहर में भी भूतनी निकलती थी।

भूतनी वाला एक और पेड़ था। हमारे कैम्पस के मुख्य गेट के पास कालिया भैया की दुकान थी। जहाँ लकड़ी का समान बनता था। उसमें एक बहुत बड़ा बेल का पेड़ था। उसपर भी भूतनी रहती थी।

जिस जगह भूतनी रहती थी, वहाँ रोज सुबह कुछ निरर्थक वस्तु दिखाई देती थी। शराब की बोतल, हड्डी आदि।

हमें उधर जाने की बिल्कुल मनाही थी। पर इन वस्तुओं की खबर भी हम ही लाते थे।

रात में तो हम कभी बाहर निकलते नहीं थे। दोपहर की भूतनी ने भी कभी हमें तंग नहीं किया।

क्या सत्य! क्या असत्य! उस समय समझ के परे था।

अब समझ आता है। कुछ लोग शराब, मांस आदि का वहाँ भक्षण करते होंगे। कोई उस तरफ ना जाए, इसलिए भूत की कहानी गढ़ी गई होगी। जो भी हो भूत ने हमें

कभी नहीं सताया। भूतनी से बचने के लिए भी हम काली, दुर्गा और हनुमान जी का स्मरण करते थे। यह तीनों शक्तियाँ हमें भूतनी से बचाया करती थीं।

दादी का बगीचा हमारे लिए खास था। हम इसी बगीचे के बल पर अन्य बगीचे वाले बच्चों से स्वयं को ऊँचा दिखाते थे। हमारे बगीचे में सबकुछ था। सबसे बड़ा बगीचा भी था। हर तरह के फूल और फल उस बगीचे में थे ।दादी के दो बेटे अमेरिका में रहते थे। हम दोस्तों के बीच डींग मारते थे कि अमेरिका से फूल के पौधे लाकर चाचाजी ने लगाया है।

तीन–चार कुत्ते थे कैम्पस में। कहने को तो सड़कछाप थे। पर दादी के वफादार थे। जैसे कोई बगीचा में कूदा। इधर इनका भूंकना चालू।

अपने भूँकने के इस आदत के कारण एक बार इन कुत्तों की जान पर बन आई थी।

एक अद्‌भुत घटना घटित हुई थी उस दिन।

अमरीका वाले अयोध्या चाचाजी कुछ दिन के लिए भारत आए थे। उनलोगों के लिए यहाँ का दिन वहाँ की रात। रविवार ही था शायद उस दिन या स्कूली छुट्टी का कोई दिन। हमलोग मैदान में ही खेल रहे थे। समय सुबह का ही था। नौ या दस बज रहा होगा। हमलोगों ने सुबह की पढ़ाई खत्म की थी। कुछ घटना घटी क्या याद नहीं, पर एक साथ सभी कुत्ते भूँकने लगे। तभी अयोध्या चाचाजी लगभग भागते हुए नीचे उतरे। बगीचा में माली काम कर रहा था। वहाँ से एक कुल्हाड़ी और टोकडी उठाकर कुत्ते के पीछे दौड़ने लगे। आज सभी को मार दूँगा। बहुत देर पूरे मैदान में कुत्ते, उसके पीछे अयोध्या चाचाजी और उनके पीछे हमलोग दौड़ते रहे। कुत्ता पकड़ नहीं आ रहा था। अचानक हमलोग पर गुस्सा हो गए। हमसब सहमकर अलग खड़े हो। हम डर भी रहे थे और आनन्द भी ले रहे थे। उनदोनों की पकड़ा–पकड़ी का कार्यक्रम जारी रहा। एक पतला नाला का रास्ता था, जो बाहर गली में जाता था। सभी कुत्ते उस रास्ते से निकल लिए। चाचाजी की देशी गाली सारी अमेरिकन अंग्रेजियत पर भारी पड़ रही थी।

कुत्ते तो नहीं सुधरे। चाचाजी ही जल्दी अमेरिका लौट गए। कुत्ते के चिढ़ से गए कि पूर्व निर्धारित था हमें पता नहीं। लेकिन हमने सब जगह प्रचार कर दिया कि कुत्ता सोने नहीं देता था, इसलिए जल्दी चले गए।

दादी के इस बगीचे में मेरा एक गुप्त राज भी छुपा था जो किसी को पता नहीं था। शायद आज ही यह राज खुल रहा हो। मैंने दीपावली के किसी मेले से माँ काली की एक छोटी प्रतिमा खरीद ली थी। घर में माँ काली को माँ ने रखने नहीं दिया। माँ कहती थी काली देवी का गुस्सा वाला रूप है। उनको घर में नहीं रखा जाता है। श्मशान में या उनके लिए बनाई मंदिर में ही उनकी पूजा होती है। उन्होंने कहा कि पूजा की सामग्री जब गंगा में फेंकने जाएँगे तो यह मूर्ति भी डाल देना। भंस जायँगी। मैंने हाँ कह

दिया। पर वह मूर्ति कितनी सुन्दर थी। छोटी-सी लाल जीभ कितनी चिकनी थी। बड़ी-सी आँख भी अत्यंत मोहक थी। भंसा कैसे देती मैं?

उन्हें उसी बगीचा में छुपाकर रखा था मैंने। कोई नहीं देख सकता था। एकदम पीछे की तरफ शिवलिंग की तरह का एक पत्थर था। उस पत्थर की पूजा तो नहीं होती थी। पर सम्मान शिवलिंग की तरह ही था। कोई उसे कुछ नहीं करता। उसी की ओट में मैंने अपनी काली को कमर तक गाड़ कर रख दिया था और उसपर ढेर सारा पत्ता डाल देती थी प्रतिदिन। उनके पास जाने का एक सुगम रास्ता था। दादी के घर जाने की जो सीढ़ी थी। उसका रेलिंग ढलाऊँ था। उसका निचला छोर बगीचे को छूता था। वहाँ से आसानी से बगीचे में जाया जा सकता था। माँ काली के कारण बगीचे में मेरा आना-जाना लगा रहता था। अरे, पूजा आदि के लिए नहीं। उस सुन्दर सी मूर्ति की सुरक्षा के लिए।

इसी काली की मूर्ति के पास एक आश्चर्यजनक घटना घटी।

जिस दिन अयोध्या चाचा कुत्ते को मारने की कवायद कर रहे थे और हमें डाँटकर किनारे खड़ा कर दिया था, मैं धीरे से माँ काली को देखने बगीचा में गई। बगीचा खुला था। देखती क्या हूँ माली काका मेरे काली के पास खड़े होकर किसी चीज को भगाना चाह रहे हैं। पर वह भाग नहीं रहा। मैं नजदीक गई तो शिवलिंगनुमा पत्थर पर एक सर्प और काली मूर्ति के पास एक बड़ा गिरगिट बैठा हुआ था।

एकबारगी मैं डर गई। माली काका यह कहाँ से आया—मैंने प्रश्न किया।

माली काका बोले—यह दोनों हमेशा यहीं रहता है। हटता ही नहीं। सोचता हूँ यहाँ इतना पत्ता जमा है, उसे साफ कर दूँ, पर यह हटे तब तो। माँजी ने इन्हें कुछ करने से मना किया है।

अच्छा, कहकर मैं बहुत चिंतित हो उठी अपनी काली के लिए। कहीं काका ने देख लिया तो।

माली काका बोले—चलो, छेड़ेंगे तो काट लेगा।

हम उस जगह से लौट आए।

पर मेरा चितत बेचैन था। मुझे जानवरों से बहुत भय होता है। उस समय भी होता था। साक्षात सर्प को बैठे मैंने देख लिया था। काली के पास कैसे जाती? वहाँ जाना भी था और भय भी था। किसी को ले भी नहीं जा सकती थी। प्रतिदिन किसी समय एक बार पत्ता हटाकर मैं माँ काली को जरूर देख आती थी, उड़हुल का एक फूल चढ़ाकर नए पत्ते से ढँक देती थी। उस दिन साँप देखने के बाद डर से गई ही नहीं।

अयोध्या चाचा की सारी कहानी खत्म हुई तो घर में हम बच्चों पर फरमान जारी हुआ चार बजे तक घर से बाहर नहीं जाना है। चाचाजी सोएँगे। कोई हल्ला ना हो। तुमलोग भी नहा लो। खा लो और थोड़ी देर लेट लो।

हमलोग खा-पीकर बिस्तर पर गए। सभी गपशप करने लगे। अयोध्या चाचा की नकल ही ज्यादा की जा रही थी।

मुझे नहीं पता कब मेरी आँख लग गई। देखती क्या हूँ माँ काली बगीचे से निकल कर घर की ओर आ रही है। मैं चिल्लाकर उन्हें रोकने लगी। घर में मत आइए माँ भगा देगी।

चिल्लाते हुए मैं घर के बाहर आ गई। काली को वहीं रोका।

काली बोली—"आज बगीचा क्यों नहीं आई? फूल भी नहीं चढ़ाया।"

"आई तो थी। वहाँ साँप और गिरगिट था। काट लेता तो मुझे। अब मैं कभी नहीं आऊँगी। वहाँ साँप रहता है। मुझे उससे बहुत डर लगता है।" मैं बोली।

वह तो मेरा दोस्त है। आओ तुम्हारी दोस्ती करवाती हूँ। वह बोलीं।

मैं उनके साथ बगीचा में आ गई। साँप और गिरगिट दोनों सामने था। दोनों हमारी आवाज में मुझे बात करने लगा। साँप बोला—"डरती क्यों हो? मैं ना रहूँ तो तुरन्त ही तुम्हारे माली काका तुम्हारी काली को फेंक दें।"

गिरगिट ने भी यही कहा कि मेरे कारण काली बची है।

मुझे उनदोनों से डर तो अभी भी लग रहा था। पर हिम्मत करके पूछी—"काली में ताकत नहीं है।"

सब हँसने लगे। काली भी।

काली बोली—"मुझमें तो हिम्मत है। पर तुमने मुझे इस प्रतिमा में बाँध जो दिया है। प्रतिमा की रक्षा के लिए इन्हें रहना पड़ता है।"

मैं बोली—"आप भी बाउजी की तरह बोल रही हैं। बाउजी कहते हैं, प्रतिमा में देवी-देवता नहीं होते। आप भी कहती हैं मैंने प्रतिमा में बाँध दिया। मतलब आपको मूर्ति में रहना अच्छा नहीं लगता।"

"नहीं, मुझे मूर्ति में रहना अच्छा नहीं लगता। मुझे तुममें रहना अच्छा लगता है।" वह बोली।

मैं जोर-जोर से हँसने लगी, आप मुझमें कैसे रहेंगी?

वह बोली—"यही तो नहीं समझती तुमलोग। मैं तुमलोग के अंदर ही तो रहती हूँ। अपने अंदर से निकालकर मूर्ति में बाँध देती हो तुमलोग।"

मैं उलाहने के स्वर में बोली—"आप तो ठाकुर जी के पास रहती हैं। मेरी तो कोई बात भी नहीं सुनती। मुझे आपसे कोई बात नहीं करना।"

माँ काली कुछ बोलती। उससे पहले मेरी माँ की आवाज सुनाई दी। अरे चार बजे गया है। उठो। बाउजी को जरा चाय-नास्ता पहुँचा दो। कुछ लोग आए हैं।

माँ की आवाज पर आँख खोली। खोई-खोई नजरों से इधर-उधर देखा। मैं बगीचे से बिस्तर पर कैसे? फिर समझी, वह सब तो स्वप्न था।

स्वप्न में चाहे जो हुआ हो। भय नहीं गया। फिर भी मौका देखकर माँ काली

के पास गई। आज वह मुस्कुरा रही थीं। मैं उन्हें वहाँ से निकाल लाई और अपने किताब के रैक पर छुपा दिया। कुछ दिनों बाद मेरी काली पकड़ी गई और माँ के हाथों माँ गंगा को समर्पित कर दी गईं। स्वप्न वाली बात मुझे थोड़ी याद थी कि "काली मेरे अंदर ही है।" उन्हें कुछ-कुछ अपने अंदर महसूस करने लगी।

आज पहला दिन था। फुलडाली उठाते मैं माँ के महिला-समूह में शामिल कर ली गई। अब मैं चारों ओर का आनन्द उठाती सबसे आगे चल रही थी। हमारे कैम्पस के गेट की तरफ बढ़ते राह में ही कनेर का पेड़ है। अपने प्रेस वाले मकान के किनारे निकले सीढ़ीनुमा ईंट के सहारे दीवार पर चढ़कर कनेर का फूल तोड़ी। आगे भूत के घर वाला पेड़ है। इतनी रात में भूत वाले पेड़ के पास से दादी, माँ लोग जा रही हैं और डर भी नहीं लग रहा है। भूतनी निकल भी नहीं रही। इसी बहाने उसे देख भी लेंगे। मैं कालिया भैया के दुकान की तरफ देखते जा रही हूँ कि कहीं भूतनी दिख जाए। उसके दिखने से पहले गेट आ गया। दादी ने बड़ा दरवाजा खोला। आवाज ना हो इसलिए धीरे-धीरे कम ही दरवाजा खोलकर सभी बाहर आ गई। दादी ने फिर बाहर से ही गेट में ताला लगा दिया। इस बीच मैंने माँ से जान लिया कि हम गंगा-स्नान के लिए जा रहे हैं।

गली में कई दरवाजे खटखटाए गए। दरवाजे की हल्की थपथपाहट पर ही दरवाजे खुले रहे हैं और चाचियाँ धीरे ने निकलकर दरवाजा सटा दे रही हैं। जो दरवाजे दोपहर या शाम में भारी धक्के के बाद भी नहीं खुलते हैं, वह इतना सवेरे कितने अनुशासन के साथ खुल और बन्द हो रहे हैं यह मेरे लिए प्रथम कुछ दिनों तक कौतूहल का विषय था। बाद में मुझे ही दौड़कर दरवाजा थपथपाने भेज जाता। थपथपाने का ही निर्देश होता। एकदम धीरे से बजाना। कोई जग ना जाए। बाद में तो दरवाजा थपथपाने से पहले ही खुलने लगा।

कैसे?

मेरे दौड़ने से जो पैर की ध्वनि उनतक पहुँचती थी, उस पर ही वह दरवाजा खोलकर निकल आती। शायद वह दरवाजे पर कान लगाए बैठी रहती थीं। आवाज से पहले निकल आने की उनकी आतुरता से इतना तो तय था कि घर वाले की नींद की पूरी सावधानी बरती जाती थी और गंगा-स्नान के लिए जाना उनकी दिली ख्वाहिश थी। तभी इतनी सावधानी बरतती थी कि भविष्य में भी कोई खतरा ना उत्पन्न हो।

पूरी गली तक यह सिलसिला जारी रहता। इस बीच कुछ दूर से आने वाली चाचियाँ भी समूह में शामिल होती जाती थीं। इस तरह 15 से 20 महिलाओं की समूह बन जाता। मेरी माँ ने घर में पूजा न कर पाने का यह विकल्प पाया था।

समूह पूर्ण होते और सड़क पर आते ही सामूहिक गीत प्रारम्भ हो जाता। शुरू हुई गणेश की वंदना और फिर शिव की नाचारी चलती रहती। बीच-बीच में भगवती भी अपना स्थान बना ले रही थीं।

''काले से शिव के मनाइब हो, शिव मान त नाही
भोले से शिव के मनाइब हो, शिव मान त नाही''

प्रातः तीन–साढ़े तीन का समय। चारों ओर नीरव शांति। पक्षियों की चहचाहट के बीच हमारी मातृ–समूह की ध्वनि कैलाशवासी शिव को जगाते हुए बढ़ती जा रही हैं।

काजीपुर, नयाटोला, मखनिया कुआँ, ऊपर की सड़क (अभी का अशोक राजपथ) हॉस्पिटल रोड को पार करते हुए हम कलक्ट्रियट घाट पर पहुँच गए।

यह 1981–82 की बात है। सड़क बिल्कुल वीरान है। सड़क किनारे कुछ लोग सोए हैं। हमारा पैर भी बीच–बीच में टकरा रहा है उनसे। अभी मेरा सवेरे की सड़क पर चलने का अभ्यास नहीं है। कुछ लोग सड़क किनारे दुकान के चबूतरे पर सोए हैं। कुछ अपने ठेले पर, कुछ रिक्शे पर सिमटे हैं।

कुछ अंगड़ाई ले उठने वाले भी हैं। पहली बार इतनी सुबह सड़क पर हूँ। सड़क भी किसी का घर है। लोग वहाँ सोते हैं। खाते–पीते हैं। हम पढ़ाई की डाँट खाते समय सुनते थे कि मत पढ़ो, रहना सड़क पर। सच में सड़क पर तो लोग रहते हैं। अभी तो गर्मी है। चादर ओढ़कर सो गए हैं। एक–दो महीने में जाड़ा आने वाला है, तब ये लोग कैसे सोएँगे?

यह समय निश्चित सितंबर का अंतिम पख था क्योंकि ठंड की तैयारी शुरू हो गई थी। रजाई, स्वेटर आदि को धूप दिखाने का कार्य शुरू हो गया था।

अँधेरे को चीरते हुए हमलोग गंगातट पर पहुँच गए हैं। हल्की सिहरन बदन को सहला रही है। ''अरे रवि भैया आप भी आए हैं'', पड़ोस के रवि भैया को देखकर मैं चहक उठी। रवि भैया बोले—''मैं तो रोज यहाँ तैरने आता हूँ।'' इतना कहकर उन्होंने कपड़ा उतारा और एक ऊँचे पत्थर से छपाक पानी में। मछली की तरह तैरते दूर निकल गए। कुछ दिनों बाद रवि भैया के साथ एक दुर्घटना हो गई। जब वह ऊँची चट्टान से कुदे तो किसी पत्थर से रीढ़ की हड्डी में चोट लग गई और जीवन भर व्हील चेयर पर बैठना पड़ा। तब वह सभी बच्चे को समझाने लगे ट्रेनिंग लेकर ऊपर से कूदना चाहिए। काश यही बात भैया भी पहले समझ जाते। कहाँ हम बच्चे समय पर सही सलाह को मानते हैं?

रवि भैया के छपाक की आवाज के साथ माँ की स्वर लहरी भी वातावरण में तैर गई। मुन्नी, जल्दी से नहा लो और सबका पूजा डाली सजा दो। माँ भी ना। जब देखो काम ही दे देती है। बाप रे, गंगा में कितना पानी है। दूर तलक लहराता पानी ही पानी। कोई ओर–छोर नहीं। पानी के बीचोबीच कुछ नाव चल रहे हैं। तैराक इधर से उधर कर रहे हैं। मजा आ रहा है यह सब देखने में। ठंडी हवा से शरीर सिकुड़ रहा है। माँ फिर आवाज दी। जल्दी करो। हमें छह बजे तक घर भी पहुँचना है। ओ, तो इसलिए बाउजी नहीं जान पाते हैं। वह तो सात बजे उठते हैं।

मैं धीरे-धीरे पानी की ओर बढ़ने लगी। कुछ अन्य धार्मिक लोग हमसे पहले ही पहुँचकर घाट की सीढ़ी पर स्थान ले चुके थे। माँ लोगों ने भी एक किनारे पर स्थान ले लिया और अपनी-अपनी डोलची से ढेर सारा सामान निकालकर सजा दिया। माँ भी मेरे पीछे आई। सात-आठ सीढ़ी उतरने पर माँ ने रोक दिया, तुम यहीं नहा लो। माँ आगे बढ़ गई। आगे भी लगभग चार-पाँच सीढ़ी उतरने के बाद माँ रुकी। गंगा का पानी दस से बारह सीढ़ी ऊपर तक था। मैं नहाकर बाहर आई। पहली बार कपड़े के साथ नहाना पड़ा। माँ ने खुले में कपड़ा बदलना सिखाया।

फिर मेरा काम समझाया गया।

सबसे पहले चन्दन घिसकर सभी की कटोरी में रखना। फूल बाँटकर सभी की डाली में सजाना। माँ के और अपने भींगे कपड़े को धोकर पालीथिन में डालना। मंदिर में जाकर सबसे पहले पूजा कर लेना। पानी वाले दो-तीन सीढ़ी को छोड़कर मैंने चन्दन घिसना शुरू किया। अभी आधे लोगों के लायक ही घिसा था कि गंगा का तेज हिलोरा उसे बहाकर ले गई। एक तो चन्दन गया। दूसरे डाँट पड़ गई, थोड़ा और ऊपर की सीढ़ी पर घिसना था।

गंगा को भी ना मेरे ही चन्दन को ले जाना था, मैंने गुस्से से गंगा को देखा।

जितनी आक्रोश से मैंने गंगा को देखा उतने ही तीव्र आवाज से माँ ने कहा— ''जल्दी ऊपर की सीढ़ी पर जाओ। इतने देर में तो मैं खुद कर लेती। बिना मतलब तुमको लाई।''

मेरे पास कुछ सोचने का वक्त नहीं था। वक्त रहता तो शायद माँ को बता देती, तुम कहाँ लाई हो? मैं तो अपनी जिद पर आई हूँ। पर समय ही तो नहीं था किसी के पास। मेरे चन्दन घिसने तक चाचियों ने फूल बाँट लिया। सभी की डाली सज गई। मैंने जल्दी-जल्दी सभी के चन्दन की कटोरी उनके डाली में डाल दी। हम मंदिर में गए। सभी देवी-देवता को चन्दन, सिंदूर, फूल, जल चढ़ाते हुए आगे बढ़ते गए। किसी के पास वक्त नहीं था कि देवी-देवता से कुछ बात करते।

शिवलिंग के पास ही उनका बसहा बैल नन्दी बैठा है। मंदिर से निकलते समय उसके कानों में सभी कुछ कहकर निकल रहे थे। प्रारम्भ में मुझे लगा था कि उनके कानों में फूँक मारना है। मैं बहुत दिनों तक फूँककर चली आती थी।

शायद नन्दी को मेरे फूँक मात्र से पीड़ा होने लगी, इसलिए उन्होंने एक दिन एक चाची के माध्यम से मुझे सन्देश दिलवाया कि मुन्नी कानों में फूँकते नहीं, अपनी मनोकामना कहते हैं, जो वह माँ पार्वती जी को बताता है, फिर माँ पार्वती शिव जी से कहकर उसे पूरा करवाती हैं।

वाकया बहुत दिलचस्प घटा।

हर दिन की तरह उस दिन भी मैं नन्दी के कान में फूँककर आगे बढ़ी। तभी पीछे से चाची ने आवाज दी—''ऐ मुन्नी, सुनो। नन्दी से तुमने क्या कहा?''

मैंने कहा—"कुछ नहीं"

चाची—"अरे नन्दी के कान में कुछ बोल तो रही थी।"

मैं—"चाची, मैं तो आपलोगों की तरह नन्दी के कान में फूँकी थी खाली। नन्दी ने कुछ कहा क्या?"

चाची जोर से हँसने लगी। सभी को मेरे फूँक की बात बताई और सभी हँसने लगे।

चाची बोली—"तुम्हारी फूँक से नन्दी के कान में दर्द हो गया है। उसने मुझे बताया।"

"भक्क"—मैंने कहा।

चाची बोली—"सच भई। नन्दी के कान में फूँका नहीं जाता। अपनी इच्छा बताते हैं।"

चाची रास्ते भर मुझे नन्दी, माँ पार्वती और शिव की कहानी सुनाती रहीं। समूह की अन्य चाची, दादी की हँसी बीच-बीच में गूँज उठती।

हे भगवान! मुन्नी तुम इतने दिनों से फूँक मार रही थी। बेचारे नन्दी के कान में कितना दर्द हुआ होगा। फिर सब हँस पड़ती।

मैं रुआँसी होकर पूछी—"नन्दी, अब मेरी बात नहीं सुनेगा।"

चाची बोली—"अरे, सुनेगा कैसे नहीं? बच्चों की तो वह जल्दी सुनता है। इसलिए तो नन्दी ने बताया कि मुन्नी को अपनी इच्छा बोलने बोलो। फूँक से मुझे दर्द होता है।"

हम घर पहुँच गए। मैं सोचने लगी कि कल नन्दी से क्या इच्छा बोलूँगी?

स्कूल गई। पर मन पढ़ाई में नहीं था। अपनी इच्छा पर उलझा था। आखिर कल नन्दी से क्या बोलूँगी?

याद आ गया, माँ काली के बारे में पूछ लूँगी। मुझे काली के बारे में जानने का एक रास्ता दिख गया। दूसरे दिन मेरे हर कार्य की गति बढ़ गई थी।

जल्दी से नन्दी तक जाना जो था। स्कूल से लौटने पर एक बड़ा तमाशा हो गया। चार बजे स्कूल से लौटने के बाद हमलोग खेलने के लिए मैदान में जुटे थे कि पिताजी आ गए।

उन्होंने मुझसे दो साल बड़े मुन्ना भैया को पकड़ लिया। उनके अचानक के हमले से हम सभी हड़बड़ा गए। खुद मुन्ना भैया को समझ नहीं आया क्या हुआ? किसी को कुछ समझ आता, उससे पहले भैया की पिटाई शुरू हो गई। उनके क्रोध के झटके में किसी बच्चे का जाना उस बच्चे से ज्यादा अन्य बच्चे की आधी जान ले लेता था।

वहाँ उपस्थित मकान मालिक कैलाश चाचाजी जबतक भैया को बचाने दौड़ते तबतक तो उनके हाथ, पैर, पीठ सभी पर लाल निशान पड़ चुके थे।

चाचाजी के बीच में आने से भैया को साँस लेने का थोड़ा मौका मिला। वह चाचाजी पीछे से बोला—"मैंने क्या किया है?

पिताजी गरज उठे—"तुमने दस रुपया कुएँ के पास से उठाकर क्यों रखा? वह तुम्हारा रुपया था?"

भैया—"वह किसी का नहीं था। बहुत देर से गिरा हुआ था।"

पिताजी फिर उन्हें कब्जे में लेकर पीटने लगे, किसी का नहीं तो तुम ले लोगे। चोर बनोगे। आज खत्म ही कर देंगे तुम्हें।

चाचाजी ने फिर उन्हें छुड़ाया। भैया से कसम खिलाया गया कि अब कभी ऐसी हरकत नहीं करेंगे। हमलोगों को भी पिताजी की धमकी मिली, किसी की गलत हरकत आज के बाद दिख गई तो उसे मारकर फेंक देंगे।

वह क्षण और आज का दिन किसी चीज के प्रति आकर्षण होता ही नहीं। मुन्ना भैया तो आज भी कहते हैं, उस पिटाई के बाद मुझे पैसे से कोई मतलब ही नहीं रहा। धन संग्रह के प्रति उसका भी कोई आकर्षण नहीं है।

इस पिटाई ने हम सभी के खेलने के जोश को ठंडा कर दिया। सभी बच्चे अपने-अपने घर चले गए। हम भी घर आ गए। माँ ने भैया के शरीर पर तेल आदि लगाया। रेखा दी भैया को डाँट रही थी कि क्यों तुम्हारी बदमाशी खत्म नहीं होती।

भैया रोते हुए बता रहा था, मैंने कोई चोरी नहीं की थी। रुपया बहुत देर से गिरा था। इसलिए ले लिया।

अच्छा, किसी का कुछ भी गिरा रहे तो ले लेना। यही पढ़ाई की है। दूसरे की चीज बिना अनुमति के लेना चोरी ही है। चाहे जैसे लें। दीदी बोली।

माँ ने दोनों को चुप कराया। ठीक है अब यह गलती नहीं करेगा।

उस दिन हम जल्दी सो गए। आधी रात में याद आया नन्दी को क्या बोलना है, यह तो सोचा ही नहीं।

अब आज उससे क्या बोलूँगी!!

पिताजी की बताई कहानी में माँ काली को रामकृष्ण ने मार दिया था तो अब काली है या नहीं। नन्दी से पूछना तो यही था। पर कैसे पूँछूँ, यह समझ नहीं आ रहा था। नन्दी खुद तो जबाब देता नहीं था। पहले पार्वती जी के पास सवाल जाता था। फिर शिवजी के पास। तब जबाब आता था।

नन्दी कब पार्वतीजी को बताएगा? कब पार्वतीजी शिवजी से पूछेंगी? कब मेरे पास जबाब आएगा?

यही प्रश्न पूछ लूँ या मन्नत माँग लूँ। नए स्कूल में नामांकन भी हर हाल में इस साल चाहिए। पाँचवी कक्षा के बाद इस स्कूल की पढ़ाई बन्द हो जाएगी। उधर नामांकन नहीं हुआ तो पढ़ाई की बड़ी समस्या हो जाएगी।

बड़ी दुविधा थी मेरे सामने। जैसे-जैसे रात गुजर रही थी वैसे-वैसे मेरी समस्या

गम्भीर हो रही थी। पिताजी के मारपीट के चक्कर में किसी से राय-मशविरा का मौका भी नहीं मिला। क्या करें? क्या ना करें?

जाने कैसे तीन बजे गया! माँ ने धीरे से उठाया। अब माँ साथ जाने के लिए उठा लेती है। रास्ते में मैंने तय किया कि दोनों समस्या नन्दी को बोल दूँगी। एक साथ दो बातें भी तो बोली ही जा सकती हैं। भगवान लोग तो एक साथ सब काम कर सकते हैं। मुझे परीक्षा में पास भी करवा देंगे और माँ काली के बारे तो बताना ही है यह कोई काम तो है नहीं।

यह सोचकर मन थोड़ा स्थिर हुआ।

राह चलते-चलते एक बात और ध्यान में आई। मैंने तो अपने स्कूल के गुरुग्रन्थ साहिब से भी परीक्षा वाली बात कह ही रखी है। उनके गुरु नानकदेव, गुरुगोविंद सिंह जी लोग भी तो परीक्षा पास करवाने में मदद करेंगे ही। रोज उनकी प्रार्थना भी तो करती हूँ।

''वाहे गुरु दी खालसा
वाहे गुरु दी फतेह''

भी तो रोज बोलती हूँ। दूसरे स्कूल में नामांकन की कोई समस्या नहीं आएगी के भाव से ही मन प्रसन्न हो गया।

गंगा की हरहराती लहरों की ध्वनि के सम्पर्क में आते ही अंदर की सारी ध्वनि विलीन हो गई। सुबह में गंगा का हल्का गर्म पानी शरीर और मन दोनों की मलिनता को साफ कर देता है। गंगा प्रवेश से पहले पानी का चरण स्पर्श सम्पूर्ण शरीर में बिजली की विद्युत धारा की तरह करेंट पैदा कर देता है। इस तरंग का रोमांच वही समझ सकता जिसने सुबह के गंगा-स्नान के जीवन को जिया है।

अहा गंगा ...

गंगा स्नान का लुफ्त उठाने के बाद मंदिर में गई। जल्दी-जल्दी पूजा कर नन्दी के पास गई। उसके कान के पास तक जाकर कुछ तो बोल आई। पर यह क्या? नन्दी से बातचीत के पहले कितनी ही भूमिका गढ़ी थी। कितनी योजना बनाई थी। कितने ताने-बाने बुने थे। उसके पास पहुँचते ही सब धाराशाही हो गए। याद रह गया सिर्फ पिताजी का गुस्सा और माँ की दुर्गा।

नन्दी के कान में मैंने कहा—''नन्दी, माँ पार्वती से कहना कि शिवजी के साथ मिलकर वे पिताजी का गुस्सा खत्म कर दें और पिताजी माँ को घर में दुर्गा जी की पूजा करने दें। माँ चाहती हैं कि कुलदेवी की पूजा किसी तरह घर में हो। दुर्गा जी हमारी कुलदेवी हैं। इसलिए।''

मुझे सुनाई दिया—''हाँ'', नन्दी ने ही बोला होगा।

यह बात माँ लोग कहती थी कि भगवान जी के पास कुछ भी सोचकर जाओ, पर वहाँ कुछ और ही बोल आती हूँ।

वह तो कहती थी कि वहाँ जाते ही सबकुछ भूल ही जाती हूँ।

आज मैंने भी महसूस किया। जो इच्छा अन्तर्मन में तीव्र होती है, वही वास्तव में वहाँ व्यक्त होती है। इसलिए गुरुजी कहते हैं—''इच्छा ही मानव जीवन की निर्देशिका है। पर वह इच्छा जो मन की गहराई से विश्वासपूर्वक उत्पन्न हो।''

स्कूल के भाई जी भी प्रार्थना के समय अपनी वाणी में कई बार यह बतलाते थे कि इच्छा जब मन के एकदम अंदर चली जाती है, तब वह गुरु नानकदेव के पास से ईश्वर के पास पहुँच जाती है। अब इन बातों का गूढ़ समझ आता है कि नन्दी, गुरु नानक आदि वह कड़ी हैं, जो सभी उच्च ऊर्जा से हमें जोड़ते हैं। यही सद्‌गुरु हैं।

हमारा प्राथमिक स्कूल नयाटोला गुरुद्वारा के माध्यम से चलता था। स्कूल के प्रबँधक (सरदारजी) को भाईजी कहते थे। भाईजी प्रतिदिन कुछ प्रेरक वाणी सुनाते थे।

अब जब रामकृष्ण परमहंस को पढ़ती हूँ तो खुद को उनके करीब बहुत करीब इसलिए पाती हूँ। कुछ स्तर पर उनसे ज्यादा सौभाग्यशाली भी। उन्हें तो सभी धर्म के पद्धतियों में प्रयास कर साधना करनी पड़ी। तब सर्वधर्म समभाव की प्रतिष्ठा कर पाए। मुझे तो स्वतः यह सौभाग्य बचपन से मिलता गया।

सनातन धर्म की आलोचना-विवेचना तो घर के बैठकखाने का मूल विषय था। मनुवादी संस्कृति की आलोचना गर्भ से ही मिलता रहा। शिक्षण प्रारम्भ हुआ तो गुरुद्वारा की पूरी पद्धति अनजाने धारण करती गई।

उस समय गुरुमुखी भाषा भी सीखने का मौका मिला था। कालांतर में भूल गई।

भाईजी के गुरुग्रन्थ साहिब वाली मोटी किताब में सभी प्रश्नों के जबाब हुआ करते थे।

मैं नन्दी से मन वाले प्रश्न क्यों नहीं कर पाई, इसका जबाब भाईजी से लेने का सोचकर घर पहुँची।

समय बीत नहीं रहा था। स्कूल जाने की जल्दी जो थी।

आज मैं स्कूल जाते कक्षा में अपना बस्ता पटका और दौड़ गई भाईजी से मिलने। इस समय भाईजी विद्यालय के ऊपरी तल पर बने प्रार्थना कक्ष में रहते हैं। आज मेरा ध्यान स्कूल के प्रार्थना कक्ष की ओर पूरी तरह से गया। वैसे तो वहाँ एक बार प्रतिदिन हम जाते थे हलुआ का प्रसाद लेने। जहाँ हम प्रसाद लेने जाते थे, वहाँ गुरुग्रन्थ साहब का स्थान था। भाईजी पाठ पर बैठे थे। उनके इंतजार में वहाँ बैठना पड़ा। इस दौरान मैंने ध्यान से वहाँ के एक-एक दृश्य और गतिविधि को देखा। एक सुंदर मंडप के बीच में बहुत सजधज के साथ एक मोटी पुस्तक रखी थी। यही पुस्तक गुरु ग्रन्थ साहिब कहलाते हैं। सिखों में इसी ग्रन्थ की पूजा होती है। यह उनकी जीवन-निर्देशिका है। उस समय लगता था कि किताब भी कहीं भगवान होते हैं। अब लगता है किताब ही भगवान होते हैं। वह सभी धर्म जिसने मूर्ति की जगह ग्रन्थ को भगवान बनाया ज्यादा सुस्थिर है।

सनातन धर्म भी अपनी प्रारम्भिक अवस्था की तरह वेद आदि ग्रन्थ की पूजा जारी रखते। सभी को वेदों के ही नियमों पर चलने की व्यवस्था बनाए रखते तो आज भारतीय समाज का एक अलग परिदृश्य होता। यह स्मृति, उपनिषद और फिर मूर्ति पूजा साथ ही वर्ण-व्यवस्था के उत्तराधिकारी जाति-व्यवस्था ने सनातन धर्म के मूल स्वरूप को ही बिगाड़ दिया।

खैर। भाईजी उस पुस्तक से गुरुवाणी का पाठ कर रहे थे। दो अन्य भाईजी दोनों तरफ चंवर हिला रहे थे। सामने बहुत बड़ी सुन्दर दरी पर बहुत सारे पंजाबी लोग बैठे पाठ सुन रहे थे। इस बीच कोई नए व्यक्ति आ रहे थे तो सामने जाकर पहले पाठ वाले स्थान पर घुटने के बल झुककर प्रणाम कर रहे थे। फिर मंडप का एक चक्कर लगा कर किनारे बैठ जा रहे थे। बीच से जाने वाले भी यही प्रक्रिया कर निकल रहे थे।

कुछ देर में पाठ समाप्त हो गया। ग्रन्थ को बहुत सुंदर लाल कपड़े से धीरे-धीरे ढँक दिया गया। सभी ने प्रणाम किया। हलुए का प्रसाद जाने वाले को लगातार दिया जा रहा था। हमने भी प्रसाद लिया। भाईजी उस स्थान से उठकर दरी वाले क्षेत्र पर आए। कुछ लोगों उनसे अपनी समस्या का समाधान लिया।

मैं भी उनके पास गई। पहले भी मैं उनसे बात करती रहती थी। उनके लंबे बालों के बारे में। उनके पगड़ी के बारे में। छोटी कंघी के बारे में। कृपाण के बारे में। बहुत सरल भाषा में उन सब के महत्त्व को भाईजी बताया करते थे।

आज इन सब से अलग गम्भीर प्रश्न पर मुझे बातचीत करनी थी। वहीं दरी पर हम बैठ गए।

मैंने पूछा—"कल मैं नन्दी के पास कुछ और कहने गई थी, पर वह बात भूल गई और कुछ और ही कह दिया। ऐसा क्यों हुआ?"

भाईजी ने बात की शुरुआत की।

भाईजी ने कबीर के किसी दोहे से बात शुरू की। दोहा तो याद नहीं, पर कबीर नाम याद रह गया क्योंकि दोहे के अंत में कबीर शब्द था। वैसे बातचीत के बीच में अनेकों बार कबीर और नानक गुरु के रूप में आते रहे।

उन्होंने बताया कि यह बहुत सहज बात है। सभी के साथ ऐसा होता है। बहुत लोग तो भूल ही जाते हैं कि भगवान से क्या बात करनी थी। भगवान के प्रति सच्ची श्रद्धा वाले लोगों के साथ ऐसा होता है। यह समर्पण है।

बच्चे के साथ यह बहुत होता है। छोटे बच्चे प्रायः भगवान से अपने माता-पिता की खुशी चाहते हैं। खासकर बेटियों के मन में यही रहता है।

बच्चे माता-पिता के हर व्यवहार को ध्यान से देखते हैं और उस व्यवहार की तस्वीर अपने मन में बना लेते हैं। इसलिए बच्चे का व्यवहार उसके माता-पिता की तरह होता है।

चूँकि बच्चा सबसे ज्यादा माता-पिता से जुड़ा होता है। अतः उनकी कोई समस्या

भी तस्वीर बनकर उसके मन में बैठ जाती है और जब वह भगवान के पास जाता हैं तो उसे वह समस्या याद आ जाती है। अपनी तत्कालिक बात भूल जाता है और माता-पिता की समस्या का समाधान भगवान से माँग लेता है। तुम्हारे साथ भी ऐसा ही हुआ है।

नन्दी सच में सुनता है क्या? वह पार्वतीजी से मिलता है? मैंने पूछा।

भाईजी हँसने लगे। तुम्हें कोई शक है!

मैं झेंप गई। बोली, नहीं, शक की बात नहीं है। पर है तो वह मिट्टी की मूर्ति ही ना। इसलिए पूछा।

भाईजी ने सर को थपथपाया।

बोले—"पूजा करते समय यह बात सोचना चाहिए। मिट्टी की मूर्ति है तो पूजा क्यों करती हो?"

"माँ लोग करती है इसलिए" मैंने कहा।

"वह तो ठीक है। पर तुमलोग पढ़ रही हो। पढ़े-लिखे बच्चे को सोचना चाहिए कि मिट्टी की मूर्ति में भगवान रह सकते हैं?" उन्होंने कहा।

"फिर इतने लोग मूर्ति की पूजा क्यों करते हैं" मैं पूछी।

"वेदों को पढ़ाने से बचने के लिए कुछ शिक्षकों ने यह तरीका निकाला। पहले वेदों को पढ़ाना ही पूजा या शिक्षा था। पेड़, सूर्य, गंगा आदि की पूजा होती थी ताकि उसे बचाए रखा जा सके। उससे ही हमें खाना, पानी मिलता था इसलिए।

बाद में पढ़ाई को कुछ लोगों के लिए बाँध दिया गया। जिन्हें पढ़ाई से रोका गया वह हल्ला ना करें, इसलिए मूर्ति आदि के पूजा में उनको फँसा दिया।"

पिताजी की तरह भाईजी भी बोल रहे थे। पिताजी की बात याद आ गई, "धर्म अफीम है।"

"मतलब मूर्ति पूजा भी अफीम की तरह था, जिसे चटाकर लोगों को पढ़ाई से दूर कर दिया गया।" मैंने पिताजी की शिक्षा का लाभ उठाते हुए भाईजी को प्रभावित किया।

वह बहुत खुश हुए।

बोले—तुम्हें तो बहुत बात पता है, फिर भी मूर्ति पूजा करती हो। भगवान मूर्ति में नहीं हमारे विश्वास में होते हैं। हमारा विश्वास ही हमारा भगवान है।

"जी" मैंने अगला प्रश्न किया, अच्छा आप काली के बारे में जानते हैं, जिसे रामकृष्ण परमहंस ने मार दिया था। अब वह है कि नहीं?

यह प्रश्न तुम्हारे मन में कहाँ से आया? भाईजी ने प्रतिप्रश्न किया।

मैंने आश्रम और पिताजी की कहानी का पूरा प्रसंग उन्हें सुनाया।

तब तक स्कूल के प्रार्थना की घण्टी बज उठी। कल पर जबाब टल गया।

आज दूसरे भाईजी पाठ कर रहे थे। बड़े भाईजी को कहीं जाना पड़ गया अचानक।

यह गुरुस्थान अब मुझे भाने लगा। यह मेरे अकेलेपन का साथी बनने लगा। बिल्कुल आश्रम सी ही शांति उस कमरे में भी रहती थी। प्रारम्भ में तो मुझे बैठने नहीं मिलता था। हलुआ देकर भेज दिया जाता था। फिर धीरे-धीरे बैठने की इजाजत मिलने लगी। भाईजी (सिख पुजारी को भाईजी कहते थे) गुरुवाणी पढ़ते और मैं सुनती जाती। हमें गुरुमुखी भाषा भी सिखाते। बहुत कुछ लिखना सीख गई थी। जब भाईजी गुरुवाणी की हिंदी व्याख्या करते तो बहुत कुछ पिताजी जी वाली बात ही बोलते थे। मूर्ति पूजा को मना करते थे। अपनी धार्मिक किताब के वाणी को जीवन में उतारने को ही वे पूजा कहते थे।

भाईजी ने एक बार बताया कि "जो लोग अपने गुरु की लिखी किताबों को पढ़ते हैं। उसकी तरह ईमानदार, सच्चे बन जाते हैं। जो गरीबों की मदद करते हैं। जो अपने धर्म में किसी को भिखारी नहीं बनने देते है उन्हें ही भगवान प्यार करते हैं।"

पिताजी भी गरीबी, भिखारी वाली बात करते थे। इसलिए मुझे गुरु द्वारा लिखा ग्रन्थ गुरुग्रन्थ साहिब अच्छा लगने लगा। मुझे बताया गया कोई समस्या हो, उसका उत्तर इस ग्रन्थ से मिल जाता है। वहाँ बहनजी भी रहती थीं। मेरे सारे सवालों का हल उनलोगों के पास प्रायः मिल जाता था।

मैंने वर्षों उनके द्वारा दी गई प्रातः वंदना को किया। बहुत आनन्द आता था। खेल के समय मैं सबको वह सुनाती। स्कूल छोड़ चुके बच्चे दुख मनाते कि हमारे समय में भाईजी ने यह सब क्यों नहीं सिखाया? उन्हें वंदना न सीखने से ज्यादा दुख इस बात का था कि मुझे प्रतिदिन वहाँ का ढेर सारा हलुआ अब सहज मिलने लगा था।

एक दिन भाईजी ने परीक्षा में पास होने का गूढ़ रहस्य बताया। 40 दिनों का चालिहा अनुष्ठान। चालिहा अनुष्ठान में चालीस दिनों में सिर्फ अपने परीक्षा के बारे में सोचना था। किसी दूसरे के घर ना बहुत जाना था। ना दूसरे से बहुत बात करनी थी। ना ही दूसरे के यहाँ खाना था। जब मौका मिले अपने किताब कॉपी से बात करनी थी।

मुझे याद है, मैंने यह अनुष्ठान किया भी था। हमेशा किताब लेकर घूमती थी। खेलने कहा जाता तो कहती अभी मैं चालिहा में हूँ। घर के कई कामों से भी बच जाती। स्वयं को साधने का बड़ा सरल उपाय था यह। परीक्षा में तो ऐसे भी पास होना था। पर किताबों से प्रेम इस चालिहा से सीख गई। सच है झूठे मन से भी सच्चे साथी को साथ रखा जाए तो उसका सकारात्मक प्रभाव तो पड़ता है।

सबसे मजे की बात थी कि इस अभ्यास में ना सुबह-सुबह नहाना था। ना तुलसी या सूर्य को जल डालना था। ना हनुमान चालीसा या दुर्गा चालीसा पढ़ना था। ना किसी भगवान को प्रसाद चढ़ानी थी। जैसा कि हमारे पुजारी लोग बता देते थे।

यहाँ बस थोड़े अपने में रहकर अपनी ही किताब पढ़नी थी। थोड़ा-थोड़ा कम खेलना था। थोड़ा-थोड़ा कम घूमना था। थोड़ा-थोड़ा कम बोलना था। थोड़ा-थोड़ा कम सोना था। मुझे तो यह करने में बहुत मजा आ रहा था। फिर मैंने कई दोस्तों को

बताया था। कइयों ने किया भी था। हाई स्कूल में नामांकन का सवाल जो था। कोई रिस्क नहीं लिया जा सकता था।

चालिहा ने हमसब के नामांकन का रास्ता खोल दिया। हम हाई स्कूल में सहज नामांकित हो गए। चालिहा के खेल में मैं काली, रामकृष्ण सब भूल गई थी। गुरुद्वारा का हलुआ और ऐसे सरल अनुष्ठान ने मुझे माँ के मूर्ति पूजा के आकर्षण से बाहर निकाल लिया था। माँ के साथ गंगा जी भी जाती थी। उनके अनुसार पूजा भी करती थी। पर वहाँ एक और प्रयोग मैंने प्रारम्भ कर दिया था। भाईजी ने ही बताया था। गंगा में जब पैर रखती तो पानी की लहर से जो करेंट बनता था, उसको पैर के द्वारा अपने सिर तक ले जाती थी। फिर पूरे शरीर में करेंट जैसा लगता था। भाईजी ने बताया था कि यह करेंट ही गंगा की शक्ति है और जब तुम्हारे भीतर जाएगी तो तुम्हारी शक्ति बन जाएगी। मैंने गंगा के शक्ति को स्वयं में समेटना शुरू कर दिया था।

सच में मैं शक्तिशाली बनने लगी थी। कोई मुझसे जीत नहीं पाता था बहस में। उस समय बहस में जीत जाना भी बड़ी शक्ति थी।

हम हाई स्कूल में नामांकित हो गए। धीरे से गुरुद्वारा छूटने लगा। आर्य समाज हमारे अंदर समाने लगा। आर्य समाज संस्था द्वारा संचालित आर्य कन्या विद्यालय, नयाटोला, पटना में छठी कक्षा में नामांकन हुआ था।

हमारे जीवन में गायत्री मंत्र का प्रवेश हुआ। हवन में उत्पन्न अग्नि की लपटें मुझे अपनी ओर बुलाने लगी। अद्भुत बात यह थी कि उस लपट में काली दिखती थी। हमारी प्रधानाध्यापिका के साथ ही ज्यादातर शिक्षिका बंगाली थी। मुझे अंग्रेजी की शिक्षिका मीना दी बहुत पसंद थी। मैंने हवन के बाद एक दिन उनसे पूछा—"हवन की अग्नि में काली रहती है क्या?"

मीना दी ने बताया—हाँ, हवन में काली दिख सकती हैं। हवन की अग्नि में सभी देवी-देवता होते हैं।

पर काली जी को तो ठाकुरजी ने मार दिया है। फिर वह कैसे होंगी? मैंने कहा।

वह हँसने लगी। बोली—"काली कहाँ जाएगी? वह तो हमेशा है। रामकृष्ण परमहंस ने तो उनकी प्रतिमा तोड़ी थी। वह प्रतिमा थोड़े ही हैं। वह तो हमारे अंदर का विश्वास हैं। हमारे अंदर की शक्ति हैं।

विश्वास काली कैसे होगी, मेरी समझ में नहीं आया। मीना दी उस समय समझा भी नहीं पाई।

आर्य समाज स्कूल में बहुत जल्दी जो दो-चार बातें रटवा दी गई, वह थी।

आर्य समाज संस्था के संस्थापक श्री दयानन्द सरस्वती थे। इन्होंने स्त्री-शिक्षा और सती प्रथा हटाने के लिए कार्य किया था। उनका कहना था कि स्त्रियों के सम्मान से ही भारत का सम्मान लौटेगा। स्त्रियों के विकास के लिए बाल विवाह और सती प्रथा का खत्म होना आवश्यक है।

सती प्रथा मतलब पति की मृत्यु पर पत्नी को जीवित उनके साथ जला देना। उस समय यह स्त्री का सबसे बड़ा दर्द था। जबरदस्ती उसे जिंदा जला दिया जाता था। बाल विधवा के लिए भी दयानन्द सरस्वती बहुत काम करते थे।

कुल मिलाकर यह स्थापित किया जाता कि आज हम बालिकाएँ इस तरह पढ़ पा रहे हैं तो दयानन्द सरस्वती का बड़ा हाथ है।

दयानन्द सरस्वती का चित्र मुझे बहुत पसंद था। उनकी पगड़ी मुझे सबसे ज्यादा अच्छी लगती थी। जहाँ भी देखो उनके चित्र सजीव से लगते थे, जैसे अभी बोल पड़ेंगे। विवेकानन्द की तस्वीर भी उनकी ही तरह की होती थीं। दोनों मुझे एक जैसे लगते थे। दोनों के बारे में कुछ भी सुनना मुझे अच्छा लगता था।

हमें बताया जाता था कि धर्म वास्तव में हमारे अंदर के गुण हैं। यह सनातन होते हैं। इसलिए हमारा धर्म सनातन धर्म है। हिन्दू कोई धर्म नहीं है। धर्म का अर्थ होता है धारण करना। धारण किसे करते हैं—गुण को। गुण सनातन होता है। उसका कभी क्षय नहीं होता। इसलिए हमारा धर्म सनातन है।

धर्म क्या है में बताया जाता कि धैर्य, क्षमा, दया, सत्य, अहिंसा, प्रेम आदि मानव के गुण ही धर्म हैं।

दयानन्द सरस्वती का एक कथन हमें बराबर याद दिलाया जाता ''प्तकृण्वन्तो प्तविश्वमार्यम्''—अर्थात सारे संसार को श्रेष्ठ मानव बनाओ।

मैं घर आकर अपने बाल-समूह के बालकों को श्रेष्ठ मानव बनने को प्रेरित करती। इसमें हमारा बचाव था। बताती थी कि लड़कियों को मारना, उसको गलत बात कहना पाप है। दयानन्द सरस्वती ने कहा है कि जो लड़कियों को कुछ गलत नहीं कहता, उसे नहीं मारता, वही श्रेष्ठ मानव है।

प्रवचन काल में तो मान भी लेते पर किसी बात पर लड़ाई हो जाए तो उनकी श्रेष्ठा माशा अल्लाह।

लड़कों के साथ की एक लड़ाई की घटना भुलाए नहीं भूलती। सभी बच्चे विभिन्न खेल में मग्न थे। लड़कियों की टोली बालू पर घर और मंदिर बनाने में लगी थी।

काजीपुर का हमारा कैम्पस हमें खेल की हर सामग्री उपलब्ध कराता था। गिट्टी का टीला, बालू का टीला हमेशा उपलब्ध रहता। कैलाश पर शिव जी को स्थापित करना होता तो गिट्टी के टीले पर शिवलिंग स्थापित हो जाता था। शिवलिंग की खोज बालू से कर ली जाती थी। बालू में बहुत सुंदर-सुन्दर पत्थर मिल जाते थे। चमकीले पत्थर, चिकने पत्थर।

लड़के गुल्ली-डंडा और गोली खेल रहे थे।

हमारा बालू का घर और घर से मंदिर बनकर तैयार था। मंदिर में देव की स्थापना की तैयारी चल रही थी। फूल, पत्ती, प्रसाद सभी तैयार थे। पंडित बने लड़के का इंतजार था। वह आकर स्थापना करवाता।

और तभी एक गुल्ली वेग से आई। पहले मंदिर के ऊपर झाड़ू के सिंक का लगा मुंडेर धाराशाही। फिर पूरा मंदिर ध्वस्त।

6 दिसम्बर 1992 को ढहाए गए बाबरी मस्जिद का मंजर भी हमारे मंदिर के विध्वंश के आगे कमतर ही होगा या जैसा कि कहा जाता है मुगलों ने हजारों मंदिर तोड़ दिए तो उन हजारों मंदिर के तोड़ने से उत्पन्न पीड़ा से भी ज्यादा पीड़ादायक क्षण था हमारे इस मंदिर का विध्वंश।

हम लगभग दस बारह पुजारिन वहाँ उपस्थित थे। सभी ने एक साथ चंडी का रूप धारण कर लिया।

मंदिर का टूटना कोई साधारण बात नहीं थी। कितनी तपस्या, कितनी कल्पना, कितनी श्रद्धा से निर्मित की जाती है पूजा की एक इमारत। उसे ढाहने वाले नहीं समझ सकते। ढाहने वाले शायद यह समझ जाते तो बाबरी मस्जिद और ऐसे ही श्रद्धा के सैकड़ों इमारतें तोड़ी नहीं जाती।

हम चंडी बन चुकी बालाओं ने एक-एक लड़के को मारना शुरू कर दिया। प्रारम्भ में उन्होंने भी हमारे मारपीट का भरपूर विरोध किया। मारपीट भी की। बड़े के बीच-बचाव से उनलोगों ने अपनी सफाई देनी प्रारम्भ की, हमने जानबूझ कर गुल्ली उधर नहीं फेंकी। वह गलती से चला गया आदि आदि।

उनलोगों में से कुछ ने मंदिर पुन: बना देने की पेशकश की, पर हमने उनके मदद को स्वीकार नहीं किया।

तय हुआ कि बालू वाले क्षेत्र में और जहाँ लड़कियाँ खेल रही होंगी, वहाँ गुल्ली डंडा नहीं खेला जाएगा।

हम धीरे-धीरे चंडी के अवतार से सामान्य स्वरूप में आकर पुन: मंदिर बनाने में संलग्न हो गए।

हमारे इस लड़ाई को साक्षी भाव से हमारे प्रेस पर आए एक सज्जन देख रहे थे। घमाशान की समाप्ति के बाद वह वहीं खड़े हमारे मंदिर निर्माण प्रक्रिया को देख रहे थे।

उन्होंने पूछा—"मंदिर हम क्यों बनाते हैं।"

"मंदिर में भगवान को रखने के लिए। उनका घर होता है मंदिर।" हमने अचंभित उनकी ओर देखकर कहा, जैसे यह भी कोई पूछने की बात है।

अच्छा बताओ मुन्नी, तुमको अकेले रहने के लिए कितना घर चाहिए। एक समय में कितने घर में तुम रह पाओगी। उन्होंने पूछा।

मैंने कहा—एक।

तुम्हारे भगवान को ढेर सारा घर क्यों चाहिए? उन्होंने पूछा।

बहुत तर्क दिया हमने। पर अंत में हम उलझ गए।

उनसे ही पूछा फिर—"मतलब इतना मंदिर, मस्जिद, गुरुद्वारा, चर्च सब बेमतलब का है।"

उन्होंने बताना शुरू किया।

मन न रँगायो, रंगायो जोगी कपड़ा।
दाढ़ी रखाय बाबा, बन गए बकरा॥

और चुप हो गए। हम भी मौन उनका मुख देख रहे थे कि इसका मतलब बताएँगे। तभी उन्होंने दूसरा दोहा बोला—

कांकर पाथर जोरि कै मस्जिद लई बनाय।
ता चढि मुल्ला बांग दे क्या बहरा हुआ खुदाय॥

फिर तीसरा भी बोल दिया—

पाहन पूजै हरि मिले, तो मैं पूजूं पहार।
ताते यह चाकी भली, पीस खाए संसार॥

लगातार वह दोहा बोले जा रहे थे।

रूबी को रहा नहीं गया। वह उन्हें रोकते हुए बोली, हमलोगों को कुछ समझ नहीं आ रहा है। आप क्या बोल रहे हैं? इसमें मंदिर की बात कहाँ है कि मंदिर नहीं बनाना है या वहाँ भगवान नहीं रहते हैं।

हम भी उनके दोहे कहने का मतलब नहीं समझ पा रहे थे। यह सब दोहा हमने सुन रखा था। कबीर के इन दोहों का उदाहरण कम्युनिष्ट वक्तव्यों में बहुत दिया जाता था।

गुरुद्वारा के गुरुवाणी पाठ में भी सुना था। पर यहाँ पर सन्दर्भ समझ नहीं आ रहा था।

उन्होंने कहा—यह सब दोहे प्रसिद्ध कवि कबीर के हैं। यह उस समय लिखा गया जब मंदिर और मस्जिद के लिए भारत में बहुत लड़ाई होती थी। उन्होंने लिखा कि "कंकर और पत्थर को जोड़कर मस्जिद तो बना लिया है। उसपर चढ़कर मुल्ला जी बांग(अजान) देते हैं तो क्या उनका अल्लाह बहरा हो गया है।"

अब सोचो मस्जिद में अल्लाह रहते हैं तो छत पर चढ़कर अजान पढ़ने की क्या जरूरत? कुछ मुस्लिम भाई कहते हैं कि अजान के द्वारा सभी मुस्लिमों को जगाया जाता है ताकि समय पर अल्लाह को याद करे। जबरदस्ती अल्लाह को क्यों याद करवाना? जब सभी अल्लाह के बंदे हैं तो अल्लाह का नाम लेने के लिए उन्हें अन्य लोग क्यों जगाते हैं? अन्य समुदाय को नहीं जागना होता है, कुछ बीमार लोगों को इस तेज आवाज से समस्या होती है। फिर उन्हें कष्ट देना कौन-से अल्लाह का काम है।

इसी तरह मंदिर की भी बात है। मंदिर बनवाकर मूर्ति बैठा देते हैं। पत्थर की इन मूर्तियों को पूजने से आजतक किसी को भगवान मिले हैं, इसका कोई प्रमाण नहीं है। हाँ, मंदिर-मस्जिद की लड़ाई में लाखों लोग मारे गए हैं इसके कई प्रमाण हैं।

जब ऐसी बात है, हर जगह मंदिर क्यों बनता ही जा रहा है? नवीं कक्षा में पढ़ने वाले बमबम भैया ने पूछा।

उन्होंने हमसे पूछा कि "अच्छा बताओ। शिव भगवान का घर कहाँ है?

हमने सस्वर कहा—"कैलाश पर्वत"

फिर पूछा—"विष्णु भगवान कहाँ रहते हैं?"

हमने सस्वर कहा—"विष्णुपुर"

अब बोलो, जब उनका खुद का घर है ही तो मन्दिरों में क्यों रहेंगे? सभी भगवान को रहने का अपना जगह है। उन्हें मंदिर आदि जगह नहीं चाहिए।

वास्तव में मंदिर बनाने वाले लोग जमीन को कब्जा करने के लिए मंदिर बनाते हैं। सरकारी जमीन को मंदिर के नाम पर लेकर अपना अन्य कार्य करते हैं।

कुछ-कुछ हमें विश्वास हो रहा था। कुछ-कुछ अजीब बात लग रही थी। आजतक मंदिर के बारे ऐसी बातें हम बच्चों ने नहीं सुनी थी। हमलोग तो हर परीक्षा में मंदिर में भगवान के पास कह आते थे कि परीक्षा में पास करवा देना भगवान। पास होने पर प्रसाद चढ़ाएँगे। अब कुछ अलग बात हो रही थी। भगवान वहाँ रहते ही नहीं हैं, फिर पास कौन करवाएगा? प्रसाद किसे चढ़ाएँगे?

फिर उन्होंने कहा कि जिसको हम पसन्द करते हैं या प्यार करते हैं, उसे अपने साथ अपने घर में रखते हैं और उनकी याद अपने मन में रखते हैं। जिन्हें हम प्यार करते हैं उन्हें अपने से दूर बड़ा महल बनाकर उसमें रख दें। समय-समय पर खाना-पानी दे दें और फिर ताला में बन्द कर दें तो क्या वे हमारे पास रहेंगे।

हमने कहा—नहीं।

फिर भगवान के साथ हम ऐसा क्यों करते हैं? अगर उन्हें प्यार करते हैं, तो अपने साथ रखेंगे। अपने मन में हमेशा उन्हें याद करेंगे।

मंदिर में उन्हें बन्द कर देना ठीक है। तुम्हीं लोग बताओ।

नहीं, उन्हें अपने साथ रखना चाहिए, हमने कहा।

फिर उन्होंने कहा, एक बात और। अगर भगवान हमारी हर बात पर मदद करते हैं, हमारे सबसे बड़े मददगार हैं तो साथ में ही रखने में फायदा है। जब जरूरत हो जगा लेंगे और काम कह देंगे।

अब काम पड़ा और मंदिर की ओर भागो। वहाँ जाओ तो पुजारी रोकेंगे। कभी मंदिर बन्द रहेगा। कभी इतनी भीड़ होगी कि अपनी बात कह ही नहीं पाएँगे। क्यों इतना झमेला करना?

अपने पास रखो और मजे से उनसे काम लेते रहो।

हाँ, तब तो हमें परीक्षा के समय मंदिर भी नहीं जाना पड़ेगा परीक्षा में पास करवाने का मनता मानने।

पर मैं तो आश्रम जाती हूँ। ठाकुर जी के पास।

रामकृष्ण मिशन आश्रम में ठाकुर जी नहीं रहते क्या? मैंने पूछा।

शाम होने लगी थी। सभी के घर से बुलाहट शुरू हो गई। सभी बोले, अब घर चलो बाद में इसके बारे में पूछना।

कल आप आकर ठाकुर के बारे में जरूर बताइएगा, कहते हुए हम सभी घर की ओर भागे।

आश्रम के बारे में मैंने इसलिए पूछा क्योंकि वहाँ के मेरे अनुभव बहुत अच्छे थे। मैं आश्रम बहुत जाती थी। वहाँ मंदिर जैसा ठाकुरजी की मूर्ति तो थी, पर मंदिर जैसा शोर नहीं था। कोई आपाधापी नहीं थी। शायद ठाकुरजी से कोई कुछ माँगने भी नहीं ही आता होगा। वहाँ जिसे भी देखा मैंने। शांत, स्थिर, मौन साधना में लीन। थोड़ी देर बैठे या ज्यादा देर। रहते सभी चुप ही थे। अंगुलियों की हरकत से हम जान जाते थे कि मन्त्र जप चल रहा है।

आश्रम में एक अनाथाश्रम था। जहाँ अनाथ बच्चों रहते थे। हम शाम की आरती में उनसे मिला करते थे। वहाँ के अस्पताल में बहुत कम पैसे पर इलाज हो जाता था। वहाँ के पुस्तकालय में सभी को पढ़ने मिलता था।

आश्रम के हॉल में बैठकर कोई कितनी भी देर ठाकुर की आराधना कर सकता था। कभी वहाँ किसी को कोई टोकता नहीं था।

बड़े मजे का जगह था वह। शांति से बैठो। चाहे जितना ठाकुरजी से लड़ लो। काली को बुला लो। शारदा माँ से बात कर लो। आँखें बंद कर जो मर्जी सोच लो, कोई टोकने वाला नहीं। जब मर्जी उठकर चले आओ। कोई शोर नहीं। कोई प्रवचन नहीं। कुछ भी अलग से थोपने का प्रयास नहीं।

वह ना मंदिर जैसी मक्खी आदि रहती थी। ना मस्जिद जैसा विरानापन था। ना गुरुद्वारा जैसा शोर। ना चर्च के नखरे। वहाँ शांति थी। स्थिरता थी। घर के कोलाहल से दूर कुछ देर बैठकर स्वयं से बात करने का उत्तम स्थान था वह।

वहाँ की छोटी-छोटी पुस्तिका रामकृष्ण की, विवेकानन्द की, माँ शारदा की, काली की, साधना की मैंने खरीद रखी थी। समझती कम थी। पढ़ती ज्यादा थी। पिताजी से कभी-कभी कुछ-कुछ पूछ लेती थी। उनके लाल झंडे वाला जबाब भी कोई कम भारी नहीं होता था, पर और कोई विकल्प नहीं था।

माँ जिन बातों पर विश्वास करती थी या हमारे परिवार की जो कहानियां थीं, वह पिताजी, पुराने विद्यालय, नए विद्यालय, आश्रम के स्वामीजी आदि सभी के विचारों के बिल्कुल विपरीत थी।

जैसे मेरे बड़का बाबू (बड़े चाचा) पर कुलकुला देवी आती थीं। बांका जिला, उस समय के भागलपुर जिला का ककवारा गाँव हमारा पैतृक गृह स्थान है। कुलकुला देवी (दुर्गा की एक रूप) हमारी कुलदेवी का नाम है। बड़का बाबू कुलकुला मंदिर

के पुजारी थे। हरेक मंगलवार को उनमें कुलकुला माई का भाव भरता था। स्वयं कुलकुला माई उनके शरीर में आ जाती थीं।

कुलकुला माँ साक्षात थी, इसकी जाँच भी हुई और प्रमाण भी उन्होंने दिया।

ऐसा माँ का कहना था। माँ बताती थी कि एक बार मेरे किसी भाई ने कह दिया कि यह सब ढोंग है। तब कुलकुला माई ने स्वयं को साबित किया। बलि प्रदान करने वाले कटारी को उन्हें उठाने कहा गया। लाख कोशिश के बाद भी हल्के से कटारी को नहीं उठा पाए। फिर जब माना कि कुलकुला माई बड़का बाबू पर आती हैं। वह हैं अस्तित्व में। तब जाकर कटारी उठा पाए थे। भैया लोग भी कहते हैं यह सत्य कहानी है।

रामनवमी के दिन उनके शरीर पर हनुमान जी आते थे। दुर्गा पूजा में नौ दिन देवी आती थीं। भूत आदि विशेष तौर पर यहाँ भगाया जाता था। मरीज को कारणी की संज्ञा दी जाती थी।

मुझे लगता है कारण से कारणी शब्द आया होगा। किसी भी कारण अथवा समस्या का निदान खोजने आया व्यक्ति, कारणी।

हमारे दूसरे चाचा थे 'कैलू का'। वह भी सिद्ध पुरुष थे। मान्यता थी कि उन्होंने श्मशान सिद्ध कर रखा था। वह घर बैठे-बैठे मिठाई आदि खाने के लिए मंगा देते थे। हमें याद है कि एक बार सम्भवत: उन्होंने पटना में हमारे लिए भी कुछ मिठाई मँगवाई थी। बाद में उन्होंने मना कर दिया, बोले पूजा करना पड़ता है इसके लिए।

वह दावा करते थे कि उन्हें गर्भ बदलने की कला आती थी। हमें बताते थे वह किसी गर्भवती स्त्री के गर्भ को वह दूसरी स्त्री के गर्भ में भेजते हैं। उनका कहना था कि यह कार्य बहुत खर्चीला है। विशेष अनुष्ठान करना पड़ता है। कितना सच था यह? पता नहीं। पर सभी इस बात को मानते थे कि उनके पास कुछ विशेष शक्ति है। वह कुछ अदृश्य सहयोगी को अपने साथ रखते थे और उन्हें अपना रक्त पिलाते थे। उन्हीं से इधर का उधर करने का काम लेते थे।

नानी घर में भी ऐसे भगत बहुत थे।

माँ प्राय: अपनी समस्या का निदान इनके यहाँ से लाती रहती थी। कभी भष्म के रूप में। कभी नीर (मन्त्र पढ़ा हुआ जल) के रूप में।

कभी-कभी मुझे माँ के विश्वास पर शक होता। पर माँ गलत भी हो सकती है, यह धारणा हमलोगों के संस्कार में नहीं आया था। इसलिए बिना तर्क, बिना संशय, विश्वास-अविश्वास से परे उनके उपायों को हमलोग अपनाते भी थे और ठीक भी हो जाते थे। दुर्भाग्य यह रहा कि वह इन उपायों से स्वयं को कैंसर रोग से नहीं बचा पाई।

आज जब आध्यात्मिक चिकित्सा का अध्ययन करती हूँ, तब पाती हूँ कि विश्वास ही इलाज है। अपनी ऊर्जा को जागृत करना, उसपर विश्वास करना, कुछ यौगिक प्रक्रिया करना, जड़ी-बूटी का सटीक उपाय ही तो आध्यात्मिक चिकित्सा है।

माँ भी इसी चिकित्सा का देशी स्वरूप लेकर आती थी। चिकित्सा आधी-अधूरी होने कारण उन्हें रोगमुक्त नहीं रख पाई।

कल स्कूल में स्वामी दयानन्द सरस्वती पर भाषण प्रतियोगिता है। चलो, उसकी तैयारी कर लें।

यूँ तो महर्षि दयानन्द सरस्वती का जन्मदिन फरवरी में होता था। उसी समय उनसे सम्बंधित आयोजन होते थे। कल मुख्य आयोजन में भाग लेने का चयन कार्यक्रम था। पर लिखकर तो पूरा ले ही जाना था।

मेरी तैयारी कई दिनों से चल रही थी।

भाषण प्रतियोगिता में भाग लेने की आदत मुझे पिताजी ने लगाई थी। स्कूल से बाहर भी पिताजी मुझे मंच उपलब्ध करवाते रहते थे। तैयारी भी उनकी ही होती थी। शब्द भी उनके ही होते थे। मेरी सिर्फ अभिव्यक्ति होती थी।

दयानन्द सरस्वती पर भी कार्य चल रहा था। उनकी पुस्तक 'सत्यार्थ प्रकाश' से भाषण के लिए सामग्री ढूँढे जा रहे थे। विचार तो पिताजी के अनुकूल होना था।

वैसे जब भी मैं स्कूल में महर्षि दयानंद के विचारों को सुनती थी तब महसूस होता था कि मेरे पिताजी के बारे में ही बोला जा रहा है। मूर्ति पूजा विरोध, धार्मिक आडंबरों का विरोध, धर्म के नाम पर संघर्ष का विरोध आदि में पिताजी और महर्षि दयानंद सरस्वती एक ही जैसा सोचते थे।

पिताजी ने मेरा भाषण लगभग तैयार कर दिया था। आज भी याद है भाषण की वह शुरुआत। "पत्थर पर दूब उगाए जा सकते हैं, हथेली पर फूल उगाए जा सकते हैं, पर दयानन्द सरस्वती जैसे क्रांतिकारी दूसरे वीर की कल्पना नहीं की जा सकती है। दयानन्द सरस्वती वह वीर थे, जिन्होंने भारतीय धार्मिक व्यवस्था के अंधविश्वास की जड़ें हिला कर रख दी।"

महर्षि दयानंद सरस्वती पर बोलना एक अलग अनुभूति है। जिस नन्दी के कान में हम अपनी इच्छा बोल आते हैं। मानते हैं कि अब शिवजी हमारी इच्छा पूरी कर देंगे। यहाँ महर्षि बताते हैं कि यह सब झूठ है। यह बताना कि मूर्तिपूजा वेदों (और उपनिषदों) में कहीं नहीं है। मूर्ति पूजन से लोग मूर्ति पर आश्रित हो जाते हैं और कर्म करने के प्रति उदासीन हो जाते हैं।

मेरी माँ कहती है कि भूत-प्रेत होते हैं। मेरे खुद के दो-दो चाचा इस सत्य को प्रतिदिन जीते हैं और भाषण में मुझे कहना है कि यह सब हिन्दू धर्म की बुराइयाँ हैं।

अजीब दोराहे पर खड़ा मेरा मन।

दयानन्द सरस्वती पर भाषण याद करते-करते सो गई। शायद आधी रात बीती होगी। मद्धिम एक आवाज सी सुनाई दी। मैंने आवाज की दिशा में अपने सिर को घुमाया। एक आकृति सी नजर आई।

उस आकृति ने कहा—''मैं हूँ। मेरा अस्तित्व है। मैं मूर्ति नहीं हूँ। मूर्ति में बाँध दिया गया है। वह अलग बात है। मूर्ति में मुझे बाँध देना गलत हो सकता है। पर मैं नहीं हूँ, यह मत सोचना। मैं तुम्हारे अंदर ही रहती हूँ।

अच्छा, लेकिन आप कौन हैं? मेरे पूछते ही एक सुंदर स्त्री प्रत्यक्ष मेरे सामने थीं। पहचानते देर नहीं लगी। वह तो मेरी काली माँ ही थी। मैं उनके बहुत करीब गई। छूकर देखा। हाँ! आप तो हैं, मैंने कुछ विश्वास और कुछ अविश्वास के बीच हिंडोले पर झूलते हुए कहा।

वह हँस पड़ी। कितनी मोहक हँसी थी। मैं भी हँस पड़ी। कितनी बुद्धू हूँ मैं, मैंने सोचा। काली माँ तो हैं ही। मैं सबसे पूछती क्या रहती हूँ कि वह है कि नहीं।

मैंने उनसे पूछा, आप रहती कहाँ हैं? ठाकुरजी आपके पास रहते हैं क्या? मुझे जब आपसे मिलना हो तो कहाँ मिलूँ?

मैं तो सबमें रहती हूँ, वह बोली।

मतलब, मैंने पूछा।

माँ ने मुझे पास बैठाया। मेरे पीठ पर हाथ रखा। बोली—एक बार पहले भी मैंने आकर तुम्हें बताया था कि मैं तुम्हारे अंदर रहती हूँ। तब भी तुम हँस पड़ी थी। यह सच है कि सभी सजीव और निर्जीव में मैं हूँ। कण-कण में मैं हूँ।

ऐसा कैसे होगा? जिस चीज में जान नहीं है, उसमें आप कैसे हो सकती हैं? मैंने पूछा।

हर दिन मेरे लिए संसार की एक नई ही परिभाषा उपस्थित हो जाती है। एक तरफ मूर्ति में आप नहीं हैं, दूसरी तरफ आप कहती हैं, सभी सजीव और सभी निर्जीव में भी आप ही हैं। अजीब बात है। यह पहेली मेरे समझ के परे था।

वह बोली, जब तुम यह मानती हो कि सबकुछ भगवान ने बनाया है, तो सबमें उनकी ऊर्जा है। फिर सजीव हो या निर्जीव सब में भगवान हुए कि नहीं। बताओ।

अच्छा तुमने राजा वाली कहानी सुनी है, जो मूर्ति में भगवान को नहीं मानते थे। माँ काली ने पूछा।

नहीं, आप सुनाइए। मैंने कहा।

एक राजा था। वह मूर्ति पूजा को नहीं मानता था। एक बार किसी आयोजन के लिए सन्त समाज उनसे सहायता माँगने गया। उन्होंने साफ मना कर दिया, मैं इन आडम्बर वाले अंधभक्ति को नहीं मानता हूँ। तुम इस पद्धति में मुझे विश्वास दिला सको, तो मैं मदद के लिए सोचूँगा।

सामने राजा के पिताजी की तस्वीर पड़ी थी। एक सन्त तस्वीर को उनके सामने ले आया और उसपर थूक दिया। राजा ने तुरन्त तलवार निकाल लिया। तभी सन्त बोले—'राजा! यह तुम्हारे पिता तो नहीं हैं। मात्र एक तस्वीर है। तस्वीर में पिता का वास तो

हो नहीं सकता, फिर तस्वीर पर थूका जाए या इसे जलाया जाए, आपको तो फर्क नहीं पड़ना चाहिए।

राजा की आँख खुल गई।

सच है कि तस्वीर या मूर्ति में जीवन के लक्षण नहीं होते, पर हमारा विश्वास, हमारी श्रद्धा उनमें चेतना भर देती है। जैसे प्रेम भरी भावनाएँ माता पिता पुत्र आदि की तस्वीरों के साथ जुड़ जाती हैं, वैसे ही अन्य तस्वीरों के साथ भी भावनाएँ जुड़ जाती हैं। माँ काली समझा ही रही थी कि "आवाज सुनाई दी, आज गंगाजी नहीं जाना क्या?"

नींद टूट गई। हम गंगा स्नान के लिए निकल पड़े। आज मंदिर के मूर्ति के लिए अलग प्रेम महसूस हो रहा था। माँ काली के शब्दों से जो थोड़ी समझ बन पाई थी, वह यह कि जब कोई साथ रहता है तो हम साथ में तस्वीर नहीं रखते। जब उनसे दूर जाते हैं या वह हमसे दूर जाता है तो उससे जुड़े रहने के लिए तस्वीर साथ में रखते हैं।

स्कूल की लड़कियाँ तो अमिताभ बच्चन की भी तस्वीर साथ में रखती हैं। भगवान भी हमसे दूर हैं, इसलिए उनकी मूर्ति या तस्वीर रखी जाती है।

मतलब

'भगवान हमारे अंदर हैं वाली बात झूठ है क्या?' अगर वह अंदर है, तो मूर्ति की क्या आवश्यकता? तब तो दयानन्द सरस्वती की बात सही है।

ओह!

किससे पूछूँ यह सब बात? बेकार माँ ने जगा दिया। सब बात माँ काली से ही पूछ लेती।

मन थोड़ा खिन्न हो गया। अच्छा! आज मंदिर वाले पुजारी बाबा से पूछूँगी।

मैं भाषण प्रतियोगिता के लिए चुन ली गई। अब शिक्षिकाओं के निर्देशन में और अच्छी तैयारी करनी है। वीणा दी ने समझाया है कि ज्यादा उत्तेजना में नहीं बोलना है। स्थिरता से अपनी बातों को रखना है। भाषण का अर्थ कुछ भी बोलना नहीं है। उसका अर्थ है समय सीमा में विषयों पर कसा हुआ विचार रखना।

हमारा विषय है—'महर्षि दयानन्द सरस्वती का समाज को योगदान।'

ध्यान रखना कि उनके जीवन और मृत्यु पर कम बोलना है और कार्यों पर ज्यादा बोलना है। उन्होंने सत्यार्थ प्रकाश में समाज के लिए नियम लिखे हैं। नियम लिखना एक कार्य है। इस पर तो बोलो ही। पर इस नियम को लागू करने के लिए उन्होंने क्या किया, यह भी खोजो।

उन्होंने आर्य समाज संस्था की स्थापना की। वेद आधारित संक्षिप्त कर्मकांड उपलब्ध करवाए। सामूहिक विवाह आयोजन के द्वारा दहेज प्रथा को खत्म करने की मुहिम चलवाई। समाज की कुरीतियों को समाप्त करने के लिए जन जागरण कार्यक्रम व्यापक स्तर पर किए। उन्होंने जन्म आधारित जाति प्रथा का विरोध किया। स्त्रियों की

शिक्षा ओर उसके विकास के लिए सबसे ज्यादा कार्य किया। उन्होंने बाल विवाह और सती प्रथा को रोकने के लिए आंदोलन किए। विधवा विवाह को बढ़ावा दिया। सभी धर्म को एक मंच पर लाकर एकता स्थापित करने की कोशिश की। वे सामाजिक विकास के लिए सभी वर्णों तथा स्त्रियों की भागीदारी के पक्षधर थे।

राष्ट्र की प्रगति के लिए उन्होंने समाज सुधार तथा आध्यात्मिक मार्ग को अपनाया।

मैंने अपनी शिक्षिका को बीच में टोका—दी, यह आध्यात्मिक मार्ग क्या होता है।

उन्होंने समझाया।

उन्होंने बताया कि स्वामी दयानन्द सरस्वती ने आपस की फूट, मतभेद, बाल विवाह, मिथ्या भाषण, सती प्रथा आदि को उन्होंने कुकर्म कहा है। उनका मानना था कि जब आपस में भाई-भाई लड़ते हैं और तभी तीसरा फायदा उठाता है।

दयानन्द सरस्वती के अनुसार मिलजुल कर रहना, राष्ट्र के प्रति भक्ति और विश्व कल्याण की भावना ही अध्यात्म का रास्ता है।

कक्षा से निकलते समय सरिता बड़बड़ा रही है बड़ी अजीब बात है। संस्कृत की कक्षा में अध्यात्म शब्द का अर्थ कुछ और बताया जाता है और वीणा दी कुछ और बता रही हैं। हाँ, वहाँ तो बताया गया है अध्यात्म मतलब अधिआत्म यानी अपने आत्म (स्वयं) में स्थिर होना या अपने आत्म यानी स्वयं का अध्ययन करना। मैंने कहा।

वह बोली, वही तो दोनों ही अर्थ में अध्यात्म का अर्थ स्वयं को जानना है, स्वयं में स्थिर होना है। इस तरह अध्यात्म का रास्ता तो अपनी ओर लौटने का है। फिर सभी सन्त पुरुष दूसरे की रक्षा, विश्व के कल्याण को अध्यात्म का रास्ता क्यों बताते हैं?

क्यों हमें दूसरे के बारे में सोचना? दूसरे से क्या लेना-देना। अपने लिए हम पढ़ाई करते हैं। नौकरी करेंगे। अपने लिए घर खरीदेंगे। गाड़ी खरीदेंगे। सुन्दर-सुन्दर ड्रेस खरीदना है। उसका बैग कितना सुंदर है? कमाऊँगी तो वैसा एक जरूर खरीदूँगी। सरिता ने कहा।

सरिता कुमारी गोलछा मेरी सबसे अच्छी सहेली कितना बढ़िया-बढ़िया लंच लाती है। उसके पापा का 'गोलछा टी हाउस' दुकान है। बहुत पैसा है। जब चाहे जो खरीद सकती है।

वैसे उसे अपना लंच पसन्द नहीं है। वह अपना लंच मुझे देकर मेरी रोटी और भिंडी की भुजिया खाती है। वह कॉनभेंट स्कूल छोड़कर इस अर्द्धसरकारी स्कूल में आई है। हिंदी उसे कम समझ में आती है। इसलिए मेरे साथ दोस्ती है। मुझसे सभी पढ़ाई समझने में उसे आसानी होती है।

जब कभी-कभी मैं अध्यात्म, काली, रामकृष्ण परमहंस आदि की बात करती हूँ तो वह मेरे पास से उड़न-छू हो जाती है। कहती है तुम पागल हो। उसने मुझे हिंदी में 200 सिनेमा के नाम लिखने का काम दिया है। उसके अन्य दोस्तों में प्रतियोगिता

चल रही है कि कौन सबसे ज्यादा सिनेमा के नाम लिख सकती है। उनके बीच सिनेमा के नामों का अंत्यराक्षरी भी होता है। मुझे तो मजा नहीं आता, पर सरिता के लिए कर लेती हूँ यह सब भी।

दयानन्द पर मेरे भाषण को वह सुन तो लेती है, पर पहली शर्त होती है कि उनके बारे में कोई प्रश्न नहीं करूँगी। उसे समाज सुधार आदि की बात पसन्द नहीं। बोलती है यह सब फालतू बात है।

दयानन्द के नैतिक शिक्षा की बातें सभी सिर्फ परीक्षा पास करने के लिए याद करती है। सभी दोस्त कहती है, झूठ ना बोलें तो रोज मार खाएँ। घर में कौन हमारे सच को मानने बैठा है।

सड़क पर रोज लड़के कुछ से कुछ बोलते हैं। घर वाले कहते हैं, तुम ही ठीक से नहीं चलती होगी। ऐसे में क्या सच बोलें?

यह बात तो सत्य ही है।

पर क्या इसलिए नैतिक शिक्षा की कोई बात ना मानें?

कल तो खुद मैं रास्ते में बहुत डर गई थी। वह लड़का कितना बदमाश था। बिल्कुल सामने से आया था।

साइकिल पर सवार था। मछुआटोली मोड़ पर हम सड़क पार करने की भीड़ में खड़े थे। सामने से साईकिल चलाता आया। बाएँ साइड से शरीर को धक्का देता एवं कुछ बेकार के शब्द बोलता निकल गया। धक्के और शब्द का वह असहज अहसास अब भी है।

वह पहली घटना थी, जिसने बताया था कि मैं लड़की हूँ। उसके बाद मैं पल-पल लड़की होती गई थी। पर यह लड़की होना शरीर से तो रहा, पर मन कहाँ मानता है? वह तो मयूर की तरह है। मनोनुकूल परिस्थिति उत्पन्न होते उमंग में नाच पड़ता है।

मन-मयूर यह भूल जाता है कि लड़की की अपनी एक मर्यादा है। चाहे वह कितनी ही छोटी हो, चाहे वह किसी उच्चस्थ पद पर आरूढ़ हो, चाहे वह उम्र के किसी पड़ाव पर हो, उसे लड़की होने के अहसास से स्वयं को बाँधे रखना है। उसे नियंत्रित रहना है।

मैं तो गंगा की अविरल बहती धार की तरह हूँ। जब बहती रहती हूँ तब पता ही नहीं चलता कि कितने अवरोध रास्ते में आए। पर कभी-कभी बड़े चट्टान आ खड़े होते हैं। अभी तक तो उन चट्टानों से टकरा कर आगे बढ़ती जा रही हूँ। लड़की होने का अहसास प्रायः कष्ट दे जाता है। पर यह कष्ट सार्वभौमिक है, इसलिए क्षणिक होता है।

मेरी सबसे अच्छी सहेली है मंजीत कौर। जितना हम लड़ते हैं, शायद ही कोई लड़ता हो। कल ही हमारी भयंकर लड़ाई हुई है। बोलचाल बन्द है। हमारा लंच बॉक्स प्रतिदिन कचरे के डब्बे में जाता है। एक दूसरे के बिना लंच कैसे करेंगे? घर लौटाकर

तो नहीं ले जा सकते। मेरा लंच तो फिर भी कभी-कभी सरिता कर लेती है, उसका तो कचरे के डब्बे में ही जाता। कुछ दिनों में फिर दोस्ती हो ही जाएगी। महीनों हम बातचीत के बिना रह लेते हैं। पर मरासन्न सी हमारी स्थिति होती है। हम एक दूसरे के जान-प्राण हैं।

कल की लड़ाई का कारण भी अद्‌भुत था। वह दीक्षित सिख है। कंघा, केश, कृपाण आदि पर विशेष ध्यान। सिलाई की घण्टी थी। उसने पहले बता रखा था कि केशों में हमलोग कैंची नहीं लगाते हैं और भी बहुत सारे सिखों के धार्मिक नियम की चर्चा रोज हमारे बीच होती है। बहुत नियमों पर बहस भी होती है। अंत में, हिन्दू धर्म और सिख धर्म की एक ही जड़ है, पर हम हमेशा सहमत हो जाते हैं।

मेरे हाथ में कैंची थी। मुझे क्या सूझी पता नहीं। उसके सर के ऊपर कैंची ले जाकर किया खचाक।

हे भगवान!

वर्णन नहीं किया जा सकता। मेरी सहेली साक्षात काली बन मुझपर शब्दभेदी वाण का हमला करने लगी। केश कटा नहीं था। मात्र उसके कटे होने भर की कल्पना से वह इतनी व्यथित थी, जैसे उसका सबकुछ छिन लिया गया हो। वह यह मान रही थी कि बाल नहीं कटा होगा। पर धर्म के साथ ऐसा मजाक भी क्यों? बहस और क्रोध का कारण यह था।

मुझे अपनी गलती लग ही नहीं रही थी। इससे उसका क्रोध बढ़ता जा रहा था। अंत में उसने निर्णय लिया।

उसने निर्णय लिया कि मुझसे अब कभी बात नहीं करेगी। निर्णय सुनाने के साथ वह बहुत रोई। मेरी समझ नहीं आया, मैं क्या करूँ? कुछ देर मैं अपना पक्ष रखती रही कि मजाक कर रही थी। बाल नहीं कटा है। पर जब उसने अंतिम निर्णय सुना दिया तो मेरे पास कहने को कुछ नहीं था।

महीनों हमने गुजार दिए एक दूसरे से बोले बिना। कुछ दोस्तों को यह बहुत अच्छा लगा। कुछ ने पुनः हमारी दोस्ती करवाने का प्रयास भी किया और इसी बीच हमारी प्रधानमंत्री इंदिरा गाँधी की हत्या हो गई। भयंकर दंगा फैल गया। छठ पूजा के लिए उन दिनों स्कूल बंद था। हमने अपने घर के सामने रहने वाले सिख के घर को लूटते देखा।

रातों-रात उस घर के मालिक अपनी सुन्दर बेटियों को लेकर कहीं चले गए थे। ताला तोड़कर सबकुछ लूट लिया गया। लूट में शामिल लोगों को देखकर एक बारगी विश्वास नहीं हुआ कि अमुक भैया भी उनके घर से टी.वी. ले जा रहे हैं। कोई गैस चूल्हा, कोई बटलोही, कोई आलमारी, कोई कपड़ा लेकर ऐसे उस घर से निकल रहा था, मानो कोई जंग जीत ली हो। हमलोग खिड़की से छुपछुप कर देख रहे थे। घृणा और भय दोनों भाव एक साथ हमारे मन को प्रभावित कर रहे थे।

कुछ दिनों बाद स्कूल खुला। मंजीत स्कूल नहीं आ रही थी। मैं यह जानने को बेचैन थी कि वह कहाँ है? उसके घर के पास रह रही रंजना और संजू से पूछा। रंजना का घर उसके एकदम बगल में था।

मनजीत और रंजना पक्की सहेली थी। दोनों एक ही स्कूल से पाँचवीं कक्षा तक की पढ़ाई कर इस स्कूल में आई थी। रंजना से मेरी दोस्ती हुई। फिर मनजीत से। कुछ दिन हम तीनों पहले बेंच पर बैठते रहे। फिर लम्बाई के कारण रंजना पीछे भेज दी गई। एक दो दिन मनजीत स्कूल नहीं आई। तभी मैं रंजना के बेंच पर बैठने लगी। इस बात पर मनजीत ने बहुत लड़ाई की, कि मुझे रंजना की दोस्ती ज्यादा पसंद है। रंजना से भी उसकी बहस हुई। हम तीनों के मन में खटास बढ़ने लगी।

क्या घटना घटी याद नहीं पर रंजना से मेरी बातचीत बन्द हो गई। उसी साल रंजना हमसे एक साल पीछे भी छूट गई। मनजीत और रंजना आपस में दोस्त रही। मैं रंजना से दूर होती गई। ऐसा नहीं कि उसने मुझसे बात का प्रयास नहीं किया, पर मुझे ही कुछ भाया नहीं। लेकिन अभी वही एक माध्यम थी मंजीत की खबर बताने की।

मैंने एक पुरजी पर लिखकर उससे पूछा—''मंजीत स्कूल क्यों नहीं आ रही है?''

उसने भी पुराने गीले-शिकवे को भुलाकर पुरजी पर जबाब दिया। उसने बताया—''मंजीत लोग सिटी गुरुद्वारा में रहने चली गई है। उसके भैया रात में छुपकर आते हैं और घर देखकर फिर चले जाते हैं। उधर सभी पंजाबी का घर लुटा गया है। दंगा फैलाने वाले लोग कई पंजाबी लड़कियों को भी उठाकर ले गए हैं।''

हम सभी मंजीत के लिए और स्कूल की सभी पंजाबी लड़कियों के लिए चिंतित थे। उनके लिए प्रार्थनाएँ भी की गई। हालांकि मंजीत से मेरी बातचीत बन्द थी। लड़ाई जारी थी। पर इन घटनाओं और उसकी अनुपस्थिति ने मुझे अहसास दिलाया कि उसके बिना मेरा मन बहुत उदास था। मैंने सभी देवी-देवताओं से मंजीत के लिए मन्नत मांगी। रोज उसका इंतजार रहता।

एक दिन दूसरे कक्षा की एक लड़की ने मुझे एक पुर्जा दिया। यह तो मनजीत की लिखावट थी। पुर्जा में लिखा था मैं बगल वाले मकान की खिड़की पर हूँ। स्कूल से सटे एक मकान की खिड़की हमारी कक्षा के बगल वाली कक्षा की खिड़की से खुलती थी। वह मकान एक पंजाबी का था। मनजीत वहीं मुझसे मिलने को खड़ी थी।

मैं उससे मिलने दौड़ पड़ी। मैं अपने बगल वाली कक्षा के खिड़की के पास पहुँची। दूसरी तरफ के मकान की खिड़की पर मंजीत सकुशल खड़ी थी। मैंने पूछा—''तुमलोग ठीक हो?''

उसने जो बताया वह मानवता के नाम पर, सनातन धर्म के नाम पर कलंक सा था। मनजीत ने बताया—''31 अक्टूबर को छठ का पारण था। भैया ने दुकान नहीं लगाया था। पर उसके दुकान पर कुछ लोग उन्हें खोजने आए। वे घर की गली तक आ गए।

गली के कई घर को जला दिया। हमारा घर अंदर था तो बच गए। अँधेरा होने पर हम सभी सिटी गुरुद्वारा चले गए।

अभी वहीं रह रहे हैं। भैया की दुकान भी बन्द है। लड़कियों को बहुत दिक्कत है। उन्हें पकड़ लेते हैं तो उनके साथ बहुत बुरा करते हैं। गुरुद्वारा में से लड़कियों को निकलने नहीं मिल रहा है। हमें कुछ समान लेना था इसलिए डरते डरते दीदी के यहाँ आए हैं।

''कबसे स्कूल आओगी?'' मैंने पूछा।

वह चिढ़ गई।

बोली—''स्कूल कैसे आऊँगी? पंजाब जाने को कहा जा रहा है।''

फिर बोली—''पापा बता रहे थे कि लाहौर में हमारा बहुत बड़ा घर और जमीन था। जब भारत बँटा तो हमें वहाँ से यहाँ आना पड़ा। वहाँ से कुछ नहीं ला पाए। हमारे घर पर हमारा अधिकार नहीं रहा। यहाँ आए तो कोई सहायता नहीं मिली। किसी तरह कपड़े की एक छोटी दुकान कर जीने लगे।

अब यहाँ के लोग कहते हैं, यहाँ भी हमें नहीं रहने देंगे। खालसा पंथ की स्थापना मुगल शासन और अंग्रेजी शासन से भारत और भारतीय को बचाने के लिए ही तो हुई थी। अब हम भारतीय भी नहीं रहे।

जब गाँधीजी को गोडसे ने मारा था तो क्यों नहीं सारे ब्राह्मण को मार दिया गया। क्यों नहीं सारे ब्राह्मण को देश से निकाल दिया? क्यों नहीं उनकी बेटियों को उठाकर ले गए।

आज एक सिख ने इंदिरा गाँधी को मार दिया तो ये लोग सारे सिख को मार देंगे। उनकी बेटियों को तंग करेंगे।

उसने चिल्लाकर मुझसे कहा—''तुम्हारा धर्म मारने वाला है। तुम्हारा धर्म सबको मार देगा। सिर्फ ब्राह्मणों को छोड़ेगा।''

मैं क्या बोलती? मुझे तो पता भी नहीं था कि मंजीत यह सब बोलेगी। कुछ ही दिनों में उसे कितनी बातों का पता चल गया था।

हमारे साथ खिड़की पर और भी लड़कियाँ खड़ी थी। उनलोगों ने कहा, हाँ मंजीत सही कह रही है। महात्मा गाँधी के समय क्यों नहीं सारे ब्राह्मण को मारा गया और लड़कियों को क्यों ले जाएँगे?

लंच का समय समाप्त हुआ। घण्टी बज गई। हमें अपनी-अपनी कक्षा में लौटना पड़ा। मंजीत को तो खिड़की पर ही छोड़ दिया। पर उसके सवाल मेरे साथ चिपक गए।

''ब्राह्मणों को क्यों नहीं मारा? लड़कियों को क्यों ले जाते हैं?'' सवाल मेरे मन को मथने लगा। हमारे घर का इलाका बदल जाने के कारण अब गंगा स्नान अनियमित हो गया। पर स्कूल के रास्ते में आश्रम पड़ने के कारण वहाँ जाना नियमित हो गया।

उछलते-कूदते वहाँ पहुँच जाते। कुछ घड़ी शांत होकर बैठ लेते। जितने सवाल होते ठाकुर जी के पास छोड़ आते। जबाब मिले ना मिले मन स्थिर हो जाता।

यह सवाल भी मैं वहाँ छोड़ आई। कुछ दिनों बाद वहीं से जबाब मिला। वहाँ के पुस्तक केंद्र में मैं यूँ ही टहल रही थी। पुस्तक केंद्र पर बैठे स्वामीजी ने पूछा—"क्या ढूँढ रही हो।"

आज जो दंगा-फसाद हो रहा है, उसका जबाब मैं ढूँढ रही हूँ। सभी भगवान क्या कर रहे हैं? किसी किताब में इसका जबाब है, मैंने कहा।

पुस्तक केंद्र पर बैठे स्वामीजी ने एक पतली-सी पुस्तक दी।

"हे भारत! उठो! जागो! स्वामी विवेकानन्द।"

उन्होंने बताया कि आज भारत में जो दंगा-फसाद चल रहा है, उसी को खत्म करने का तरीका स्वामी विवेकानन्द ने इसमें लिखा है। पुस्तक मैंने पलटी, वही पेज खुला जिसमें मंजीत के सवालों का जबाब था।

"अपनी संतानों को यह शिक्षा दीजिए कि सच्चा धर्म सदैव भावात्मक है—रचनात्मक है, अभावात्मक अथवा ध्वंसात्मक नहीं, अशुभ एवं असत् से केवल रहना ही धर्म नहीं—पर वास्तव में शुभ एवं सत्कार्यों में निरन्तर संलग्न रहना ही धर्म है।...याग-यज्ञ, घुटने मोड़ना, अस्पष्ट शब्द उच्चारण करना अथवा कुछ बड़बड़ करना धर्म नहीं है। उनका तो महत्त्व तभी है, जब वे हममें पुरुषार्थपूर्ण सुन्दर कर्म करने की प्रेरणा जागृत करें और हमारे विचारों को उन्नत बनाकर हमें दिव्य पूर्णता का ज्ञान करा दे। अपनी पूजा के समय परमात्मा के पितृ-भाव को स्वीकार कर लेने से ही क्या लाभ, जब हम अपने दैनिक जीवन में प्रत्येक मनुष्य को अपना भाई नहीं मानते?"

किताब लेकर में पिताजी के पास गई। बहुत कुछ समझ तो आ गया था। लेकिन यह समझ नहीं आया था कि ऐसे दंगा रुकेंगे कैसे?

पिताजी ने समझाया, विवेकानन्द ने कहा जो कोई भी किसी के घर को लूटते हैं।

लड़कियों को उठाकर ले जाते हैं, घर को जलाते हैं, उनके माता-पिता ने उन्हें नहीं सिखाया कि "अपनी पूजा के समय परमात्मा के पितृ-भाव को स्वीकार करते समय दैनिक जीवन में भी प्रत्येक मनुष्य को अपना भाई मानने का संकल्प लो। उसे कष्ट ना दो। सभी परमात्मा के बच्चे हैं।"

मतलब जिन व्यक्ति ने यह कुकृत्य किया उसके माता-पिता दोषी हैं कि उन्होंने अपनी संतान को सही दिशा नहीं दी। जन्म देकर मानवता की हत्या के लिए छोड़ दिया।

जन्म देने वाले माता-पिता का कर्तव्य है कि वह अपनी संतान को अपने धर्म से अवगत करवाए। फिर शिक्षक का कर्तव्य है कि वह बच्चे को मानव धर्म बताए।

विवेकानन्द के गुरु रामकृष्ण को सभी पागल कहते थे। अशिक्षित कहते थे। पर उन्होंने अपने शिष्यों को मानव धर्म सिखाया। विवेकानन्द को देखो, सारे विश्व में उन्होंने मानव-धर्म का प्रचार किया। बताया कि भारत मानव धर्म का पोषक है।

इस किताब में देखो उन्होंने लिखा है।

पुस्तक में लिखा था, भारत के गरीब बेचारे भूल गए हैं कि वे भी मनुष्य हैं। उनमें विचार पैदा करना होगा। उनके चारों ओर दुनिया में क्या-क्या हो रहा है, इस संबंध में उनकी आँखें खोल देनी होगी। बस, फिर वे अपनी मुक्ति स्वयं सिद्ध कर लेंगे। प्रत्येक जाति, प्रत्येक पुरुष और प्रत्येक स्त्री को अपनी-अपनी मुक्ति स्वयं सिद्ध करनी पड़ेगी। उनमें विचार पैदा कर दो-बस, उन्हें उसी एक सहायता की आवश्यकता है और शेष सब कुछ इसके फलस्वरूप आप ही आ जाएगा।

भारतवर्ष में बस यही करना है। ... गरीबों को शिक्षा देने में मुख्य बाधा यह है, —मान लीजिए, महाराज, आपने हर एक गाँव में एक निःशुल्क पाठशाला खोल दी, तो भी इससे कुछ काम न होगा, क्योंकि भारत में इतनी अधिक गरीबी है कि गरीब लड़के पाठशाला आने के बजाय खेतों में अपने माता-पिता को मदद देना या दूसरे किसी उपाय से रोटी कमाने का प्रयत्न करना अधिक पसन्द करेंगे।... यदि गरीब लड़का शिक्षा के मंदिर तक ना आ सके, तो शिक्षा को ही उसके पास जाना चाहिए। पर हमारे देशवासी सिवाय अपने स्वार्थ की बातों के और किसी विषय की चिंता नहीं करते?

यह जीवन क्षणस्थायी है, संसार के भोग-विलास की सामग्रियाँ क्षणभंगुर हैं। वे ही यथार्थ में जीवित हैं, जो दूसरों के लिए जीवन धारण करते हैं। बाकी लोगों का जीना तो मरने ही के बराबर है।

पिताजी ने फिर कहा, विवेकानंद के इसी विचार को माता-पिता तक पहुँचाना होगा ताकि माता-पिता अपनी संतानों को सही दिशा दे सकें।

तभी यह दंगा आदि बन्द होगा। रोजगार पर सभी का ध्यान केंद्रित होगा।

पर माता-पिता सुनेंगे कैसे? मैंने पूछा।

पिताजी ने कहा—माता-पिता सुनेंगे। विवेकानन्द ने जैसे कहा कि शिक्षा को उनके पास ले जाना होगा। जो स्वार्थ से परे जिंदा लोग हैं, उन्हें उनके बीच जाना होगा। पर जाने से पहले खुद की सन्तान को भी ऐसे विचारों से ओत-प्रोत करना होगा। शुरुआत घर से करनी होगी। हमारे घर हमेशा छूट जाते हैं।

बाद में आलोचना सहनी पड़ती है, खुद का घर सम्भला नहीं, हमें समझाने आए हैं। इसलिए अपने घर से नैतिकता की पढ़ाई प्रारम्भ होनी चाहिए।

माता-पिता के प्रशिक्षण में विद्यालय बड़ी भूमिका निभा सकता है। अपने बच्चे के लिए ही माता-पिता सभी कुछ करते हैं। बच्चों की भलाई के लिए माता-पिता कोई भी उपाय अपनाने को तैयार रहते हैं। बस उन्हें उचित प्रशिक्षण विद्यालय प्रबंधन दे।

दुर्भाग्य यह है कि शिक्षकों की दुर्दशा है हमारे समाज में। उन्हें सबसे निम्न स्तर का स्थान प्राप्त है। वह खुद खाने-कमाने की जद्दोजहद में लगे हैं। नैतिकता की बात कोरी कल्पना उन्हें स्वयं लगती है, फिर माता-पिता या विद्यार्थी को क्या सीखा पाएँगे?

वैदिक काल में शिक्षकों को सर्वोच्च स्थान प्राप्त था। उनके सारे खर्च समाज की जिम्मेदारी थी। शिक्षक शोध करते थे और उच्च स्तर के विद्यार्थी का निर्माण करते थे। ज्ञान का विस्तार करते थे। कर्म आधारित शिक्षा देते थे। नवीन शिक्षक को ग्रन्थ संबंधी ज्ञान, सैनिक बन रहे व्यक्ति को सैन्य शिक्षा, कृषक को कृषि संबंधी ज्ञान, व्यवसायी को व्यवसायिक प्रशिक्षण, चिकित्सक को चिकित्सा विज्ञान की शिक्षा आदि दी जाती थी। अपने-अपने कार्य में सभी कुशल होते थे। आपसी प्रतिद्वंदता नहीं थी। एक-दूसरे को सहयोग करते हुए जीवन संचालन करते थे।

धीरे-धीरे व्यवस्था में गिरावट आने लगी। ज्ञान का अहंकार गुरुओं में आने लगा और शिक्षा देने में चयन करने लगे। सभी के लिए शिक्षा को खत्म कर दिया। उचित पात्र को शिक्षा नहीं मिली, फलत: शिक्षा का गलत प्रयोग प्रारम्भ हो गया। अब शिक्षित लोग इसे अपना व्यवसाय बनाने लगे। अशिक्षितों को शिक्षा का भय दिखाकर बाह्य आडंबरों में उलझा दिया। अंधविश्वास की जड़ जमने लगी।

इन शिक्षितों ने धीरे-धीरे जाति आधारित कर्म व्यवस्था में समाज को बदल दिया। शिक्षा के उसी दुरुपयोग का नतीजा आज का हमारा समाज है। उन शिक्षितों ने भी शायद इतने बड़े विध्वंश की कल्पना नहीं कि होगी। उनके छोटे स्वार्थ के कारण आज आपसी विद्वेष जहर की तरह फैल गया है। धर्म के नाम पर समाज के विश्वास की जड़ हिल गई है।

इसलिए तो ''धर्म को अफीम'' कहते हैं। धर्म की अफीम को इस तरह चटाया जा रहा कि सभी नशे में धुत हैं। मानवता मर रही है।

पर फिक्र किसे है?

पिताजी लगातार बोलते जा रहे थे। बार-बार पिताजी के मुख से सुनते रहने के कारण आज भी यह सारे शब्द हमें जन्मघुट्टी की स्वाद की तरह याद हैं।

उनके प्रश्न आज भी उतने ही ज्वलन्त है, जितने उस समय थे कि

''फिक्र किसे है?''

दंगे का असर कम हुआ। मंजीत स्कूल आने लगी। कुछ दिनों तक हम सिख लड़कियों के साथ बीते पल के मंजर को उनकी आँखों से देखते रहे। आक्रोशित, क्रोधित होते रहे। कर कुछ नहीं सकते थे इसलिए उबले पानी की तरह फिर शांत हो गए। ठंडे हो गए। सबकुछ सहज हो गया।

अब मैं पिताजी के साथ राजनीतिक मंच पर भी बोलने लगी थी। छोटी थी इसका फायदा मिलता था। अब हमारे संगठन की सबसे छोटी सदस्य अपनी बात रखेगी, घोषणा होती। मैं माइक के पास गर्व के साथ पहुँचती।

मेरा पहला सम्बोधन होता—''सभी कामरेड को लाल सलाम।'' तालियों से स्वागत होता। मन गद् गद्। आगे क्या बोली, कुछ याद नहीं रहता। नुक्कड़ सभा में बहुत मजा आता। किसी चौराहे पर, किसी नुक्कड़ पर रिक्शा पर लगे माइक के साथ

खड़े हो गए। आवाज लगाई। 50 लोग जुट गए। अपनी बात कही। मजदूरों वाली, संघर्षों वाली। एक गीत गाया—"उठ जाग भूखे बंदी खिंच लल तलवार, कबतक सहोगे भाई जालिम का अत्याचार।" सभा समाप्त। फिर अगले नुक्कड़ पर वही सारी बातें।

कभी-कभी इप्टा की टीम भी साथ रहती। नुक्कड़ नाटक होता। सेकेंड में इप्टा साथी उतरते। एक गोल घेरा बन जाता। कोई जमींदार। कोई किसान। लगान की बात होती। जमींदार की दहाड़। किसान की दुहाई। सभी किसान-मजदूर के हाथ में लाल झंडा लहरा उठता। एक ही उपाय "हर जोड़-जुल्म के टक्कड़ में, संघर्ष हमारा नारा है।"

उस समय हमारे लिए यह सब आनन्द का साधन था। कामरेड की बेटी होने का आनन्द हमने जमकर उठाया। जिधर जाओ सभी पहचान जाते। टॉफी, बिस्कुट मुफ्त में मिलता रहता।

घर के पास के हरिजन टोला को पिताजी लोगों ने बसाया था, सो वहाँ के हर घर, हर वस्तु और हर व्यक्ति पर अपनी मिल्कियत थी। माँ भी प्राय: उन्हीं के खाट पर बैठी मिलती थीं। मीटिंग चलती रहती थी। दिनभर भी हम उनके यहाँ रह जाते तो मालिक से ही रहते थे। चाय, बिस्कुट, नास्ता और कुर्सी पर बैठकर टुकुर-टुकुर कचरे में खेलते उनके बच्चे को देखते रहते। उनके साथ बातचीत या खेलने की बात भी दिमाग में नहीं आती। वे लोग भी हमें देखते। पर अपने संग मिलाने की कोई उत्सुकता नहीं।

कभी-कभी माँ बोल भी देती थी कि उनलोगों के साथ खेलो तो हम सहज नहीं रह पाते थे। उन्हें कभी पढ़ते नहीं देखा। स्कूल की कोई कहानी उनके पास नहीं थी। उनके कोई जिगरी दोस्त(बेस्ट फ्रेंड) नहीं होते थे। उनके कपड़े बहुत गंदे होते थे। हिंदी बोलते थे। पर बातचीत का कोई विषय नहीं मिलता था हमें। कुछ देर उनके बीच में खड़ी रहने के बाद लौट आती थी माँ के पास।

हम एक ही उम्र के थे। एक ही शहर और मुहल्ले में रहते थे। फिर भी हम कितने अलग थे। आज भी उतने ही अलग हैं। पिताजी का संघर्ष इसी अलगाव को खत्म करने का है। जाने कब खत्म होगा यह अलगाव। कब हम विश्व बंधुत्व की बात को मानव बंधुत्व में बदल पाएँगे।

अभी एक दिन रामकृष्ण को पढ़ रही थी। 1884 के रथ यात्रा का जिक्र था। 1884 ई. की रथयात्रा के दिन कलकत्ते में श्रीरामकृष्णदेव के साथ पंडित शशधर के साक्षात्कार हुआ। नरेंद्र वहाँ उपस्थित थे। श्रीरामकृष्ण ने पंडितजी से कहा—"तुम जनता के कल्याण के लिए भाषण दे रहे हो, सो भली बात है। परंतु भाई ......लोकशिक्षा ऐसे नहीं होती। होगा यह कि लोग दो दिन तुम्हारा भाषण सुनेंगे, उसके बाद भूल जाएँगे।"

"लोगों को सिखाना कठिन काम है। भगवान के दर्शन के बाद ही यदि किसी को उनका आदेश प्राप्त हो, तो वह लोक शिक्षा दे सकता है।"

दर्शन के बाद, उनका निर्देश लेकर लोकहित कार्य करने चाहिए। दर्शन के लिए पहले चित्त को शुद्ध करो। मन शुद्ध होने पर भगवान पवित्र आसन पर आकर बैठेंगे। चमगीदड़ की विष्ठा रहने पर माधव को लाया नहीं जा सकता। ग्यारह चमगीदड़ अर्थात ग्यारह इन्द्रियाँ।

इन ग्यारह इंद्रियों पर नियंत्रण नहीं रहने से ''मैं'' और ''मेरा'' का बोध उत्पन्न होता है, यही अज्ञान है। ''काली मंदिर का निर्माण रासमणि ने किया है'', यही बात सब लोग कहते हैं। कोई नहीं कहता कि ईश्वर ने किया है। ''अमुक व्यक्ति ब्रह्मसमाज बना गए हैं'' यही लोग कहते हैं। यह कोई नहीं कहता कि ईश्वर की इच्छा से यह हुआ है। ''मैंने किया है'' इसी का नाम अज्ञान है।

''मेरी चीज मेरी चीज'' कहकर उन सब चीजों से प्यार करने का नाम है—''माया''। सभी को प्यार करने का नाम है—''दया''। मैं केवल ब्रह्मसमाज के लोगों को प्यार करता हूँ, इसका नाम है माया। केवल अपने देश के लोगों को प्यार करता हूँ, इसका नाम है माया। सभी देश के लोगों को प्यार करना, सभी धर्म के लोगों को प्यार करना—यह दया से होता है, भक्ति से होता है। माया से मनुष्य बद्ध हो जाता है।''

एक दिन श्रीरामकृष्ण ने अपने अनन्य भक्त कृष्णदास पाल से पूछा—''अच्छा जीवन का उद्देश्य क्या है?''

कृष्णदास ने कहा—''मेरी राय में दुनिया का उपकार करना, जगत के दुख को दूर करना।''

श्रीरामकृष्ण खेद के साथ बोले—''तुम्हारी ऐसी विधवा पुत्र जैसी बुद्धि क्यों है?—जगत के दुखों का नाश तुम करोगे? क्या जगत इतना-सा ही है। .... इस विश्वजगत के जो अधपति हैं..उन्हें पहले जानना—यही जीवन का उद्देश्य है।''

इसी बात को विवेकानन्द ने कहा—''आध्यात्मिक ज्ञान से ही सभी दुखों का नाश सम्भव है।''

स्कूली काल में पिताजी लोग जिस धर्म को अफीम कहते थे, अब समझ आया वह सही ही थे। धर्म जब सम्प्रदाय बन जाए और व्यक्ति को गुमराह करने लगे तो वह अफीम की ही तरह है।

इसलिए परमहंस ने धर्म नहीं अध्यात्म की बात की। आत्मिक दर्शन की बात की है। मानवीय धर्म की बात की है।

इसी गम्भीर विवेचना के बीच मेरा बचपन बीतता रहा और मैं दसवीं कक्षा में पहुँच गई। दसवीं यानी मैट्रिक की परीक्षा। औपचारिक शिक्षा का पहला पड़ाव। सन् 1987। अचानक बिहार के परीक्षा में बदलाव आ गया था। ढीली-ढाली परीक्षा-नीति को कस दिया गया था। इस कड़ी परीक्षा-नीति का प्रभाव भी बहुत कड़ा था। 1986 में मेरे बड़े भाई दो विषय की परीक्षा देने के बाद परीक्षा नहीं दिया। फेल का धब्बा

लगे, इससे अच्छा अगले साल परीक्षा दो। उन्होंने फिर पूरे साल कोचिंग में पढ़ाई की। हमारे साथ ही 1987 में परीक्षा दिया।

मेरे विद्यालय का सेंटर रविन्द्र बालिका विद्यालय में पड़ा और रविन्द्र बालिका का मेरे विद्यालय में। कहाँ से उड़ती खबर सेंटर पर आ गई कि मेरे विद्यालय में बहुत कड़ाई से परीक्षा ली जा रही है। पीने को पानी भी नहीं दिया जा रहा है। शौचालय जाने से भी रोका जा रहा है।

फिर क्या हम पर भी गाज गिरी। भीषण गर्मी में पानी बाँटने वाले को रोक दिया गया। सर को हिलाने तक पर भी पाबंदी लगा दी गई। जीवन की पहली परीक्षा ने सीखा दिया, बदले की भावना में आपके मौत की परवाह सामने वाले को नहीं होती चाहे आप प्रत्यक्ष उसके शत्रु ना हों।

त्राहिमाम संदेश हमने अपने प्रधानाचार्या तक पहुँचाया।

प्रधानाचार्या के हस्तक्षेप के बाद स्थिति बदली। दोनों जगह की व्यवस्था सही हुई और हमने परीक्षा दिया। सबसे मजे का था मेरा गृहविज्ञान का प्रायोगिक परीक्षा। पुरी, भुजिया, चटनी, सलाद आदि बनाना था। पुरी छोड़कर हमने सभी कुछ बना लिया। सभी ने अपने स्टोव पर कढ़ाही में तेल गर्म कर रखा था कि जैसे ही प्लेट लाने कहा जाएगा। गरम गरम पुरी तलकर दे देंगे।

मेरे स्टोव पर भी कढ़ाही चढा था। तेल गर्म था। जैसे ही माँग हुई। सभी के हाथ में बेलन आ गया। जल्दी पुरी बेली गई और कढ़ाही में डाला गया। यह क्या एक-एक कर बारह पुरी मैंने कढ़ाई में डाल दी, पर एक भी नहीं फुला।

अब क्या करें? कैसे जाएँ परीक्षक के पास। चपडी-सी पुरी लेकर। रोना-सा मुँह लेकर बैठी थी। कुछ समझ नहीं आ रहा था। कभी किसी से कुछ मांगना सीखा नहीं। किससे क्या कहूँ? मनजीत का रौल नम्बर पहले था। वह अपना प्लेट देकर मेरे पास आई। मेरी पुरी देखकर माथा ठोक लिया।

अब क्या, उसने पूछा।

पता नहीं, मैंने इशारा से कहा।

हल उसी ने निकाला।

सभी के पास जाकर आठ फूली हुई पुरी जुटाई। मेरा प्लेट सजाया। मेरे रौल नम्बर की पुकार हुई। मैंने मनजीत के द्वारा सजाए प्लेट को वहाँ जमा किया। परीक्षा समाप्ति के बाद मनजीत ना होती, तो मेरा क्या होता? सोच-सोच कर कई दिन परेशान और खुश दोनों हुई।

परीक्षा की छुट्टी में मैंने अम्बर चर्खा चलाना सीखा। माँ बहुत दिनों से चरखा चलाती थी। चर्खा समिति बगल में था। वहाँ से पुनी लाना और सुत पहुँचना मेरे जिम्मे भी था। सुत का नम्बर समझकर पासबुक पर उसके दर के साथ चढ़वाना पड़ता था। जरा ध्यान हटाया कि मोटे सुत का दर चढ़ा देते थे। माँ पापड़ भी बनाकर वहाँ देती

थी। ठोंगा भी बनाती थी। हमारे घर का सीढ़ीघर माँ का छोटा कारखाना था। वही उनके भगवान का नया घर भी था।

परीक्षा के बाद की छुट्टी में मैं माँ के कारखाने में की प्रशिक्षु बन गई। चरखा कातना सीखा। पापड़ बेलना सीखा। कई प्रकार का ठोंगा बनाने का प्रशिक्षण मिला। बनिया दुकान का अलग, कपड़े दुकान का अलग। छोटा, बड़ा अनेक तरह का ठोंगा एवं लिफाफा बनाती थी माँ और माँ के साथ मैं भी।

चर्खा समिति भाई के स्कूल के सामने था। वह श्री जयप्रकाश नारायण जी का घर था।

हमारे पास चरखा कातने का जो पासबुक था, वह चरखा समिति को अपना धरोहर मानने के लिए काफी था। जब मर्जी जाते। मन भर खेलते। बरामदे में रखी उस कुर्सी पर बैठते, जिसके बारे में कहा जाता रहा कि जयप्रकाशजी इसपर बैठते थे। इसपर उछलकूद मत मचाओ। पर सुनता कौन था?

पार्टी क्लास करने अजय भवन भी जाती रही। कई अंतर्विरोधों का गवाह था अजय भवन। साल तो याद नहीं। लेकिन एक हिन्दू कामरेड लड़की की शादी मुस्लिम कामरेड के साथ होने की घटना पूरी तरह याद है। दोनों में प्यार था। हल्ला हुआ कि लड़का डॉक्टर बन गया है सो अब इस लड़की से शादी नहीं करना चाहता। लड़के को अजय भवन में ही छुपाकर गया है कि जानकारी हमें थी। फिर पता चला उनकी शादी करवा दी गई। दोनों के परिवार नहीं मान रहे। फिर सब ठीक हो गया। अजय भवन जब जाते कोई नई कहानी सामने होती। कभी इन कहानियों को मन स्वीकार करता और कभी लगता कि सभी युवा कामरेड खाली प्यार-प्यार का खेल खेल रहे हैं।

देखते-देखते चार महीना बीत गया। परीक्षा का रिजल्ट आ गया। ठीक तरीके से पास कर गई थी। इंटर में नाम लिखने की कवायत शुरू हुई। पता चला मनजीत हमारे इलाके के कॉलेज में नाम नहीं लिखवाएगी। पिताजी ने हमें भी मगध महिला में फार्म नहीं भरने दिया। एक तो घर से दूर। दूसरे रेखा दी वहाँ पढ़ती थी और देर शाम लौटती थी। उन्हें डॉ. बनने का भूत सवार था। पिताजी प्रारम्भ में तैयार थे।

रेखा दी पढ़ाई में बहुत अच्छी थी। घर की सबसे उत्तम विद्यार्थी। वह मेडिकल की तैयारी कर रही थी। पिताजी की अनुमति प्राप्त ही थी। मेडिकल एंट्रेंस फॉर्म भरने की बात आई। फॉर्म आ गया। उसपर किसी डॉक्टर से कुछ लिखवाना था। फॉर्म पिताजी को दिया गया। दो दिन बाद पिताजी ने घर में एलान कर दिया कि मेडिकल लाइन में कोई नहीं जाएगा।

बहुत रोना-धोना हुआ। पर पिताजी असरहीन रहे। बाद में पता चला किसी डॉक्टर ने पिताजी को समझा दिया था कि डाक्टरी लाइन लड़कियों के लिए ठीक नहीं है। दीदी तब से बहुत चिड़चिड़ी हो गई थी। पढ़ाई तो करती थी, पर हमेशा गुस्से में रहती।

मुझे उनके कमरे में ही रहने का स्थान मिला था। उनके दो ही काम थे। पहली पढ़ाई और दूसरी मुझे डाँटना। सुबह कमरे से निकलने लगो तो ''सफाई कर लेना कमरे की।'' अन्य किसी समय कमरे में जाओ तो, ''यह नहीं होता कभी पढ़ ही लो, घूमने के अलावा कुछ नहीं करना तुम्हें।''

कमरे से कितनी बार निकली गई मैं कोई गिनती नहीं। जरा सफाई में चूक हुई। जरा कपड़ा फैला रह गया। किताब कॉपी बिस्तर पर छूट गया। रजाई, कम्बल, चादर सही से नहीं समेटा गया। खिड़की के दरवाजे, लोहे पर धूल की लकीर रह गई। बस उनका गुस्सा सातवें आसमान पर। पहले मेरी धुलाई। फिर मेरा किताब-कॉपी झटके से कमरे के बाहर जमीन पर।

तब मेरा आशियाना सज जाता माँ के कारखाने में। विस्थापन काल में मेरे किताब-कॉपी की वही शरणस्थली होती। माँ के कारखाने के एक कोने में माँ के भगवानों का भी निवास स्थान था। सुरक्षित वे वहाँ रहते। जब मैं वहाँ रहने आती होऊँगी तो जरूर उनकी नींद में खलल पड़ता होगा। मैं माँ दुर्गा से बिना रुके बात करती जाती। जितनी शिकायत होती सब कह डालती। विछोह के इसी काल में मेरी तुकबंदी भी प्रारम्भ हुई।

माँ काली और दुर्गा और शिव को सम्बोधित कर कितने गीत मैंने रच डाले थे कोई गणना नहीं। जीवन की आपाधापी में सभी कहाँ गए पता नहीं। पर एक शब्दजाल जो माँ काली को मैं सुनाती थी आज भी यदा-कदा मुखर हो जाते हैं।

''काली तू वर दे
मेरे संग तू जी ले
गुस्सा सारे हर ले
मुझमें ही तू रह ले
काली तू वर दे।
काली तू वर दे
पढ़ने का रस दे
पीड़ा सब हर ले
मुझमें ही तू रह ले
काली तू वर दे।
काली तू वर दे
मानवता तू भर दे
गुस्सा सारे हर ले
मुझमें ही तू रह ले
काली तू वर दे।
काली तू वर दे
धर्म दे, अर्थ दे,

काम और मोक्ष दे
मुझमें ही तू रह ले
काली तू वर दे।''

यह शब्दजाल उस काल से आजतक मेरे जीवन-सूत्र की तरह है। अब तो लगता है काली मुझमें ही बसती है। रामकृष्ण परमहंस से मैंने काली को पा लिया है। बस काली सी सौम्य बने रहना है।

रेखा दी के लिए पिताजी ने जो निर्णय लिया उसका प्रभाव मेरी शिक्षा पर भी पड़ा। साइंस नहीं लेना है। मगध महिला कॉलेज दूर है, वहाँ से रेखा को आने में चार बजे जाता है अतः वहाँ नामांकन नहीं लेना है। अरविंद महिला में ले लो। वैसे मुझे भी साइंस नहीं ही पढ़ना था। लेकिन मगध महिला में जाने की इच्छा थी। पटना विश्वविद्यालय में नहीं पढ़ने की कमी अब महसूस होती है।

मेरा नामांकन पास के ही कॉलेज अरविंद महिला कॉलेज में हुआ। स्कूल की बहुत लड़कियों ने यहाँ नामांकन लिया। बस छूट गई तो मंजीत। मात्र मुझसे वह छूटती तो कोई बात नहीं थी। पर उसके पिताजी ने तो उसका नाता पढ़ाई से ही तुड़वा दिया। मैं उससे मिलने को बेचैन हो गई।

आश्रम जाकर ठाकुर जी को येन केन प्रकारेण मनाया कि एक बार मनजीत से मिलवा दे। माँ काली को गुहार लगाई कि एक बार उससे मिलना ही है मुझे आप कोई रास्ता निकालो। माँ को मनाया उनके घर ले जाने को। पर माँ ने समझाया जिसके पिताजी पढ़ाई नहीं करवाना चाहते वह तुमसे भी नहीं मिलने देंगे।

संजू प्रसाद मनजीत की दोस्त थी। स्कूल में हमारे कक्षा में थी। उसे एक दिन कॉलेज में देखा। उससे बात की। उसने वादा किया मंजीत की खबर लेकर देगी। वह खबर लाई। सिटी के किसी गुरु गोविंद सिंह कॉलेज में उसका नाम उसके पिताजी लिखवा देंगे। चलो कहीं तो पढ़ेगी। मन थोड़ा शांत हुआ।

माँ को धन्यवाद दी।

अरविंद महिला कॉलेज से जुड़ी तो अरविंदो की जानने का मौका मिला। अद्भुत सौभाग्य रहा मेरा कि एक-एक विभूति स्वयं मुझसे जुड़ते गए। अरविंद घोष को पढ़ना बड़ा दिलचस्प है।

एक समानता जो इन विभूतियों में और मुझमें थी वह आध्यात्मिक प्रवृत्ति। इस प्रवृत्ति ने ही शायद हमें मिलाया और पिताजी के आलोचनात्मक अध्यात्म ने मुझमें सन्तुलन बनाया। पिताजी ने हमेशा इन विभूतियों के मूल लक्ष्य विश्व कल्याण भाव को मेरे सामने आईने की तरह पारदर्शी बनाया। कहीं उलझने नहीं दिया।

अरविंद घोष के भी लक्ष्य परमहंस से बहुत अलग नहीं थे।

रामकृष्ण परमहंस की तरह ही अरविंदो का भी दृढ़ विश्वास था कि संसार के दुःख का निवारण केवल आत्मा के विकास से ही हो सकता है। वह शिक्षा में

आत्मविकास के तत्व को समाहित कर समाज में जागृति चाहते थे। उन्होंने कहा कि "मानव सांसारिक जीवन में भी दैवी शक्ति प्राप्त कर सकता है। शिक्षा के द्वारा यह संभव है।"

उन्होंने "अतिमानस" और "अति मानव की संकल्पना दी। वे मानते थे कि मानव भौतिक जीवन व्यतीत करते हुए तथा अन्य मानवों की सेवा करते हुए अपने मानस को "अति मानस" (supermind) तथा स्वयं को "अति मानव" (Superman) में परिवर्तित कर सकता है।

वे एक शिक्षाविद थे और उस समय के शिक्षा-पद्धति से असन्तुष्ट थे। उनका कहना था—"वर्तमान की शिक्षा मात्र सूचनात्मक है। सूचनात्मक ज्ञान कुशाग्र बुद्धि का आधार नहीं हो सकता है।" शिक्षा-पद्धति में तीन विशेषताओं आध्यात्मिकता, सर्जनात्मकता तथा बुद्धिमता को आवश्यक मानते थे। वह इस प्रकार की शिक्षापद्धति चाहते थे जो विद्यार्थी के ज्ञान-क्षेत्र का विस्तार करे, जो विद्यार्थियों की स्मृति, निर्णयन शक्ति एवं सर्जनात्मक क्षमता का विकास करे तथा जिसका माध्यम मातृभाषा हो।

श्री अरविन्द कहते थे कि शिक्षा को इन तीन दिशाओं की ओर उन्मुख होना चाहिए।

1. भारतीय शिक्षा से प्राचीन अध्यात्म-ज्ञान की पुर्नस्थापना हो।
2. अध्यात्म-ज्ञान की दर्शन, साहित्य, कला, विज्ञान व विवेचनात्मक ज्ञान में प्रयोग हो।
3. भारतीय आत्म-ज्ञान की दृष्टि से वर्तमान समस्याओं के समाधान की खोज हो तथा अध्यात्म प्रधान समाज की स्थापना हो।

श्री अरविंद के अनुसार "शिक्षा का प्रमुख लक्ष्य विकासशील आत्मा के सर्वांगीण विकास में सहायक होना तथा उसे उच्च आदर्शों के लिए प्रयोग हेतु सक्षम बनाना हैं।"

अरविंद की धारणा थी कि शिक्षा का उद्देश्य व्यक्ति में यह विश्वास जागृत करना है कि मानसिक तथा आत्मिक दृष्टि से पूर्ण सक्षम है तथा वह शनैः-शनैः अतिमानव (superman) की स्थिति में आ रहा है। शिक्षा द्वारा व्यक्ति की अन्तर्निहित बौद्धिक एवं नैतिक क्षमताओं का सर्वोच्च विकास होना चाहिए। अरविंद का विश्वास था कि मानव दैवी शक्ति से समन्वित है और शिक्षा का लक्ष्य इस चेतना शक्ति का विकास करना है।

इसीलिए वे मस्तिष्क को 'छठी ज्ञानेन्द्रिय' मानते थे। शिक्षा का प्रयोजन इन छः ज्ञानेन्द्रियों का सदुपयोग करना सिखाना होना चाहिए। उन्होंने कहा था कि—"मस्तिष्क का उच्चतम सीमा तक पूर्ण प्रशिक्षण होना चाहिए अन्यथा बालक अपूर्ण तथा एकांगी रह जाएगा। अतः शिक्षा का लक्ष्य मानव-व्यक्तित्व के समेकित विकास हेतु अतिमानस (supermind) का उपयोग करना है।"

उनकी धारणा थी—"मानव की मानसिक प्रवृत्ति नैतिक प्रवृति पर आधारित है। बौद्धिक शिक्षा, जो नैतिक व भावनात्मक प्रगति से रहित हो, मानव के लिए हानिकारक है।"

अरविन्द शिक्षक का महत्त्व प्रकट करते हुए कहते थे कि, "शिक्षक प्रशिक्षक नहीं है, वह तो सहायक एवं पथप्रदर्शक है। वह केवल ज्ञान ही नहीं देता बल्कि वह ज्ञान प्राप्त करने की दिशा भी दिखलाता है। वही एक बालक के मष्तिष्क को "अतिमानस" में और एक बालक को "अतिमानव" में बदल सकता है।"

अरविंद महिला कॉलेज में पढ़ते हुए अरविंदो के दो शब्द याद हो गए "अतिमानस" और "अतिमानव"। "सुपरमैन" तो बन ही जाना है। उस कालेज ने "सुपरगर्ल" तो बना ही दिया।

पहला नारा यहीं के मंच से लगाया था—

"मैं फूल नहीं चिंगारी हूँ, मैं भारत की नारी हूँ।"

पता नहीं कब किस काल में और कैसे भारतीय समाज के सर्जकों में इतना अहंकार समाहित हो गया कि चार वर्ण और फिर जाति-व्यवस्था जैसे कुचक्रों में स्वयं को उलझा लिया।

इस व्यवस्था से परे वासुदेव दर्शन की सुन्दर व्यवस्था अरविंदो की ओर से भारतीय दर्शन को अद्‌भुत तोहफा है। मात्र इस व्यवस्था अथवा दृष्टिकोण को समाज में कायम कर कर लिया जाए तो समाज में भारतीय समरसता की परम्परागत व्यवस्था स्थापित हो जाएगी जो वर्तमान की माँग है। उच्च स्तर की साधना करने वाले योगी अरविंदो को एक साल के लिए जेल जाना पड़ा। वे बड़े व्यथित हुए। उनके ही शब्दों में—"मैंने उनसे चिल्लाकर पूछा था कि" भगवन! यह क्या हुआ? उस समय हृदय में यह वाणी आई कि "चुप होकर देखो क्या होता है? ज्ञान का अभिमान त्यागकर मौन की साधना के लिए यह कालकोठरी मिली है।"

अरविंदो कहते हैं, "बस मैं शांत हुआ और चुपचाप देखने लगा।"

बताते हैं—"मैं लालबाजार हवालात से अलीपुर जेल भेजा गया। जेल के परिसर में एक वृक्ष के नीचे खड़ा था कि ऊपर से प्रकाश किरण का प्रवेश मेरे भीतर हुआ। दृष्टि खुल गई। सामने वासुदेव खड़े थे। वृक्ष भी वासुदेव नजर आए, वह शीतल वायु दे रहे थे। जेलर, कैदी, भवन सभी में वासुदेव नजर आने लगे। चारों ओर वासुदेव खड़े थे। मैंने समर्पण कर दिया। जज भी वासुदेव ही थे। कोई सफाई नहीं दी और परिणाम सामने है। मैं जेल से बाहर आप वासुदेवों के बीच हूँ।"

उन्होंने वासुदेव दर्शन को अपने जीवन का आधार बनाया और शिक्षा-व्यवस्था में ऐसे ही दृष्टिकोण को स्थापित करने की दिशा में आजीवन कार्य किया। वर्तमान की भी यही जरूरत है। शिक्षा इन अरविंदो दर्शन को शामिल कर लिया जाए तो विश्व सौहार्द की अनोखी मिसाल कायम हो।

पर कहाँ हो पाता है?

रेखा दी की शादी की चर्चा घर में चलने लगी। पिताजी दहेज के घोर विरोधी। पढ़ी-लिखी लड़की को बिना दहेज वाला लड़का कहाँ मिलता? लड़की जितनी पढ़ी है, उतना पढ़ा लड़का चाहिए। लड़का पढ़ लिया तो यह माल महँगा हो गया। यहाँ महँगा-सस्ता कहाँ? फ्री वाला चाहिए था। अरविंदो के वासुदेव दर्शन सिद्धांत इस स्तर पर किसी काम के नहीं रहे।

माँ भगवान भगवान पुकारती रहती। भगवान ना जाने कहाँ सो गए थे? कुछ घटनाक्रम ऐसे घटित हुए, जिसने दीदी के जीवन की दिशा बदल दी। क्यों! उनके जीवन में इतना संघर्ष लिखा था, अब भी समझ नहीं आता। जो घर की सबसे उत्तम विद्यार्थी थी, सबकी सबसे प्रिय थी। सभी सुविधा उन्हें सहज उपलब्ध थे। यह सत्य है कि डॉक्टर बनने की उनकी ख्वाहिश पिताजी ने नहीं पुरी करने दी। पर उसके बाद कभी किसी पढ़ाई के लिए नहीं रोका। फिर भी उन्हें वह नहीं मिला, जो उनको मिलना चाहिए था।

शायद इसे हो कर्मफल कहते हैं।

दीदी की शादी तय तो हो गई। शहर में पली बच्ची की शादी गाँव के ग्रेजुएट लड़के से तय हुई। परिवार बहुत समृद्ध था। लड़के के पिताजी हमारे पिताजी के दोस्त ही थे।

वैसे पिताजी एक इंजीनियर लड़के के यहाँ गए थे। वह भी रिश्ते में ही था। सम्भवत: दहेज की माँग पर बात आगे नहीं बढ़ी। वहीं पिताजी को अपने दोस्त के बारे में खबर मिली और उधर से ही जाकर शादी की तिथि तक तय करते हुए आ गए। हमारे मायका ककवारा गाँव, बांका जिला के बगल गाँव बौंसी से बारात आना था। इसलिए तय हुआ कि शादी गाँव से ही हो।

पहली बार गाँव में लंबे प्रवास का मौका मिला। गाँव के विरोधाभास से रूबरू हुई। अपना घर कहीं से अपना नहीं लगा। हर तरफ शिकायत। हर किसी के मन में नफरत की जहर। पर सभी परोक्ष में। सामने सभी एक सुदृढ़ परिवार। हमारा गाँव पर लेख लिखती थी तो सबसे ज्यादा संयुक्त परिवार की संकल्पना पर पंक्तियाँ होती थी। उनके प्रेम और उससे बच्चों के व्यक्तित्व विकास पर बढ़ाई होती थी। गाँव जाकर सारी धारणाएँ टूटी। हमें सभी तरफ से प्रेम मिला। पर उस प्रेम में घुलमिल पाने लायक हमारी स्वयं की तैयारी नहीं थी।

हमउम्र कई बहनें थीं हमारी। पर हमारी बात का कोई सिरा मिलता नहीं था। दोस्ती का कोई आधार तैयार नहीं था। हाँ, शाम में हम सभी जुटते थे। चलते-चलते किसी घर में रुक गए। कभी चटपटा पपीता खाने की तैयारी हो जाती। कभी चटपटा अमरूद। कभी झालदार मुढ़ी। इसी वक्त सभी घर अपना सा लगता था।

अपने मंदिर की पूजा भी देखने को मिली। बड़का बाबू पर देवी के आगमन और कारणी (मरीज) का इलाज भी देखने को मिला। कारणी से बात करने की बहुत

इच्छा हुई, पर हमारी फुआ का खास नजर हमपर था। उन्होंने उनतक पहुँचने नहीं दिया। डर था कि उनके ऊपर की नकारात्मक ऊर्जा (भूत आदि) हमें ना पकड़ ले।

फुआ को समझा-समझाकर थक गई कि मैं ही काली हूँ कोई मुझे नहीं पकड़ेगा। पर वह नहीं मानी। बोलती, मजाक नहीं करना चाहिए देवी-देवता से। वह देवी की फुलहरणी थी। बड़का बाबू के मंदिर में प्रवेश से पहले वो फूल आदि से देवी की सज्जा करती थी। उड़हुल के फूल से देवी का अप्रतिम सौंदर्य खिल उठता था।

मंदिर-क्षेत्र मुझे आकर्षित करता था। यहीं हमें पता चला कि मैं इस परिवार की अवांछित सन्तान थी। उनके कथन के अनुसार रेखा दी को भी अवांछित ही होना चाहिए था। पर परिस्थिति ने उसे प्रिय बना दिया था। उसके जन्म से पूर्व हमारे एक भाई को माँ खो चुकी थी। उनकी मन:स्थिति सही नहीं थी। उस घटना के तीन-चार साल बाद रेखा दी का जन्म हुआ। माँ की दवा की तरह वह आई इसलिए उनका स्वागत हुआ। उनके बाद माँ को एक और पुत्र हुआ इसलिए भी वह महत्त्वपूर्ण बनी रही।

मुझे बताया गया कि मेरी मेरे परिवार को जरूरत नहीं थी। भागलपुर इलाके में उस समय एक पुत्री रखने की परम्परा थी। पहली पुत्री का स्वागत होता था। उसके बाद की पुत्रियों को अफीम का प्रसाद खिलाकर हमेशा के लिए सुला दिया जाता था। बांका पहाड़ी इलाका है। उन पहाड़ में कई ऐसी जड़ी-बूटियाँ भी उपलब्ध थीं, जो क्षण में नन्हीं जान की आत्मा को शरीर से मुक्त कर देती थी। दूसरी बेटी होते ही उसे पहाड़ की तरफ ले जाते कुछ जड़ी-बूटी चटाते और पंच तत्वों में विलीन होने के लिए धरती माँ की गोद में छोड़ आते थे। मैं शहर में थी, इसलिए बच गई। दादी तो किसी स्थिति में मुझे नहीं रखना चाहती थी।

वैसे मुझे कभी नहीं लगा कि मैं अपने परिवार में अवांछित थी। मेरे जैसे नकचढ़ी बच्ची की हर इच्छा तुरन्त पूरी होती थी। हर बच्चे की तरह मुझे नए कपड़े का आकर्षण था। जब कभी नए कपड़े का सुर चढ़ा तो तुरन्त चाहिए। एक नया फ्रॉक हमेशा माँ के बक्से में रहता था। जैसे ही मुझपर नए कपड़े का भूत चढ़ता। माँ बक्से से निकाल कर देती। माँ-पिता, भाई-बहनों सभी की लाडली थी मैं।

कभी-कभी यह चर्चा होती भी तो माँ टाल देती, यूँ ही ये लोग तुमको चिढ़ाती है। रेखा दी ही कहती थी, ''तुम दाय की बेटी हो। उसने ही तुम्हें अपना दूध पिलाया है। माँ तो ऑपरेशन करवाने अस्पताल चली गई थी।'' शायद उस दाय माँ के दूध की भी मानवता मेरे अंदर बसती है, जो शक्ति और स्थिरता देती है।

आज दीदी की शादी का विधान प्रारम्भ हुआ। सबसे पहले कुलदेवी को न्योता पड़ा। अब बड़ पूजने जा रहे हैं। गजब की आँधी आई हैं। एक पेड़ के सहारे दीदी को पकड़कर सभी महिलाएँ खड़ी हैं। दीदी के हाथ में एक चाकू है। इस समय लड़की को ''हवा-बयार'' (भूत आदि) जल्दी पकड़ लेती है। हाथ में लोहा रहने से बचाव रहता है।

परम्परागत रस्म के साथ एक विशिष्ट रस्म की गई रास्ते में। बीच चौराहे पर दीदी को पेट के बल लिटा दिया गया। फिर साथ की सभी महिलाएँ तलवार लेकर उन्हें लाँघी। इस रस्म के बारे में कुछ उनलोगों ने बताया भी था, अभी याद नहीं।

हल्दी, लगने और लावा भुनाने तक का रस्म सम्पन्न हो गया। शादी की रात आ गई। रात का 10 बजने को बारात का पता नहीं। बारात आए तो लड़के का नहाया पानी आया, जिससे दीदी का स्नान करवाया जाए ताकि वह शादी के लिए तैयार हो।

पहली बार गाँव में जयमाल भी होने वाला था। आलोचना भी हो रही थी। नई उम्र की लड़कियाँ जयमाल को लेकर उत्साहित थीं। सजधज कर तैयार। पर धीरे-धीरे सारी सजधज बासी पड़ती जा रही थी। चिंता की लकीर बड़ों के माथे पर दिख रही थी।

समय पर सब ना हो तो बहुत अव्यवस्था फैलती है। माँ भगवती स्थान पर जाकर मनौती माँग आई थी। माँ के साथ मैं भी गई थी। एकदम अँधेरा सा परिसर था। देवी के आगे दीप जगमगा रहा था। माँ प्रार्थना कर रही थी तो एक उड़हुल उनके हाथ में आकर गिरा। इसके साथ ही विश्वास हो गया कि माँ का आशीर्वाद साथ है। सब ठीक होगा। फूल को दीदी के आँचल में बाँध दिया गया।

कुछ ही देर में बारात आने की सूचना मिली। लड़का के परछावन की तैयारी प्रारम्भ हो गई। लड़के वाले ने पानी दिया। दीदी को स्नान-ध्यान करवाया गया। पाँच दिन से दीदी अरबा खाकर रह रही थी। आज तो सिर्फ फलाहार पर थी। चेहरा मुरझा गया था।

जयमाल के बाद मैं थकान से सो गई। रातभर शादी के रस्म-व्यवहार होते रहे। सुबह नींद खुली तो विदाई की तैयारी हो रही थी। दीदी बिना आवाज के रो रही थी। उनका यह रोना गाँव के महिलाओं को पसन्द नहीं आ रहा था। वह लगातार जोर-जोर से रोने को कह रही थी। पर दीदी को कभी मैंने जोर से रोते देखा ही नहीं था। आँसू आँख में दिख जाते थे कभी-कभी। आवाज कभी नहीं सुनी। यहाँ भी वह आवाज नहीं निकाल पा रही थी। मायका के लिए यह शुभ संकेत नहीं था।

विदा होते बेटी का जोर से रोना आवश्यक है। वह आवाज निकालकर नहीं ही रोई। विदाई से पूर्व देवी को प्रणाम करने वर-वधू को मंदिर ले जाया गया। उड़हुल फूल से सजा मंदिर भी उदास लग रहा था। माँ की मूरत भी आँसुओं से गीली लग रही थी। दीदी यहाँ पर एक बार जोर से रोई। माँ से लिपटी। फिर सब स्थिर। गाड़ी में बैठी और हमसे दूर हो गई। चाची का पूरा घर बिखरा और उदास लग रहा था। सभी घर में नीरव शांति थी। बेटी विदाई के बाद की शांति कितनी पीड़ादायी होती है, यह महसूस हो रहा था। सबकुछ थम गया था।

अतिथि भी जाने की तैयारी करने लगे थे। हम भी तो वहाँ अतिथि ही थे। सबकुछ छोटी चाची के जिम्मे था। माँ भी अलग-अलग सी ही थी इस शादी में।

अतिथि की तरह। पिताजी ने हमें भी अपना समान समेटने को कहा। शादी के तीसरे दिन हम भी वापस पटना के लिए चल दिए। जाने से पहले हम माँ के साथ मंदिर गए। सम्भवतः मंगलवार का दिन था। बड़का बाबू दैवीय रूप में बैठे थे। मैंने जाकर प्रणाम किया। एक उड़हुल का फूल हाथ में मिला और आशीर्वाद, ''माँ काली सदा तुम्हारे साथ रहे।''

मैंने आश्चर्य से उनकी ओर देखा। दुर्गा रूप में बैठे बड़का बाबू ने काली का नाम लिया। आज वह भी ठाकुर जी से नजर आए। उनके आँखों में माँ काली और ठाकुर जी सा ही चमक था। आज भी वह आँखें आशीर्वाद देती हैं हमेशा मुझे।

पटना आने पर दो बदलाव हुआ। पहला दीदी अब हमारे कमरे में नहीं थी। कमरे की प्रमुख अब मैं थी। दूसरा कमरे में तीन भतीजियों का प्रवेश हुआ। स्वीटी जो मुझसे सात वर्ष छोटी थी। बबली और रिंकी स्वीटी से तीन साल और चार साल छोटी थी। बेटियों का कमरा नाम से हमारा कमरा स्थापित हो गया। सबकुछ अपने ढ़र्रे पर चलने लगा।

कॉलेज में मैं बहुत सक्रिय हो गई। हमारी एन. एस. एस. प्रभारी मैम बहुत सक्रिय थी। वह भाषण आदि प्रतियोगिता की भी समन्वयक थी। उनके सानिध्य में हमने बहुत कुछ सीखा।

एक बार हमारी शिक्षिका के द्वारा एक शिविर में हमें भेजा गया। पाँच दिन का प्रशिक्षण शिविर था। उस शिविर में हमें बताया गया कि तुम हिन्दू हो। हिंदुओं पर बहुत भारी खतरा है। तुम दो बच्चे ही रखते हो, उनके दस-दस होते हैं। उनकी संख्या बढ़ती जा रही है। जैसे पहले उन्होंने आप पर राज किया था, फिर करेगा। पाकिस्तान में कैसे मंदिर तोड़ रहे हैं? कैसे महिलाओं को सताया जा रहा आदि बताते। उनकी बातों से ऐसा लगता हमारी सारी समस्याओं के लिए वही जिम्मेवार है और उन्हें देखते ही मार देने के भाव मन में उभरने लगता। नफरत ऐसे भी अपना स्थान बनाती है।

रामकृष्ण, विवेकानन्द, गुरुवाणी, अरविंदो सभी ने कहा कि विश्व के सभी मानव एक ही ईश्वर की सन्तान हैं। यहाँ कुछ और बताया गया।

हमने अपनी उसी शिक्षिका से अपने मन के प्रश्न को दोहराया, ''दी, आपने जिस प्रशिक्षण शिविर में हमें भेजा था वहाँ तो बताया गया कि हम हिन्दू हैं और हमारी संख्या कम हो रही है। सभी हमारे दुश्मन है। हिंदुओ में एकता नहीं है। दूसरे धर्म वाले हिंदुओं के धर्म को बदल दे रहे हैं। जो हिन्दू धर्म-परिवर्तन नहीं करता वे लोग उसे मार डालते हैं। उनकी जनसंख्या बढ़ती जा रही है। हिंदुओं के अस्तित्व पर खतरा है। हमें उनकी जनसंख्या को खत्म करना है। मार देना है या देश से भगा देना है। सभी को मार तो नहीं सकते। लेकिन जब हिंदुओं का राज आ जाएगा तो उन्हें भगा सकते हैं।''

मैंने अगला प्रश्न भी किया, हम उनसभी को भगाएँगे तो पूरे विश्व के देश हिंदुओं को अपने यहाँ से भगाएँगे, तो हम उन्हें सही से रख लेंगे।

फिर एक बात और। आपने एन.एस.एस. में बताया है समाज और मानवता की सेवा ही परमधर्म है। मानवता का मतलब तो सभी प्राणी है, फिर हम सिर्फ हिन्दू होकर मानव कैसे हो सकते हैं?

शुरू हुई तो प्रश्न आते ही जा रहे थे पर बीच में ही शिक्षिका ने रोक दिया। अब रुक जाओ। अगला प्रश्न इसके बाद करना, उन्होंने कहा।

वह समझाने लगीं। देखो वह लोग बताते हैं कि पूरे विश्व में हिंदुओं पर अत्याचार हो रहा है। कश्मीर से हिंदू को भगाया गया। मुसलमान मदरसों में कट्टरवादी जमात पैदा कर रहा है तो ऐसे में हिंदू या दूसरों को अपनी सुरक्षा के लिए तैयारी तो करनी होगी।

मैंने कहा, अपने बचाव की तैयारी तो हम वैसे भी किए रहते हैं। चोर के डर से घर बन्द करके रखते हैं। कोई शत्रु हमला ना कर दे, इसके लिए लाठी, डंडा आदि घर में रहता ही है। जिसे ज्यादा खतरा है, वह बंदूक, पिस्तौल आदि भी रखता है। जब कोई मारने आएगा, तब हम किसी तरह बचाव तो करेंगे ही। लकड़ियों को भी कराटे सुरक्षा ले लिए ही सिखाया जाता है।

फिर हिन्दू बताकर उसे सुरक्षा के लिए तैयार करने का मतलब बताइए?

शिक्षिका को कोई काम आ गया या खुद को इस बातचीत से अलग करना चाहती थीं, वह पास बैठे एक व्यक्ति की ओर इशारा कर बोलीं, आगे तुम्हारे सवालों का जबाब ये देंगे, मुझे अभी जाना पड़ेगा। वह चली गई। मैंने उनकी ओर मुख किया। वह हमारे वार्तालाप के बीच में प्रारम्भ से ही थे।

उन्होंने कहना शुरू किया, "तुम सारे सही प्रश्न उठा रही हो। पर यह भी तो देखो सारे विश्व में दो लोग ईसाई और मुस्लिम बढ़ते जा रहे हैं। हम हिंदुओं की संख्या कितनी कमती जा रही है। सिर्फ भारत में सिमटते जा रहे हैं। अगर यूँ ही संख्या कम होती जाएगी तो हिन्दू खत्म हो जाएँगे। इसलिए हिंदुओं को जागना होगा।"

मेरे पास संख्या संबंधी जानकारी इतनी ही थी कि "ईसाई और मुस्लिम के बाद हिन्दू ही सबसे ज्यादा हैं। मैंने यही कहा कि हिन्दू कम कहाँ है तीसरे नम्बर पर ही तो है और मुझे लगता है हमेशा से तीसरे नम्बर पर ही रहा होगा।"

जो भी हो कम या ज्यादा। पर हम जान लें कि हम हिन्दू हैं। सारे हमारे दुश्मन हैं। इससे हमारी संख्या कैसे बढ जाएगी, बताइए। मैंने पूछा।

"तुम हमारी संस्था में शामिल हो, तब तरीका बताया जाएगा। ऐसे समझ नहीं आएगा।" उन्होंने कहा।

"ऐसा थोड़े ही होता है। पहले तरीका बताइए। अच्छा लगेगा तब शामिल होंगे।" मैंने कहा।

शायद उनके पास जबाब नहीं था या वह देना नहीं चाहते थे। बिना निष्कर्ष हमारी वार्ता समाप्त हुई।

मेरे प्रश्न अभी भी अनुत्तरित ही थे। आशा की किरण पिताजी की ओर दिखी। जबाब मिल ही जाएगा का आश्वासन मन को दिया और घर के लिए निकल पड़ी।

घर तो आ गई। पर पिताजी तो रात में आएँगे। इतनी देर मैं बर्दाश्त नहीं कर पा रही थी। काश पिताजी जल्दी ही आ जाते।

मैं ध्यान बँटाने के लिए खेलने जल्दी निकल गई। स्कूल से आने के बाद खेलने के लिए सामने वाले घर में मैं जाया करती थी। वहाँ लगभग 10 लड़कियों का जमावाड़ा होता था। रेलवे लाइन के किनारे वह घर था। पीछे के गेट से रेलवे लाइन पर निकल जाया करते थे।

मालगाड़ी से सामानों को चोरी होते देखना, उस बात की आलोचना करना, भागती रेल से बच्चों का टाटा, बाई-बाई, तिनसुकिया मेल से मिलिट्री वालों की अभद्र टिप्पणी पर यह विवेचना करना कि सेना वालों की माँ बहन नहीं होती क्या जो इतना गंदा बोल लेते हैं, सेंट्रिंग में लगे रेल के यात्री को पानी देना आदि हमारे खेल के हिस्से थे।

आज मैंने सहेलियों के बीच हिन्दू वाले अपने प्रश्न को रखा।

सभी ने कहा, तुम अपने पागलपन को हमारे पास मत लाओ। पर पास ही बैठे सहेली के भैया जो सब सुन रहे थे जबाब देने के लिए सामने आ गए।

भैया ने पूछा, "आखिर तुम जबाब किस बात का चाहती हो, बताओ?"

मैंने अपनी बात दोहराई कि "कुछ संगठन कहते हैं कि हिन्दू समाप्त हो रहा है, उसकी जनसंख्या कम होती जा रही है। उसे बचाने ले लिए अन्य समुदाय की जनसंख्या को कम करना होगा। उन्हें भारत से भगाना होगा आदि।

इसी बारे में जानना है कि क्या सही में हिंदुओं की संख्या कम हो रही है। क्या हमें उन्हें मारने या भगाने के लिए तैयार रहना चाहिए।"

एक बात बताओं, "क्या उनलोगों ने उनकी जनसंख्या बढ़ने का कारण बताया है?"

"हाँ"—मैंने कहा।

क्या बताया, बताओ-भैया ने कहा।

अब मेरी सहेलियों को भी इस वार्तालाप में मजा आने लगा था।

बेबी भी हमारे साथ उस शिविर में गई थी। उसने भैया के सवाल का जबाब दिया।

उनलोगों ने कई कारण बताए—

1. पूरे विश्व में हिंदुओं को मारा जा रहा है।
2. हिंदुओं का धर्म परिवर्तन करवाया जा रहा है।
3. उनको बच्चे जन्म देने पर रोक नहीं है। हिन्दू के दो बच्चे की जगह पर उनके 8 से 10 बच्चे होते हैं।
4. हम गाँधीवादी हैं। अहिंसा अहिंसा जपते रहते हैं और वह मारकर चले जाते हैं।

5. गाँधी और कांग्रेस के कारण हिन्दू कमते जा रहे हैं।
6. गाँधी ने पाकिस्तान बनवाकर उनकी संख्या बढ़वा दिया। वहाँ जो हिन्दू रह गए थे, उन्हें मुस्लिम बनना पड़ा या मरना पड़ा।
7. हिंदुस्तान में बँटवारे के समय जितने मुस्लिम थे उससे सैकड़ों गुणा संख्या बढ़ी जबकि पाकिस्तान में हिंदुओं की संख्या कमती गई।

ऐसी ही बहुत बातें बताई गई और अंत में कहा गया कि अब भी हिन्दू नहीं जागा तो खत्म होने या धर्म बदलने के लिए तैयार रहे।

भैया ने बताना शुरू किया।

उन्होंने कहा जितनी बात तुमलोगों ने सुनी, उसपर एक-एक कर बात करते हैं।

पहला प्रश्न—*पूरे विश्व में हिंदुओं को मारा जा रहा है।*

उत्तर—पूरा विश्व आतंकवाद से प्रभावित है। हाल की घटना इंदिरा गाँधी की मौत इसका प्रत्यक्ष उदाहरण है। यह हिंदुओं के मध्य से बने सिख समुदाय के द्वारा की गई। यहाँ अन्य दोषी नहीं थे। इसी तरह विश्व में जहाँ कहीं भी हत्याएँ हो रही हैं, वह सिर्फ आतंक को फैलाने के लिए है। कोई हिन्दू को या मुस्लिम को या सिख को नहीं मार रहा है। विभिन्न आतंकवादी संगठन यह सब कर रहा है।

हाँ, इन आतंकवादी संगठनों को सहयोग कर रहे देश की नीति गलत है।

इस पर रोक के लिए ही द्वितीय विश्वयुद्ध के बाद कई उपाय प्रारम्भ हुए, कई संगठन बने ताकि आतंकवाद को खत्म किया जा सके। कई देशों से व्यापारिक संबंध पर रोक लगाए गए। इस समस्या को विश्व स्तर पर समझना होगा। सम्प्रदाय के चश्मे से इस समस्या का निदान सम्भव नहीं है।

दूसरा प्रश्न—*हिंदुओं का धर्म परिवर्तन करवाया जा रहा है।*

जबाब—धर्म परिवर्तन कार्यक्रम की जड़ में चलो। दो सम्प्रदाय पर धर्म परिवर्तन करवाने का इल्जाम लगता है। ईसाई और मुस्लिम। भारत में बौद्ध, जैन, सिख, नाथ सम्प्रदाय, कबीरपंथ आदि में भी प्रवेश सम्भव है।

जिन सम्प्रदाय पर धर्म परिवर्तन करवाने का इल्जाम लगता है, यह जान लें कि उसका निर्माण ही नवीन धर्म के रूप में हुआ है। उसे पुराने से ही सदस्यों की दरकार होगी। वह अपनी सदस्य संख्या बढाते हैं। सदस्यों बनने के लिए जो शर्तें हैं, बताते हैं। जिन्हें स्वीकार है, वह उसमें शामिल हो जाते हैं।

कहा जाता है कि मेम्बर बनाने के लिए लोभ दिया जाता है। मेम्बर जबरदस्ती बनाया जाता है। मेम्बर बनाने के लिए सुविधा देना तो स्वभाविक प्रक्रिया है।

उदाहरण के लिए अपने राजनीतिक दलों के मेम्बरशिप अभियान को लो। सभी दल मेंबरशिप अभियान चलाते हैं। अपने दल का गुणगान करते हैं। हजारों सुविधा देने और दिलवाने की घोषणा करते हैं।

जहाँ तक हिन्दू धर्म का सवाल है तो इस नाम से कोई सम्प्रदाय कभी नहीं थी। सिंधु नदी किनारे बसी सभ्यता थी। यह सभ्यता बन्द समूह थी। जिस हिन्दू धर्म की बात हो रही है, वह वैदिक सभ्यता थी। अव्यवस्थित सामाजिक व्यवस्था को व्यवस्थित करने के लिए वेद-नियमावली आई। वेद का आगमन अपने समूह के अनुशासन के रूप में हुआ है। यह समाज की नियमावली है। यह अपनों के लिए अपनों से निर्मित नैतिक गुणों की माला है। उस समय जितने भी मानव इस क्षेत्र में थे, वर्ण व्यवस्था के माध्यम से सभी का समावेश करते हुए एक बन्द समूह बनाया गया। इसलिए इसमें सदस्य संख्या बढ़ाने या उसे प्रलोभन देने की कोई व्यवस्था नहीं है। उस समय इसकी कोई जरूरत भी नहीं थी। सभी को उसकी योग्यता और कार्यक्षेत्र के आधार पर शामिल किया गया था। अत: भविष्य में किसी विवाद की या अन्य सम्प्रदाय के उभरने की कल्पना ही नहीं की गई।

कालांतर में वर्ण-व्यवस्था जाति-व्यवस्था में परिवर्तित हो गई। कर्म आधारित सामाजिक व्यवस्था जन्म आधारित हो गई। वर्ण-सङ्कर ने नई-नई जातियों को जन्म दिया। एक जाति के अनेकों उपजाति बन गए। सभी अपने-आप में बन्द समूह बने। एक जाति के मानव का दूसरे जाति में प्रवेश कठोरता से रोका जाता था। समाज को प्रकाश और दिशा देने वाली शिक्षा-व्यवस्था भी एक जाति विशेष के लिए आरक्षित हो गई। दूसरी वैदिक जातियाँ वेदों से दूर कर दी गईं। वेदों की सामाजिक नियमावली स्वार्थ पर स्थापित होने लगी। उसकी व्याख्या से सामाजिक विद्वेष बढ़ा। सिद्धार्थ, महावीर जैसे राजपुत्रों को समाज की इस व्यवस्था से वितृष्णा उत्पन्न हुई। उन्होंने हाशिए पर आ गए मानव को मुख्य धारा में लाने के लिए प्रयास किया और नए सम्प्रदाय का निर्माण हो गया। बौद्ध, जैन आदि सम्प्रदाय ने अपना स्थान लिया। इसपर भी वैदिक समुदाय सचेत नहीं हुए। आपसी प्रतिद्वंदता बढ़ती गई। सत्ता संघर्ष प्रारम्भ हुआ। बाहरी आक्रमण के समय इनकी आकांक्षा, सत्ता लोभ, आपसी मतभिन्नता ने उन्हें बढ़ावा दिया। मुगलों की स्थापना या अंग्रेजों की स्थापना में वैदिक सभ्यता के सभ्यजनों ने स्वयं बड़ा योगदान दिया। उनके आगमन का स्वागत किया। उनके द्वारा दिए नाम सिंधु से हिन्दू को स्वीकार किया। भारत को हिंदुस्तान के रूप में स्थापित होने दिया। जाति व्यवस्था के अंतर्गत कुछ जातियों का तिरस्कार कर उन्हें अन्य सम्प्रदायों में जाने का मार्ग प्रशस्त किया।

अत: सामान्यत: धर्म परिवर्तन हिंदुओं का नहीं हुआ। हिंदुओं में बहिष्कृत जातियों का हुआ। बाहर के देशों में भी धर्म परिवर्तन हिंदुओं का नहीं करवाया गया, बल्कि उस देश में रहने की शर्त के अनुरूप धर्म परिवर्तन की बाध्यता की गई। विकल्प दिया गया कि जो नहीं मानेंगे देश छोड़ सकते हैं। उन देशों में यह प्रसाशनिक व्यवस्था के अंतर्गत सभी सम्प्रदाय के लोगों पर लागू था।

तीसरा प्रश्न— *उनको बच्चे जन्म देने पर रोक नहीं है। हिन्दू के दो बच्चे की जगह पर उनके 8 से 10 बच्चे होते हैं।*

जबाब—यहीं पर स्पष्ट हो जाता है कि यह संगठन हिन्दू किसे मानते हैं? कानून क्या कहता है, के विवाद में ना जाएँ, तो आज भी हासिए पर पड़ी जातियों में बच्चे की संख्या पर कोई रोक नहीं है। वह भी बच्चों को ईश्वर की ही देन मानते हैं। उनका मानना है कि जितने हाथ रहेंगे, उतनी ज्यादा कमाई होगी, तो क्या वह हिन्दू नहीं हैं? दूसरी तरफ कुछ शिक्षित हिन्दू परिवार को छोड़ दिया जाए तो वहाँ भी बेटे की चाह खत्म नहीं हुई है और दो से अधिक बच्चे हैं।

***चौथा प्रश्न**—हम गाँधीवादी हैं। अहिंसा अहिंसा जपते रहते हैं और वह मारकर चले जाते हैं।*

जबाब—गाँधी को गाली देना वेदों को गाली देने के समान है। समभाव की वाणी वेद की वाणी है। वृक्ष, पशु, पक्षी सभी के प्रति सहृदयता रखना वेद की शिक्षा है। मानवता वेद-धर्म है। गाँधीजी जी ने ही नहीं उस काल के सभी समाजसुधारकों ने मानवता के सुरक्षा की आवाज दी थी।

रामकृष्ण परमहंस ने कहा—"मनुष्य को यदि भगवान तक पहुँचने का यत्न करना है तो उसको चाहिए कि सर्वप्रथम वह सभी पूर्व संस्कारों के बन्धन से स्वयं को मुक्त करे। घृणा, कुल, शील, भय, मान, अभिमान आदि आत्मा के बन्धन हैं। भगवान तक पहुँचने के लिए इनसे मुक्त होना आवश्यक है। प्रारम्भ में यज्ञोपवीत संस्कार शिक्षा में प्रवेश के लिए किए जाने वाले संस्कार थे। वर्तमान में यह संस्कार एक मानव को दूसरे मानव से दूर करते हैं। यह भी एक पाश बन चुका है। राम तक पहुँचने के लिए इस बन्धन से भी मुक्त होना होगा।"

ब्रह्मसमाज के प्रमुख बाबू केशवचन्द्र सेन ने 1875 में ईश्वर के नीवन स्वरूप-नव विधान समरूप धर्म (औपचारिक रूप से 1880 में घोषित) नवीन धर्म की संपूर्णता (संसिद्धि) का संदेश दिया। अपनी नवसंहिता में केशवचंद्र ने इस विश्वधर्म का प्रतिपादन इस प्रकार किया :

हमारा विश्वास विश्वधर्म है जो समस्त प्राचीन ज्ञान का संरक्षक है एवं जिसमें समस्त आधुनिक विज्ञान ग्राह्य है, जो सभी धर्म गुरुओं तथा संतों में एकरूपता, सभी धर्मग्रंथों में एकता एवं समस्त रूपों में सातत्य स्वीकार करता है, जिसमें उन सभी का परित्याग है जो पार्थक्य तथा विभाजन उत्पन्न करते हैं एवं जिसमें सदैव एकता तथा शांति की अभिवृद्धि है, जो तर्क तथा विश्वास योग्य तथा भक्ति तपश्चर्या और समाजधर्म को उनके उच्चतम रूपों में समरूपता प्रदान करता है एवं जो कालांतर में सभी राष्ट्रों तथा धर्मों को एक राज्य तथा एक परिवार का रूप दे सकेगा।

आर्य समाज के प्रवर्तक स्वामी दयानन्द सरस्वती ने भी सर्वतन्त्र सिद्धांत अर्थात् सामान्य सार्वजनिक धर्म की बात कही। जिसको सदा से सब मानते आए हैं, मानते है और मानेंगे भी। उन्होंने इसे सनातन नित्यधर्म कहा।

उन्होंने मानव कल्याण तभी संभव कहा जब समस्त प्राणियों के साथ हमारे आचरण का आधार प्रेम व सदभावना होगा न कि घृणा, दुर्भावना या असहनशीलता। प्रेम एवं सदभावना पर आधारित समाज के निर्माण से ही पृथ्वी पर ही स्वर्ग की अनुभूति होगी, यही वैदिक समाजवाद है।

समस्त कार्य अज्ञानता की समाप्ति व ज्ञान की प्राप्ति के लिए करने चाहिए। निरक्षरता, अज्ञानता एवं अंधविश्वास समस्त बुराईयों की जड़ है। ज्ञान द्वारा सर्वव्यापी कल्याण एवं आनंद की प्राप्ति होती है।

मानव उन्नति और विश्व कल्याण के 10 आर्य नियम का प्रतिपादन उन्होंने किया।

1. सच्चे ज्ञान की प्राप्ति। सच्चे ज्ञान का मूल स्त्रोत परमात्मा है।
2. परमेश्वर ही परम सत्य है, परम ज्ञान है, परमानंद है। वह निराकार है, सर्वशक्तिमान है, यथार्थ है, दयालु है, अजन्मा है, अनंत है, अपरिवर्तनीय है, अनादि है, अद्वितीय है। सबका सहायक और स्वामी है। सर्वव्यापी और सबकी अंतरआत्मा में निवास करता है। परमात्मा चिरस्मरणीय एवं संदेह से परे है। वह सारे विश्व का सृष्टिकर्ता है। केवल वही पूजने योग्य है।
3. वेद समस्त ज्ञान के भंडार हैं। समस्त आर्यसमाजियों के लिए वेदों का पुन: अध्ययन व उसका प्रचार करना अनिवार्य है। वेदों को सुनना और सुनाना उनका मुख्य कर्तव्य हैं।

   स्वामी दयानंद के सिद्धांतवाद में परमेश्वर के बाद वेदों का महत्त्वपूर्ण स्थान है। उनका मानना है कि हमें धर्म ग्रंथों में लिखी हुई उन सभी बातों को अमान्य कर देना चाहिए जो वेदों के उपदेशों से भिन्न हैं। वेद परमेश्वर द्वारा उच्चरित शब्द हैं, जिन्हें ऋषियों द्वारा समस्त मानव जाति को प्रवचन कराया गया है। वेद मानव निर्मित नहीं हैं।
4. सच्चाई को हमें सदैव स्वीकार करना चाहिए एवं असत्य को सदैव ठुकराना चाहिए। किसी विचारधारा को केवल समय के अनुकूल मानकर मान्यता प्रदान करना उचित नहीं है। असत्य विचारों का बहिष्कार करने में हमें जरा भी संकोच नहीं करना चाहिए।
5. मनुष्य को सही एवं गलत की विवेचना करने के ऊपरांत धर्म के अनुसार ही अपने कर्म करना चाहिए। सही कार्य कीजिए और गलत कार्य से दूर रहिए।
6. भौतिक, सामाजिक एवं अध्यात्मिक रूप से समस्त विश्व की भलाई ही आर्य समाज का मुख्य उद्देश्य है।
7. समस्त प्राणियों के साथ हमारे आचरण का आधार प्रेम व सद्भावना होना चाहिए न कि घृणा, दुर्भावना या असहनशीलता। प्रेम एवं सदभावना पर आधारित समाज के निर्माण से पृथ्वी पर ही स्वर्ग की अनुभूति होगी, यही वैदिक समाजवाद है। समस्त कार्य अज्ञानता की समाप्ति व ज्ञान की प्राप्ति के लिए करने चाहिए।

निरक्षरता, अज्ञानता एवं अंधविश्वास समस्त बुराईयों की जड़ है। ज्ञान द्वारा सर्वव्यापी कल्याण एवं आनंद की प्राप्ति होती है।

9. किसी भी व्यक्ति को स्वयं अपनी उन्नति से संतुष्ट नहीं होना चाहिए, बल्कि समस्त मानव जाति की भलाई में ही स्वयं की भलाई की अनुभूति करनी चाहिए।
10. समस्त मानव जाति की भलाई के लिए निर्धारित किए गए सामाजिक नियमों का पालना करना प्रत्येक व्यक्ति के लिए अनिवार्य है। इसके बावजूद प्रत्येक व्यक्ति को अपने कल्याण के लिए कार्य करने की स्वतंत्रता है।

मूर्ति पूजा को नकारते हुए उन्होंने कहा कि ईश्वर के संदर्भ में उन्होंने कहा कि ईश्वर पूर्ण रूप से पवित्र और बुद्धिमान है। उसकी प्रकृति, गुण, और शक्तियाँ सभी पवित्र हैं। वह सर्वव्यापी, निराकार, अजन्मा, अपार, सर्वज्ञ, सर्वशक्तिशाली, दयालु और न्याययुक्त है। वह दुनिया का रचनाकार, रक्षक, और संघारक है। भगवान का ना कोई रूप है ना रंग है। वह अविनाशी और अपार है। जो भी इस दुनिया में दिखता है वह उसकी महानता का वर्णन करता है। अपने सामने रखने या याद करने के लिए लोगों की तस्वीरें या अन्य तरह की पिक्चर लेना ठीक है। लेकिन भगवान् की तस्वीरें और छवियाँ बनाना गलत है।

उन्होंने स्पष्ट कहा कि—

''यदि हम आर्य लोग वेदोक्त धर्म के विषय में प्रीतिपूर्वक पक्षपात को छोड़कर विचार करें तो सब प्रकार का कल्याण ही होगा।''

इसी तरह विवेकानन्द ने भी हिन्दू शब्द को मानवता के संदर्भ में परिभाषित किया। उन्होंने भी अन्य चिंतकों की तरह भारत के सबसे निचले पायदान पर खड़े व्यक्ति को समानांतर खड़े करने पर बल दिया। अहिंसा को अपनाने की बात की।

इस तरह देखा जाए तो गाँधी ने अहिंसक समाज की बात कर कोई नई स्थापना नहीं गढ़ी, बल्कि भारतीय दर्शन के मूल्य को प्रतिपादित मात्र किया।

जिस विवेकानन्द को युवा पीढ़ी का नायक बनाकर युवा दिवस मनाया जाता है।

उनमें और गाँधी में कई समानताएँ थीं।

विवेकानन्द और गाँधी के योगदान को हम विरल और सर्वाधिक मान सकते हैं क्योंकि उन्नीसवीं सदी के उत्तरार्द्ध में इन दो महानायकों ने देश के बाहर भी अंतरराष्ट्रीय स्तर पर भारतीय मेधा और संस्कृति का झंडा फहराया था।

विवेकानंद और गाँधी के जीवन और विचारों में भी कई समानता दिखाई देती हैं। दोनों का जन्म गुलाम भारत के उच्च मध्य वर्गीय परिवार में हुआ था और दोनों के परिवार अन्य प्रदेशों की तुलना में विकसित प्रदेश बंगाल और गुजरात के बड़े शहरों के निवासी थे। दोनों के परिवार हिंदू धर्म और सनातन संस्कृति में विश्वास रखते थे इसलिए दोनों के प्रारम्भिक संस्कार लगभग एक समान थे। जिस दौर में आम भारतीय

परिवारों में शिक्षा के महत्त्व की खास समझ नहीं थी उन दिनों विवेकानंद के परिवार ने उन्हें कलकत्ता विश्वविद्यालय में उच्च शिक्षा दिलाई और गाँधी तो उच्च शिक्षा के लिए इंग्लैंड भी गए थे।

गाँधी और विवेकानंद ने देश-विदेश का खूब भ्रमण किया था इसीलिए उनकी अनुभूति और जमीनी समझ का स्तर अपने अधिकांश समकालीनों से अधिक सघन था। दोनों की धार्मिक साहित्य के साथ साथ साहित्येत्तर विषयों के अध्ययन में भी विशेष रुचि थी जिससे उनके ज्ञान अर्जित अनुभव का दायरा काफी विस्तृत था। दोनों ने अपने हिंदू धर्म के अलावा अन्य धर्मों का भी खासा ज्ञान अर्जित किया था। दोनों की ईश्वर में अटूट आस्था थी।

विवेकानंद और गाँधी दोनों ने भारतीय सभ्यता और सँस्कृति की श्रेष्ठता की पहचान अंतरराष्ट्रीय मंच पर कराई थी जो विश्वबन्धुत्व और सर्व धर्म समभाव को प्रतिपादित करती है। दोनों ने खुद भी आजीवन इसी सिद्धांत को अपने जीवन में अपनाया। विवेकानंद ने यह काम व्याख्यान के माध्यम से किया और गाँधी ने हिन्द स्वराज कृति में लिखकर।

विवेकानंद और गाँधी के रचनात्मक कार्य अंत्योदय के सिद्धांत पर आधारित थे और दोनों मन, वचन और कर्म से गरीबों और वंचितों के लिए पूर्ण समर्पित थे। दोनों आत्म विश्वास पर जोर देते थे और मानते थे कि खुद में परिवर्तन से हम श्रेष्ठतर होते हैं और श्रेष्ठ नागरिकों से ही उन्नत समाज बनता है।

दोनों ने देश के जनमानस की ऐसी सही नस पकड़ी थी कि वे अमीर गरीब और हर आयु वर्ग के लोगों में असाधारण रूप से लोकप्रिय हो गए थे। अपने जीवन काल में इतना सम्मान और लोकप्रियता बहुत कम लोगों को मिलती है।

दोनों ने राष्ट्रीय चेतना के विकास में अद्‌भुत योगदान दिया था। हिंदू मुस्लिम एकता, व्यक्तित्व विकास, सत्य आग्रह, अहिंसा, करुणा, समाजसेवा और ब्रह्मचर्य के प्रति आकर्षण आदि और भी बहुत से तत्व हैं जो दोनों के व्यक्तित्व में समान रूप से मौजूद थे। दोनों ने अपने विचारों के प्रचार-प्रसार के लिए व्यापक जन सम्पर्क अभियान चलाए थे। दोनों ने पत्र-पत्रिका के प्रकाशन को भी अपने विचार जन जन तक पहुँचाने का सशक्त माध्यम बनाया था।

यह भारत का दुर्भाग्य ही कहा जाएगा कि 1900 के आसपास एक अमेरिका, यूरोप और दूसरा दक्षिण अफ्रीका में कार्यरत था इसलिए नियति ने उन्हें मिलकर एक दूसरे को गहराई से समझने और सहयोगी के रूप में काम करने का अवसर नहीं दिया, और फिर नियति ने विवेकानंद को 39 साल की अल्पायु में ही भारत से छीनकर दोनों के साथ काम करने की संभावना को ही समाप्त कर दिया। बहुत से लोगों का मानना है कि यदि नियति इन दोनों को साथ काम करने का अवसर देती तो भारत की दशा और दिशा आज से कहीं बेहतर होती और गाँधी एवं अहिंसा पर प्रश्नचिन्ह उठाने वाले

हासिए पर होते। गाँधी और कांग्रेस के कारण हिन्दू कमते जा रहे हैं। गाँधी ने पाकिस्तान बनवाकर उनकी संख्या बढ़वा दिया। वहाँ जो हिन्दू रह गए थे, उन्हें मुस्लिम बनना पड़ा या मरना पड़ा।

आदि निरर्थक प्रश्न में उलझने के बजाए युवा बेरोजगारी का सार्थक हल ढूँढ रहे होते। अधिक फसल उत्पादन का तकनीक ईजाद कर रहे होते। फैक्टरी, कम्पनी, उद्योग के निर्माण में लगे होते।

नेता हिंसा की नहीं प्रेम की राजनीति कर रहे होते। शहादत दिवस के अवसर नाथूराम गोडसे की हिंसा का ना मण्डन हो रहा होता ना खंडन हो रहा होता। शहादत दिवस को प्रेम दिवस के रूप में मनाने की कवायत हो रही होती।

हम आपस में प्रेम से रहें इसके लिए ही तो बापू का यह बलिदान हुआ था। बापू कहाँ नफरत करते अपने हत्यारे से भी? हम भी हत्यारी विचारधारा के इस कुकृत्य का समर्थन करके पाप के भागी ना बन रहे होते।

हत्या या हिंसा तो कोई भी बुरी होती है लेकिन जिस व्यक्ति से करोड़ों लोगों की आस्था और श्रद्धा जुड़ी हुई थी, जो महामानव थे, जिसे पूरी दुनिया बुद्ध, ईसा की श्रेणी में रखती है। जब हमारे देश के प्रतिनिधि विदेश जाते है, चाहे वे किसी भी विचारधारा या दल के हों, बापू के नाम लेने के सिवा उनके दूसरा कोई विकल्प नहीं रहता है। जो सहस्त्राब्दी के सबसे बड़े नायक हैं, जिन्हें महर्षि रमण राम का दूत हनुमान मानते थे, उनकी हत्या का पाप भी कितना अधिक होगा, इसका अनुमान तो कर ही सकते हैं। किसी भी तरह के अफवाह में पड़कर निष्प्रयोजन इतने बड़े पाप के भागी हम ना बन रहे होते।

महात्मा गाँधी ने कहा था मैं जानता हूँ मेरी मृत्यु का इससे अधिक अच्छा उपयोग कभी नहीं हो सकता यह भाई-भाई के बीच की हिंसा को रोक देगा। और ऐसा ही हुआ। 30 जनवरी को बापू को गोली लगते ही पूरा देश स्तब्ध रह गया। कौन सा ऐसा गाँव था जिसके नदी किनारे लोगों ने अपने बापू के श्राद्ध संस्कार नहीं किए। स्त्री, पुरूष, बच्चे, बूढ़े विलख विलख कर रोते रहे। दिनकर ने लिखा है—

"यह लाश मनुज की नहीं,
मनुष्यता के सौभाग्य विधाता की,
बापू की अर्थी नहीं चली,
अर्थी यह भारत माता की।"

कभी सोचा—

क्यों लिखा दिनकर ने ऐसा? क्यों भारत माँ बिलखी थीं? क्यों लोगों को ऐसा लगा था कि मेरा पिता चला गया। उन सबके बाप, दादा, नाना, नानी और दादी भी रोई थीं जो आज भ्रमित होकर अपने राष्ट्रपिता को ही गाली दे रहे हैं। महात्मा गाँधी राष्ट्रपिता हैं।

कोई भी राष्ट्र सिर्फ एक जमीन का टुकड़ा नहीं होता है, न वहाँ के नदी, नाले और पहाड़ सिर्फ राष्ट्र हैं। बल्कि वहाँ रहने वाले स्त्री, पुरूष, बच्चे और बूढ़े चाहे वे हिंदू हों या मुस्लिम हों, या किसी अन्य धर्म और जाति और भाषा के हों। इनका आपसी भाई चारा, आपसी सौहार्द या आपसी प्रेम ही राष्ट्र को मजबूत बनाता है।

महात्मा गाँधी ने अपनी पूरी जिंदगी न सिर्फ देश के स्वतंत्रता संग्राम में लगाया बल्कि उससे भी अधिक वे अपने रचनात्मक कार्यों से भारत के नवनिर्माण में लगे रहे। हम देशवासी यदि आपस में लड़ते हैं, एक दूसरे से घृणा करते हैं, एक दूसरे के अधिकारों का हनन करते हैं तो हम अपने राष्ट्र को कमजोर करते हैं। इसी घृणा ने न सिर्फ भारत माँ के दो टुकड़े किए बल्कि सारे देश को दंगे और हिंसा में झोंक दिया।

आज कुछ मतिभ्रम लोग यहाँ तक कहते हैं कि वे हमारे राष्ट्रपिता नहीं हैं। सुभाष चन्द्र बोस ने महात्मा गाँधी को राष्ट्रपिता इसीलिए कहा था क्योंकि महात्मा गाँधी ने पूरे देश को नवनिर्माण की एक दिशा दी थी।

महात्मा गाँधी ने अपना जीवन और मृत्यु दोनों इस राष्ट्र को बनाने और बचाने में अर्पित कर दिया, इसी से वे हमारे राष्ट्रपिता हैं और हम उनके ऋणी हैं।

इस पितृऋण को चुकाने का हमारे पास एक ही रास्ता है कि उनके बलिदान दिवस को हमलोग प्रेमदिवस के रूप में मनाएँ।

उस महापुरुष के बलिदान दिवस पर जो अपने मारने वाले के प्रति भी वैर और घृणा नहीं रखता था, हम यह प्रतिज्ञा करते कि देश में फिर दुबारा नफरत और हिंसा की आँधी नहीं बहने देंगे। विचारों में भिन्नता हो सकती है, खान, पान, रहन, सहन, भाषा, व्यवहार में चाहे जितनी भिन्नता हो पर मन की भिन्नता नहीं होने देंगे। हमारा आपसी प्रेम, भाईचारा और सहयोग दुनिया की कोई ताकत नहीं तोड़ सकती।

सोचती हूँ रामकृष्ण परमहंस को ही तो जिया था विवेकानन्द ने भी और गाँधी ने भी। प्रेम ही तो परमहंस का स्वप्न था। आध्यात्मिक प्रेम। परमहंस की तरह गाँधी भी आध्यात्मिक प्रेम की स्थापना करने वाले राजनीतिक सन्त ही तो थे।

भैया के इतनी भारी-भरकम गूढ़ बातों का निचोड़ पिताजी ने समझाया। कोई व्यक्ति हिन्दू अपनी मर्जी से पैदा नहीं लेता है, कोई जाति, धर्म, राष्ट्र अपनी मर्जी से नहीं चुन सकता है। सिर्फ और सिर्फ अपना व्यापार और व्यवहार हर व्यक्ति स्वयं तय कर सकता है। रामकृष्ण परमहंस ने किया। विवेकानन्द ने किया। गाँधी ने किया। गोडसे ने किया। हमें भी स्वयं अपना रास्ता चुनना होगा। प्रेम का चुने कि हिंसा का। प्रेम और मानवता को अपनाने वाले स्वतः महामानव बन जाते हैं। ईसा, नानक, पैगम्बर, बुद्ध, महावीर, गाँधी इसके उदाहरण हैं। हिंसा अपनाने वाले को जबरदस्ती स्वयं को शहीद स्थापित करना पड़ता है। जबरदस्ती की स्थापना स्वार्थी होती है, विध्वंसक होती है। यह कभी स्थायी नहीं हो सकती है। ऐसे संगठन से तुमलोग दूर रहा करो। जैसे अंग्रेज फुट डालो, राज करो के सिद्धांत पर चलते थे। वैसा ही ये लोग भी चाहते हैं। इनकी

मंशा और ज्यादा खतरनाक है। यह व्यक्ति के अंदर की मानवीय संवेदना को ही मार देना चाहते हैं। दानव राज्य स्थापित करना चाहते हैं। राम राज्य नाम पर रावण राज्य स्थापित करना चाहते हैं।

कहीं पढ़ा कि राम किसी को डराते थे। उन्होंने कभी कहा, मैं क्षत्रिय हूँ, तो क्षत्रिय राज्य बनेगा। अन्य वर्णों को मार दो। पूरा रामायण राम के त्याग की कहानी है। उन्होंने अपना राज्य तक छोड़ा, एक मंदिर के लिए वह आपस में लड़ने को बोलेंगे। यह सब गलत बात है।

उन्होंने समझाया, अपनी पढ़ाई पर ध्यान दो। हर बच्चे को अपना कैरियर देखना चाहिए। वर्तमान में जीना आवश्यक है। वर्तमान की जरूरत रोटी, कपड़ा और मकान का इंतजाम करना है। बच्चे को इसी के लिए अपना लक्ष्य बनाना चाहिए। तुम्हें भी इन सब विवादों में नहीं पड़ना चाहिए। अभी पढ़ाई का वक्त है।

माँ की तबियत बहुत खराब रहने लगी थी। पेट दर्द की शिकायत बहुत दिनों से चल रही थी। कभी डॉक्टर से दिखाती। कभी नाल (नाभि) बैठवाती। कभी बड़का बाबू का भस्म खाती। कभी नानीघर के ओझा का दिया नीर पीती, पर स्वस्थ नहीं हो पा रही थी। सभी देवी-देवता से दुआएँ करतीं। हम भी आश्रम में बैठकर माँ के दर्द के लिए प्रार्थना करते। ठाकुर जी माँ काली को जरा कह देते तो माँ का दर्द ठीक हो जाता।

रेखा दीदी ससुराल से आ गई थी। उसकी शिक्षा के लिए भी माँ चितिंत रहती। माँ ने दौड़-भाग कर मुजफ्फरपुर में एम.ए.सी. में उनका नामांकन करवाया। एक खबर के आगे माँ अपने दर्द को भूल-सी गई थी। रेखा दी के शिशु के आगमन की खबर।

हमारे महाविद्यालय जाने के कई रास्ते थे। पर हम चुनते थे अभिनेता शत्रुध्न सिन्हा के घर की गली वाला रास्ता। उनके घर को देखना और फिर उनके बारे में फैली कहानियों पर रस ले-लेकर बात हमारी सहेलियों का पसंदीदा कार्य था।

यही वह सड़क थी, जिस पर वह आवारागर्दी करते थे। लड़कियों का दुपट्टा छीनकर भाग जाते थे। उन्हीं से आज के लड़कों ने यह गलत आदत सीखी है। हममें से कोई भी ऐसी लड़की ना होगी, जिसके दुप्पटे सड़कों पर खींचे नहीं गए होंगे और हमारी सहेलियों का एकमत था कि इसका कारण सिर्फ और सिर्फ अभिनेता शत्रुध्न सिन्हा ही थे। फिर भी उनके घर की तरफ से जाना, उनके घर के चहल-पहल पर अनुमान लगाना एक महत्त्वपूर्ण कार्य था।

उनकी गली से घुसने से पहले एक दुकान था, नीलकमल। नीलकमल अरविंद महिला कॉलेज के लड़कियों का मनोरंजनगृह था। वैसे तो हम विद्यालयीय जीवन में भी हस्तकला की सारी सामग्री लेने नालारोड के इसी दुकान में आते थे। पर महाविद्यालय में आने के बाद आते-जाते यहाँ रुकना, हस्तकला में नया क्या आया है जानना फैशन की नई चीजों को देखना रूटीन में शामिल हो गया था। रास्ते की सहेलियां चाहे बदल जाएँ, पर यह रूटीन नहीं बदलता। मुझे उनका साथ देना ही पड़ता।

इसी अभ्यास ने मुझे बाजार से दूर कर दिया। कुछ खरीदने लायक लगता ही नहीं। हस्तकला की कुछ नई तकनीक वाली चीजें जरूर आकर्षित करती। पर चूड़ी, बिंदी, लिपस्टिक, नेलपॉलिश, विभिन्न नकली गहनों के पीछे उत्साहित सहेलियों को देखकर आश्चर्य लगता, इनकी प्राथमिकता मात्र यही है।

अब मैं रामकृष्ण को लगातार पढ़ने लगी थी। उनलोगों को दुकान से निकलते ही प्रवचन देने लगती। रामकृष्ण ने कहा है कि मन से यह सब कामिनी कंचन को त्यागना चाहिए। इसके पीछे भागने से मोह बढ़ता है। फिर मैं अपनी बुद्धि लगाकर कहती, इसके पीछे भागेंगे, तो हम ठीक से पढ़ाई-लिखाई नहीं कर पाएँगे। कुछ बन नहीं पाएँगे। इस प्रवचन का उनपर तो कोई असर होता नहीं था। मेरा मजाक उड़ाती। समझाती कि अरे रामकृष्ण परमहंस की काली को देखा है, कितनी सजी-धजी रहती हैं। सभी देवियां सजी-धजी रहती हैं, तुम भी एक लिपस्टिक ले लो।

मुझे तो सिर्फ समझ आता, रामकृष्ण ने कहा पैसा तो मिट्टी है। उसे पकड़ने से हाथ टेढ़ा हो जाता है। कामिनी-कंचन का मतलब समझ आता सजना-धजना ठीक नहीं।

इस प्रवृत्ति के कारण प्रतिदिन मेरा समूह बदलता रहता था। यही कारण है कि महाविद्यालय जीवन की घटनाएँ तो मुझे याद है, पर एक भी सहेली याद नहीं। शायद कोई थी ही नहीं। मैं उन्मुक्त विचरण करती रहती, कहीं किसी से बँधने की जरूरत ही नहीं पड़ी।

आश्रम, रामकृष्ण की अमृतवाणी, विवेकानन्द के सामाजिक कार्य और पिताजी का मार्क्सवाद यही मेरे जीवन की परिधि बन गई। मेरी भतीजियों के साथ मेरा अच्छा तालमेल बन गया था। मेरी किस्सागोई उन तीनों को पसन्द थी। एक से एक अद्भुत कहानियों का सृजन कर उन्हें सुनाती रहती। तीनों निमग्न सुनती और कौतूहल भरे प्रश्न से मुझे उत्साहित करती रहती। हाँ तो मुन्नी दी, अपनी पत्नी को रामकृष्ण ने क्या कहा, जब वह उनके साथ रहने आई।

उन्होंने कहा कि तुम्हें मेरी देवी बनकर रहना होगा। मैं तुम्हारी पूजा करूँगा। पत्नी को कोई पूजा करता है मुन्नी दी, कहाँ पढ़ा आपने? स्वीटी पूछती।

हाँ तो रामकृष्ण ने ऐसा ही कहा। दिखा दूँगी किताब में। फिर मैं एक कदम आगे बढ़कर बोलती। पता है जब रामकृष्ण अपनी पत्नी की पूजा कर रहे थे, तो वह माँ काली में बदल गई थीं।। खिड़की से एक संन्यासी ने देखा। ठाकुर जी में बहुत ताकत था। वह किसी को काली बना सकते थे।

नन्हीं रिंकी पूछती, तुम्हें भी बना देंगे। तुम काली बन जाओगी।

हम सभी हँसने लगते। फिर मेरी कहानी आरम्भ होती। जंगल में एक ऋषि रहते थे। रामकृष्ण की तरह ही बहुत पूजा करते थे। तपस्या करते थे। उनके शरीर से हमेशा प्रकाश निकलता रहता था। बहुत दिन हो गए तो एक दिन एक लड़की वहाँ से गुजरी। उसने ऋषि के शरीर से निकलते प्रकाश को देखा। वह वहाँ रुक गई। बैठी रही। ऋषि

ने आँख खोला तो देखा लड़की बैठी है। पूछा, क्या चाहती हो ? मुझे भी प्रकाश चाहिए। ऋषि बोले, दीप तो तुम्हारे अंदर है। उसे जलाओ तो प्रकाश मिलेगा।

वह पूछी—"कैसे जलाएँ"

ऋषि ठठाकर हँस पड़े। दीप जलाना भी हमसे ही सीखोगी। दीप तो तुम्हारे अंदर जल रहा है। बस उसके प्रकाश तक नहीं पहुँच पा रही तुम।

क्या करूँ, उस बालिका ने पूछा।

कुछ नहीं, घर जाओ। किसी अँधेरे कमरे में बैठ जाना। हर तरफ से रोशनी के आने का रास्ता बन्द कर देना। बिल्कुल अँधेरा रहे। तुम कुछ मत करना। कुछ देखने का प्रयास भी नहीं। कोई कोशिश नहीं। बस बैठे रहना। अब घर जाओ।

बालिका घर आ गई। एक अँधेरे कमरे में बैठ गई। बैठी रही। यह क्या, धीरे-धीरे सबकुछ दिखने लगा। साफ और स्पष्ट। रोशनी छन छन कर चारों तरफ से आने लगी। प्रकाश का विस्तार होने लगा। कितना सुंदर, शांत प्रकाश था। यही है अंदर का प्रकाश। वह झूम उठी।

दूसरे दिन ऋषि के पास पहुँची। आनन्द से भरी हुई। उत्साहित होकर बोली, इतना आसान होता है अंदर का दीप जलाना, मुझे तो पता ही नहीं था।

ऋषि ने समझाया, दीप जलाते नहीं है। वह जलता रहता है। बस हमें मौन होकर उसके प्रकाश में विलीन होना होता है। प्रश्न से परे होना होता है। क्यों, कब, कैसे, कितना, कहाँ आदि को छोड़कर प्रकाश में समर्पण करना होता है। प्रकाश स्वयं सामने आ जाता है।

मेरी भतीजी बबली पूछती, हम भी ऐसे प्रयोग करें।

मैं कहती, हाँ किया जा सकता है। इस तरह प्रतिदिन हम कुछ नवीन प्रयोग किया करते। मार्गदर्शन का काम परमहंस की पुस्तकें किया करतीं। अपने प्रकाश से खेलने में हमें अद्‌भुत आनन्द की अनुभूति होती।

रेखा दीदी के आने से कमरा फिर उनका था। मैं अतिथि थी। भतीजियाँ वापस अपने माँ के कमरे में चली गई थी। भाभी का कमरा ही हमारा प्रयोगशाला था। किस्सागोई हम छत पर, सीढ़ियों पर या माँ के कारखाने कम भगवान के निवास स्थान पर करते थे।

मार्क्स और रामकृष्ण के सिद्धांत हमें एक से लगते। पिताजी भौतिक द्वंद्ववाद की परिभाषा पढ़ाते तो लगता रामकृष्ण की वाणी बोल रहे हैं।

मार्क्स के भौतिक द्वंद्ववाद पर चर्चा करते हुए पिताजी बताते थे कि प्रत्येक वस्तु में अंतर्निहित विरोध होता है। प्रत्येक वस्तु में दो पक्ष होते है—सकारात्मक और नकारात्मक। इन दोनों में निरंतर द्वंद चलता रहता है। यही विकास का क्रम है।

वस्तुएँ इसलिए गतिशील हैं, परिवर्तित होती हैं, और विकसित होती हैं क्योंकि विरोधी शक्तियाँ और रूझान उनके अंदर हैं। वस्तुएँ एक खास रूप में इसलिए हैं क्योंकि इन विपरीत शक्तियों के बीच एक अस्थायी संतुलन बना रहता है।

रामकृष्ण भी कहते थे, मनुष्य की दो प्रवृतियाँ हैं—नकारात्मक और सकारात्मक। वह दोनों से संघर्ष करता रहता है। संघर्ष की प्रवृत्तियों को समझ ले तो संघर्ष समाप्त हो जाएगा। यह संघर्ष है जाति का, धर्म का, ईर्ष्या का, वैर का, द्वेष का, अहंकार का, ज्ञान का। मैं बड़ा कि मैं बड़ा का यह संघर्ष व्यक्ति को व्यक्ति से दूर करता है। कोई पूँजीपति तो कोई गरीब कहलाता है।

गृहस्थ और सामाजिक जीवन के लिए संचय आवश्यक है। अपनी मूलभूत आवश्यकता को पहचानो। उस मूलभूत आवश्यकता की पूर्ति से अधिक संचय हो जाए तो उनकी सहायता करो जिनकी मूलभूत आवश्यकता पुरी नहीं हो रही है। यही मानव धर्म है। सामाजिक समरसता से ही समाज कल्याण सम्भव है।

ठाकुर जी के पास एक बार एक जज आए। उन्होंने कहा, मेरी जहाँ पोस्टिंग हो गई है, वह जगह मेरे अनुकूल नहीं है। ठाकुरजी कुछ ऐसा करें कि मेरा तबादला मेरे मन की जगह पर हो जाए।

ठाकुरजी ने पूछा, क्या मनोनुकूल नहीं है।

पास बैठे एक सज्जन ने कहा, शायद जो केस इनके पास आ रहा है, वह इनके मन के अनुकूल नहीं है।

जज महोदय ने कहा, केस की बात नहीं। मेरा चैम्बर, मेरा आवास, मेरे अर्दली मेरे अनुकूल नहीं हैं।

ठाकुर जी मुस्कुराए। तुमने इसके लिए नौकरी की है, इसलिए तुम इन सुविधाओं तक बँधे हो। माँ ने तो तुम्हें न्यायिक बनाया था कि जहाँ रहोगे, कुछ मानव का भला करोगे। तुम जाकर मानव सेवा की सोचो, तुम्हारी सेवा का माँ सोच लेंगी।

आज मानव इन्हीं सुविधाओं का गुलाम हो गया है, इसलिए इतने संघर्ष हैं।

माँ का दर्द अजीब था। कभी कंधे में, कभी पेट में, कभी कमर के पास। डॉक्टर दर्द की दवा दे देते। हल कुछ नहीं निकलता। रेणु दी ने कई ज्योतिष, पंडित से भी सलाह ली। लगातार उनके घर पर एक महिला माँ का पेट बैठाती। दो-चार दिन ठीक रहता, फिर वही हाल।

रेखा दी के शिशु आगमन की खुशी में शरीर की और घर की बहुत सारी अनियमितता माँ नजरअंदाज करती जाती।

मध्यमवर्गीय परिवार के सारे तनाव हमारे यहाँ थे।

माँ के साथ-साथ रहने के कारण सारे तनावों की गवाह मैं थी। माँ घुलती रहती थी।

इस तनाव के क्षण में भगवान को ही सभी सहारा के रूप में पकड़ते हैं। माँ भी कसकर भगवान को पकड़े थी और उसके साथ मैं भी। पिताजी से भगवान को बचाते हुए भगवान से सारा सुख पाने की माँ की कवायत आस्था की पराकाष्ठा थी।

धर्म के नाम पर हल्ला मचाने वाले क्या जाने कि धर्म बाहर की अवस्था नहीं, भीतर का विश्वास है। धर्म कमजोरी नहीं, धर्म शक्ति है। धर्म मंदिर, मस्जिद, गुरुद्वारा, चर्च में काम नहीं करता है, यह तो सीढ़ीघर के एकांत में माँ के आँसुओं में काम करता है। यह तो सबकी भलाई की कामना में पनपता है।

माँ भलाई की कामना करती रही। भगवान ना जाने क्या करते रह गए?

रेखा दी की बच्ची सात महीने में ही गर्भ के बन्धन से मुक्त हो बाहर निकल आई। यह तो बिल्कुल दुर्गा स्वरूपा है। अतीव सुन्दर स्वरूप। पर यह क्या? उस बच्ची ने भोजन की नली आधी ही पाई। तीन दिन घर पर ही उसका इलाज होता रहा। पानी चढ़ता रहा। कभी नन्हें कोमल हाथों में तो कभी नन्हें कोमल पैरों में नुकीली सुई चुभोई जाती रही। कितनी हल्के से चीखती थी वह। उसके कोमल पंखुरी से रक्तिम होंठ खुलते और तत्क्षण बन्द हो जाते। हाथ पकड़कर बैठी रहती मैं। जब धीरे से वह हाथ खिंचती, तो हमारा सम्पूर्ण शरीर सिहर उठा।

कमरे में लगे कैलेंडर के शिव के आँखों-सी उसकी आँखें थीं। नन्हीं आँखों की पलक झट खुलती और बन्द हो जाती। दुनिया के हर देवी-देवता का आवाहन कर लिया हमने। तीसरे दिन दीदी कमरे से उठकर आई। धीरे से शिशु को उठाया। वह अपने कमरे की ओर बढ़ी, पीछे-पीछे मैं भी आई। उसने नन्हीं जान को गोद में समेट लिया। अपना दूध पिलाया। एक घूंट भी बच्ची के हलक से नहीं उतरा। फिर वह रोई। उससे बच्ची लेकर मैं वापस उसी टेबल पर लिटाया। पास खड़े कम्पाउंडर भैया ने पानी का बोतल उसके नन्हें हाथों में सुई के साथ जोड़ा। मेरे हाथ में उसका हाथ था। धीरे-धीरे सहला रही थी। कहीं पानी के प्रवाह में रुकावट न आ जाए। ओह वह सिहरन। छटका-सा लगा था। फिर ठंडा होता गया उसका हाथ। पैर। पेट। पीठ। चेहरा और अंत में मष्तिष्क। बर्फ-सी हो गई वह अंततः। हमें छोड़ गई वह या मुक्त हो गई जीवन-मृत्यु से। पता नहीं।

पर आज भी बन्द आँखों में वह जीवित है। उसकी आँखें जीवित है। शिव-सी आँखें। वह कैलेंडर भी जीवित है। कहाँ मरता कभी यादों का कहकहा और यादों की सिसकी भी!

मौत का सुना बहुत था। पर मौत ऐसी होती है। कितनी सहजता से ठाकुर कह देते हैं। जानते हो कि यह जीवन क्षण-भंगुर है, तो इसके पीछे भागते क्यों हो? एक हाथ से कर्तव्यों को करो और दूसरे हाथ से स्वयं की मुक्ति के लिए माँ को पकड़े रहो। ठाकुर क्या जानें, जब कर्तव्यों वाले हाथ से किसी अपने का हाथ फिसलता है तो दूसरे हाथ की पकड़ स्वतः कमजोर पड़ जाती है।

माँ भी कमजोर पड़ने लगी थी। मन से भी और तन से भी। कभी-कभी उनकी घबड़ाहट हम भाई-बहनों पर भी हावी हो जाती थी। आर्थिक समृद्धि के बावजूद कुछ परिस्थितिजन्य कारक थे, जो तनाव उत्पन्न करते थे। कारण इतना ही समझ आता था

कि गरीबी में प्रेम होता है। अपनत्व होता है। सभी को पता होता है कि किसी से कुछ लेना नहीं है, मदद की ही सभी सोचता है। जो है उसमें मिल-बाँटकर खाएँगे। विश्वास गरीबी की पूँजी है। भगवान दुख दिया है तो सुख भी देगा।

गरीबी में भोजन साथ करते हैं। एक-एक टुकड़ा बाँटकर। चेहरे से गृहिणी भाँपती है कि किनका पेट खाली रह गया और अपने हिस्से का रोटी उसके थाल में डाल देती है कि यह फेंका जाएगा सबने खा लिया है। अंतिम है, तुम खा लो। भूखे गृहिणी को देख गृहस्वामी अंतिम रोटी अपने थाल की छोड़ देता है कि अब पेट भर गया, इसे तुम खा लेना।

अमीरी में अविश्वास प्रबल होता है। भौतिक सुख बढ़ता जाता है। आत्मिक सुख छूटता जाता है। तब भी रोटी गिनकर बनता था, अब भी रोटी गिनकर बनता है। तब की गिनती और अब की गिनती में बड़ा अंतर आ गया है। तब गिना जाता था कि रात में भी पेट भरे और सुबह का जलपान भी हो जाए। तब सुबह के जलपान का समय नहीं होता था। मुँह धोया, रोटी हाजिर। अब गिनती होती है कि एक भी रोटी सुबह बची ना रह जाए। फेंकना होगा। बासी कौन खाएगा?

द्वंद की यह स्थिति बच्चों के लिए भयावह होती है। बच्चों की उन्मुक्त दुनिया सिकुड़ने लगती है। घर की दीवारें सिकुड़ने लगती है। व्यक्ति के हृदय का रास्ता संकीर्ण होने लगता है।

फिर दो रास्ते बचते हैं। तनाव में बिखर जाने का या भगवान के प्रति ढीले हुए हाथ को पुनः कस लेने का। दूसरा रास्ता ज्यादा सरल होता है। घर के पास गायत्री मंदिर था। वहाँ के प्रवचन में माँ कभी-कभी जाने लगी। उनके साथ मैं भी। गुरुदेव आचार्य श्रीराम शर्मा के बातों को बताया जाता। एक दिन चर्चा चल रही थी उनके द्वारा लिखित प्रज्ञोपनिषद् पर।

बताया जा रहा था जब प्रेम पत्नी, बच्चे में सिमट जाता है, तो यह संकीर्ण हो जाता है। यह एक दायरे में बन्ध जाता है।

प्रेम एक विराट शब्द है। पशु से मानव बनने की सीढ़ी है। प्रेम का विराट स्वरूप उदार भक्ति भाव है। परंतु वर्तमान में यह संकीर्ण हो गया है। यह स्त्री-पुरुष या एकल परिवार के बीच सिमट गया है। कोई भी चीज जब एक दायरे में बन्ध जाती है, तो उसमें सड़न पैदा हो जाती है।

प्रेम भी जब एक दायरे में बँध जाती है तो सड़न पैदा करती है। इस सड़न के स्वेद से तीन तरह के विष का जन्म होते हैं। लोभ, मोह और अहंकार। यह तीनों विष तीन स्तर पर बँटकर व्यक्ति के तीनों शरीर कारण, सूक्ष्म और स्थूल को घेर लेती है। मानव के मस्तिष्क को हर लेती है। अपने ही इर्द-गिर्द उसके विचारों को बाँध देती है।

तब मन में संकल्प, विकल्प उत्पन्न होने लगते हैं। मोह, लोभ और अहंकार से के दायरे में बँधा संकल्प स्वार्थी होता है। स्वार्थ संकीर्णता को उत्पन्न करता है।

इन तीनों के रहते प्रेम का विराट स्वरूप अस्तित्व स्थापित नहीं हो सकता है। शिव ने इसी तीन दानवी प्रवृति को समाप्त करने के लिए त्रिशूल उठाया था। इन तीन शूलों को समाप्त करने का अस्त्र है त्रिशूल। जब इन तीन शूलों का नाश हो जाता है तब संकल्प में दक्षता आती है। तब मन विश्वबंधुत्व अर्थात वसुधैवकुटुम्बकम का संकल्प करता है कण-कण में ईश्वरीय चेतना का ही विस्तार देखता है। यही मन प्रेम की उदार भक्ति का रूप लेता है। मानवता का जन्म होता है। मानवता ही प्रेम है। उदार भक्ति ही प्रेम की पराकाष्ठा है।

कितनी सरलता से आचार्य श्रीराम शर्मा ने प्रेम के उदात्त स्वरूप की व्याख्या संसार को समझाया। पर कहाँ प्रेम की यह उदारता दिखती है? हर तरफ स्वार्थ है। उस स्वार्थ को हम तोड़ भी तो नहीं पाते हैं। इसलिए प्रवचन भ्रांति लगता है। अध्यात्म काल्पनिक लगता है। सभी प्रेम को एक दायरे में बाँध देते हैं। मुझे बड़ी अच्छी लगती यह सब बातें। पर देखती क्या, जैसे ही प्रवचन समाप्त हुआ। सभी के अन्दर से आलोचना मुखर हो उठी। गुरुजी क्या बोलेंगे? बोलने से प्रेम थोड़े ही बढ़ता है। अपने घर के लोगों को तो प्यार कर नहीं पाते, विश्व को कैसे करेंगे?

आज तो प्रेम के नाम पर सिर्फ लड़का-लड़की की कहानी है। इसके अलावा तो सब तरफ नफरत ही नफरत है। प्रेम पर स्वार्थ इतना हावी हो जाता है कि नफरत ही नफरत चारों ओर पसर जाती है। सास का बहु से नफरत। बहु का सास से नफरत। भाई-भाई में नफरत। ऑफिस में नफरत। आलोचना करने वाले नफरत शब्द इतने बार दोहराते हैं कि लगता है, सच में प्रेम समाप्त हो गया है।

मैं माँ से पूछती कि इनलोगों को प्रवचन पर अमल नहीं करना है, तो यहाँ आते ही क्यों है?

माँ कहती, सुना नहीं प्रवचन में क्या बोला गया? बताया गया ना कि स्वार्थ के कारण व्यक्ति को अपनी गलती नहीं दिखती है। वह दूसरे से सबकुछ चाहता है, पर स्वयं कुछ देने को तैयार नहीं रहता है।

समाज से उसे सम्मान चाहिए। सहयोग चाहिए। स्वयं किसी को सम्मान नहीं देगा। सहयोग किसी की नहीं करेगा। खुद किसी पर विश्वास नहीं करेगा। उसपर सभी विश्वास करे। खुद वह किसी भी तरह का समझौता नहीं करेगा। पर उसके लिए सभी समझौता करे।

आलोचना पनपती ही है अविश्वास के कारण। प्रेम टूटता ही है संशय, अहंकार और स्वार्थ के कारण। कुछ सांसारिक गतिरोध आते ही ईश्वर पर से हमारा विश्वास हिलने लगता है। वह ईश्वर से विश्वास हिलना नहीं है। हमारे स्वयं का स्वयं पर से विश्वास हिलना है। हम अपने-आप से हारने लगते हैं। हमें विश्वास करना चाहिए कि यह सबकुछ हमारे कर्मफल की प्राप्ति है। प्रारब्ध जो हमने तैयार किया है, उसकी प्राप्ति है।

मैंने प्रश्न किया—प्रारब्ध मतलब?

अरे तुम उस दिन थी तो मेरे साथ, जब प्रारब्ध पर बताया गया था। ओह! तुम नहीं आई थी। उन्हें याद आ गया कि पिछली बार में उनके साथ नहीं आ पाई थी। उन्होंने बताया कि हम बहुत सारे कर्म करते हैं, जो सबसे ज्यादा उग्र होता है, वह हमारा प्रारब्ध बन जाता है। बैंक में जमा किए जाने वाले पैसे की तरह है यह। जैसे हम पैसा कमाते हैं, जितनी जरूरत होती है उतनी तुरन्त खर्च हो जाती है। अतिरिक्त राशि बैंक में संचित हो जाती है। बैंक दो तरह के होते हैं एक सरकारी दूसरा घरेलू। हमारी मृत्यु भी हो जाए, तो यह संचित राशि काम करती है। संचित राशि जितनी बड़ी होती है, उसका प्रभाव उतना बड़ा होता है। उसकी ऊर्जा से आप जुड़े रहते हैं। वह आपके नाम के साथ जुड़ा रहता है। आपकी आत्मा या ऊर्जा जिस रूप में जहाँ काम कर रही है, वह इस संचित राशि के उपभोग से उत्पन्न फल को भी भोगेगा।

जिस प्रकार आपकी राशि संचित होती है उसी तरह आपका कर्मफल भी संचित होता है। जो कर्म आप करते हैं, उससे ऊर्जा उत्पन्न होती है। जितनी ऊर्जा काम में लगनी है लग जाती है। शेष ऊर्जा संचित होती जाती है। यह ऊर्जा प्रारब्ध बनकर आपके साथ रहती है और वर्तमान के कर्मफल को प्रभावित करती रहती है।

प्रारब्ध दो प्रकार के बनते हैं। एक नकारात्मक और दूसरा सकारात्मक। समाज विरोधी कार्यों, मानवता विरोधी कार्यों से उत्पन्न प्रारब्ध नकारात्मक है। मानव कल्याण, समाज कल्याण, चरित्र निर्माण से उत्पन्न ऊर्जा सकारात्मक है। जिसे लगता है कि विध्वंश की ऊर्जा समाज में फैलाकर वह विश्व विजेता बनने वाला है, राजा बनने वाला है, तो वह भ्रम में है। यदि इस प्रयास में वह राजा बन भी गया तो यह उसके पूर्व के संचित सकारात्मक प्रारब्ध का प्रतिफल है। वर्तमान के कर्मफल के संचित नकारात्मक प्रारब्ध का भोग उसके लिए कष्टकारी होगा ही, यह सत्य है। जो मानवता के विध्वंश का सोचेगा, ब्रह्माण्डीय ऊर्जा उसका विध्वंश करेगी ही। व्यक्ति इस परम सत्य को स्वीकार करे ना करे। उसे भुगतना तो पड़ेगा। जैसे शरीर के अंदर रक्त संचार प्रक्रिया, पाचन प्रक्रिया, श्वसन प्रक्रिया अपना काम करती रहती है, हमें पता भी नहीं होता कि वह कब कैसे सुचारू रूप से काम करती जा रही है, वैसे ही प्रारब्ध भी अपना काम करता जाता है। हम नास्तिक बने बैठे रहते हैं कि यह सब हमें भरमाने वाली बातें हैं। आँख बंद कर लेने से सूर्य का ताप खत्म नहीं हो जाता, उसी तरह प्रारब्ध की बात नहीं मानने से उसका प्रभाव खत्म नहीं हो जाता है। वह अपना काम करता ही है। इसलिए तुमलोग अभी से सभी अच्छे कार्य करना सीखो।

माँ भी इतनी बातें जानती है, यह मुझे पता ही नहीं था। कभी हमारी ऐसी बात भी नहीं हुई थी। अचानक माँ का दर्द बढ़ गया हमने घर तक के लिए रिक्शा लिया।

क्या यह दर्द भी माँ के किसी कर्मफल का नतीजा है। मन में प्रश्न उभरा।

मन के प्रश्न मन में ही रह गए। माँ का दर्द बहुत बढ़ गया था। वहीं से रिक्शा डॉ. पी. गुप्ता यानी पीयूष गुप्ता के यहाँ के लिए मोड़ लिया। अद्भुत थे डॉ. पी. गुप्ता।

हमेशा उपलब्ध। मात्र 2 रुपया फीस लिया करते थे। दवा भी ज्यादातर निशुल्क ही मिल जाया करते थे। कितना बड़ा परिसर था उनका। उनके यहाँ घण्टों बैठना भी सहज होता था। बैठते कहाँ थे हम? कितने पेड़ थे। बड़ा-सा मैदान था। कितनी बड़ी-सी सीढ़ी थी। उसकी को दस बार गिन लेते तो मन प्रसन्न हो जाता था। उनके यहाँ की सीढ़ियों पर चढ़ते ऐसा लगता जैसे किसी ऊँचाई को छू रहे हैं। तेजी से नीचे उतरते और विजेता की तरह ऊपर चढ़ते थे। मरीज के रूप में लाल झंडा के तले संघर्ष को जुटे, आर्थिक तंगहाली से त्रस्त लोग ही रहते थे। लेकिन वह मात्र मरीज नहीं होते थे।

अरे! गिर जाओगी बेटा। धीरे से जाओ।

बेटा, उधर मत जाओ उधर साँप रहता है।

बेटा सम्भलकर।

सभी के वाणी कितने आत्मीय होते थे। क्योंकर गरीब कहूँ उन्हें। दिल के इन अमीर लोगों का, आर्थिक अमीरों से क्या तुलना? कोई गरीब नहीं थे। डॉक्टर साहब की आत्मीयता उन्हें गरीब रहने भी नहीं देती थी। माँ को उनके यहाँ ही इलाज करवाना पसन्द था। हालांकि उनके इलाज से माँ के दर्द को कोई फर्क नहीं पड़ता था। उनका दर्द बढ़ता ही जा रहा था। आज भी डॉक्टर साहब ने दर्द और गैस की दवा दे दी है। पता है डॉक्टर पी. गुप्ता की दवा से एक से दो दिन दर्द नहीं होगा। फिर होगी माँ को असहनीय पीड़ा। डॉक्टर साहब क्यों नहीं दे पा रहे दर्द की स्थायी दवा। हमें समझ नहीं आता। खुद मैं उनसे सैकड़ों बार बहस कर चुकी हूँ। कोई फायदा नहीं। आज भी दवा लेकर लौटे हम।

नामांकन तो हमारा महाविद्यालय में हो गया है, पर कहीं कुछ ठीक नहीं है। प्रतिदिन जाती हूँ। पर बहुत खाली-खाली सा है सबकुछ। कक्षाएँ भी हो रही हैं। विभिन्न गतिविधियों में भाग भी ले रही हूँ। एन.एन.सी. भी ज्वाइन किया है। पर कहीं कुछ छूटता-सा लगता है।

आज आश्रम में बैठी हूँ। कितना शांत है वातावरण। एक पेड़ के नीचे खड़ी हूँ। पेड़ के पीछे दो व्यक्ति में बात हो रही है। एक स्त्री आवाज और दूसरा पुरुष आवाज।

उनलोगों ने कैसे हमारे संबंधों पर प्रश्नचिन्ह लगा दिया। हम तो ठाकुर के दीक्षित गुरु भाई-बहन हैं। हमारे संबंध गलत कैसे हो सकते हैं। उत्तेजित स्त्री स्वर था।

अरे, वो सांसारिक लोग हैं। इन संबंधों को नहीं समझेंगे। हमें भी समाज में सामाजिक नियमानुकूल व्यवहार करना चाहिए। अतिरिक्त उत्साह से यह आलोचना सहनी पड़ती है। संयम पुरुष स्वर समझा रहा था।

स्त्री समझने को तैयार नहीं थी। वह उत्तेजित थी। हमने साथ बैठकर बात ही तो की थी, क्या गलत किया था?

पुरुष स्वर समझा रहा था, निश्चित हमने कुछ गलत नहीं किया है। पर इसमें नया क्या है? जानती तो हो अपने समाज को। वह किसी भी स्त्री-पुरुष को सार्वजनिक

रूप से साथ देख ले तो आलोचना प्रारम्भ कर देता है। कई बार तो वास्तविक संबंध भी आलोचना के शिकार हो जाते हैं। पति-पत्नी के संबंध, भाई-बहन के संबंध। स्त्री-पुरुष में स्वस्थ दोस्ती की कल्पना हमारे समाज के लिए अकल्पनीय है।

उनकी बातों को सुनकर कॉलेज की घटनाएँ याद आ रही थी। कोई लड़की किसी बाइक पर बैठकर आई। कहानियों का बाजार गर्म हो जाता था। सामने चर्चा होती तो लड़की बेचारी सफाई देती भाई था, चाचा थे, पापा थे, मामा थे, चचेरा भाई था आदि आदि। पीठ पीछे यदि चर्चा हुई तो सफाई भी नहीं। स्थापना हो जाती थी कि वह उसका बॉयफ्रेंड ही है। उसके बैठने के ढंग, लड़के को पकड़ने के ढंग आदि की विवेचना होती थी। हमेशा लड़की को गलत ठहराया जाता था।

कई बार इन विवेचनाओं के बीच बुद्ध की घटना को दोहराती जाती थी। एक बार एक गाँव में बुद्ध ठहरे। एक महिला के यहाँ से उन्हें खाने का न्योता मिला। बुद्ध उस महिला के यहाँ जाने को तैयार हुए तो गाँव के प्रतिष्ठित लोगों ने उन्हें वहाँ जाने से मना किया। बुद्ध ने उनमें से एक व्यक्ति का हाथ पकड़ लिया और बोले ताली बजाओ। वह हड़बड़ा गया। बोला एक हाथ से ताली कैसे बजेगा?

बुद्ध बोले, अब बताओ कोई महिला अकेले चरित्रहीन या खराब कैसे हो सकती है? उसे चरित्रहीन या खराब बनाने वाले को क्या कहोगे?

उन्हें रोकने वाले सभी चुप हो गए। कोई जबाब नहीं था उनके पास।

आपस में ही सभी विमर्श करती कि कुछ बुद्ध की बातों में सहमति जताते हुए कहती, सही है लड़की अकेले खराब नहीं हो सकती। कुछ असहमति जताती और दलील देती कि अपनी गलती का दोष दूसरे पर मढ़ने का कोई मतलब नहीं है। लड़का हो या लड़की। सही या गलत रास्ता चुनने का अधिकार उसका स्वयं का है। जबरदस्ती कोई उसे खराब नहीं बना सकता। कभी-कभी गलत संगति से ऐसा हो जाता है। पर गलत को सुधारने की जिम्मेदारी भी उसकी अपनी है।

आश्रम में बहस करते स्त्री-पुरुष की आवाज बिना किसी निष्कर्ष के बन्द हो गई। दोनों मंदिर में बैठकर ध्यान करने लगे। मैं भी मंदिर में जाकर ठाकुर जी के सामने बैठ गई। मेरे मौन शब्द ठाकुर जी से प्रश्न कर रहे थे कि आप ही बताएँ, समाज के इन उलझे प्रश्न का हल। स्त्री-पुरुष संबंधों पर विमर्श होते विचारों का निष्कर्ष!

ठाकुर जी के पास बैठकर मिलने वाली शांति का शब्दों में वर्णन सम्भव नहीं है। उनके व्यक्तित्व का प्रभाव है या आश्रम के समृद्ध वातावरण का कहना मुश्किल। लेकिन इतना सत्य है कि उनके सामने कुछ क्षण मौन बैठ जाना सभी समस्या का समाधान है।

हमेशा जो प्रश्न लेकर उनके पास बैठी, आश्रम से बाहर आते प्रत्यक्ष उसके जबाब मिलते रहे। समाधान मिलते रहे। आज घर लौटी तो पड़ोस की एक लड़की के खो जाने की चर्चा जोर पर थी। छठी कक्षा की वह बच्ची विद्यालय की छुट्टी के बाद घर नहीं लौटी थी। माँ उसी के घर में थी। मैं भी वहाँ भागी। सभी खोज में लगे थे। तभी

उसके पिताजी के फोन पर खबर आई कि स्टेशन के हनुमान मंदिर में गुड्डी बैठी है। वह कुछ-कुछ नींद में है। मुझे नहीं पहचान रही है। जल्दी आइए। उसके पिताजी ने कहा, उसे किसी भी तरह रोककर रखे। हम पुलिस को लेकर पहुँच रहे हैं।

थोड़ी देर बाद गुड्डी हमारे साथ थी। पर उसे कुछ याद नहीं था। वह किसी को पहचान नहीं रही थी। उसे कमरे में सुलाया गया। जो लोग लाने गए थे, उन्होंने बताया कि एक साधु उसके साथ था। वह कह रहा था कि हमारी बच्ची है। बच्ची भी उन्हें अपना पिता बता रही थी। इधर लोगों को नहीं पहचान रही थी।

पुलिस के बहुत पूछताछ और गुड्डी की एक सहेली की पहचान पर उसे हमें सौंपा गया और साधु पकड़ा गया। उस बच्ची ने ही बताया कि ये साधु बाबा कई दिनों से हमारे विद्यालय के पास रहते थे। हमें प्रसाद आदि देते थे। विद्यालय के चपरासी को बुलाया गया। उसने भी बच्ची को पहचाना और साधु के बारे बच्ची के बात का समर्थन किया।

दूसरे दिन जब गुड्डी को होश आया, तब हम सबने घेर लिया। वह घटनाक्रम बताने लगी। साधु स्कूल के ही बगल में बैठा रहता था। रोज कई लड़कियों को प्रसाद देता था। वह भी लेती थी। कल वह अकेली उनकी तरफ गई। उन्होंने पास बुलाया। बिठाया और प्रसाद दिया। फिर एक रुमाल दिया। बोले सूँघो बहुत अच्छी खुशबू है। मैंने सूँघा। मुझे नींद आ गई। थोड़ी देर मेरी नींद खुली तो मैं हनुमान मंदिर में थी। मुझे कुछ याद नहीं था। मेरे पूछने पर उन्होंने बताया कि मैं उनकी बेटी हूँ। मुझे सिर्फ इतना याद था कि मैं उनकी बेटी हूँ।

उसने जो कहानी बताई वह उस बचपन की कहानी की हकीकत थी, जो बचपन में माँ सुनाया करती थी। लकड़सुंघवा की कहानी। माँ दोपहर में हमें घर से बाहर जाने से रोकने के लिए यह कहानी सुनाती थी। दोपहर में अकेले बच्चा जा रहा था। एक लकड़सुंघवा ने बच्चे को लकड़ी सूँघने को दिया। सूँघते ही बच्चा सब भूल गया और उसके पीछे-पीछे चला गया। फिर वह उसका हाथ-पैर काटकर उससे भीख मँगवाने लगा। गुड्डी को भी खोज नहीं लिया गया होता तो शायद यही होता, हमने माँ से कहा।

माँ ने समझाया गुड्डी से भीख नहीं मँगवाया जाता। लड़की को तो बेचने के लिए ले जाते हैं। फिर उससे गलत काम करवाते हैं। प्रेम में भी जो लड़कियाँ भागती हैं, उसमें से भी आधी बिक ही जाती हैं। उसका शारीरिक शोषण होता है। इसलिए तो लड़कियों को समझाया जाता है, सम्भलकर रहो। एक बार गलत हाथों में पड़ गई या बदनामी हो गई, तो जीवन भर का कष्ट झेलना पड़ता है।

कहने को समाज बदल गया है। पर झेलना लड़कियों को ही पड़ता है।

मैंने आश्रम वाली बातचीत पर माँ से प्रश्न किया कि "क्या वह दोनों गलत है।"

माँ ने कहा गलत और सही का निर्णय हम किस सन्दर्भ में ले रहे हैं यह देखना होगा। दो सन्दर्भ में यह निर्णय लिया जाता है।

व्यक्तिगत और सामाजिक।

माँ ने कहा, व्यक्तिगत तौर पर ऐसे संबंधों के बारे में वह जानता है कि वह क्या कर रहा है ? उसके गलत और सही पर विवेचना का अधिकार सिर्फ उसको ही है, क्योंकि व्यवहार की पृष्ठभूमि उसकी अपनी है। संबंध निर्माण का कारण उसका अपना है। लेकिन यह तभी ठीक है जब आप समाज के दायरे से निकलकर यह निर्णय लेते हैं। व्यक्तिगत हो तो पूर्ण व्यक्तिगत हो। समाज भी आपके व्यक्तिगत निर्णय को माने यह आवश्यक नहीं। उसका प्रयास भी निरर्थक है।

समाज से सहमति के आधार सामाजिक मर्यादा और नियम हैं। हम एक सामाजिक प्राणी है। जिस समाज के सदस्य हैं, वहाँ के नियमों से, परम्परा से बँधे हैं। समाज में जबतक हैं उसके नियम और परम्परा के अनुरूप ही चलना होगा।

एक विद्यालय का उदाहरण ले लो। विद्यालय एक समूह है। उसके निश्चित नियम हैं। विद्यालय से जुड़े विद्यार्थी, कर्मचारी, शिक्षक, अभिभावक सभी को उनसे जुड़े रहने के काल तक उसके नियमों को मानना पड़ता है। समूह के सुचारू संचालन के लिए यह आवश्यक है।

समाज भी ऐसा ही एक समूह है। उसके भी नियम हैं। एक व्यवस्था है। जबतक उस समाज में रहना है उसके नियम के अनुसार व्यवहार आवश्यक है। वहाँ की सहमति तभी प्राप्त होगी, जब आपके निर्णय या संबंध उसके नियमों में दायरे में होंगे। नियमों से परे आपके व्यक्तिगत निर्णय आलोचना के शिकार हो सकते हैं। कारण उनकी विवेचना सामाजिक नियमों, परम्पराओं के दायरे में होगी। उससे विपरीत देखने पर विरोध स्वभाविक है।

बहुत बार आपके निर्णय पर समाज विचार भी करता है। स्वीकार भी करता है। बशर्ते समाज में अनुशासन भंग होने की स्थिति ना बनें।

इसमें एक बात और है, माँ ने कहा।

अब क्या ? सब बात तो हो गई। समाज उन संबंधों को नहीं मानेगा, जो समाज की मान्यता के अनुरूप नहीं हो। मैंने कहा।

यह तो ठीक है। सामाजिक परम्पराओं से इतर संबंधों को नहीं मानना समाज या परिवार का निर्णय हो सकता है। लेकिन इन स्त्री–पुरूष संबंधों को नकारने के लिए समाज या परिवार के द्वारा कभी–कभी जो कदम उठाए जाते हैं, वह विचारणीय है। प्रेम–संवाद, प्रेम–विवाह, अंतर्जातीय विवाह, अंतर्धार्मिक विवाह आदि को रोकने के लिए जो हिंसा की जाती है, उस हिंसात्मक कारवाई पर समाज को विचार की जरूरत है। माँ बोली।

मुझे अपनी एक सहेली के बहन की कहानी याद आ गई। उसने घर से भागकर अंर्तजातीय विवाह कर लिया था। खोज हुई। लड़की के परिवार वाले ने प्रेम से दोनों को घर बुलाया। दोनों को आश्वस्त किया कि सामाजिक विधि–विधान से शादी कर

देंगे। प्रसन्न दोनों घर आए। लड़के को मार दिया गया। आज भी दीदी विधवा जीवन जी रही है। किस बात की यह सजा दी गई। बेटी को विधवा बनाकर पिता या परिवार वाले के किस अहम को सन्तुष्टि मिली। आज तक हम नहीं समझ सके। हाँ! इतना हुआ कि मेरी सहेली का व्यक्तित्व भी सहमा-सहमा सा हो गया। किसी लड़के से सहज बात करने से भी डरने लगी। भय का यह भाव उसे कितना सामाजिक और सहृदय रखेगा सोचनीय है।

माँ हमेशा से ऐसे हिंसा के खिलाफ आवाज उठाती रही है। झोपड़ी-झुग्गी इलाके में घरेलू हिंसा को रोकने के लिए माँ बराबर पुलिस से सहयोग लेती थी। आपके मन का ना हो, तो उसे जीने के लिए अलग कर दीजिए। उससे संबंध तोड़ लीजिए। पर उसे समाप्त कर देना भारतीय संस्कृति नहीं हो सकती है। मानवता और प्रेम के लिए समर्पित भारतीय समाज सिर्फ इसलिए किसी स्त्री या पुरुष की हत्या कर दे कि उसने अपनी जाति या धर्म के स्त्री या पुरुष से प्रेम नहीं किया। प्रेम के नाम पर अनैतिकता फैलाना गलत है। पर उस नाम पर किसी की हत्या कर देना भी ठीक नहीं है।

माँ की बातें इतनी समझ में आई कि लड़के-लड़की को प्रेम के नाम पर सामाजिक प्रतिमानों को तोड़ना नहीं चाहिए। गलत आचरण स्वयं और समाज दोनों के लिए शुभ फलदायी नहीं है।

समाज और परिवार को भी ऐसे मामले में हिंसा के स्थान पर सहानुभूति का व्यवहार करना चाहिए।

इंटर का पहला साल खत्म होने को था। बहुत पढ़ाई बाकी थी। विद्यालय काल तक तो पिताजी, दो-दो दीदी का कड़ा अनुशासन था। पर अब वह सब ढीला पड़ चुका था। बड़ी दीदी अपने नौकरी और परिवार में व्यस्त हो चुकी थी। रेखा दीदी के अपने संताप, ससुराल और लक्ष्य थे।

यह दौर मेरे वैराग्य का था। ऐसे-ऐसे कटु अनुभव सामने आ रहे थे, जिसका कोई निदान नहीं था मेरे पास। आँसू थे। मौन रहने का कसम था। भीतर ही भीतर तड़पने की मजबूरी थी। मेरी एक अभिन्न सहेली बुरी तरह शारीरिक शोषण की शिकार हो रही थी। उसके जीजाजी उसका दोहन कर रहे थे। हम कुछ नहीं समझ पा रहे थे, क्या करें?

आज उस सहेली का मुख सूजा था। मुरझाया सा मलिन चेहरा देखकर मैंने टोका, क्या हुआ तुम्हें? वह टहलती हुई एकांत की ओर बढ़ने लगी। मैं भी पीछे-पीछे आई। उसने कहा, कुछ नहीं हुआ है। पर उसके सुन्दर नयनों ने उसका साथ नहीं दिया। टप-टप आँसू गिरने लगे। वह रुमाल से जितना पोंछती जाती, आँख जल-प्रवाह के धार को उतना तेज करता जाता।

हम धीरे-धीरे छत पर चले गए। कोई नहीं था वहाँ। हम चुपचाप बैठ गए। उसने बोलना शुरू किया। यहाँ से वह जबरदस्ती मुझे अपने घर ले जाते हैं। मैं मना करती

रहती हूँ। पर नहीं मानते। मेरे साथ गलत करते हैं। कितना रोती हूँ, पर उन्हें दया नहीं आती। घर में कहती हूँ कि उनके साथ नहीं आऊँगी या जाऊँगी। घर वाले को मेरी बातों को सुनना ही नहीं। घर वाले को लगता है उनके साथ मैं सुरक्षित हूँ।

कैसे समझाऊँ, वह दरिंदा है। वह विषधर साँप है। मुझे रोज डसता है।

वह सिसक-सिसक कर रोने लगी। मुझे भी कुछ समाधान समझ नहीं आ रहा था। उसके दीदी के भविष्य का भी सवाल था। पर कबतक वह झेले ऐसी परिस्थिति को और कैसे झेले?

मैंने कहा, अपनी माँ को बताओ।

इशारे में एक बार माँ से कहा था। तुरन्त कहने लगी अकेले घूमने के लिए छूट चाहिए इसलिए उनपर लांछन मत लगाओ। इतने जिम्मेदार हैं वह। अपनी बेटी की बात पर उन्हें भरोसा नहीं है और उस बाहर वाले पर भरोसा है। कितना गंदा आदमी है वह। माँ को समझ ही नहीं आता। कोई उपाय नहीं है। अब मैं मर ही जाना चाहती हूँ। कबतक उसको झेलूं। अभी तो इंटर में ही हूँ। रहना, पढ़ना भी यहीं है। ग्रेजुएशन के बाद ही शादी भी होगी। तब तक यह सब झेलना मुझसे नहीं होगा।

मैं अपनी माँ से बोलूँ। मैंने उससे पूछा। माँ अकेले में उसे धमका देंगी तो शायद सुधर जाए। तुम बच जाओ।

मेरी बदनामी हो जाएगी तो आगे कैसे जीऊँगी? सब मुझे ही चरित्रहीन कहेंगे। तुम अपने ठाकुरजी को कहो ना। माँ काली उसे मार नहीं सकती। वह मर जाता तो अच्छा होता। इतनी त्रस्त थी वह कि बहन के वैधव्य का भी ध्यान नहीं रहा।

हमने ठाकुरजी से प्रार्थना का निर्णय लिया। जरूर माँ काली कुछ तो करेंगी। इस विश्वास के साथ घर के रास्ते में पड़ने वाले रामकृष्ण परमहंस आश्रम में जाने के लिए हम क्लास छोड़कर कॉलेज से निकल पड़े।

हम रास्ते में भी धीरे-धीरे चल रहे थे। आश्रम की ओर बढ़ते कदम थके से लग रहे थे। निराशा थी या विश्वास की कमी, कह नहीं सकते। इतना सत्य था कि समस्या से लड़ने का रास्ता समझ से परे था। हम कदम दर कदम बढ़ते गए। आश्रम के गेट पर पहुँचकर हम चिंतित हुए। ठाकुर जी से कहेंगे क्या?

ऐसी बातें कहीं कैसे कही जा सकती हैं? हमने तय किया कुछ कहेंगे नहीं, सिर्फ वहाँ जाकर बैठेंगे। ठाकुर जी खुद ही समझ जाएँगे। हम जाकर ठाकुर जी के सामने बैठ गए। कुछ क्षण पश्चात ही मेरी सहेली के आँखों से टप-टप आँसू टपकने लगे। वह बहुत देर रोती रही। हम मौन ठाकुर जी से समस्या का समाधान माँगते रहे। माँ काली को पुकारते रहे।

मन जब शांत हुआ चुपचाप निकल आए। क्रोध, आक्रोश, संताप सब एक साथ हमारी संवेदना को झकझोर रहा था।

हम घर की तरफ बढ़ रहे थे। दोनों मौन थे। तभी एक साइकिल सवार प्रौढ़ हमें स्पर्श करता हुआ बगल से गुजरा। क्रोध से हम भरे थे। एक बड़ी सी गाली के साथ उसे ललकारा, हिम्मत है तो रुको। वह हिम्मती रुक गया। हम उस तक गए। सुबह से जितने संताप की ऊर्जा शरीर में भरी थी, उस सभी के साथ तेजी से हम उसकी ओर बढ़े और एक धक्का में वह नीचे था। उसकी साइकिल उसके ऊपर। जबतक वह सम्भलता हमने पैरों का सुंदर इस्तेमाल किया और जमा के दिया।

भीड़ जुट गई। अब उसके इलाज के लिए हमारी जरूरत नहीं थी। हमारे अहं को सन्तुष्टि मिली थी। लेकिन हमारी सहेली के लिए यह घटना मुक्ति मार्ग साबित हुआ। हम सहेली के घर से कुछ कदम पर ही थे कि उसके जीजाजी उसकी ओर आते दिखे। उस प्रौढ़ को मारने से जो साहस सहेली को मिला था, वह उसमें विद्यमान था। जैसे ही उसके जीजा ने उसका हाथ पकड़ा कि चलो मेरे साथ। जमाकर उसने उसे एक धक्का दिया। जबतक वह सम्भलते या कुछ कहते। ताबड़तोड़ पैरों का प्रहार जारी रखा। हमें भी मारने को उकसाया। पर मेरी हिम्मत नहीं हुई। मैं बिल्कुल अचंभित थी। उसके अंदर माँ काली जीवित हो गई थी। मैं उसे पकड़कर उसके घर ले गई। वह पूरी तरह काँप रही थी। उसकी माँ पास आई।

उन्होंने पूछा, क्या हुआ?

वह बिफर पड़ी। कहती थी वह अच्छा आदमी नहीं है। आज उसने इसका हाथ भी पकड़ा। इसे भी ले जाना चाहता था। मैंने उसे धकेलकर इसे बचाया। पूछ लो इससे। उसने मेरी ओर निरीहता से देखा कि मैं हामी भरकर उसे हमेशा के लिए इस कष्ट से बचा लूँ।

उसकी माँ मेरी तरफ मुड़ी, क्या हुआ था?

क्या बोलूँ मुझे कुछ सुझा नहीं? मैंने मौन आँखें झुका ली। उसकी माँ ने मेरे मौन को घटना की सहमति समझी। उन्हें ग्लानि हो रही थी कि अबतक उसे क्यों नहीं पहचाना।

ठाकुर जी ने हमारा काम कर दिया था। माँ काली की ऊर्जा हमारी सहेली अंदर जीवित हो उठी थी। अब वह उस नर पिशाच से पूर्ण सुरक्षित थी।

सहेली की मुक्ति से हम बहुत उत्साहित थे। आकाश में स्वछंद उड़ने वाली पक्षी सी उन्मुक्तता हमारे अंदर व्याप्त हो गई थी। भय हमसे डरने लगे था। एक तरफ हम ठाकुर के अनन्य भक्त बन गए थे तो दूसरी तरफ लड़कों के उतने ही बड़े शत्रु। मेरे दीदी का लड़का टूटू कहता था, तुमलोग पागल हो।

उससे जमकर बहस होती। वह मुझे मैं पाँच सौ साल पुराने युग की लड़की साबित करता। कहता जाने कैसे इस काल में तुम्हारा जन्म हो गया है। तुम तो दादी हो आदि आदि।

तमाम बहस के बाद हमारी दोस्ती पुनः कायम हो जाती। मै कक्षा में, शिक्षिका

से, माँ से, दीदी और रामकृष्ण की वाणी से जो सुना, सीखा था वह उसके घुट्टी में डालने का प्रयास करती।

प्रेम पर भी हमारी बातें होती। मैं कहती,

"प्रेम सिर्फ आकर्षण है। एक उम्र के बाद जब लड़के और लड़की में शारीरिक परिवर्तन आता है तो विपरीत लिंग के साथ आकर्षण महसूस होता है। यह सहज है। यह शारीरिक-वैज्ञानिक प्रक्रिया है। यह कोई प्रेम नहीं है।

ठाकुर जी ने इसे वासना कहा है। जो इस जाल में फँस जाता है, उसकी सारी उन्नति रुक जाती है। उन्होंने कहा—"मैं लड़कों को मना कर देता हूँ कि वे औरतों के पास आया-जाया ना करे। लड़कों की यह साधना की अवस्था है। इस समय केवल त्याग करना चाहिए। .... स्त्री यदि भक्त भी हो तो भी उसके पास बैठकर बात नहीं करनी चाहिए। उम्र के प्रभाव से मन भटकता है।

"मन के द्वारा ही आदमी बँधा हुआ है और उसी के द्वारा छूटता भी है। दो मित्र थे। एक वेश्या के घर गया। दूसरा भागवत सुन रहा था। पहला सोच रहा था, मुझे धिक्कार है, मेरा मित्र भागवत सुन रहा है और मैं वेश्या के घर पड़ा हूँ। उधर दूसरा सोच रहा था, मैं बड़ा बेवकूफ हूँ, मेरा मित्र तो मजा लूट रहा है और मैं यहाँ आकर फँस गया। अब देखो, जो भगवान के पास है उसका मन भोग में लगा है और जो भोग के लिए गया वह भागवत को सोच रहा है।

मानव मन की यही विचित्र दशा है।"

युवा-प्रेम की भाषा मुझे कभी समझ नहीं आई। जितने भी प्रेमी युगल से मिली रोते और लड़ते ही दिखे। छोटी-छोटी बातों पर विवाद, शक, कुंठा। यह कैसा प्रेम आजतक समझ नहीं आया?

प्रेम उदात्त होना चाहिए, यहाँ प्रेम बन्धन दिखता था। इधर मत देखो। उधर मत जाओ। उससे क्यों बात कर लिया। मुझे प्यार नहीं करते। वही पसन्द थी तो मुझे क्यों फँसाया। उसके बाइक पर ही बैठना था तो मुझसे क्यों दोस्ती की। आज मुझे फोन क्यों नहीं किया, उसी के साथ व्यस्त होगे। प्रेमी जोड़े के यह सामान्य संवाद मेरे कानों में पड़ते थे।

हे भगवान! जरा विश्वास नहीं एक-दूसरे पर, यह कैसा प्रेम? 'ताजमहल' और 'राधाकृष्ण' की युगल मूर्ति 'नीलकमल' दुकान में खूब बिकती थी। प्रेमिका ताजमहल पा कितनी खुश होतीं। सैकड़ों बार देखती, दिखाती और उसे चूमती। जैसे प्रेमिका के मौत का यह सुन्दर कब्रगाह उनके लिए ही निर्मित हो।

राधाकृष्ण की युगल मूर्ति में स्वयं की छवि देखते। यह इतिहास भी वे भूल जाते कि इस स्वरूप में सिर्फ राधाकृष्ण ही पूज्य हैं हमारे समाज में। अविवाहित जोड़ा हमेशा हेय का ही पात्र है। चाहे वह प्रेम से ही सिंचित क्यों ना हो?

आदर्श तो राम सीता ही हैं। पर राम सीता के जोड़ी की बड़ाई कॉलेज में कभी

नहीं सुनी। हमारा कॉलेज अरविंद महिला लड़कियों का था। वहाँ सभी को सीता से सहानुभूति थी। राम की आलोचना जमकर होती थी। उनपर हमेशा एक प्रश्नचिन्ह लगा रहता था कि गर्भवती सीता को घर से निकाल देने वाला आदर्श कैसे हो सकता है?

यह कैसा विरोधाभास था कि सीता को घर से निकाल देने वाले राम अस्वीकार्य थे और राधा को अकेला छोड़ रुक्मिणी के संग घर बसा लेने वाले कृष्ण स्वीकार्य। यह सारे प्रश्न मुझे स्त्रीवादी बनाते थे। ठाकुर जी के पास बैठकर भी कभी-कभी मैं सोच लेती थी कि ठाकुरजी ने भी माँ शारदा के साथ भला किया क्या?

जब उन्हें संत बनकर ही रहना था, तो नन्हीं शारदा से शादी ही क्यों की? इन पुरुषों को माता-पिता की भावना तो समझ आती है पर कोमल हृदय लड़कियों के हृदय की गुहार समझ नहीं आती। क्यों माता-पिता के संवेदनाओं को सहलाने के लिए लड़कियों को पत्नी का दर्जा देकर उसे गुलाम, निरीह प्राणी बना देते हैं? अपने विचारों को तो शादी से पहले उसे बताना चाहिए ताकि उसके पास चयन का मार्ग रहे। शादी कर लेने के बाद बताते हैं कि मेरा यह मार्ग है, तुम्हें साथ चलना होगा। क्यों चलें स्त्रियां उनके निर्धारित मार्ग पर?

नमिता की शादी एक बड़े अफसर से हुई है। सुख-सुविधाओं से भरा है घर। पर नमिता घर के एक भी समान का उपभोग अपनी मर्जी से नहीं कर सकती। अपने दोस्तों को घर में नहीं बुला सकती। वह किसी से फोन पर बात नहीं कर सकती। उसके घर के यही नियम हैं। उसकी माँ ने भी माना है। उसे भी मानना पड़ेगा। यह शर्ते पहले नहीं बताई गई थी। नमिता के पिता ने लाखों में यह वर खरीदा था। पर उन्हें नहीं पता था लाखों में वह नमिता के लिए कारावास की चहारदीवारी खरीद रहे थे। कारावास से तो फिर भी सजा काटने के बाद छूटने की गुंजाइश रहती है, यह तो मौत पर्यंत का कारावास था।

प्रेम, शादी, स्त्री-पुरुष संबंधों की क्रूरता मेरे मन को खिन्न करते थे। मैं इतिहास पढ़ती और स्त्रियों की दुर्दशा पर आक्रोशित होती। ऐसी मनोदशा में सभी देवता मेरे आलोचना का शिकार बनते।

एक शिव-पार्वती मुझे बहुत पसंद थीं। शिव का आदर्श मुझे भाता था। शिव के डमरू, जिससे सभी शास्त्र के निकलने की कथा है, की ओमकार ध्वनि मन को तरंगित करती। घण्टों ओंकार की ध्वनि को रोम-रोम में गुंजित कर सारे सांसारिक विलाप को मैं रोक देती थी।

समय गुजरता जा रहा है। माँ की तबियत लगातार खराब हो रही थी। उनके असहनीय दर्द को देखकर अब घर में सभी चिंतित हो उठे हैं। फिजिशियन ने उन्हें सर्जन से दिखाने की सलाह दी है। पटना के बड़े सर्जन दिखाया है। उन्होंने पेट का एक्सरे करवाने बोला है। माँ का एक्सरे आ गया है। डॉ. साहब बोल रहे हैं, गॉल ब्लाडर में पथरी है। ऑपरेशन करवाना होगा। रेखा दी का नवां महीना चल रहा है। माँ बोल रही

है कि पहले उसका बाबू अच्छा से हो जाए, फिर ऑपरेशन करवाएगी। 25 मार्च माँ के ऑपरेशन का दिन निर्धारित हुआ है। उससे पहले दीदी के बाबू के धरती पर आ जाने की पूरी-पूरी संभावना है। दिन तो पूरा हो गया है, दर्द का इंतजार है।

कितना विरोधाभास है जीवन में। हम एक तरफ माँ के दर्द को समाप्त करने के लिए भाग रहे हैं। दूसरी तरफ दीदी को जल्दी दर्द हो इंतजार कर रहे है।

दर्द शब्द एक ही है। पहले दर्द में कष्ट का अहसास है। दूसरे दर्द में नवीन जीवन के आगमन का हर्ष है। एक में निराशा है। दूसरे में उत्साह है।

दर्द का इंतजार करते अंतिम तिथि भी निकल गई। हम डॉ. के यहाँ गए। तुरन्त ऑपरेशन का फरमान डॉ. ने काट दिया।

1 मार्च 1989 दीदी के बिटिया का आगमन घर में खुशियों को झिलमिला गया। मई में हमारी इंटर की परीक्षा थी। पर किसे फिक्र थी। हॉस्पिटल और घर करते मेरा समय गुजरता। 10 दिन बाद दीदी घर आई। आना तो आठवें दिन ही था। पर ऑपरेशन के बाद कम चलने से टांका जल्दी सूखा नहीं। इसलिए दो दिन अतिरिक्त रहना पड़ा।

दीदी के अनुभव से हमने सीखा। कोई भी ऑपरेशन हो। डॉ. जैसे मूवमेंट की सलाह दे। तुरन्त उसको मानना चाहिए। नहीं तो ऑपरेशन का घाव जल्दी सूखता नहीं और बहुत कष्ट होता है। दीदी घर आ गई।

माँ के ऑपरेशन की तैयारी प्रारम्भ हुई। पुनः एक बार एक्सरे हुआ। दो दिन खाना बंद। सिर्फ तरल भोजन दिया जाने लगा। माँ हॉस्पिटल में लेटी है। हम मायूस उसके बगल में बैठे हैं। उसके शरीर का नमूना कैंसर के लिए जाँच होने गया। यह तो एक औपचारिकता है। बम्बई का टिकट हो गया है। 4 अप्रैल को माँ बम्बई जाएगी। अंतिम स्टेज है।

डॉ. ने ध्यान नहीं दिया। गॉल ब्लाडर के एक्सरे में पथरी नहीं आया था। थोड़ा ध्यान देते और छुरी नहीं लगाते तो ठीक था। माँ के कमरे से दूर ऐसी चर्चा चलने लगी। माँ बम्बई चली गई। हमारा परीक्षा फॉर्म भरा जा चुका था। हमारी कक्षाएँ स्थगित हो चुकी थी। माँ के बिना पहली बार घर में थे। व्यक्तियों से भरा घर था हमारा। एक नन्हीं बच्ची की किलकारी से घर गूँज रहा था। शिल्पी नाम रखा गया उसका। हमलोग उसे 15 दिन में बड़ा बना देना चाहते थे। माँ आए तो वह नानी बोले। वह दीदी की कम ज्यादा मेरी थी। हम उसे जल्दी चलाने की कोशिश कर रहे थे। जल्दी बोलने का अभ्यास करवा रहे थे। मेरा समय उसके साथ कट रहा था।

पर भीतर कितना सूनापन था। बंजर भूमि का सूनापन ऐसा ही होता होगा। अपने चारों ओर वह भी हरियाली देखती होगी। पानी की बहती धार देखती होगी। पर उसके नसीब के यह सुख नहीं हैं, यह महसूस कर नितांत अकेली पड़ जाती होगी। माँ का पास नहीं रहना मेरे भीतर को बंजर बना रहा था।

माँ के भगवानों के देखभाल की जिम्मेदारी भी मेरी थी। पत्थर के उस मूर्ति से

जाने कितनी बातें कर जाती। कितना उलाहना दे जाती। क्यों माँ ने आपकी इतनी पूजा की? क्या मिला माँ को? क्यों मैं आपकी पूजा करूँ? उसे यह कष्ट क्यों दिया। भगवान पर इल्जाम लगाते समय हम कैसे भूल जाते हैं कि यह सारे कर्मफल तो हमारे अपने संचित किए होते हैं।

एक बड़ी अच्छी कहानी माँ सुनाती थी। एक व्यापारी था एक दिन वह मंदिर में गया। मंदिर के बाहर एक भिखारी बैठा हुआ था। वह भीख माँग रहा था। मंदिर के अंदर उसके बारे में सोचकर व्यापारी को दया आ गई और सोचा उसे बाहर जाकर सो रुपए दे दूँगा।

जब वह बाहर निकले तो उन्होंने देखा कि भिखारी वहाँ नहीं था। वह अपने जूते की ओर आगे बढ़े। वह भी उन्हें वहाँ नहीं मिला। वह दुखी होकर खाली पैर घर की तरफ चल पड़े। जब वह आगे बढ़ रहे थे तो रास्ते में एक चप्पल की दुकान मिली। उन्होंने सोचा कि मैं एक चप्पल ले लेता हूँ और उसे पहन कर आगे जाऊँगा। वहाँ उन्होंने देखा कि उनका एक जोड़ी जूता भी बिकने को पड़ा था। उन्होंने दुकानदार से पूछा कि यह जूता यहाँ कैसे आया? कुछ देर तक दुकानदार ने नहीं बताया। बहुत दबाव डालने पर उसने बताया कि अभी एक वयक्ति सौ रुपए में यह जूता बेच गया है।

व्यापारी ने समझ लिया कि सभी के भाग्य में जो लिखा होता है वह उसे जरुर मिलता है लेकिन वह कैसे मिले इसका चयन व्यक्ति स्वयं करता है उस चयन पर उसका कर्मफल लिखाता है।

उस भिखारी के भाग्य में आज सौ रुपए पाना लिखा हुआ था, वह उसे मिला।

लेकिन उसे प्राप्त करने के लिए उसने चोरी के मार्ग का चयन किया। उसने जूता चुराया, उसे बेचा और सौ रुपए प्राप्त किया। भगवान ने भाग्य और बुद्धि दोनों साथ-साथ दिया है। सभी मानव सबकुछ प्राप्ति का भाग्य लिखा है। जैसे एक विद्यालय में सभी विद्यार्थी के लिए बराबर संसाधन उपलब्ध है। सभी अपनी बुद्धि से कम या ज्यादा लेता है। इसी तरफ सामान्य जीवन में भी सभी के लिए सभी संसाधन उपलब्ध है। बुद्धि से उसे प्राप्ति का रास्ता खुद खोजना है। भिखारी ने चोरी का रास्ता खोजा। उसके इस कर्मफल की प्राप्ति उसने खुद निर्मित की। व्यापारी शांतिपूर्वक अपने घर की ओर चला गया। वह समझ गया कि व्यक्ति अपने कर्मों के चयन से ही अपना कर्मफल लिखता है।

कहानी सुनाने के बाद माँ जोड़ती हमें जैसा जीवन मिलता है, वह हमारे संचित कर्मफल ही है। इसलिए हमेशा अच्छे कर्म किया करो।

तो माँ का दर्द, माँ की बीमारी भी उनके संचित कुछ बुरे कर्मफल का परिणाम था!

आज पन्द्रह दिन के बाद माँ बम्बई से लौट आई है। इस एक महीने में माँ का शरीर आधा हो गया है। लेकिन संकल्प शक्ति असीम हो गई है। अब वह दर्द की शिकायत

नहीं करती है। दर्द पीने की कोशिश करती है। दर्द का कसैलापन चेहरे को विकृत करता है। तुरन्त स्वयं को सँभाल लेती है। मई महीना है। गर्मी बढ़ती जा रही है। माँ के लिए सुविधाएँ भी बढ़ रही है। पिताजी ने अपने कमरे में उनका बिस्तर लगवा लिया है। कमरे के सभी खिड़की दरवाजे पर खस का पर्दा लगा दिया गया है। कमरे के ऊपर छत पर ईंट की एक परत बैठाने के बाद उस पर भी खस की पट्टी रख दी गई है। दिनभर में तीन बार पर्दे को पानी से भिंगोया जाता है। कमरे में दो कूलर लग गया है।

पर माँ को यह सब नहीं सुहाता। वह ज्यादातर बाहर बरामदे में ही बैठती है। पहले की तरह सुबह नहा लेती है। अब बक्से में रखी सभी नई साड़ी निकल गई है। पिताजी ने कहा है सभी साड़ी पहना करें। रखकर क्या होगा? माँ भी पहन लेती है। हमें लगता रहा था कि माँ को नहीं पता, वह सिर्फ तीन महीने का समय लेकर बम्बई से आई है। पर कितने बेवकूफ थे हमलोग! जो समाज को नेतृत्व देती रही है, जो समाज के हजारों लोगों के मनोभावों को सहज पकड़ लेती थी। उन्हें अपने शरीर के छूटते प्राण का अहसास नहीं होगा, यह हो सकता है।

पर माँ हमें यह अहसास नहीं होने देती कि उसे अपने जीवन के स्थायी क्षणभंगुरता की जानकारी है। सबेरे तैयार होकर जब बैठती तो कहीं से नहीं लगता कि कुछ दिनों में वह हमारे साथ नहीं रहेगी।

मेरी इंटर की परीक्षा की तिथि निकल चुकी थी। घर में सभी कह रहे थे, तैयारी नहीं है तो परीक्षा छोड़ दो। माँ की जिद थी मैं परीक्षा ना छोड़ूँ।

माँ के व्यक्तिगत देखभाल की जिम्मेदारी मेरी थी। अब वह सिर्फ जूस पर रहने लगी थी। अनार का जूस चार से पाँच चम्मच एक बार में लेती थी। उसे निकालना फिर उसे पिलाना समय साध्य था। पढ़ने का समय नहीं मिल सकता था। लेकिन माँ मेरे हाथों में किताब ही देखना चाहती थी। जब जरा बैठती, बोलती जा किताब ले आ।

सुबह का उसका तैयार होना आधा घण्टा भी नहीं रह पाता। दर्द की लहर एक तूफान की तरह आता। साड़ी हट जाता। बिस्तर पर आ जाती। दर्द में उसका शरीर कितना ऊँचा उठता पता नहीं, हम खड़े होकर उसे नीचे दबाने की जबरदस्त कोशिश करते और तब निकल जाता मुख से अनायास हनुमान जी इन्हें मुक्त कर दो, हम प्रसाद चढ़ाएँगे।

याद है मुझे आज भी वह मनौती। जब भी पटना जंक्शन स्थित हनुमान मंदिर के पास से गुजरती हूँ, वह मनौती याद तो आती है, पर समझ नहीं पाई आजतक वह मनौती उतारना है या नहीं।

ऐसे दर्द में भी माँ को मेरी परीक्षा की चिंता रहती। जैसे दर्द शांत होता, उसे मेरी किताब याद आती। मेरे गृह विज्ञान की परीक्षा के लिए एक स्वेटर भी बुनना था। वह उसे भी पूरा कर रही थी।

आज रेणु दीदी माँ के लिए एक जंतर लेकर आई है। किसी तांत्रिक ने दिया है। पेशे से वह ज्योतिषी है। पटना के ज्यादातर ज्योतिषी तांत्रिक भी हैं। एक बार दीदी

से मैंने पूछा था कि तांत्रिक मतलब क्या है? दीदी ने बताया जो देवी की पूजा करता है वह तांत्रिक है। उसके पास बहुत शक्ति होती है। वह अच्छा-बुरा कुछ भी कर सकता है। आज भी तंत्र शक्ति के उसी विश्वास को जंतर के रूप में लाकर दीदी ने माँ के आँचल में उसे बाँध दिया था। जंतर के साथ एक उड़हुल का फूल भी है।

मुझे बता गई है कि हर दिन मैं इसे उस साड़ी में बाँध दूँ, जो माँ सुबह पहनती है। मैंने यह कर देने का विश्वास उन्हें दिया है। कुछ होमियोपैथी दवा भी लाई है। उसे भी समय पर देने का निर्देश है। माँ किसी के भी प्रयास को अस्वीकार नहीं करती है। सभी इलाज को बहुत प्यार से अपनाती है। निराशा शब्द तो उनके शब्दकोश में है ही नहीं। धीरे-धीरे उनका पेट फूलता जा रहा है। सारे घर की गतिविधि माँ पर आकर सिमट गई है। कोई काम रुका नहीं है, पर उसकी चर्चा समाप्त हो गई है। यांत्रिक भाव से सब होता रहता है। पिताजी भी माँ के पास ज्यादा रह रहे हैं। कामरेडों का आगमन निरन्तर जारी है।

भीड़ से माँ को कष्ट होता है। अपने दर्द को जबरदस्ती दबाना पड़ता है। लोगों के जाते ही उसे वमन होता है। एकदम काला पित्त। शायद रक्त भी मिला होता है उसमें। पहले यह कम होता था। अब बढ़ता जा रहा है। दर्द की सुई अब दो बार दी जाती है। भैया चर्चा कर रहे थे। इस सुई का असर भी घटता जा रहा है। पहले चार-पाँच घण्टे पर दर्द होता था। अब एक से दो घण्टे में होने लगता है। बम्बई में सिर्फ दर्द की ही दवा दी गई है। एक-दो गोली। ज्यादा दर्द पर सुई।

कल मैं माँ के भगवानों के पास बैठी थी। ध्यान ठाकुर जी पर चला गया।

उन्हें भी इतना ही दर्द होता होगा। ठाकुर जी को गले का कैंसर था। वह कुछ खा नहीं पा रहे थे। विवेकानन्द को पता चला। गुरु बसते रोम-रोम में.....

नरेन्द्र (स्वामी विवेकानंद) ने भी तो अपने ठाकुर (श्री रामकृष्ण परमहंस जी) को इसी शिदत से चाहा था। यह उन दिनों की बात है, जब ठाकुर ने गले में कैंसर होने की लीला की। क्यों की? यह तो वो ही जानें। या फिर वह जाने, जिसे वे जनाएँ। पर जो भी हो, नरेंद्र के लिए यह बड़ी विकल घड़ी थी। ठाकुर का कष्ट बढ़ता ही जा रहा था। एक निवाला तक कंठ से नीचे नहीं उतर रहा था। अब तो ढाई दिन बीत गए थे, जब से ठाकुर उपवास पर थे। किसी सेवा कार्य से लौट कर नरेंद्र ने गुरु भाई लाटू से पूछा—"क्या आज सुबह से ठाकुर ने कुछ खाया? लाटू-नहीं भईया, आज भी ठाकुर को बहुत खांसी हो रही है। कुछ भी बनाकर ले जाता हूँ, वो छूते तक नहीं है। नरेन्द्र के सीने में दर्द की गाँठ बँध गई। कसमसाता हुआ बोला—"ऐसे ही नहीं खाएँगे? यह भी भला कोई बात हुई चल तो जरा मेरे साथ!" दोनों गुरु भाई रसोइघर में पहुँचे! खूब सारा पानी ड़ालकर दलिया आँच पर चढ़ा दिया। ताकि वह बिल्कुल तरल बने। थोड़ा-सा नमक डाला। फिर नरेंन्द्र अपने हाथों से उसे घुमाता और घोटता रहा। इतना घोटा कि दलिए के दाने अपनी दानेदारी ही खो बैठे और मक्खन-मलाई से घुल गए। पात्र

में डालकर नरेंद्र ने यह दलिया लाटू को सौंप दिया। कहा—"जा लाटू हर यत्न से तू ठाकुर को इस दलिए का भोग लगवाकर ही आएगा'। लाटू भाप उड़ाता हुआ, दलिए को लेकर सीधे ठाकुर के कक्ष में पहुँचा। नरेंद्र भी दबे पाँव पीछे गया और कक्ष के बाहर खिड़की से छिप-छिप कर झाँकने लगा। लाटू—चरण-वंदन, ठाकुर। यह पतला-सा दलिया है। दया कर, इसे ग्रहण करें। ठाकुर—(अनमने भाव से) रख दे, जब लेना होगा, ले लूँगा। लाटू—(विचलित होकर) अब नहीं, तो कब ठाकुर? ढाई दिन गुजर गए है। मैंने आपको मोटे अन्न का एक निवाला तक ग्रहण करते नहीं देखा। अगर आपकी सेहत थोड़ी-सी भी बिगड़ी न, तो हम बर्दाश्त नहीं कर पाएँगे।

ठाकुर—(हँसते हुए) यह तेरी भाषा तो नहीं लग रही। बता, बता, किसने तेरे मुँह में यह बोली डाली है?

लाटू (शर्माता हुआ)—जी वो जी नरेन्द्र भइया ने ऐसा कहा था। ये दलिया भी उन्होंने बनाया है।

उधर खिड़की के पास खड़ा नरेन्द्र अपना नाम आते ही दुबक गया। दाँतो तले जिह्वा आ गई और तंतु-तंतु ठाकुर की प्रतिक्रिया जानने को बेकरार हो गया। उधर ठाकुर ने प्यारी झिड़की लगाई अपनेपन के शहद में घुली हुई।

लाटू, एक तू और एक तेरा वो भाई नरेंद्र दोनों के पास क्या और कोई चिंता या चिंतन नहीं रहा? आश्रम में इतने सेवाकार्य है उन्हें सम्भालों और उस नरेन्द्र से कह दो, मैंने उसे रसोई में कड़छी चलाने के लिए नहीं पाला-पोसा। भला प्रचार कौन करेगा? इतना कहते ही ठाकूर का कंठ फड़फड़ानें लगा। तेज खांसी फूट चली।

नरेन्द्र छटपटाता हुआ भीतर दौड़ा। ठाकुर की छाती मलने लगा। जब तक खांसी शांत हुई तब तक नरेन्द्र की आँखों में तरलता आ गई थी। नीचे जमीन पर बैठ गया और ठाकुर के घुटने पकड़कर बोला—"मुझे बताओ, अगर अध्यात्म का आधार (ठाकुर) ही नहीं रहेगा, तो मैं प्रचार करके क्या करूँगा? इस आश्रम की आत्मा (याने आप) नहीं रहेगी, तो भला इस बेजान ईंट-पत्थर-गारे के भवन को हम सँभालकर क्या करेंगे हमें आप चाहिए ठाकुर हमें आपकी जरूरत है। (नरेन्द्र के गले में भावों का फंदा फँस चुका था। इसलिए आवाज में रूदन साफ सुनाई दे रहा था।) ठाकुर, आपकी स्वस्थ अवस्था हममें प्राण फूँकती है। आपका बिना खाँसे हँसना, बिना खाँसे डाँटना, ऊर्जा भरी लीलाएँ करना इन सबके लिए हमारा मन तरसता है। आपको यूँ दिन-पे दिन कमजोर होते देखने से हमारा मन दुःखता है। इसलिए दया कर, हमारे लिए, हमारी खुशी के लिए, थोड़ा-सा भोजन ग्रहण कर लीजिए। न मत करना, ठाकुर आपको मेरी सौगन्ध ठाकुर ने अब एक शब्द भी और कहना उचित नहीं समझा। चुपचाप, सीधे-स्याने बच्चे की तरह दलिए का पात्र उठाया और मुँह को लगा लिया। एक घूंट भरी फिर दूसरी। नरेन्द्र को लगा, जैसे उसके सारे मनोरथ पूरे हो गए। जैसे, ठाकुर ने नहीं उसकी जन्मों से भूखी आत्मा ने कुछ खाया हो। वह टकटकी लगाकर ठाकुर और पात्र को देखता

रहा। ठाकुर दूसरी घूँट भर चुके थे। लेकिन यह क्या!! तीसरी घूँट न भर पाए। उससे पहले ही भयंकर खांसी का प्रकोप हुआ। ऐसी खांसी, जो अपने साथ वो दो घूँट दलिया तो बाहर लाई ही ही साथ ही, खून की धाराएँ भी खींच लाई।

लाटू ने दौड़कर तौलिया ठाकुर के मुख पर लगा दिया। ठाकुर खांसते रहे और उल्टी करते रहे और नरेन्द्र उसकी दशा तो ऐसी हुई, मानो किसी ने एक झटके में शरीर के रोम-रोम से जान ही खींच ली हो। स्वयं को सम्भाल न पाया।

बालक की तरह फूट-फूट कर रो पड़ा। इस रूदन की आवाज को दबाने की भी उसने कोशिश नहीं की। बेधड़क रोया बिना किसी परवाह के रोया फफक-फफक के रोया। उसके रोने को, उसके दर्द को वही प्रेमी दिल समझ सकते है, जो शिष्यत्व के सांचे में ढले है। वही जान सकते है कि उस दिन नरेन्द्र पर क्या गुजरी होगी! उसके आँसू क्या कह रहे थे—

अब कक्ष में सिर्फ नरेन्द्र का रूदन मुखर था। ठाकुर थके-हारे से दिख रहे थे, फिर भी मुस्कुरा रहे थे। आँखों से ममता बरस रही थी। एकाएक वे झुके और प्यार से बोले—"नरेन्द्र, तुझे वो दिन याद है, जब तू अपने घर से मेरे पास मंदिर में आता था? तूने दो-दो दिनों से कुछ नहीं खाया होता था। पंरतु अपनी माँ से झूठ कह देता था कि मूने अपने मित्र के घर खा लिया है, ताकि तेरी गरीब माँ थोड़े-बहुत भोजन को तेरे छोटे भाई को परोस दे। है न? बोल न, ऐसा ही था न?

नरेन्द्र ने रोते-रोते हाँ में सिर हिला दिया। ठाकूर फिर बोले—तूने अपनी यह युक्ति तुझ पर चलानी चाही थी। यहाँ मेरे पास मंदिर आता, तो चेहरे पर खुशी का मखौटा पहन लेता। हँस-हँस के ऐसे दिखाता जैसे कि बड़ा तृप्त हो। हुँ पर क्या तेरा यह नकली नाटक मेरे आगे चल पाता था? तु चाहे नाट्य-शैली में कितना ही उस्ताद हो, पर मैं भी तो कम नहीं। झट जान लेता था कि तेरे पेट में चूहों का पूरा कबीला धमा-चोंकड़ी मचा रहा है कि तेरा शरीर क्षुधाग्रस्त है। और फिर तुझे अपने हाथों से लड्डु-पेड़े, मक्खन-मिश्री खिलाता था। है ना? बता न?

नरेन्द्र ने सूबकते हुए फिर गर्दन हिलाई। अब ठाकुर फिर मुस्कुराए और प्रश्न पूछा—" कैसे जान लेता था मैं यह बात? कभी सोचा है तूने?' नरेन्द्र सिर उठाकर परमहंस को देखने लगा। अवाक् मुद्रा में! हालाँकि होंठ अब भी फफक रहे थे।

ठाकुर—बता न, मैं तेरी आंतरिक स्थिति को कैसे जान लेता था?

नरेन्द्र—क्योंकि आप अंतर्यामी माँ है, ठाकुर।

ठाकुर—अंतर्यामी! अंतर्यामी किसे कहते है?

नरेन्द्र—जो सबके अन्दर की जाने।

ठाकुर—कोई अंदर की कब जान सकता है?

नरेन्द्र—जब वह स्वयं अंदर में ही विराजमान हो।

ठाकुर—याने मैं तेरे अंदर भी बैठा हूँ?

नरेन्द्र—जी बिल्कुल! आप मेरे हृदय में समाए हुए है।

ठाकुर—तेरे भीतर में समाकर मैं हर बात जान लेता हूँ। हर दु:ख-दर्द पहचान लेता हूँ। तेरी भूख का अहसास कर लेता हूँ तो क्या तेरी तृप्ति मुझ तक नहीं पहुँचती होगी?

नरेन्द्र—तृप्ति?

ठाकुर—हाँ, तृप्ति! जब तू भोजन खाता है और तुझे तृप्ति होती है, क्या वह मुझे तृप्त नहीं करती होगी? अरे पगले, गुरु अंतर्यामी है, अंतर्जगत का स्वामी है। वह अपने शिष्यों के भीतर बैठा सबकुछ भोगता है। मैं एक नहीं हजारों मुखों से खाता हूँ। तेरे, लाटू के, काली के, गिरीश के, सबके! याद रखना, गुरु कोई बाहर स्थित एक देह भर नहीं है। वह तुम्हारें रोम-रोम का वासी है। तुम्हें पूरी तरह आत्मसात् कर चुका है। अलगाव कहीं है ही नहीं। अगर कल को मेरी यह देह नहीं रही, तब भी जीऊँगा तेरे जरिए जीऊँगा समझा कुछ? मैं तुझमें रहूँगा, तू मुझमें।

तो क्या मैं इस विश्वास के साथ शांत रहूँ कि ठाकुर की तरह माँ हममें जीवित रहेगी?

हम कितना भागते रहते हैं भौतिक सुख को पाने के लिए। जब जीवन को क्षणभंगुरता सामने आती है, तो कितना सिमट जाता है संसार। सारी आकांक्षाएँ सिमट आती हैं। एक भाव समाहित हो उठता है, ईश्वर हमें और कुछ नहीं चाहिए, बस यही। यह दे दो, फिर कुछ नहीं माँगेंगे। जाने कितनी बार ईश्वर को हम इन्हीं शब्दों से बाँधते हैं। हर बार वह देते जाते हैं इस आशा में कि यह इसकी आखरी ख्वाहिश हो।

एक दिन हम ऐसी माँग कर बैठते हैं कि वह भी निरीह हो जाते हैं और कह उठते हैं, शरीर, संसार के प्रति मोह छोड़ो। आत्मा के सूक्ष्म स्वरूप में रहना सीखो। सच तो यही लगता है कि यह जगत ईश्वर का खेल है और वो स्वयं ही खिलाड़ी हैं, दर्शक हैं और खेल भी वो स्वयं हैं।

ठाकुर को भी उन्होंने ऐसा ही कहा। जब बीमारी के कारण ठाकुर कुछ खा नहीं पा रहे थे तब उनके शिष्यों ने उनपर बहुत दबाव डाला कि माँ काली से कहें कि बीमारी में कुछ राहत हो जिससे वो कुछ खा सकें शिष्यों के दबाव में उन्होंने माँ से कहा। पर माँ ने उन्हें कहा, "आत्मा, शरीर का आश्रय धीरे धीरे छोड़ दे।"

जब ईश्वर की भी एक सीमा है। वह भी उतना ही दे सकता है, जितना हम अपने आप भी अर्जित कर सकते हैं, तो उस अदृश्य की पूजा क्यों करें? आराधना क्यों करें? आखिर यह ईश्वर क्या है? कौन है? क्यों है? माँ काली से ठाकुर ने कभी कुछ तो नहीं माँगा। बीमारी में थोड़ा कष्ट कम जाए, यह भी वह अपने पुत्र को नहीं दे सकती तो वह जगतजननी कैसे हुई? माँ तो अपने बच्चों के कष्ट हरने को क्या कुछ नहीं कर जाती, फिर माँ काली क्यों नहीं करती?

क्या पढ़ूँ मैं? पाठ्यक्रम के किताब हाथ में होते हैं। पर वार्तालाप माँ से करती

हूँ। प्रश्न ठाकुर से करती रहती हूँ। परीक्षा में पास हो पाऊँगी मैं ! ठाकुर क्यों नहीं सुनते ? माँ का दर्द ही तो कम करना है थोड़ा-सा। आज इंटर परीक्षा का पहला पत्र है।

भैया सेंटर पर पहुँचाने जाएँगे। भैया की आवाज घर में गूँज रही है, अरे मुन्नी! जल्दी तैयार हो जाओ। एक घण्टा पहले पहुँचना है। मुझे याद है भैया के राजदूत पर पहली बार बैठना। आठवीं कक्षा में जब थी तब हमलोग काजीपुर से लोहानीपुर अपने मकान में आ गए थे। भैया अपनी बेटियों को राजदूत से स्कूल छोड़ते थे। वह मेरा भी आकर्षण था। कितना मजा आता होगा, जब बाइक तेजी से भागता होगा। भतीजियाँ बताती भी कि हम तुरन्त पहुँच जाते हैं। तब मुझे भी लगता, काश भैया हमें भी राजदूत से स्कूल छोड़ देते। मैं हसरत भरी नजरों से भतीजियों को राजदूत पर उड़ते देखती। कई बार इच्छा होती खुद राजदूत चलाना सीख लूँ। उनलोगों का स्कूल आठ बजे था और मेरा दस। इतना पहले नहीं जा सकती थी।

एक दिन मैं शायद स्कूल नहीं जाने के जिद में थी। भैया ने कहा, चलो आज तुम भी राजदूत से। प्रेस पर कुछ देर रहना, फिर वहीं से स्कूल चले जाना। उस पल के रोमांच को आज भी मैं महसूस कर सकती हूँ। क्या हवा की गति से मैं तैयार हुई थी। राजदूत पर हम तीन बच्चे थे। दो भतीजी और सबसे पीछे मैं। तीन भरा-पूरा स्कूल बैग भी था। गूंथ गए थे हम एक-दूसरे में। हिलने की भी जगह नहीं थी। भैया बार-बार बोल रहे थे। पकड़े रहना सब एक-दूसरे को। लड़कों की तरह दोनों तरफ पैर कर बैठना पुरुषत्व का अहसास देता है शायद। असीम ताकत के अहसास से भर जाता है मन। मुझे लड़कियों की तरह एक साइड से बाइक पर बैठना कभी पसन्द नहीं आता। पर अब तो बैठना पड़ता है। अब मैं बड़ी लड़की हो चुकी हूँ। कुछ कायदे तो अपनाने ही पड़ेंगे। भैया की आवाज फिर गूँजी, लेट करेगी यह लड़की। मैं जल्दी तैयार हो गई। माँ के पैर छुई। माँ के चेहरे असीम शांति और प्रसन्नता थी। हमारी पढ़ाई माँ की सबसे बड़ी पूँजी थी।

प्रतिदिन परीक्षा के लिए घर से निकलते समय मन बहुत घबड़ाता है। यह घबड़ाहट परीक्षा की है या माँ के छूट जाने के डर की, समझ नहीं आता है। कल परीक्षा समाप्ति के बाद भैया लेने नहीं आए थे। थोड़ी देर इंतजार के बाद धीरे-धीरे मैं घर की ओर बढ़ने लगी। मन में एकाएक ख्याल आया शायद माँ नहीं रही। इतना सोचते ही कदम एकदम से भारी हो गए। पहले यदि मैं कहीं घर से बाहर रहती तो बाहर के काम से छूटते घर भागती कि माँ कहीं मुझे छोड़कर ना चली जाए। कहीं किसी मीटिंग में, किसी टोले में, चर्खा समिति में जहाँ पापड़, बड़ी आदि बनाकर वह देती थी। चरखा से कटे सुत जमा करती रही थी। सब्जी लेने सब्जी मार्केट ही। कहीं भी वह मुझे छोड़कर चली ना जाए, इस आशंका से मेरे पैर में चरखी लग जाते थे और क्षमता से अधिक तेज चाल से घर पहुँच जाती थी। आज भी माँ के जाने की ही बारी है, पर कदम के चाल धीमे पड़ गए हैं। नहीं इच्छा होती कि घर भी जाऊँ। कहीं वह नहीं रही तो क्या करूँगी ?

विचारों के बवंडर के बीच कब घर के दरवाजे पर पहुँच गई पता नहीं चला। डॉक्टर साहब घर से निकल रहे थे। भैया ने मुझे देखा, अरे तुम आ गई! माँ का दर्द बहुत बढ़ गया है। डॉक्टर साहब को लाने में तुम्हें भूल ही गया। माँ के पास जाओ, भैया ने कहा। मैं यंत्रवत माँ के पास गई। दर्द से कराह रही थी। सुई का असर भी अब नहीं होता है। किसी ने नहीं पूछा, कैसे आई? परीक्षा कैसी गई? दीदी ने मेरे हाथ में तेल की कटोरी दी, माँ के कमर में तेल लगा दो। जरा दर्द कम हो। माँ को जैसे हाथ लगाया। वह बोल उठी। आ गई बेटा। सब लिख दिया था। कैसे आई? भैया गया था? कुछ खाई? मेरा भाई भी परीक्षा दे रहा है। वह माँ के पास बहुत कम आता है। माँ ने उसकी खोज की। वह अभी तक नहीं आया था। उसके मुँह से निकला। उसको भी खाना दे देना।

माँ ऐसी ही होती है। बच्चे के लिए ही जीती है। माँ की बड़ी चिंता हम दो भाई-बहन ही हैं। सभी की शादी हो चुकी है। हमदोनों अभी इंटर में ही है। दो साल बड़ा है मुझे मुन्ना भैया। माँ जब थोड़ी ठीक होती है, मुझे समझाती है। ठीक से रहना। पापा की देखभाल करना। मुन्ना को समय पर खाना आदि दे देना। तुम ही पर सब है बेटा। बहुत पढ़ना। वह प्रत्यक्ष यह नहीं कहती कि अब बहुत कम दिन वह हमारे साथ है। पर हमें बड़े होने के सभी नुस्खा देती रहती। यह बताती रहती कि अब तुम्हें जिम्मेदार बनना होगा। भावावेश में एक बार मैंने माँ से कहा, माँ मैं कैसे रहूँगी?

उसने कहा, तुम्हारे ठाकुर तो हैं तुम्हारे साथ। भगवती को कभी नहीं छोड़ना।

मैंने माँ के कमर पर तेल लगाया। बहुत हल्के हाथ से छूना पड़ता है उसका शरीर। हाथ के हल्के स्पर्श भी भी दर्द की पीड़ा बढ़ जाती है। बस हाथ रखकर हाथ के ताप से शरीर के दर्द को समाप्त करने जैसा भाव करना पड़ता है। रगड़ना, सहलाना यह सब अब बर्दाश्त नहीं करता माँ का भौतिक शरीर। जहाँ दर्द हो वहाँ तेल लगाकर हाथ रखते हैं और मन ही मन प्रार्थना करते हैं कि माँ काली मेरी माँ के दर्द हर लो। इससे दर्द सम्भवतः कम होता है। इसलिए तो माँ मेरी हाथों को अपने शरीर से हटने ही नहीं देती।

कहती है, तुम्हारे हाथ में जादू है। पिता जी भी यही कहते हैं। प्रतिदिन पिता जी के तलवे में भी तेल मालिश करती हूँ। बोलते हैं, तलवे से ही सारे शरीर का दर्द तुम खींच देती हो। कहाँ से सीखा। माँ दूसरे बिस्तर से कहती है, अच्छी बेटियों को यह सब सीखना नहीं पड़ता, जन्मजात गुण होता है।

मैं जानती हूँ, यह माँ काली की शक्ति है जो मेरे हाथों से प्रवाहित होकर उनके दर्द को हर लेती है।

माँ के पास दोस्ती का विशाल संसार है। प्रतिदिन उनके एक नए परिवार से मुलाकात का सिलसिला जारी है। आश्चर्य लगता है मुझे कि उनके साथ इतना घूमने के बाद भी उनके मित्रता के विशाल साम्राज्य के एक अंश से भी परिचित नहीं हूँ मैं। आज गायत्री परिवार की विमला चाची, सुधा चाची और कविता चाची माँ से मिलने

आई हैं। सभी एक दूसरे को दीदी कहकर संबोधित कर रही हैं। तीनों चाची के कंधे पर गायत्री पीठ लिखा झोला है। उसमें नीचे लिखा है—झोला पुस्तकालय। मुझे उनका यह झोला आकर्षित कर रहा था। मैंने पूछा, यह झोला पुस्तकालय क्या है?

कविता चाची ऐसे उत्साह में आ गईं, जैसे इसी प्रश्न के इंतजार में थीं। उन्होंने बताया कि यह गुरुदेव का आदेश है। यह ज्ञानदान यज्ञ है। इस यज्ञ का फल साधना, उपासना, आराधना से भी ज्यादा होता है। तीनों के फल प्राप्ति से भी ज्यादा मिल जाता है। उन्होंने एक किताब निकालकर दिया कि इसे पढ़ो, एक सप्ताह बाद मैं ले जाऊँगी। एक डायरी में मेरा नाम, पता दिनांक और पुस्तक का नाम लिख लिया।

फिर बहुत छोटी-छोटी कई पुस्तक दीं। 25 रुपया माँगा और बोली इसे अपने दोस्तों को पढ़ाना। जब सब किताब पढ़ लोगी, तो फिर बदलकर दूँगी। तुम भी इस यज्ञ की सदस्य बन गई। अब जल्दी तुमको इसका फल मिलेगा। मैंने पूछा, इस यज्ञ से माँ ठीक हो जाएगी।

कुछ क्षण वह मौन हो गईं। फिर सुधा चाची एक पुस्तक देते हुए बोलीं। इसे पढ़ने से तुम्हारे प्रश्न का जबाब तुम्हें मिल जाएगा। उन्होंने जो पढ़ने दिया था उसका शीर्षक याद है मुझे ''हिमालय में प्रवेश।'' इसी नाम से पुस्तक था या किसी पुस्तक का अंश, यह पक्का याद नहीं। पर शीर्षक याद इसलिए है कि तभी से एक बार हिमालय जाने का आकर्षण मन में बना हुआ है। साथी के अभाव में जा नहीं पाई अब तक।

सच में उस पुस्तक में मेरे प्रश्न का जबाब था। मृत्यु को नजदीक से देखने, महसूस करने और उसके प्रति सचेत रहें तो कभी कुछ गलत ना हो का बड़ा सुन्दर विवरण था। लेखक आचार्य श्रीराम शर्मा हिमालय के संकड़ी, पतली पगडंडियों पर चल रहे थे। एक जरा ध्यान भटका कि गंगा के अनन्त धारा में विलीन हो जाते। उस समय उन्हें शुकदेव और राजा जनक की कहानी याद आती है। शुकदेव अपने कर्तव्यपथ पर कैसे आगे बढ़ें। इसका प्रशिक्षण राजा जनक उन्हें दे रहे थे। राजा जनक ने उनके हाथ में तेल से भरा पात्र दिया और सारे नगर का भ्रमण कर आने को कहा। शर्त यह लगा दी कि एक बूँद भी गिरा तो वहीं उनका गर्दन काट दिया जाएगा। मृत्यु के भय से शुकदेव का सारा ध्यान तेल पर लगा रहा। बिना एक बूँद गिराए उन्होंने परिक्रमा पूरी की। परिक्रमा पूरी कर जब वह लौटे तो राजा जनक ने पूरे शहर का हाल-चाल पूछा। शुकदेव को तेल के अलावा कुछ दिखा नहीं था।

हर व्यक्ति जानता है कि मृत्यु अवश्यम्भावी है और अनिश्चित है। यदि उसे इसका भान प्रतिपल रहे तो शुकदेव की भाँति उसे भी सिर्फ अपना लक्ष्य दिखेगा। संसार के छल-प्रपंच उसे दिखेंगे ही नहीं।

लेखक लिखते हैं कि उस राह पर चलते समय सारे प्रश्न मौन थे। ध्यान सिर्फ सही कदम रखने पर था कि वह कहीं गलत जगह पर न पड़ जाए और हम गंगा के अनन्त जलराशि में ना विलीन हो जाएँ। चित्त बिल्कुल एकाग्र था। उन्होंने आगे लिखा,

जीवन लक्ष्य की यात्रा भी ऐसी होनी चाहिए। एक-एक कदम साधकर रखनी चाहिए।

बहुत ज्यादा तो नहीं, पर इतना समझ आया कि मृत्यु अवश्यम्भावी है। उससे भयभीत होने की जरूरत नहीं है। उसे समझने और उसके किसी भी क्षण आ जाने के सत्य को याद रखना होगा। जिसने मृत्यु के भय को जीत लिया और उसके सत्य को स्वीकार कर हर कदम साधकर रखा उसे कोई डरा नहीं सकता और वह कोई लक्ष्य प्राप्त करने से वंचित नहीं रह सकता है।

आज मन में बहुत घबड़ाहट थी। परीक्षा खत्म होने के बाद थोड़ी देर आश्रम में जाकर बैठी। ठाकुर जी की मूर्ति के सामने अद्‌भुत शांति है। वहाँ मौन याचना करना सबसे आनन्ददायक है। प्राप्ति के रूप में हमेशा शांति मिलती है। मन के सारे द्वंद समाप्त हो जाते हैं। शायद वातावरण की ऊर्जा का प्रभाव होता है। जिस वातावरण में सिर्फ ठाकुर के प्रति प्रेम की मौन ध्वनि गुंजित होती है, वहाँ से शांति की प्राप्ति कोई आश्चर्य की बात नहीं। आश्रम ठाकुर कर प्रति प्रेम करने वालों का घर है। यहाँ शिकायत नहीं है। स्विकारोक्ति है। ऐसे ही कल्पना ठाकुर हर घर के लिए किया करते थे। हर घर स्नेह के धागे में, प्रेम के धागे में बँधकर प्रेम का मंदिर बनें, इसी की कामना माँ काली से किया करते थे। उनकी नजर में हर व्यक्ति का शरीर भी एक घर था और सभी को बताते थे कि इस शरीर और इसमें विद्यमान मन मंदिर को प्रेम से भर दो। कहीं कोई कष्ट, कोई वैर, कोई तनाव नहीं रहेगा।

आश्रम में ठाकुर के नेत्रों से निकलने वाले इस प्रेम रस का आस्वादन कर रोम-रोम प्रफुल्लित हो उठता है। मन के सारे प्रश्न मौन हो जाते हैं। मेरे भी सारे प्रश्न शांत हो गए। घर आई तो माँ बाहर ही बैठी मिली। देखते ही बोली, आ गई। ठाकुर के पास गई थी। मैंने हाँ में सिर हिलाया। बोली, अच्छा किया। उसने मेरे हाथ में एक नन्हा स्वेटर दिया, लो तुम्हारा काम पूरा हो गया, अब मैं स्वतंत्र। मेरे गृहविज्ञान की प्रायोगिक परीक्षा के लिए यह स्वेटर माँ ने बीमारी के दर्द के बीच बुना है। ऐसी ही माँ काली भी होगी, जो रामकृष्ण के लिए सबकुछ करती थी। माँ काली कल्पना नहीं है। वह माँ के प्रेम की ऊर्जा से निर्मित साकार प्रेम है, जो अचेतन मन में चेतनात्मक रूप में जीवन्त होकर दिशा देती है।

मेरे मन ने कभी ईश्वर की मूर्ति को नहीं माना। वह तो प्रेम है, शक्ति है, अपने अंदर की चेतना है। हमारी प्रेम की चेतना इतनी सघन हो जाती है कि साकार रूप ले लेती है। हम अपने रूप से प्रेम करते हैं। इसलिए वह हमारे ही स्वरूप को धारण करती है। वह भी मानव सी आकृति में रहती है। माँ काली भी हमारे प्रेम तत्व की सघनता है।

अपनी माँ में मैं काली को देख पाती हूँ। माँ प्रेम की, धैर्य की मिसाल है। मैं माँ के पास ही बैठ गई। अब माँ मात्र एक चम्मच अनार रस ले पाती है। कुछ पचता नहीं। माँ मुझे समझा रही है, जीवन में कभी घबड़ाना नहीं चाहिए। मृत्यु से पहले जीवन को

जीना सीख लो तो मृत्यु का भय नहीं रहता। तुम्हारा जन्म ही जन्म-मरण के चक्कर से मुक्त होने के लिए हुआ है। सब अच्छे काम किए जाएँ तो जीवन मुक्त हो जाता है।

मेरी इंटर की सैद्धांतिक परीक्षा खत्म हो गई। अब जुलाई मध्य में गृहविज्ञान प्रायोगिक परीक्षा होना था। बारिश का मौसम प्रारम्भ हो चुका था। पटना का यह मौसम विशेष होता है। यह तीन-चार महीना पूरा पटना प्रायः नदी-नालों के शहर इन तब्दील हो जाता है। कदमकुआँ, लोहानीपुर, कंकड़बाग, राजेंद्रनगर सभी तरफ पानी ही पानी का नजारा रहता है। घुटने तक जल-जमाव साधारण बात है। अति आवश्यक कार्य हो तभी घर से निकलना होता है। हमारी परीक्षा भी समाप्त हो चुकी है। घर से निकलने के सभी कारण सुप्त हैं। अभी माँ का साथ चौबीस घण्टे का हो गया है। मृत्यु कैसे पल-पल नजदीक आती है, माँ से भी ज्यादा मैंने देखा।

आज सुबह माँ को एकदम रक्त से सना काला पतला मल निकला। पेट का मरोड़ उसके आँखों में आँसू ला दिया। वह अब चलने-फिरने में भी कमजोर हो चुकी है। पकड़कर मैंने उसे नहलाया। कमरे में आकर निष्प्राण बिस्तर पर लेट गई। सुबह के आठ बजे हैं। कुछ खाने-पीने की इच्छा नहीं है। पिताजी अभी-अभी जागे हैं। वह कब सोते हैं, कब जागते हैं कुछ पता नहीं। उन्होंने माँ का हाथ दबाकर कहा, कुछ पी लें। माँ ने इशारे से मना किया। आज चारों ओर ज्यादा शांति है। माँ ने मुझे कमरे से बाहर जाने को कहा। शायद पिताजी से कुछ बात करनी है।

पिताजी आँखों के कोर को पोछते हुए बाहर आए। माँ को एक रोटी-सब्जी खिला दो। क्या, मेरे आँख चौड़े हो गए। महीनों से माँ सिर्फ फल का रस ले रही थी। एक टुकड़ा रोटी खाते ही तेज वमन हुआ। एकदम काला रक्त फव्वारे की तरह बाहर। माँ का चेहरा क्लांत हो गया। दर्द बहुत बढ़ गया। बारह बजे दर्द और नींद की सुई दी गई। उनकी पलक छपकी। इस बीच हमने स्नान किया। पिताजी भी तैयार हुए। खाना खाया। उन्हें दाँत के डॉक्टर के पास जाना था। माँ को आराम में देख डॉक्टर के पास जाने का निर्णय लिया।

वह डॉक्टर के पास निकल गए। लगभग तीन बजे माँ को असीम पीड़ा उत्पन्न हुई। भैया सुई देने वाले कपाउंडर को लाने के लिए राजदूत स्टार्ट किए, माँ ने उन्हें बुलवा लिया। अब माँ का सर भैया के गोद में है। मैं उनके कमर के पास हूँ। चारों ओर से सभी माँ पर झुके हैं। एक लंबी हिचकी आई। फिर सी-सी की आवाज के साथ कई हिचकियाँ। प्रेस के सारे स्टाफ आ गए। मोहनजी ने गंगाजल मुख में डालने को कहा। मुख में भैया ने गंगाजल डाला। शायद एक घूंट अंदर गया और माँ का शरीर ढीला पड़ गया। भैया उनके शरीर को झकझोड़ रहे हैं। हम भी हिला रहे हैं। पर अब वह कहाँ ?

मोहनजी ने घोषणा की, माँ अब नहीं रही। चार बज रहा था। पिताजी आए। पड़ोस के एक डॉक्टर को बुलाया गया। उन्होंने मृत्यु को प्रमाणित किया। माँ की मृत्यु हो चुकी थी।

कितनी जल्दी में सबकुछ हुआ। कहाँ याद रहा किसी भगवती, देवी-देवता को बुलाने का।

घर में भैया और बाउजी में अघोषित युद्ध चल रहा है। विषय है—"माँ का श्राद्ध-कर्म कैसे हो?" पिताजी आर्यसमाजी ढंग से करवाना चाहते हैं। यह अनुष्ठान मृत्यु के तीसरे दिन होता है। एक हवन और समाप्ति।

भैया परम्परागत तरीके से करवाना चाहते हैं। तेरहवें दिन का कर्म 14वें दिन भोज, पन्द्रहवें दिन बरखी। कुल पन्द्रह दिन का अनुष्ठान।

आज तीसरा दिन है। घर में हवन का आयोजन है। विभिन्न मन्त्रों के द्वारा मृत आत्मा की मुक्ति के लिए यह प्रार्थना सभा की तरह है। पिताजी की एक बात समझ नहीं आती। उन्होंने कहा कि धार्मिक कर्मकांड नहीं करना है तो यह कर्मकांड क्या धर्म नहीं है? 13 दिन का हुआ तो कर्मकांड और तीन दिन का हुआ तो कर्मकांड नहीं! यह क्या दोहरी दृष्टि?

विकल्प तो दो ही होना चाहिए। कर्मकांड करना है या नहीं करना है। नहीं करना तो कुछ ना करें। मृत शरीर को जलाना भी तो कर्मकांड ही है। गाड़ना भी कर्मकांड है। कर्मकांड शब्द की आड़ में भारतीय आध्यात्मिक व्यवस्था पर प्रश्नचिन्ह उठाना मेरी समझ में कभी नहीं आया। प्रक्रिया में घुस आए कुरीतियों का विरोध आवश्यक है, पर उसका विकल्प खड़ा कर देना।

क्रिश्चयन, मुस्लिम, अन्य जातियों में कभी विकल्प की बात नहीं सुनी। हमारे यहाँ विकल्पों के बाजार खुले हैं। उनलोगों ने एक बार सरल और सहज विधि बना ली और उसपर कायम रहे। सम्भवत: उन्होंने कभी एक के खिलाफ दूसरी प्रक्रिया की स्थापना नहीं की। नए सम्प्रदाय बने तो पूरी तरह स्वतंत्र अस्तित्व और प्रक्रिया के साथ। उनके यहाँ जब प्रक्रिया बनी सभी के लिए एक ही बनी।

हमारे यहाँ हमेशा प्रतिक्रिया स्वरूप प्रक्रिया बनी। 13 दिन का कर्मकांड बुरा। तीन दिन का करो। क्यों? तीन दिन का भी क्यों? यदि तीन दिन का करें तो 13 दिन का क्यों नहीं?

13 दिन के कर्मकांड को समझाओ। उसमें बुराई क्या है, उसे दूर करो। क्या वह अर्थहीन है? औचित्य ही नहीं उसका! फिर इतने शिक्षित, ज्ञानी ग्रन्थकारों ने निरर्थक यह प्रक्रिया लिखी। यह जो नवीन धारा लाई जाती है किनके लिए और क्यों? आपस में ही फुट का कारण पैदा क्यों किया जाता है?

हवन शुरू हो गया है। गायत्री मंत्र का उच्चारण जोर पर है। अग्निदेव प्रचंड स्वरूप में हैं। पुजारी बता रहे हैं कि अग्नि बहुत सुंदर प्रज्ज्वलित हुई है। आत्मा मुक्त हो गई। आज माँ पूरी तरह प्रस्थान कर गई इस लोक से नवीन लोक में।

हवन के धुएँ को नजरअंदाज किया जाए तो हवन प्रक्रिया सुकून देता है। पूजा में कभी शामिल नहीं होने वाले पिताजी भी हवन में बैठे हैं। जिस कर्मकांड के लिए

माँ उनसे डरती रही। उनसे दूर रही। अपने भगवान को छुपाती रही। आज माँ की मुक्ति के लिए उसी हवन प्रक्रिया में बैठे हैं। काश पहले भी माँ को यह हवन करवाने देते। वह भी तो गायत्री का हवन ही करवाना चाहती थी। वह भी तो भागवत का पाठ ही कभी करवाना चाहती थी।

व्यक्ति सिद्धांतों के द्वंद से ऊपर उठकर व्यवहार के सिद्धांत को अपनाए तो कितना प्रेमपूर्ण हो जाए सकल समाज।

ठाकुर जी को इसीलिए मैं बहुत चाहती हूँ। उन्होंने कभी किसी सिद्धान्त में नहीं बाँधा। जो प्रक्रिया अपनाओ उसमें प्रेम डाल दो, विश्वास डाल दो, बस इतनी ही उनकी साधना है। यही उनका तंत्र है। यही उनका मन्त्र है।

15 दिन बाद नास्ता का आयोजन है। सभी आमंत्रित हैं। उसी दिन मेरा गृहविज्ञान का प्रायोगिक परीक्षा भी है।

जुलाई का महीना है। मेरी प्रायोगिक परीक्षा है। माँ के क्रिया-कर्म का अंतिम आयोजन भी। ऐसे में बारिश के कारण पूरा शहर पानी में डूबा है। हमारे घर से मुख्य सड़क को जोड़ने वाली गली में घुटने भर पानी है। गृहविज्ञान प्रायोगिक परीक्षा यानी छोटी गृहस्थी उठाकर ले जाना। बहुत कठिन है। जब यह भी विज्ञान है, तो क्यों नहीं जीवविज्ञान, भौतिकविज्ञान या रसायनविज्ञान की तरह इसका भी लैब बना दिया जाता है ताकि इतने समान से लैस हमें ना जाना पड़े। गृहविज्ञान के कई प्रयोग हैं, जिन्हें विज्ञान की भांति करना सम्भव है। इसे खाना से ऊपर उठाना होगा। सिर्फ भोजन बनाना या दाग छुड़ाना ही गृहविज्ञान नहीं हो। सम्पूर्ण शरीर क्रिया विज्ञान इसका विषय है। आहारिकी में शरीर पर भोजन के प्रभाव का अध्ययन है। ऐसे आधुनिक प्रयोग गृहविज्ञान से जुड़ना चाहिए। खाना-पीना आदि की आंतरिक परीक्षा पूर्व में ही हो जाए। दसवीं में भी मुझे इस विषय ने इतना ही तंग किया था। तब तो माँ थी। सारे इंतजाम उसके थे। अभी उसके बिना कितनी परेशानी हो रही है। वैसे भाभी ने सारा इंतजाम कर दिया है, पर वह तो साथ जाती थी ना।

बहुत रोना आ रहा है, पर रो भी नहीं सकती। यह अंतिम परीक्षा देना ही होगा। रिक्शा से निकल रही हूँ।

अरे, रोकिए मेरा वह तसला गिर गया। मेरे लगभग चीखने जैसे आवाज पर रिक्शावाले रुक गए। अब इस पानी में आप समान गिराती रहेंगी तो पहुँच गए समय पर कॉलेज। तसला उठाकर देते हुए उन्होंने कहा। हमलोगों के जमीन पर ही रिक्शा लगाकर रहते हैं यह भोलू रिक्शावाले। घर के सदस्य के समान हैं। जब कहीं जाना हो रिक्शा उपलब्ध। आज उनकी सहानुभूति भी है मेरे साथ। उनके रिक्शा पर माँ के साथ ही हमेशा बैठी हूँ मैं। आज अकेली थी। माँ की तरह वह समानों को सहेज रहे थे। पर मुझसे सम्भल ही नहीं रहा था। बीच-बीच में झिड़की सुन रही थी। अब माँ नहीं है। सब खुद सम्भलना होगा। सही से पकड़कर बैठिए।

सहजता में भोलू के बोले गए वाक्य की सत्यता से मन उदास हो रहा था। माँ नहीं है सुनना कितना पीड़ादायी है शब्दों में कहा नहीं जा सकता। मन उदास हो गया। पिछली परीक्षा में माँ ने कितने जतन से हमें सामान पहुँचाया था।

कॉलेज पहुँच गई। सभी छात्राओं ने सामान सुव्यस्थित कर लिया था। मैं जैसे परीक्षा कक्ष में प्रवेश करने को हुई। एक शिक्षिका ने कहा, तुम्हें देर हो गई है। शीला दीदी से पूछकर आओ, तब अंदर जाना। मैं ऑफिस की तरफ बढ़ी। अब आँख ने साथ छोड़ दिया और आँसू बह निकले। सामने ही शीला दीदी थी। क्या हुआ, पूछी। मुझसे कुछ बोला ही नहीं जा रहा था। आँसुओं से तर आँखें, मौन मुख देखकर उन्होंने पूछा प्रैक्टिकल के सामान नहीं तैयार हुए हैं क्या?

तभी मेरी एक सहेली वहाँ आ गई। उसने उन्हें बताया, दस दिन पहले इसकी माँ की मृत्यु हो गई है। अभी थोड़ी देर से आई है। परीक्षा कक्ष में नहीं जाने दिया जा रहा है।

ओह! उन्होंने कहा और साथ आकर कक्ष में प्रवेश कराया। सभी की सहानुभूति के साथ परीक्षा सही तरीके से निपट गया। प्रश्न भी कुछ कम पूछे गए। माँ की शक्ति से सब अच्छा हुआ।

घर वापस आते ही लोहानीपुर कम्युनिटी हॉल में गए। वहीं मृत्यु की अंतिम शास्त्रीय विधि भोज (हल्का नास्ता) का आयोजन था।

हॉल में माँ को श्रद्धांजलि देने बहुत सारे लोग आए हैं। हमें कुछ करना नहीं है। घूम रही हूँ। कौन क्या बोल रहे हैं सुन रही हूँ। बिल्कुल जश्न सा माहौल है। एक आर्यसमाजी से भेंट हुई। अकेले बैठे थे। मैं पास बैठ गई। श्राद्ध-कर्म से जुड़े कुछ प्रश्न मन में कुलबुला रहे थे। मैंने पूछा—यह श्राद्ध-कर्म क्यों? उन्होंने बताया, यह मृत्यु का शोक नहीं, मुक्ति का जश्न है। आर्य समाजी सिद्धांत अंत्येष्टि क्रिया के बाद मानव शरीर की समाप्ति मानती है। उसके बाद हवन क्रिया शुद्धिकरण है। घर की, पर्यावरण की शुचिता के लिए है हवन। यह भोज आर्य समाजी कर्मकांड का हिस्सा नहीं है। यह भोज परम्परागत श्राद्ध-कर्म (सनातन) का हिस्सा है। यह मृत आत्मा के मुक्ति का जश्न है समझो।

अच्छा! मैंने सन्तुष्टि जताई। फिर पूछा, आप सनातन श्राद्ध-कर्म के संदर्भ में कुछ बता सकते हैं।

उन्होंने कहा, हाँ-हाँ, क्यों नहीं? पर तुम छोटी हो, समझ पाओगी।

बताइए, कुछ तो समझ आएगा ही।

उन्होंने विस्तार से बताना शुरू किया।

सनातन व्यवस्था में 13 दिन का श्राद्ध-कर्म होता है। यह मृत आत्मा की मुक्ति की प्रक्रिया है। माना यह जाता है कि शरीर में आबद्ध होने के बाद आत्मा अपने पूर्व के प्रारब्ध और वर्तमान के विविध कर्मफल से बन्ध जाती है। इन कर्मफलों के आधार पर

उन्हें विभिन्न लोक प्राप्त होते हैं। सबसे पहले प्रेतलोक में प्रवेश होता है। प्रेतलोक से मुक्ति पुत्र के द्वारा किए श्राद्ध-कर्म से मिलता है। तब आगे के लोकों में प्रवेश होता है।

मैंने पूछा, क्या श्राद्ध-कर्म से ही मुक्ति है। फिर हम क्यों अच्छे कार्य करें? क्यों संस्कार की बात करें? जब पुत्र ही मुक्ति दिला देगा तो बेकार है सत्कर्म करना।

उन्होंने कहा, रुको! पहले सारी प्रक्रिया समझ लो, फिर ऐसे प्रश्नों पर विचार।

पुत्र कौन है?

पुत्र का प्रारम्भिक अर्थ लघु अथवा कनिष्ठ होता है। पहले 'पुत्रक' रूप का व्यवहार प्यार भरे सम्बोधन में अपने से छोटे लोगों के लिए होता था। आगे चलकर इस शब्द की धार्मिक व्युत्पत्ति की जाने लगी—"पुत = नरक से, त्र = बचाने वाला।" पुत्रों द्वारा प्रदत्त पिण्ड और श्राद्ध से पिता तथा अन्य पितरों का उद्धार होता है, इसलिए वे पितरों को नरक से त्राण देने वाले माने जाते हैं।

ग्रन्थ में बारह प्रकार के पुत्र की चर्चा है। जिसमें तीन प्रमुख हैं।

औरस पुत्र

क्षेत्रज पुत्र

दत्तक पुत्र

औरस पुत्र यानी जो पिता के हृदय से जुड़ा हो। औरस का अर्थ हृदय होता है। हृदय के प्रेम से निर्मित पुत्र के हृदय में ही पिता के प्रेम का अंश होगा और उसी प्रेम तत्व से वह अपने पिता को मुक्त करेगा।

क्षेत्रज पुत्र—असमर्थ-पति के होने पर, पति की सहमति से स्त्री द्वारा दूसरे पुरुष द्वारा उत्पन्न किए हुए पुत्र को उस स्त्री के पति का क्षेत्रज पुत्र कहते हैं। वर्तमान के टेस्टट्यूब बेबी की तरह। यहाँ भी पिता की सहमति होने से हृदय की प्रेम भरी संवेदना पुत्र को प्राप्त हो जाती है।

दत्तक पुत्र—अपनी संतान न होने विधिवत गोद लेकर बनाया गया पुत्र दत्तक पुत्र कहलाता है। वह संतान जिसे उत्तराधिकारी बनाने के उद्देश्य से गोद लिया गया हो दत्तक पुत्र कहलाता है। दत्तक पुत्र धर्म और कानून दोनों के अनुसार हर तरह से औरस या स्वजात पुत्र के समान माना जाता है।

तात्पर्य यह कि हृदय की सम्वेदनाओं से जुड़ा सन्तान ही पुत्र है और वही श्राद्धकर्म करने का अधिकारी है। यही पुत्र कर्ता बनता है और मृत आत्मा को प्रेतयोनि से मुक्ति दिलाता है।

यह प्रेतयोनि क्या है?

मृत्यु के बाद सभी आत्मा को प्रेतलोक में इंतजार करना पड़ता है, अपने अनुकूल लोक में प्रवेश के लिए। यह स्टेशन की तरह है। सभी अपनी अगली यात्रा के लिए एक ही स्टेशन पर जमा होते हैं। वहाँ से अपने कर्तव्य और कार्य के अनुरूप गंतव्य की ओर प्रस्थान करते हैं।

प्रेतलोक भी एक स्टेशन है। मृत्यु के बाद सभी उस स्टेशन पर जमा होते हैं। आगे की यात्रा उनके कर्मानुसार तय होती है। पितृलोक, देवलोक आदि गंतव्य है। परन्तु इन लोकों की यात्रा शोधित सूक्ष्म शरीर की है। पुत्र द्वारा किया जा रहा श्राद्धकर्म आत्मा को शोधित सूक्ष्म अवस्था में पहुँचाने की प्रक्रिया है।

पंचतत्वों से बने शरीर से आत्मा मुक्त होती है तो भी उसकी स्थूलता कई दिनों तक बनी रहती है। अंत्येष्ठि के चौथे दिन अस्थि की समाप्ति होती है और अस्थि विसर्जन होता है। अस्थि के विसर्जन तक आत्मा का मोह स्थूल शरीर से बना रहता है।

अस्थि विसर्जन के बाद मोह तो भंग होता है, पर स्थूलता का अहसास समाप्त नहीं होता है।

पिंड दान के द्वारा उसे शोधित कर सूक्ष्म बनाया जाता है।

पिंडदान मतलब?

श्राद्धकर्म में यह प्रमुख प्रक्रिया है। प्रतिदिन पिंडदान होता है। आम मान्यता है कि हम उन्हें इससे भोजन देते हैं। पर यह एक वैज्ञानिक प्रक्रिया है।

पिंड चावल से बनता है। उसपर शहद और घी का लेप होता है। उसके आगे एक दीप जलाते हैं। शहद और घी अग्नि का सुचालक है। दीप की अग्नि का ताप पाकर वह अन्न को ऊर्जा में बदल देता है। यह ऊर्जा सूर्य की रोशनी के साथ मिलकर प्रेतलोक में इंतजार कर रहे आत्मशरीर में प्रवेश कर उसे सूक्ष्म ऊर्जा में बदलता है। यह प्रक्रिया दस दिनों तक चलती है। दसवें दिन आत्मशरीर अंगूठा के आकार मात्र का रह जाता है। अब वह मुक्त रूप से कहीं भी भ्रमण कर सकता है। अपने संचित कर्मफल के आधार पर जिस लोक का वह अधिकारी होता है, प्रवेश पाता है।

दसवीं तिथि को क्षौर-कर्म किया जाता है। यह स्वयं की शुचिता के लिए होता है। नख-बाल कटवाया जाता है।

ग्यारहवें दिन सामान्य उत्सर्ग और पंचदान कर्म किया जाता है। सामान्य उत्सर्ग में पंचदेवता पूजन, नित्यकर्म संध्यावंदन आदि किया जाता है।

पंचदान में छाता, जूता, बर्तन, चूल्हा, सय्या(बिस्तर)।

यह दान दो जगह होता है। घाट पर और घर पर।

घाट पर महापात्र को और घर पर पुरोहित या अपेक्षित लोग को देने का विधान बनाया गया था। वास्तव में यह समाज के उनलोगों की मदद थी, जिनके पास आवश्यक जीवनोपयोगी सामग्री की कमी थी। उस काल में महापात्र के पास जीविका का एकमात्र साधन श्राद्धकर्म ही था। इसकारण उन्हें यह जीवनोपयोगी सामग्री देने का नियम बनाया गया था ताकि वह अपने पारिवारिक कर्तव्यों का निर्वहन सही से कर सके।

इसी तरह घर पर भी दान देने के लिए अपेक्षित पात्र की बात थी। यानी जो किसी तरह इन आवश्यक वस्तुओं का उपार्जन नहीं कर पा रहा हो उसे दिया जाए। यह सारे विधान आर्थिक रूप से सम्पन्न लोगों के लिए था। यह समाज में समरसता की स्थापना

के लिए था। पिता के प्रति पुत्र कर्तव्य का निर्वहन मात्र के रूप में इस विधान को स्थापित किया गया था।

आज आडम्बर बनकर लोगों को कष्ट दे रहा है।

इसी क्रम में एक विधान वृषोत्सर्ग यज्ञ भी है। वृषोत्सर्ग को यज्ञ कहा गया है। आज इसे सामान्य गाय-बछड़ा दान से जोड़ दिया गया है।

परन्तु वास्तव में यह यज्ञ पशुधन के वंश वृद्धि के लिए था। इस यज्ञ का विधान उनके लिए ही था, जो बृष और गौ के चारागाह के लिए भूमिदान करने में भी सक्षम थे। यह विधान राजा-महाराजा, जमींदारों के लिए था। उनके समृद्धि की प्रतिष्ठा के लिए नहीं। समाज के प्रति कर्तव्य-निर्वहन के लिए। यह वृष यज्ञ के बाद स्वतंत्र होता था। समाज की संपत्ति था। उसके लिए दिए गए चारागाह समाज के पशुधन के लिए भोजन उपलब्धि का साधन था। यज्ञ में छोड़े गए वृष के सींग सोने से जड़े होते थे और पैर में चाँदी के खुर लगाए जाते थे। इनको चिन्ह देने में (दागने में) जितने रोयें जलते थे, उतने ब्राह्मण को अन्नदान (भोजन कराया) दिया जाता था।

ब्राह्मण यानी वह आचार्य जो नियमित स्वध्याय करे, व्रत (अच्छे आचरण पर चलना) करे, होम करे, यज्ञ और महायज्ञ करे। इस यज्ञ में हवन होता था। जिसमें ब्राह्मण, आचार्य हवन कार्य करवाते थे।

उन्होंने बताया, मृतात्मा के परिवार और हितैषियों को रोना नहीं चाहिए क्योंकि इस अवसर पर रोने से मृत व्यक्ति को घोर कष्ट होता है। रोने से कफ और आँसू निकलते हैं इन्हें उस मृतप्राणी को विवश होकर पीना पड़ता है, क्योंकि मरने के बाद उसकी स्वतंत्रता छिन जाती है।

श्लेष्माश्रु बाधवेर्मुक्तं प्रेतो भुङ्क्ते यतोवशः।
अतो न रोदितत्यं हि क्रिया कार्याः स्वशक्तितः॥

(याज्ञवल्क्य स्मृति, प्रा.1/11, ग. पु., प्रेतखण्ड 14/88)

बारहवें दिन 14 या 17 मासिक श्राद्ध किया जाता है। यह एक साल का क्रम है। वैसे यह प्रति महीना होने का प्रावधान था। परंतु व्यस्त जीवन के चलते एक साथ ही करवा दिया जाता है। इसमें सभी पूर्वजों का भी श्राद्ध किया जाता है।

उन्होंने बताया कि मृत्यु कृष्ण पक्ष है, जीवन प्रकाश पक्ष है। श्राद्धकर्म कृष्ण पक्ष के अँधेरे को समाप्त कर प्रकाश पक्ष की स्थापना है। यहाँ कोई आडम्बर नहीं है। किसी विशेष भोज आदि या खर्च का कोई विधान नहीं है।

ब्राह्मण भोज आदि विद्वानों के प्रति समाज की श्रद्धा स्थापना का प्रतीक था। जन्मना ब्राह्मण की नहीं कर्मणा ब्राह्मण को सम्मान देना था।

परिवार-समाज का भोज भी बाध्यकारी कभी नहीं था। कर्ता 12 दिन तक मीठा और सामान्य भोजन से अलग भोजन लेता है। 13वें दिन जब वह सामान्य भोजन लेता

है तो परिवार, मित्र, बन्धु-बांधव आदि के साथ उसके भोजन की व्यवस्था कर दी जाती थी, जिसको आज आवश्यक कर्म के रूप में जोड़ दिया गया।

यह विशुद्ध वैज्ञानिक तरीका था पर्यावरण को शुद्ध करने का, पर कर्मकांड और भय से जोड़कर इसकी उपयोगिता ही समाप्त कर दी गई है।

आज इसके इन आडंबरों और कर्मकांड से परेशानी के बाद ही आर्य समाजी विधि या अन्य विधि की जरूरत पड़ी।

भारतीय दर्शन की हर व्यवस्था समाजोनुकूल थी, पर कर्मकांड और जन्मना ब्राह्मण पूजन के नाम पर सभी व्यवस्था को विकृत कर दिया गया।

आप भी तो ब्राह्मण हैं, आप भी तो पूजे जाते होंगे। मैंने पूछा।

शास्त्रीजी हँसने लगे। बोले, बेटा सभी ब्राह्मण पूजे नहीं जाते। हाँ, समाज से सम्मान पाते हैं। उनके पूर्वजों ने उनके हिस्से में सम्मान जमा कर रख दिया है। ग्रन्थों में ब्राह्मण शिक्षक को कहा गया है। वह व्यक्ति, जो समाज को नैतिकता और ग्रन्थों का ज्ञान देता था ब्राह्मण था। जैसे आज शिक्षकों को सरकार या स्कूल प्रबंधन वेतन देता है। वैसे ही उस काल में शिक्षकों (ब्राह्मण) के सभी सुविधाओं का प्रबंधन राजा या जमींदारों के द्वारा होता था।

गुरुकुल में बच्चों को भिक्षा लाने भेजने का उद्देश्य उसे समाज से जोड़ना था। समाज के प्रत्येक व्यक्ति बन्धु-बांधव हैं, इस भाव का संचार था अन्न माँगने की परम्परा। अबतक समाज एक खुला समूह था। कर्म आधारित समाज था। चार ही कोटि थी। सभी एक दूसरे पर निर्भर थे। प्रेम था, सौहार्द था। ब्राह्मण नहीं ऋषि परम्परा थी।

कालांतर में सामाजिक व्यवस्था एक बन्द समूह में बदलने लगा। सम्पति जमा करने की प्रवृति बढ़ी। सम्पति पर अधिकार बनाए रखने के लिए मनुष्य पहले पारिवार में बँधा। फिर गोत्र में बँधा। फिर जाति में। समाज में। राष्ट्र में। सम्पति के मालिक राष्ट्र और समाज के संचालक बने। उन्होंने कार्यक्षेत्र को जन्मना स्थापित किया। शिक्षकों (ब्राह्मण) को आर्थिक सबलता प्रदान कर अपने अनुसार विधान बनाने को तैयार कर लिया। शिक्षक राजपुरोहित में बदल गए। पुरोहित को समाज को दिशा-निर्देश देने वाले की तरह स्थापित किया गया। कुछ परिवार राजपुरोहित के रूप में आर्थिक रूप से सम्पन्न हो गए। शेष में असंतोष पनपा। उनके मन में भी आर्थिक संपन्नता का लोभ बढा। उन्होंने इस उद्देश्य की प्राप्ति के लिए कर्मकांड का सहारा लिया। अपने लक्ष्य प्राप्ति के लिए उनके पास दो वर्ग थे। क्षत्रिय और वैश्य। दोनों के पास पूँजी थी। क्षत्रिय ही अचल सम्पति के मालिक थे। वे पुरोहित-व्यवस्था से पूर्व से ही जुड़े थे। बच गया व्यवसायी वर्ग। उनके पास चल सम्पति थी। चल सम्पति के खत्म होने का भय दिखाकर उन्हें कर्मकांड से जोड़ा गया। अब पुरोहित पूजन प्रारम्भ हुआ। चल सम्पति बढ़े और स्थिर रहे का कर्मकांड स्थापित होने लगा। पाप-पुण्य का भय स्थापित किया जाने लगा।

तीनों वर्ग धनाढ्य होने लगे। चौथे वर्ग को शिक्षा, ज्ञान, धन सभी से वंचित कर दिया गया। वह इनका कामगार, मजदूर बनकर रह गया। इस चौथे वर्ग को कृपापात्र बना दिया गया। तुम अछूत होते हुए भी हमारे दास हो। छाया पड़ जाए, तो अपवित्र हो गए। उनके उपजाए, काटे, तैयार किए गए अन्न शुद्ध रह गए।

इस तरह एक कट्टर बन्द जाति-व्यवस्था प्रारम्भ हुई। सभी ब्राह्मण पुरोहित के पेशे से नहीं जुड़े। पर सामाजिक व्यवस्था के तहत उनके जाति के कारण उन्हें सम्मान मिलने लगा। मैं भी पुरोहित परिवार से नहीं हूँ। पर ब्राह्मण तो हूँ। सम्मान मिल ही जाता है। पर पुरोहितों के द्वारा फैलाए गए भय और कर्मकांड से समाज को बहुत हानि हुई है। एक समुदाय स्वयं को मानव कहने का अधिकार खो दिया। उनके इन कर्मकांडों के कारण भारतीय दर्शन खण्ड-खण्ड में बँट गया। किसी को बुद्ध बनना पड़ा। किसी को महावीर बनना पड़ा। कोई आर्यसमाजी बना तो कोई कबीरपंथी। कोई नाथपन्थ का प्रवर्तक बना तो कोई वेदमाता का संरक्षक।

टुकड़ों-टुकड़ों में बँट गया विश्व-बंधुत्व का भारतीय दर्शन का।

बातचीत के बीच पता ही नहीं चला रात के 9 बज गए थे और माँ के श्राद्ध का अंतिम कर्मकांड समाप्ति की ओर था। पिताजी ने घर चलने का इशारा किया। शास्त्री जी भी चलने को उद्धत हुए। हमने उन्हें इतनी अच्छी जानकारी देने के लिए धन्यवाद कहा और दीदी की ओर बढ़ गए। घर नजदीक ही था। हम सभी पैदल ही चल पड़े। माँ की तस्वीर हमने उठा ली थी। लग रहा था तस्वीर के साथ माँ को ले जा रहे हैं। तस्वीर में प्राण का अहसास हो रहा था। अब समझ आ रहा था कि ठाकुर जी को माँ काली की मूर्ति में भी ऐसे ही प्राण का अहसास होता होगा।

एक कथा याद आ रही थी। एक राजा को मूर्ति-पूजा में विश्वास नहीं था। उसने ढिंढोरा पिटवाया कि जो मुझे मूर्ति में प्राण का अहसास दिलवा देगा, उसे आधा राज्य दिया जाएगा। एक सन्त आए। उन्होंने उनके पिता की तस्वीर मँगवाई और उसपर थूक दिया। राजा तलवार उठाकर उसे काटने दौड़े। उसने क्षमा माँगते हुए कहा, तस्वीर पर ही तो थूका मैंने। इस तस्वीर में आपके पिता की प्राण तो नहीं है। राजा को तस्वीर में प्राण की सच्चाई समझ आ गई। जिससे हम प्रेम करते हैं, उसकी मूर्ति, तस्वीर सभी हमारे लिए प्राणवान होती है। मूर्ति पूजा कोई आडम्बर या ढकोसला नहीं उस आकृति के प्रति प्रेम और श्रद्धा है।

कक्षा में बताई वह बात भी याद आ रही थी कि देवी-देवताओं की मूर्ति क्लास-रूम के मॉडल थे, जिसके द्वारा ग्रन्थों को समझाया जाता था। जैसे भवन के बारे में बताने के लिए भवन की तस्वीर दिखाई जाती है, वैसे ही लक्ष्मी, सरस्वती, शिव के बारे में बताने के लिए उनकी तस्वीर या मूर्ति बनाई और दिखाई जाती थी। कालांतर में यह मूर्ति-पूजा में तब्दील हो गया। माँ के तस्वीर पर माल्यार्पण और पुष्प-अर्पण मूर्ति-पूजा का ही तो स्वरूप था। माँ की तस्वीर ने मूर्ति-पूजा की कई ग्रन्थि को खोल

दिया था। हम घर आ गए। रास्ते में सभी चुप थे। पर निश्चित सभी के अंदर मेरी तरह ही मंथन चल रहा था। सभी के चेहरे उदास और थके से थे। मात्र एक व्यक्ति का जाना कितना अकेला कर जाता है तन और मन दोनों को। पिछले तीन महीने से मैं माँ के साथ ही सो रही थी। आज उनकी एक छोटी तस्वीर के साथ सोई। यह छोटी तस्वीर ही तो अब माँ है। माँ काली की उस मूर्ति–सी, जिसे वर्षों मैंने छुपाकर अपने साथ रखा था।

गाँव से फोन आया था। भैया बता रहे हैं कि वहाँ किसी के स्वप्न में आकर माँ ने आकर बताया है कि उनका पूर्ण श्राद्ध किया जाए। भैया आज गाँव निकल गए। माँ का परम्परागत तेरह दिवसीय श्राद्ध अनुष्ठान वहाँ करना है। आर्य समाजी अनुष्ठान पिताजी की पसन्द थी। परिवार वाले नहीं आए थे। जिस माँ का वर्षों घर जाना नहीं होता था। वर्षों घर वालों से बात नहीं होती थी। उन्हें माँ ने स्वप्न में कहा कि उनका परम्परागत श्राद्ध होना चाहिए। जाने क्यों हमसब पर माँ को विश्वास नहीं रहा? स्वप्न देने उतनी दूर क्यों गई? हमेशा मृत जीव स्वप्न देने गाँव की ओर ही जाते हैं! यह गुत्थी समझ नहीं पाई। खैर, भैया ने उनके अनुरूप अनुष्ठान, गाँव में करने की बात मान ली थी। इसलिए वे गाँव निकल गए।

हमें माँ कभी दिखाई नहीं देती है। हम तो भूतनी माँ को भी देखना चाहते हैं। मिलना चाहते हैं। पर पता नहीं क्यों वह आती ही नहीं है। पिताजी गुस्सा कर रहे हैं कि जब एक बार सबकुछ हो ही गया तो दुबारा की जरूरत क्या है? उनके गुस्से को सुनने वाली तो चली गई। अब किसे फर्क पड़ना है?

हमसब चुप हैं। उनकी गरज स्वतः शांत हो जाएगी। यह रूढ़िवादी परम्परा कितना सही है पता नहीं। पर इसका पिताजी जैसा विरोध मुझे बिल्कुल नहीं भाता है। जबरदस्ती से यह बदलाव सम्भव होगा, मुझे तो नहीं लगता है। जानती हूँ भैया के लौटकर आने तक पिताजी उबलते रहेंगे। फिर बिल्कुल शांत हो जाएँगे। इंटर का रिजल्ट निकलने तक मेरा घर से बाहर कहीं जाना सम्भव नहीं है। माँ के नहीं रहने से पिताजी की नजर हमपर कुछ ज्यादा है। घर से निकलने पर नियंत्रण बढ़ गया है। आज लड़की होने का अहसास हो रहा है। माँ की छत्रछाया में यह कभी पता नहीं चला था।

आज आश्रम जाने की बड़ी इच्छा थी। तैयार होकर निकलने लगी तो पिताजी का प्रश्न सामने था "कहाँ जा रही हो?" आश्रम बोलने पर जाने मिलता यह सम्भावना क्षीण थी। सो कॉलेज का सहारा लेना पड़ा। रिजल्ट निकलने वाला है। कॉलेज में बुलाया गया है, कहकर गई। यह झूठ था या विवेक, मन भ्रमित हो गया। भ्रमित मन जल्दी कुंठित भी होता है। आधे रास्ते से लौट आई। ठाकुर जी को मुझसे मिलने का मन नहीं है, तभी तो ऐसे प्रश्न सामने आए यह सोचकर लौट आई। अब अक्सर यही होने लगा। मेरी तबियत खराब होने लगी। मृत्यु की ओर मन भागने लगा। माँ के संग रहने की इच्छा बलबती होने लगी।

भैया लौट आए। अत्यंत प्रसन्न नजर आ रहे थे। माँ पूर्णत: मुक्त हो गई का गर्व उनके चेहरे की चमक बढ़ा रहा था। अब किसी को वह दिख भी नहीं रही थी। परिवार और ग्रामीणों की सन्तुष्टि के बाद माँ हमेशा के लिए मुक्त हो गई। माँ मुक्त हो गई कितना सहज शब्द है और कितना कठोर भी। अब माँ इस दुनिया में नहीं है। सभी सन्तुष्ट हो चुके हैं। धीरे-धीरे घर की जिंदगी पटरी पर आ रही है।

आज बहुत दिनों बाद घर से बाहर निकली हूँ। इंटर का परीक्षा परिणाम आ चुका है। परिणाम बहुत अच्छा नहीं है। पर साल बर्बाद नहीं हुआ का संतोष है। कॉलेज से कदम स्वत: आश्रम की ओर बढ़ गए। वही एक स्थान है, जो मुझे हमेशा बुलाता रहता है। ठाकुर के बहाने माँ काली से लड़ना मुझे सबसे ज्यादा भाता है। ठाकुर तो मेरे मोहरा हैं। मिलना तो मुझे काली से रहता है। आश्रम में मेरी काली साकार हो उठती है। आँख बंद करते ही वह मेरे अंदर जीवित हो उठती है। जब मैं ठाकुर की तरह उनको अपने पास रहने को कहती हूँ तो उनके चेहरे पर स्मित मुस्कान बिखर जाती है। मैं और कुपित होती हूँ। इस हँसने का मतलब! मेरे साथ आपको रहने में दिक्कत क्या है?

आज भी आश्रम में बैठते वह आ गईं। आज मैं चुप थी। कुछ बोलने की इच्छा नहीं हो रही थी। ठाकुर भी सामने थे। काली भी थीं। हम सभी मौन थे। अचानक मेरे आँखों से अश्रुधारा बह निकली। आँसू बहते रहे ठाकुर, काली आदि सभी देखते रहे। कुछ ठहरकर ठाकुर जी बोले, क्यों रोती हो? मैं मौन थी। मेरे मौन पर सभी अचंभित थे। हर वक्त झगड़ा करने को तत्पर मैं आज चुप थी। इससे धीरे-धीरे सारा वातावरण बोझिल होने लगा। बन्द आँखों के भीतर कितना बड़ा संसार था। मेरे आँसू क्यों बहे? यह जानने के लिए एक-एक कर सभी देवी-देवता जुटने लगे। ठाकुर जी, माँ शारदा, माँ काली पहले से थी जिनके प्रश्नों का जबाब देना मुझे भा नहीं रहा था। फिर दुर्गा, शिव, हनुमान, राम, श्याम सभी आते गए। सारा हॉल भर गया। मेरे मौन अश्रु से सभी चिंतित थे। कारण वास्तव में उन्हें पता नहीं था या सिर्फ मेरे मुख से सुनने के लिए इतनी बड़ी सभा जम गई थी।

मैं अर्धमूर्छित-सी इस अनोखे सभा में सम्मलित थी। यह कल्पना था या हकीकत, कहना आज भी मुश्किल है। ढेरों प्रश्न मुझसे होते रहे। कभी राम पूछते तो कभी हनुमान। कभी शिव पूछते तो कभी श्याम। मैं अचंभित क्या कहती!

अद्‌भुत वातावरण था। अश्रु मेरे रुक गए थे। चारों ओर श्वेत प्रकाश बिखरा था। अनोखी ऊर्जा का संसार। सभी देवी-देवताओं का प्रेममय व्यवहार। वह सभी बोल रहे थे, मैं बस देख पा रही थी। सुन पा रही थी। बोल नहीं पा रही थी। बोलने को कुछ सूझ ही नहीं रहा था। कितनी देर बीत गए। कुछ-कुछ समझाने के बाद सभी आपसी बातचीत में लग गए। ऐसा लग रहा था सभी आपस में आनन्द के लिए मिले हों। उनकी बातें सुनकर मजा आ रहा था। मैं सबकुछ भूलकर उनकी बातों को सुनने में मग्न थी।

उनके बातचीत का विषय था कि संयम से सभी समस्या का समाधान निकाला

जा सकता है। सभी को प्रत्येक पल संयम का अनुसरण करना चाहिए। संयम सबसे बड़ा तप है। जिस किसी में संयम नहीं है वह समस्या-समाधान के योग्य नहीं है। देवता हो या मानव सभी को संयम पूर्वक जीवन में प्रवृत्त होना चाहिए। शायद मेरे चंचल चित्त की अवस्था देखकर ही उन्होंने इस विषय पर चर्चा प्रारंभ की होगी। मैं चर्चा में शामिल होने की सोच ही रही थी कि अचानक किसी ने मुझे झकझोरा।

मेरी आँखें खुल गई। सभा समाप्त। सबकुछ खत्म। सामने पुजारी खड़े थे। घर नहीं जाना क्या ? मैं उठ खड़ी हुई। हॉल से बाहर आकर थोड़ी देर बैठी। क्या सत्य, क्या असत्य पर मन अस्थिर हुआ। बन्द आँखों के भीतर के सारे दृश्य सामने थे। सारा शरीर बिल्कुल हल्का प्रतीत हो रहा था। संयम के पाठ पर चिंतन करते हुए घर की ओर चल पड़ी।

घर का रास्ता आज कितना लंबा था। कदम आगे बढ़ ही नहीं रहे थे। मन बार-बार बन्द आँखों के पीछे चला जा रहा था। वहाँ जिस संयम की बात हो रही थी क्या वास्तविक जीवन में सम्भव है। उन्हें क्या दिखता नहीं कि कैसी दोहरी जिंदगी है ? अंदर और बाहर के व्यक्तित्व में कितना विरोधाभास है। कुछ समय पहले दीदी डॉक्टर नहीं बन पाई। आज मैं एन.सी.सी. का 'सी' सर्टिफिकेट एक्जाम नहीं दे पाई, क्योंकि चयन के बाद भी मुझे ट्रैकिंग कैम्प करने की अनुमति नहीं मिली। लड़की होना गुनाह बन गया। संयम की बात करते हैं। जाति का संस्कार, धर्म का संस्कार, देश का संस्कार सिर्फ हमारा विकास रोकने के लिए बना है। मुझे नहीं चाहिए ऐसा संयम, जहाँ विकास कुंठित होता है। पर किससे कहूँ यह बातें। परिवार का संस्कार मुँह खोलने की इजाजत ही नहीं देता है। वही करना है जो हिटलरी आदेश जारी हो गया।

आगे पढ़ने की भी इजाजत होगी या नहीं देखूँ। घर का दरवाजा है यह। कभी-कभी जेल-से लगता है। बाहर से सभी कैदी साथ-साथ भीतर से कितने दूर-दूर।

संयम पर मन अटका था। बड़ी भतीजी स्वीटी ने पूछा, "मुन्नी दी क्या हुआ है ? एकदम काली-सी लग रही हो।"

मैं उसे देखने लगी, मैं काली-सी दिख रही हूँ। मतलब मेरे अंदर की काली अब मेरे चेहरे पर भी दिखने लगी क्या ?

मैं कुछ बोलती। उससे पहले वह बोली धूप में ज्यादा चल ली होगी इसलिए रंग एकदम काला हो गया है।

ओह, वह तो मेरे रंग की बात कर रही थी। मैं भी ना, कुछ भी सोच लेती हूँ। चेहरे पर मुस्कुराहट आ गई। सारे अंतर्विरोधों के बावजूद भाई के चार बच्चे और हम अच्छे मित्र थे। मेरे कहानी गढ़ने की कला के वे लोग कायल थे। प्रतिदिन शाम में हम एक घण्टा साथ बैठते। उनका विषय होता और मेरी उसपर रोमांचक कहानी।

कहानी में भूत होते, देवी-देवता होते। सिनेमा बनने की कल्पना होती। गाने होते। वह पल बड़ा आनन्ददायी होता। लिख लेती तो शायद आज स्थापित साहित्यकार होती। बतकही में ही रह गई।

आज भी हमारी बैठकी का समय हो गया था। हम छत पर आ गए। कहानी का विषय सोचा जाने लगा।

मैं कहानी के विषय पर चिंतन कर रही थी कि चारों भाई-बहन के फुसफुसाने की आवाज आने लगी। मैंने पूछा, क्या हुआ? बड़ी भतीजी स्वीटी बोली, आप घर पर नहीं थीं तो दादाजी किसी से आपके बारे में बात कर रहे थे। शायद आपकी शादी करेंगे।

क्या! मैं अकचका गई। अभी शादी! किससे बात हो रही थी? फूफाजी थे और पार्टी का एक आदमी। पक्का तुमलोगों ने सुना शादी की ही बात हो रही थी। मुझे विश्वास नहीं हो रहा था। अभी तो माँ की मृत्यु हुई थी। मेरी उम्र भी नहीं थी। पिताजी के दिमाग में यह बात आई कैसे?

स्वीटी ने कहा, हाँ हमने सही सुना है। दादाजी बोल रहे थे कि उसकी माँ बोल कर गई है, इसकी शादी करवा देने।

माँ कैसे बोलेगी? वह तो मुझे बोली है कि पढ़कर अपने पैर पर खड़ी जरूर होना। वह इतनी जल्दी शादी करने के लिए कैसे बोल सकती है। फिर जब वह मर रही थी, पिताजी वहाँ थे ही नहीं, तब वह कब बोली? जरूर पिताजी झूठ बोल रहे थे। माँ कभी ऐसा बोल ही नहीं सकती है। मन आशंकित हो उठा। पहले से उद्दिग्न मन और उद्वीग्न हो गया। बड़ी भतीजी मुझसे सात साल छोटी है सभी एक-एक साल छोटे हैं। हम मित्रवत हैं। शादी के औचित्य पर चर्चा में सक्षम हैं। हम सभी का मत है कि शादी से पहले कम से कम स्नातक तक की शिक्षा आवश्यक है। हमें दिशा देने वाला कोई नहीं था। कुल मिलाकर इस विमर्श में मैं बिल्कुल अकेली थी। ये छोटे चार भतीजा-भतीजी मुझे संतावना देने में साथ थे। निर्णायक हिस्सेदारी इनकी सम्भव भी नहीं थी। यह घटनाक्रम 1989 की है। पिताजी शादी की चर्चा कर रहे थे, मेरे लिए थोड़ा आश्चर्य का भी विषय है। कारण वह अभी चुनाव के कामों में लगे हैं। एक—दो महीने बाद लोकसभा चुनाव होना है।

मंडल आयोग आदि की गतिविधियों और आरक्षण आंदोलन से वातावरण राजनीतिक-राजनीतिक हो रहा है। राजीव गाँधी के खिलाफ नारे बुलंद है। माँ की मृत्यु की संवेदना ने जिस राजीव गाँधी को राजा बनाया, वही आज चोर कहला रहे हैं।

बड़े मजे की बात यह है कि उनकी विदेशी पत्नी के कारण भी उन्हें चोर कहा जा रहा है। बेफोर्स में कमीशन खाने की बात हो रही है। अजब-गजब बातें भारतीय राजनीति की। सत्ता प्राप्ति के लिए कितने नीचे स्तर का आरोप-प्रत्यारोप लगाते हैं।

इंटर में राजनीतिशास्त्र मेरा सब्सिडरी पेपर रहा। भारतीय चुनाव पद्धति को गहराई से पढ़ी। लोकतंत्र को जैसे पढ़ाया गया। चुनाव पद्धति को जैसे समझाया गया। उस पढ़ाई से तो यह चुनाव बिल्कुल अलग है। "जनता के लिए, जनता के द्वारा, जनता की सरकार" जनता तो सिर्फ गाँधी मैदान के भीड़ में है। यह भीड़ सभी दल के साथ

खड़ी है। मैं देखती हूँ एक ही झोपड़पट्टी के लोग आज हाथ छाप का झंडा पकड़े हैं, कल कमल का और परसों हँसिया-गेहूँ के बाली का।

माँ के साथ जब जाती थी और उनसे यह पूछती थी कि जब आपके लिए कम्युनिस्ट पार्टी लड़ता है तो दूसरे के मीटिंग में क्यों जाते हैं?

तो वह कहते, वह पार्टी खाना देती है। पैसा देती है।

पैसा क्यों?

बच्चों की मिठाई के लिए। कोई पार्टी साड़ी भी बाँटती है। कम्बल भी देती है।

और एक बात अपनी जाति वाला नेता के लिए भी जाते हैं। खाना, मिठाई, साड़ी, कंबल, जाति पर वोट देने वाली जनता में मैं किताबी लोकतंत्र की जनता खोजती रह जाती थी।

जब पिताजी चुनावी भागदौड़ में होते हैं, तो घर के किसी गतिविधियों में बहुत ध्यान नहीं देते। मैंने अपने स्नातक में विषय लेने की चर्चा की तो बोले जो विषय पढ़ने में अच्छा लगे ले लो। फिर उन्होंने मेरे शादी पर चर्चा कैसे की?

स्नातक में नामांकन प्रक्रिया प्रारंभ हो गई है। मैं सबकुछ भूलकर उसमें लग गई। किसी का कोई दिशा-निर्देश नहीं था। दीदी का बेटा टूटू और मित्रों से बातचीत कर राजनीतिशास्त्र में आनर्स करने का लिया। समाजशास्त्र और इतिहास सब्सिडरी रखा। घर के बगल में होने के कारण अरविंद महिला कॉलेज में ही नामांकन की अनुमति मिली। नामांकन हो गया। दो-चार दिन ही क्लास की थी कि रेखा दी आ गई। उन्हें अपनी स्नातकोत्तर की पढ़ाई पूरी करनी थी। शिल्पी को उसकी दादी ने रख लिया। हम सभी क्रोधित हुए, बच्चे को छोड़ने की जरूरत क्या थी? पिताजी ने भी कहा यह ठीक नहीं किया। दीदी बोली, माँजी ने जबरदस्ती रख लिया। बोली यहाँ मिनी, पम्मी (दीदी की ननदें) सब लोग है। घर में वर्षों बाद बच्चा हुआ है। कुछ दिन रहने दो। फिर ले जाना। यह भी बोलने लगे कि पढ़ने में रहोगी। छोड़ दो माँ लोग देख लेगी। इसलिए छोड़ना पड़ा। मेरी कौन-सी इच्छा थी?

खैर जब इस बहस से बाहर निकले तो उसका ध्यान मेरी पढ़ाई पर गया। उसे राजनीति से जबरदस्त चिढ़ थी। तुरन्त फरमान जारी किया राजनीतिशास्त्र बदलो। होम साइंस में आनर्स लो। बहुत स्कोप है। कुछ विरोध के बाद उनकी ही बात मान्य हुई। राजनीतिशास्त्र से गृहविज्ञान की विद्यार्थी बन गई। मेरे पसन्द का विषय यह कभी नहीं रहा। पर पढ़ना पड़ा।

कॉलेज शुरू हो जाने और रेखा दी के आ जाने से मन का संताप धीरे-धीरे कम होने लगा। किताबों की दुनिया में पुनः प्रवेश हुआ। विषय के रूप में राजनीतिशास्त्र भले ही छोड़ दिया। पर पिताजी का किताबों का खजाना अपने पास प्रायः बुला ही लेता था। उसके संरक्षण की जिम्मेदारी भी मेरी ही थी। साप्ताहिक सफाई के क्रम में कुछ मनपसन्द किताब हाथ लग ही जाते थे। मार्क्स, लेनिन के साथ विवेकानन्द,

अरविंदो, सत्यार्थ प्रकाश आदि पुस्तकें भी मिल जाती थी। पार्टी के युवा वाहिनी को विवेकानंद पढ़ना आवश्यक होता था। मनुस्मृति कम्युनिष्टों के मूल ग्रन्थ थे। उनके आधार पर ही सभी वक्तव्य तैयार होते थे।

पिताजी के साथ अक्सर इसपर चर्चा होती थी। शूद्रों और स्त्रियों पर ब्राह्मणवादी व्यवस्था ने कैसे शोषण प्रारंभ किया? स्वरूप बदलकर कैसे वह बढ़ता ही जा रहा है आदि विषयों पर गहन विमर्श होता था। चुनाव का समय था। सभी दल सक्रिय हो गए थे। हमारे कॉलेज में भी गतिविधियाँ चल रही थीं।

एक अद्‌भुत बात मैंने इंटर से ही अनुभव किया। वामपंथी दलों के संगठन भी हर वर्ग में थे। कॉलेज शिक्षक भी बहुत थे। पर उनलोगों ने कभी छात्रों को गोलबंद नहीं किया। वहीं बी.जे.पी. का शिक्षक संगठन बहुत सक्रिय था। वह सीधा उन्हें अपने आंदोलन से जोड़ लेते थे बिना बताए कि यह बी.जे.पी. की गतिविधि है। पढ़ाई के नाम पर, स्वच्छता के नाम पर, विभिन्न कौशलों के विकास के नाम पर हमें अपने सेमिनार में ले जाते थे। युवा जोश, मंच मिलना सब उत्साहित करता था। शिक्षक पर अविश्वास कहाँ? चल देते थे वह उनके पीछे। उनकी गाड़ी, उनका नाश्ता। एक दिन के कार्यक्रमों में जाती थी तो मुझे भी पता नहीं चलता था।

चुनाव के कारण इसबार यह पाँच दिन का शिविर था। मुझे भी मेरी शिक्षिका के द्वारा चुना गया था। मंच पर भाषणबाजी मुझे पसन्द था। चली गई। पता ही नहीं चला मैं अखिल भारतीय विद्यार्थी परिषद के मंच पर थी। विभिन्न कॉलेज से जुटी ज्यादातर विद्यार्थी को नहीं पता था कि वह अखिल भारतीय विद्यार्थी परिषद के कार्यक्रम में है। शिक्षकों के द्वारा समाज विकास कार्यक्रम में भागीदारी के लिए भेजा गया था। चुनाव में वोट किसे और क्यों दें पर प्रशिक्षण शिविर था। आर.एस. एस. के वरीय लोग ट्रेनिंग देने आए थे। बताया गया कि आर.एस. एस. देश की सबसे बड़ी संस्था है जो युवा वर्ग को गर्व से जीने का प्रशिक्षण देती है। हमें लगा एन. एस. एस. का यह बड़ा रूप है। हमने पूछा भी एन. एस. एस. की तरह। उन्होंने कहा हाँ उसी तरह यह संस्था भी देश सेवा और समाज सेवा सिखाती है।

यह पाँच दिनों का शिविर भारतीय राजनीति और भारत की दिशा-दशा समझने के लिए बहुत उपयोगी सिद्ध हुआ। प्रारंभ व्यक्तित्व विकास से हुआ। आप देश के लिए सबसे उपयोगी युवा ताकत हैं। आपकी मदद से ही देश बदल सकता है। फिर स्त्री धर्म सिखाया गया। परिवार संचालन आपका दायित्व है। परिवार को ठीक कर लेंगी तो देश सही हो जाएगा। थोड़ी सी चुनाव प्रक्रिया बताई गई। किसी समुदाय विशेष का नाम लिए बिना बताया गया कि कैसे जनसंख्या असंतुलन से दो समुदाय के बीच संख्या बल में असंतुलन बढ़ रहा है। यदि ध्यान नहीं दिया गया देश हमारे हाथ से निकल जाएगा। देश को बचाना है तो धार्मिक परम्पराओं को भी लागू करना होगा। धर्म से बड़ा कुछ नहीं है। धर्म की स्थापना के लिए आपलोगों को आगे आना होगा।

शिविर व्यक्तित्व निर्माण से धीरे-धीरे धर्म स्थापना और हिन्दू देश का निर्माण की ओर चला गया। कुल मिलाकर सुनना अच्छा लग रहा था। अंतिम दिन मेम्बर बनाया जाने लगा। तब पता लगा हम राजनीतिक दल के शिविर में भेजे गए थे। बहुत लड़कियाँ मेम्बर बन गईं। यह उनके मेम्बरशिप अभियान का हिस्सा था।

मैं भी माँ के साथ रसीद लेकर बहुत बार मेम्बरशिप अभियान का हिस्सा बनी थी। पर उस अभियान में टोली बनाकर मुहल्ले, दुकान आदि पर जाते थे। उनके हक और विकास की बात टोली मेम्बर बताते थे। गरीबी दूर करने की बात होती थी। आर्थिक स्वतंत्रता की बात होती थी। बच्चों को पढ़ाने की बात होती थी। सफाई की बात होती थी। फसल उगाने की बात होती थी। जमींदारों से हक लेने की बात होती थी। गाँव में मुहल्ले में स्कूल, अस्पताल खोलने की चर्चा होती थी। जमीन के पर्चा की बात होती थी।

यहाँ बिल्कुल अलग था। यह शिविर व्यक्ति के विकास के द्वारा देश के विकास की बात नहीं कर रहा था। यहाँ था कि धर्म की स्थापना से देश बदल जाएगा। बहुत अद्‌भुत बात थी कि अत्यंत प्रबुद्ध पढ़े-लिखे लोग मंच पर थे। वहाँ बताया गया कि उनके द्वारा विशेष स्कूल चलाया जाता है, जहाँ संस्कार की शिक्षा दी जाती है। फिर हमने जिस सरकारी स्कूल से पढ़ाई की कुसंस्कार सीखा क्या, पूछने की इच्छा हुई। पर चुप लगा गई। मुझे वहाँ का वातावरण भा नहीं रहा था। कुछ बोलना भी ठीक नहीं लगा। बहुत उग्र लोग थे। सच कहिए तो मैं भयभीत थी। मुझे भी मेम्बर बनने को कहा गया। मैंने कहा, पापा से पूछ कर बन जाऊँगी। बोला पापा से क्या पूछना? हम धर्म की बात सिखाते हैं। संस्कार की बात सिखाते हैं। कौन मना करेगा?

मैंने प्रश्न किया कि माता-पिता से पूछना या उन्हें यह सब बताना धर्म और संस्कार से अलग की बात है क्या?

हम तो कॉलेज के कार्यक्रम में आए थे। आप अलग संस्था से जुड़ने बोल रहे हैं तो अभिभावक से नहीं पूछेंगे। कॉलेज में तो हर छोटी बात पर अभिभावक का हस्ताक्षर मंगाया जाता है। आपलोग क्यों उनसे बिना बताए जोड़ रहे हैं।

उनके चेहरे पर थोड़ा आक्रोश दिखा। बोले, छोड़ो, नहीं बनना तो कोई बात नहीं। चलो तुम्हें घर छोड़वा देते हैं। मैं बोली, खुद चली जाऊँगी। शायद ऐसे प्रश्न मैं और लड़कियों के मन में ना डाल दूँ, इसलिए मुझे वहाँ से हटा देना चाहते थे।

हमारा संस्कार जब हर बात पर अभिभावक से राय लेने की बात करता है तो यह संस्कारशाला क्यों छुप छुपाकर मेम्बर बनाता है। मेम्बरशिप फॉर्म दे दे, हम घर में पूछकर भर देंगे। यह सोचते हुए मैं घर चली आई।

आधी रात में रेखा दी जगकर क्या कर रही है? वह पढ़ने वाली कुर्सी पर बैठी तो थी, पर पढ़ नहीं रही थी। पूछा मैंने, क्या हुआ? कुछ नहीं, तुम सो जाओ। रोने जैसी आवाज आई। रो क्यों रही हैं। मुझे लगा माँ के लिए रो रही हैं। नहीं, वह तो बेटी के लिए रो रही थी। बेटी को छोड़ आई थी इसका गुस्सा मुझे भी था। बोली अब रोने

से क्या? पहले सोचना था। आप बच्ची के बिना नहीं रह पाएँगी। जबसे वह सबलपुर से लौटी थी, चिड़चिड़ी सी हो गई थी। मुझे पर गुस्सा निकालने लगी। मैंने छोड़ा है। मुझे क्या पता था? कोई बात नहीं कुछ दिन में ले आइएगा। अभी सो जाइए मैंने उन्हें समझाया। वह बिस्तर पर आ गई। लेकिन सो नहीं रही थी यह पक्का था। मैं सो गई। सुबह उनका आँख बहुत सूजा था। पहली बच्ची खोने के बाद यह बच्ची हुई थी। बहुत इमोशन जुड़ा था। दीदी किसी से इमोशनल ब्लैकमेल होने वाली नहीं है। एक उनकी सास ने यह किया होगा। उन्होंने ही अपने बेटे को भी दिल्ली काम करने के लिए राजी किया। दीदी के पढ़ाई को सपोर्ट किया। इस कारण दीदी उनके इमोशन में फँस गई होगी। वरना यहाँ भी सभी लोग थे। शिल्पी को दिक्कत कहाँ होती?

जीवन के कितने उलझन हैं। मैं माँ के लिए बेचैन हूँ। दीदी बेटी के लिए बेचैन है। हम दोनों सहोदर बहनें हैं। ऐसे ही भाइयों के अलग सोच-शैली है। भाई ने भी स्नातक में नामांकन लिया। पर कितना निश्चिंत है।

टूटू कहता है कि यह संघर्ष जेनरेशन गैप का है। क्या इससे पूर्व जेनरेशन गैप नहीं था।

जेनरेशन गैप पर हमारी बहुत बहस होती थी। वह तो यहाँ तक कहता था कि तुम भी हमारे जेनरेशन की नहीं हो। उम्र भले हमारा एक है, पर तुम मुझसे एक जेनरेशन ऊपर हो। इसलिए हमारे विचार नहीं मिलते हैं।

ठाकुर जी से प्रेम, काली से प्रेम मेरा विषय था। उनके साथ जीना स्थिरता देता था।

आज मेरी एक सहेली पूछ रही थी, तुम्हें सच में प्रेम की बातें अच्छी नहीं लगती है। कोई लड़का तुमसे कहे कि उसे तुमसे प्रेम है तो तुम क्या करोगी?

कोई लड़का ऐसा करना चाहता है क्या? मैंने पूछा। अरे नहीं। यूँ ही पूछ रही हूँ। प्रेम के बारे में तुम्हारा असली वाला विचार। यह मेरे लिए थोड़ा असहज प्रश्न था। प्रेम को मैं सोचने लगी।

''रहिमन धागा प्रेम का मत तोड़ो चटकाए''

''प्रेम ना बाड़ी उपजे''

बहुत सारे दोहे याद आने लगे। पर प्रेम की व्याख्या समझ नहीं आ रही थी। मैंने बुरा-सा मुँह बनाया। मुझे तो कुछ सूझ नहीं रहा है।

उसने कहा तुम्हें तीन दिन का समय देती हूँ, इसपर सोचकर बताना।

क्या फालतू बात। मेरे पास समय नहीं है इनसब बातों पर सोचने का। मैंने चिढ़कर कहा और वहाँ से उठ गई।

पर प्रश्न तो मस्तिष्क में प्रवेश कर चुका था। मंथन भी प्रारंभ हुआ। जो प्रेम दिखता था। वह प्रेम जैसा लगता नहीं था या वही प्रेम था तो मुझे पसन्द नहीं था। घर के बगल की एक सहेली को प्रेमपत्र मिला था। हम उसे पढ़ रहे थे।

खत कुछ इस प्रकार लिखा था—

प्रिय...

"तुम बहुत सुंदर हो। तुम्हें देखकर मेरा मन तुम्हारे पास ही रहने का करता है। तुम्हारे खुले बाल कितने अच्छे लगते हैं। हमसे मिलोगी।

कल हम कॉलेज गेट पर रहेंगे। तुम वह पीले वाले सूट में आना जो परसों पहनी थी। उसमें गजब की खूबसूरत लगती हो।

में इंतजार करूँगा।

तुम्हारा प्रेमी...."

ऐसे कई पत्र यदा-कदा पढ़ने को मिल जाते थे। वह पत्र का ही समय था। कुछ दिन मिलना-जुलना हो जाता तब खत का स्वरूप होता—

मेरी प्यारी...

मैं इंतजार करता रहा। तुम क्यों नहीं आई ? कोई और मिल गया क्या ? वह मुझसे ज्यादा अच्छा है।... उससे तुम्हारा मिलना ठीक नहीं है। तुम सिर्फ मेरी हो। उससे मिलना बंद कर दो आदि।

प्रेम का अर्थ स्नेह होता है। अपने मित्रों के प्रेम में प्रारम्भिक स्तर पर स्नेह तो दिखता था पर बाद में बहुत चिंता रहती थी। घर वाले जानेंगे तो मार देंगे। घर वाले कभी हमारी शादी के लिए तैयार नहीं होंगे। चलो हम भागकर शादी कर लेते हैं। प्रेम का अंतिम लक्ष्य शादी होता था। एक लड़की के बारे हल्ला था कि उसका तीन बार अबार्शन हो चुका है। लड़का कहता है जल्दी शादी कर लेंगे। एक लड़की परेशान थी कि उसके साथ प्रेम करने के बाद उसका बायफ्रेंड दहेज के लिए दूसरी लड़की से शादी कर रहा है। ऐसे कहानियों के बीच मुझे प्रेम समझ नहीं आ रहा था।

प्रश्न मन में डाल दिया गया था तो इच्छा भी थी कि प्रेम क्या है जाना जाए। पर कैसे ? किससे पूछें ?

एक उपाय था आश्रम जाकर स्वामी जी से पूछ लूँ। पर उनका जबाब तो जानती ही हूँ। वह कहेंगे,

ठाकुरजी के प्रेम से प्रेम को समझो। ठाकुर जी काली से जैसा प्रेम करते थे वही असली प्रेम है। यह प्रेम माँ और बेटे का, भक्त का भगवान से प्रेम का उदाहरण है। ऐसे ही ठाकुर का अपने शिष्यों राखाल, नरेन्द्र आदि से प्रेम गजब की भावना है, बस तुम खाओ मैं देखूँ, बस मुझसे मिलो क्योंकि ठाकुर साक्षात नारायण देखते है उनमें। ऐसे ही ठाकुर का माँ शारदा से प्रेम, माँ को कोई तकलीफ नहीं होनी चाहिए। सब कुछ माँ के मन का हो। वह जानते हैं कि शारदा माँ साक्षात शक्ति हैं। ठाकुर के शिष्यों का ठाकुर से अगाध प्रेम, बस आप जिंदा रहो कैसे भी क्योंकि छाया है धूप ताप से बचाते हो कदम भटके तो तुरंत रास्ते पर लाओगे। स्वामी जी आज वाले प्रेम के बारे में तुरन्त कह देंगे यह निम्न कोटि का प्रेम है। जिस प्रेम का आधार शरीर हो वह निम्नकोटि का है।

यह सब तो मैंने भी महसूस किया है। समझती भी हूँ। पर मेरी सहेली ने भगवान वाले प्रेम के बारे में नहीं पूछा है। उसने तो लड़के के प्रति आकर्षण वाले प्रेम के बारे पूछा है। कहूँगी प्रेम हो तो ठाकुर की तरह निश्छल हो जैसे उनका हर आदमी नारायण है, सरल है। काली में दृढ़ विश्वास ही प्रेम है तो मेरी सहेली मानेगी नहीं।

बोलेगी यह सब तो तुम हमेशा बोलती हो। यह हम सब थोड़े ही मानेंगे। पहले भी वह मुझे बोल चुकी है कि "तुम हमारे वाले प्रेम को नीच कहकर अपने मम्मी पापा के प्रेम को भी नीच कह रही हो।" इस बार मैं भी आश्रम से, ठाकुर से, काली से अलग कोई प्रेम है तो उसे समझना चाहती हूँ।

अभी कुछ दिन पहले मेरी एक सहेली की शादी हुई थी। वह शादी से बहुत खुश थी। उसका पति हमेशा उसे सजे-धजे रूप में देखना चाहता था। सुन्दर साड़ी, लिपस्टिक आदि में वह तैयार रहती। उसे पति के इस चाहत में अथाह प्रेम नजर आता। एक दिन पता चला शादी से पहले उसके पति की एक गर्लफ्रेंड थी। वह जैसे रहती थी। वैसे ही स्वरूप में पति उसको देखना चाहता था। सारा प्रेम काफूर हो गया। अब वह बिल्कुल उलट स्वरूप में रहने लगी। उसका पति-पत्नी सम्बन्ध दिखावे मात्र का रह गया। प्रेम का यह कैसा स्वरूप था?

पहले भी एक बार मैं इस प्रेम को समझना चाही थी। पर उस समय भी अनसुलझा ही रह गया था। जब-जब प्रेम को समझने की कोशिश करती हूँ प्रेम-कहानियों के बबंडर में फँस जाती हूँ। इस बार तो समझकर ही रहूँगी। किससे मिलूँ? दीदी तो नहीं बता पाएगी। बाउजी से भी पूछना सम्भव नहीं। कोई टीचर? इतिहास की शिक्षिका शायद समझा सके। बहुत कहानियाँ है इतिहास में प्रेम की। साहित्य के विद्वान भी समझा सकते हैं।

पी.जी. कर रही दीदी लोग भी बता सकती हैं। उनके पास तो अपने अनुभव होंगे। कल कॉलेज में देखती हूँ, किससे पूँछूँ?

मैं कॉलेज के वर्ग से गुजर रही थी कि अंग्रेजी की कक्षा से रोमियो और जूलियट शब्द सुनाई पड़ा। यह प्रेम को समझने के रास्ता को समझने का संकेत प्रतीत हुआ। वर्ग समाप्ति का इंतजार करने लगी। अंग्रेजी की शिक्षिका सामने थीं। मैं उनके पास अपने प्रश्न के साथ पहुँच गई। भाषण प्रतियोगिताओं वाद-विवाद प्रतियोगिता, एन.एस.एस., एन.सी.सी. आदि की गतिविधियों में भाग लेने के कारण कॉलेज में पहचान की समस्या नहीं थी।

अभी-अभी वह प्रेम को ही पढ़ाकर निकली थी। उसी भाव में थीं। बताने लगीं। प्रेम की परिकल्पना दो प्रकार की है। एक सांसारिक-सामाजिक और दूसरी आध्यात्मिक।

सभी भाषा के साहित्य में इन दोनों तरह के प्रेम को स्थान दिया गया है। जिसकी जैसी प्रवृति होती है, वह उस प्रेम की ओर आकर्षित होता है। दोनों ही प्रेम का स्वरूप

सुन्दर है। पर प्रत्यक्ष एक सरस होता है दूसरा नीरस होता है। व्यक्ति सरस की ओर भागता है।

दोनों ही प्रेम हमेशा संवेदना से शुरू होती है।

समाज या व्यक्ति से संवेदना व्यक्ति का नैसर्गिक गुण है। जिससे जन्म लिया, उसके प्रति संवेदना जन्म के साथ आ जाती है। उसके प्रति प्रथम आकर्षण सहज है। अतः प्रथम प्रेम पारिवारिक व्यक्ति समूह में होता है। वहीं वह विभिन्न सम्बन्धों के प्रेम को समझने की प्रक्रिया से गुजरता है। सभी सम्बन्धों के बीच स्त्री-पुरुष के प्रेम को आजन्म प्रेमी जोड़े के रूप में देखता है। भारत में इस सम्बन्ध को सात जन्मों के सम्बन्ध के रूप में देखता है। दादा-दादी, नाना-नानी, मामा-मामी, माँ-पापा, काका-काकी, चाचा-चाची आदि। कहने का अर्थ आँख खोलते ही उसे स्त्री-पुरुष का ही प्रेम दृष्टिगोचर होता है। पढ़ाई शुरू करता है तो नायक-नायिका की कहानी सामने आती है। प्रेम का यह प्रथम स्वरूप सर्वमान्य, सर्वसुलभ दिखता है।

प्रेम का द्वितीय स्वरूप आध्यात्मिक प्रेम है। आध्यात्मिक प्रेम को समझने से पहले समझना होगा कि अध्यात्म क्या है और हमारे समाज में इसे क्या स्थान प्राप्त है? सीधे रूप में समझें तो संसार को दो भागों इन बाँट रखा है। स्थूल समाज और सूक्ष्म समाज। स्थूल समाज को भौतिक समाज और सांसारिक समाज भी कहते हैं। सूक्ष्म समाज आध्यात्मिक समाज है। सूक्ष्म समाज से ही स्थूल समाज के निर्माण की परिकल्पना है। पर वास्तविकता यह है कि स्थूल से सूक्ष्म की निर्माण प्रक्रिया चल पड़ी है। पहले संसार यानी स्थूल संसार भोग लो फिर सूक्ष्म संसार यानी आध्यत्म की ओर चलना। अध्यात्म बुढ़ापे की लाठी या स्थूल समाज का त्याग के रूप में स्थापित है। यह दर्शन या प्रवचन का हिस्सा बनकर रह गया है। यह सामान्य जीवन-शैली में शामिल नहीं है। आध्यात्मिक होना मतलब समाज से अलग-थलग होना है। वर्तमान में इसकी दुनिया पत्थर की मूर्ति है। ग्रन्थ है। सम्प्रदाय है। चरित्र का भय है। हजारों बन्धन हैं। मुक्ति से पहले युक्तियों का जाल है। पूरा अध्यात्म अप्रत्यक्ष के प्रति समर्पण है। स्वभाविक है आध्यात्मिक प्रेम भी अप्रत्यक्ष के प्रति है। यह निराकार के प्रति प्रेम है। आत्मा, परमात्मा, ईश्वर, गुरुसत्ता आदि। इस प्रेम की उपलब्धि स्वयं से आँकना है। यह प्रेम नीरस स्वरूप में दिखती है। कर्मकांड बहुत है। मेहनत बहुत है। बन्धन बहुत है। प्रश्न बहुत हैं। प्राप्ति शून्य है। शून्य में विलीन हो जाना ही इसका लक्ष्य है।

हम कॉलेज के स्टॉफ रूम में थे। वहाँ धीरे-धीरे सभी शिक्षिका जुटने लगी। विषय बहुत प्रासंगिक था। सभी अपना पक्ष रख मुझे प्रेम समझाने लगीं। इतिहास की शिक्षिका ने बताया कि प्रेम की ऐतिहासिक कहानियों ने जब साहित्य में जगह बनाया तो रोमांस का उसमें प्रवेश हुआ। नाट्यशास्त्र को जीवंतता प्रदान करने के लिए नायक-नायिका के प्रेम-सम्बन्ध की कल्पना की। अपने घर से, समाज से उसके स्वरूप को उठाया गया। इतिहास के सजीव पात्र को नाटक में दिखाया। जब हमारे पूर्वज का यह स्वीकार्य है तो हम भी करें। युवा पीढ़ी इस तरह के प्रेम की ओर आकर्षित हुई।

साहित्य की बात आई तो हमारी हिंदी की शिक्षिका ने हस्तक्षेप किया। साहित्य में तो सूफी संतों के प्रेम, कबीर के प्रेम, रहीम के प्रेम को भी शामिल किया गया है फिर युवा वैसे प्रेम को क्यों नहीं अपनाते?

क्योंकि उस प्रेम पर नाटक या सिनेमा नहीं बनते। गीत नहीं फिल्माए जाते इसलिए। घर में भी उस प्रेम की चर्चा नहीं होती है। लड़कों को समझाया जाता है स्त्रियों से बहन जैसा प्रेम करो। माँ जैसा प्रेम करो। वह भी मानव है, इंसान है, ईश्वर का अंश है, इसलिए उसका सम्मान करो, उससे प्रेम करो यह नहीं बताया जाता है। मानवीय प्रेम की चर्चा प्रारंभ हो जाए तो स्वतः यह रोमांटिक प्रेम कम हो जाए। हमारी राजनीतिशास्त्र की शिक्षिका मैदान में पूरे तेज के साथ उतर पड़ी थीं।

रोमांटिक प्रेम में समस्या क्या है? पीछे से प्रश्न आया।

समस्या यही है कि बेटियाँ घर से भाग रही है। कुँवारी माँ बन रही है। समाज में अनैतिकता बढ़ रही है। लड़के उच्छ्रृंखल हो रहे हैं। पढ़ाई की उम्र में रोमांस कर अपना कैरियर बर्बाद कर रहे हैं। कोई सार्वजनिक स्थान इनलोगों के शारीरिक प्रेम प्रदर्शन के कारण स्वच्छ नहीं रह गया है। शरीर से लिपटने को ही इनलोगों ने प्रेम समझ लिया है। कितनी लड़कियाँ लड़कों के एक बड़े समूह से प्रताड़ित हो रही हैं। आक्रोश में हमारी एक समाजसेवी शिक्षिका थीं।

अरे यहाँ रीता रानी प्रेम क्या है, समझने आई है? यह सब तो प्रेम का परिणाम है। इसे बताएँ कि प्रेम क्या है? हमारी अंग्रेजी की शिक्षिका ने टोका।

यही तो बता रही हूँ कि रीता, जो प्रेम आजकल तुम अपने मित्रों में देखती हो वह प्रेम नहीं आकर्षण है। शरीर के प्रति आकर्षण, आधुनिक जीवनशैली के प्रति आकर्षण। प्रेम तो कुछ अलग ही भाव होता है।

मतलब यह कि लड़के-लड़की जिस प्रेम के लिए जीने-मरने की कसमें खा रहे हैं। परम प्रिय परिवार, माता-पिता को छोड़ रहे हैं। अपनी एक अलग दुनिया बसाने के सपने देख रहे हैं। धर्म, जाति से ऊपर प्रेम को गढ़ रहे हैं, वह प्रेम है ही नहीं। वह सिर्फ आकर्षण है। क्या आकर्षण भी प्रेम का एक प्रकटीकरण नहीं हो सकता है। बहुत देर से चुपचाप सभी बातों को सुन रही एक सुन्दर व्यक्तित्व ने यह प्रश्न उठाया। व्यक्तित्व इसलिए कि मैं उन्हें नहीं पहचानती थी। शायद किसी शिक्षिका की मित्र होंगी या अतिथि शिक्षिका के रूप में आईं होंगी। एक शिक्षिका ने कहा, चंद्रकला यह आकर्षण ही है। अच्छा तो इनका नाम चंद्रकला है। तभी कलात्मक बातें कह रही हैं, मन में आया।

उन्होंने बात को आगे बढ़ाते हुए कहा, नहीं यह सिर्फ आकर्षण नहीं हो सकता है। यह बहुत गहराई से सोचने की बात है। इसके लिए हमें मानव समाज के शुरुआती दिनों में जाना होगा। वह शुरुआत जिसमें सब आदिम था। वहाँ दो चीजें थीं हिंसा और सेक्स।

क्रमशः ये आदिम सुसंस्कृत होते हैं। जीवनमूल्यों में लालित्य और जवाबदेही आती है। सामूहिकता का, परस्परता का रूप निखरता गया। तब धीरे-धीरे हिंसा वीरता

में बदलती गई होगी और सेक्स प्रेम में। यह खुद में ग्रस्त होने से मुक्ति का विधान रहा होगा जब हम खुद से ज्यादा साथी को महसूस करते होंगे। सच्ची सामाजिकता का स्त्रोत। अकेले से निकलकर साथी के साथ जीवनयापन की शैली विकसित हुई होगी। सेक्स सूक्ष्म रूप लेकर प्रेम में परिवर्तित हुआ होगा। शिव के द्वारा कामदेव को भस्म कर उसे सूक्ष्मतम बनाने की कथा में भी यही भाव रहा होगा।

उस समय साथ की जरूरत थी। समाज निर्माण हो रहा था। उस काल में सूक्ष्म प्रेम में समर्पण और सम्मान रहा होगा। जिसमें अब जटिलताएँ आई हैं।

आज की परिस्थितियाँ बदल गई हैं। समाज पूर्ण विकसित हो चुका है। कई पीढ़ियों के प्रेम भी विकसित हुए हैं। पीढ़ियों ने प्रेम में भी जटिलता भर दी है। जातियों का बन्धन, धर्म का बन्धन, राष्ट्र का बन्धन, क्षेत्र का बन्धन व्यक्ति-व्यक्ति के सरल सम्बन्ध भी जटिल हो गए हैं। आज बच्चों का प्रेम उसी प्रेम-प्रकटीकरण का जटिलतम रूप है।

इस जटिलता में बच्चों को एक पौराणिक कथा पर ध्यान देना होगा और सचेत होना होगा।

कहते हैं कि कामदेव को भस्म कर अग्नि को निस्तेज कर शिव ने पार्वती के साथ अटूट अहर्निश प्रेम किया। उस प्रचंड यौनिक प्रेम को कवि कालिदास ने शब्दबद्ध कर दिया। गुप्त कामक्रीड़ा को सार्वजनिक करनेवाले कवि कालिदास को कुष्ठ रोग हो गया। कहते हैं कि क्षमा प्रार्थना के बाद कालिदास ने रघुवंशम् लिखा तब रोगमुक्त हुए। यह पौराणिक कथा विचारणीय है कि किसी को ऐकान्तिक यौनिकता को भंग करने की आज्ञा प्रकृति नहीं देता। ऐसी अनेकों कथायें हिरण, पक्षी मछली के माध्यम से भी पुराणों में वर्णित हैं। बच्चे इससे सीखें कि प्रेम गलत नहीं है। पर सूक्ष्म प्रेम का, यौनिक प्रेम का प्रदर्शन एवं निरर्थक उपभोग को प्रकृति सहन नहीं करती है। शिक्षिकाओं का आपसी विमर्श बढ़ता जा रहा था। पर अभी भी मेरे सामने प्रेम का स्पष्ट स्वरूप नहीं आ पाया था। एक क्षण में लगता लड़के-लड़की के बीच का यह प्रेम-प्रसंग सही प्रेम है। दूसरे पल लगता यह प्रेम नहीं आकर्षण है। जैसे-जैसे विमर्श बढ़ रहा था, विषय की जटिलता बढ़ती जा रही थी। प्रेम के गूढ़ रहस्य तो खुल रहे थे, पर प्रेम की गुत्थी नहीं सुलझ रही थी। एक-एक कर शिक्षिकाएँ अपनी कक्षाओं में जाने लगीं। मैं भी वहाँ से निकल आई। चेहरे पर उलझन को देखकर मेरी एक सहेली ने टोका। क्या हुआ ? स्टॉफ रूम में क्या कर रही थी ? मैंने अपनी दुविधा और शर्त बताई। वह हँस पड़ी। क्या पागल विषय के पीछे पड़ी हो। अपनी काली से ही प्रेम करो, वही तुम्हारे लिए प्रेम है।

सभी के लिए अलग-अलग प्रेम होता है क्या, मैंने पूछा।

तो और क्या ? अलग-अलग नहीं होगा। कोई भगवान से प्रेम करता है। कोई आत्मा से प्रेम करता है। कोई समानों से प्रेम करता है। कोई व्यक्ति से प्रेम करता है। व्यक्ति से प्रेम में भी कई प्रकार हैं। कोई माँ से प्रेम करता है तो कोई पिता। कोई भाई से प्रेम करता है तो कोई बहन से। कोई पत्नी से प्रेम करता है तो कोई प्रेमिका से।

कोई समाज से करता है। कोई राष्ट्र से करता है। कोई-कोई सभी से प्रेम का दावा करता है। पर सच कहूँ कोई किसी से प्रेम नहीं करता है। प्रेम को समझना चाहती हो ना, एक घटना बताती हूँ। सुनो पता चल जाएगा प्रेम कितना खोखला होता है।

एक लड़की जिसे तुम भी पहचानती हो। एक लड़के से प्रेम करने लगी। उसके साथ घूमने लगी। एक दिन एक होटल के कमरे में ले गया।

लड़की ने पूछा, यह क्या कर रहे हो?

लड़के ने कहा प्यार में समर्पण ही सबकुछ है। एक-दूसरे में समा जाना ही प्रेम है। तुम्हें प्रेम कर रहा हूँ। वह बोली पर यह सब तो शादी के बाद होता है। अभी ठीक नहीं है।

उसने समझाया, मैं क्या गलत कर रहा हूँ हम शादी तो करेंगे ही। क्या फर्क पड़ता है शादी के पहले करें या बाद। तुम मुझे बदलने वाली तो नहीं हो।

लड़की बोली, कभी नहीं। तुम ही मेरे सबकुछ हो।

फिर मैं तुम्हारा पति हूँ मेरा हक है, उसने कहा।

लड़की थोड़ी ना-नुकुर की।

लड़का बोला, तुम्हें लगता है मैं तुम्हारे साथ टाइम पास कर रहा हूँ। मैं तुझे अपनी पत्नी समझता हूँ। तुम तो। ओके आज के बाद तुझे टच भी नहीं करूँगा।

लड़की के मन में विश्वास और प्रेम का भाव गहरा हो जाता है। मैं तुम्हारी हूँ। मुझ पर सिर्फ तुम्हारा ही अधिकार है। जो चाहे वह कर सकते हो। बोलते हुए स्वयं को उसे समर्पित कर देती है। मन से एक अब तन से भी एक हो जाते हैं।

लड़का बहुत प्यार करता है। अब प्रतिदिन प्यार करता है। दिन में दो बार भी करना चाहता है। कुछ महीने के बाद लड़की बोलती है, मैं प्रेग्नेन्ट हूँ। प्लीज मुझसे शादी करलो।

लड़का, पागल हो गई हो क्या?

अभी नहीं कर सकता शादी। मैं जॉब भी नहीं करता। चलो अबार्शन करवा लेते हैं।

लड़की, नहीं, बच्चे की हत्या ठीक नहीं है। शादी करने की बात तो तुमने कही थी।

लड़का बोला, ठीक है यह डिसाइड कर लो कि तुम्हें यह किसी और का बच्चा चाहिए या मैं?

लड़की अचंभित उसे देखती है। क्रोध, आक्रोश सब उसके सम्पूर्ण शरीर में उभर आता है। चीख कर पूछती है, क्या किसी और का बच्चा?

लड़का कहता है, और नहीं तो क्या? शादी से पहले ही मेरे साथ रिलेशन्स रख सकती हो तो क्या गारंटी है कि किसी और के साथ नहीं कर सकती हो।

किसी और का बच्चा नहीं हो सकता क्या गारंटी है?

लड़की चीखती है। चिल्लाती है। समझाती है उसके अलावा उसकी जिंदगी में और कोई नहीं है। पर वह अबार्शन के लिए कुछ रुपये देकर हमेशा के लिए भाग जाता है।

मैं बोली सिनेमा की कहानी सुना रही हो। अच्छा है। वह विचलित हो गई। बोली, यही तो बात है सच्चाई को कोई समझता ही नहीं है। आज ऐसा ही प्रेम चल रहा है। चलो तुमको मिलवाती हूँ उससे। अभी परसों ही हम उसका अबार्शन करवाकर आए हैं। लड़का पूछने भी नहीं आया। वह प्रेम पर आक्रोशित थी। वह अपनी सहेली की स्थिति पर आक्रोशित थी। वह लड़के के असहिष्णुता पर भी आक्रोशित थी और मैं गोल-गोल घूमकर फिर उसी प्रश्न पर पहुँच गई थी यह प्रेम तो नहीं हो सकता, तब फिर प्रेम क्या है??

मैं प्रेम के आधार को खोज रही थी। दूसरी ओर राष्ट्र अपनी आधार स्थापित करने में लगा था। चुनाव की गहमागहमी अपने चरम पर थी। पिताजी के साथ नुक्कड़ मीटिंग में चलने को पूछा गया। मनपसन्द काम। चल पड़ी। नुक्कड़ भाषण चुनाव प्रचार का नायाब तरीका है। रिक्शा में माइक बँधा है। चुनाव प्रचार करते हुए चलते रहते हैं। निर्धारित भाषण स्थल पर पहुँचकर गोलबंद हो जाते हैं। अपने दलों के पक्ष में लोगों को गोलबंद करते। आमतौर पर वैसे चाय दुकान के पास भाषण स्थल चुना जाता जो किसी भीड़ भरे चौराहे के पास हो। हम मछुआ टोली महंगू होटल के पास नुक्कड़ मीटिंग स्थल पर पहुँचे।

गरीबी का अर्थशास्त्र के साथ वर्तमान सरकार की कमियों को गिनाया गया। मेरी बारी आई। मैंने अपनी तैयारी के अनुरूप विवेकानन्द को उद्धृत करते हुए कहा कि ''जाग्रत राष्ट्र वह है जो अपने युवा वर्ग के विकास के स्वप्न को साकार करे।''

आज के युवा को धर्म की अफीम नहीं, तरक्की के कारखाने की खुशबू की जरूरत है। आप देख रहे हैं पिछले कई वर्षों से कोई नए कारखाने नहीं खुले हैं। जो खुले हैं, मृतप्राय: हैं। रोजगार के संसाधन नहीं के बराबर है। क्लर्क बनाने वाली शिक्षा सिर्फ शिक्षित बेरोजगार पैदा कर रही है। नियोजन के रास्ते बंद हैं। शिक्षक है नहीं। प्राइवेट स्कूल और सरकारी स्कूल की शिक्षा के स्तर के बीच गहरी खाई है। इसे पाटने में किसी सत्ता को कोई मतलब नहीं है। हिंदुत्व की भावना भड़काकर युवा वर्ग को एक दूसरे के खिलाफ खड़ा कर दिया है। स्वयं साथ खाते हैं, राजनीति और सत्ता का सुख भोगते हैं।

युवा को वैज्ञानिक शिक्षा देने वाली व्यवस्था को लाने के लिए वोट करें।

अपना वक्तव्य समाप्त कर माइक छोड़ते हुए ऐसा लगा, हम एक साथ कई मुखौटों के साथ जी सकते हैं। क्रांति का यह भ्रम ही है। कहीं कुछ नहीं बदलने वाला है। जब एक ही देश में शिक्षा की चार तरह की व्यवस्था होगी। कई तरह के बोर्ड होंगे। वहाँ समरसता और वैज्ञानिकता की बात करना यह नुक्कड़ भाषण की मरी हुई तूतूही की तरह है।

मन खराब हो गया।

पिताजी से पूछकर घर चली आई। आजकल मेरी सारी गतिविधियाँ मेरे अंदर की ही आलोचना का शिकार हो जाती हैं।

आज मैं पटना के सड़कों पर चल रही थी तो लगा जैसे सड़क कुछ कहने का प्रयास कर रही है। बचपन से इन सड़कों की थाप पर थिड़कती मैं बढ़ती रही। बचपन में हम एक-दूसरे के पदचाप को समझते थे। तब मैं अपने पैरों को पटककर इसके ध्वनि को सुनती थी। गंगा स्नान के लिए जाते वक्त कच्ची सड़कों से बात करती थी। पक्की सड़कों की ध्वनि को सुनती थी। फुटपाट की हँसी, टूटे सड़कों पर बन आए गड्ढों की कराह सभी को समझ जाती थी।

समय के साथ हमदोनों जवान होते गए। हमारे सम्बन्ध बने रहे। पर बचपन की वह आत्मीयता खत्म हो गई। हम अब भी रोज मिलते थे पर हमें उससे आगे निकल जाने की बेचैनी थी। वह हमें हमेशा रोकती थी। कभी जाम का रूप धारण कर। कभी किसी जुलूस के रूप में। कभी साम्प्रदायिक झगड़े के रूप में। कभी बन्दूक की गोली की धायं की आवाज से।

मैं कहाँ समझ पाती थी कि यह सब कवायत हमारी प्यारी सड़क के द्वारा हमें अपने पास कुछ क्षण रुकने की है। वह हमारे साथ वही पुरानी बात करना चाहती है। हमारे पैरों की प्यारी थाप सुनना चाहती है। कल की ही बात है तेजी से मैं घर की तरफ आ रही थी कि मोटरसाइकिल पर सवार लड़के गोलियों की बौछार करते सामने से गुजर गए। सहम कर सड़क किनारे खड़ी हो गई। सड़क काँप रही थी या मेरी टाँग, कुछ पता नहीं चला। स्थिरता आई तो आगे बढ़ी। एक युवा लाश सड़क पर पड़ी थी।

सड़क ने अकेले उस लाश को थाम रखा था। सभी छटक गए थे। पास की सारी दुकान बंद हो गई थी। कोई रुकने को तैयार नहीं था। सभी भयभीत वहाँ से दूर निकल जाने को आतुर थे। पुलिस के आने से पहले निकल जाना ठीक है। जाने वह किसे फँसा दे। मुझे एक ठोकर लगी। सामने कुछ ईंट पड़ी थी। शायद सड़क ने आज मुझे रोकने की यह जुगत लगाई थी। शायद वह इस युवा लाश को सँभालने के अपने दर्द को बाँटना चाहती थी। पर मैं कहाँ रुकी?

भय तो हमारे अंदर भी था। सँभली और आगे बढ़ गई।

आज भी कहाँ सड़क पर ध्यान था। अचानक चप्पल के अंदर से तलवे में ताप महसूस हुई तो सड़क पर नजर चली गई, कितनी गर्म है यह सड़क! पहले तो ऐसी नहीं हुआ करती थी। गहरे नजर से अपनों को देखो तो पुरानी आत्मीयता उभर आती है। मेरे भीतर भी सड़क के साथ की आत्मीयता उभर आई। देखा उसे। वर्षों बाद देख रही थी। बहुत बदल गई थी वह। पहले वह प्यारी-सी भूरे रंग की हुआ करती थी स्नेहिल-सी। अभी तो पूरी काली हो गई है। जहाँ-तहाँ अलकतरा उखड़ा हुआ। अंदर के कंकड़ ऐसे बाहर आ रहे थे जैसे किसी शरीर से उसके अंग-प्रत्यंग बाहर आ गए हों। जगह-जगह रिसता नाला का पानी, नाले के लिए बिछाए गए पाइप, कहीं टेलीफोन के पोल के लिए खुदा गड्ढा, दोनों किनारे पर लगे फुटपाथी दुकान, सड़क ले हृदय पर आराम कर रहीं छोटी-बड़ी गाड़ियाँ। सड़क में कितना बदलाव है। इतनी गर्म क्यों हो गई यह सड़क? कहीं यह गर्म अहसास दिलवाना उसका आक्रोश तो नहीं कि हम उससे इतने बेगाने कैसे हो गए?

मैं सड़क को देखते, महसूस करते हुए आगे बढ़ रही थी। पैर बहुत जलने लगा था। सड़क किनारे एक बड़े वृक्ष के छाँव में ठहर गई। वृक्ष भी सब कैसे मुरझाए से हैं। सामने से एक कतार आ रही है। कतार में नन्हें बच्चे हैं। सभी के हाथ में तख्तियाँ हैं।

यह क्या लिखा है!

पर्यावरण से प्रेम करो, पेड़ लगाओ।

मुझे छाँव दे रही पेड़ थोड़ी हिली। मैंने उसकी ओर देखा। मुरझाए वृक्ष में हरकत थी। व्यंग्य के भाव दिख रहे थे? मैंने प्रश्नवाचक मुद्रा बनाई।

तभी एक आवाज आई।

दी, जरा वृक्ष के पास से हट जाइए ना। हमलोग अपनी रैली का एक फोटो वृक्ष के साथ ले लें।

मैं हट कर चित्र लेते समूह और वृक्ष का अवलोकन करने लगी। बच्चे किलकारी भर रहे थे। वृक्ष के जड़ से, तना से लिपट रहे थे। वृक्ष की थोड़ी देर पहले वाली उदास छवि बदल गई थी। उसमें भी प्राण का संचार दिख रहा था। वृक्ष पौध से मिलकर प्रसन्न था। धन्यवाद दीदी, बच्चे की मधुर ध्वनि से मेरा ध्यान भंग हुआ। तस्वीर लेने का उपक्रम खत्म हो चुका था। बच्चे फिर कतार में थे। उनके शिक्षक पर्यावरण को बचाना है के नारे के साथ कतार को लेकर आगे बढ़ गए। वृक्ष फिर उदास सा दिखने लगा। मेरा पैर फिर जलने लगा। इस सड़क को भी इतने गर्म होने की क्या जरूरत आ पड़ी? मन खिजला गया।

सामने सरकारी नल से पानी बहकर सड़क पर था। पैर को ठंडा करने के उद्देश्य से पानी पर पैर रखा। ओह! यह तो और ज्यादा गर्म है। टोटी से भी गर्म पानी आ रहा था। धरती ऊपर से ही नहीं नीचे से भी गर्म है। सड़क आखिर कैसे खुद को बचाए। ईंट, पत्थर, अलकतरा की लपेट में पड़े सड़क को नीचे से स्वच्छ पानी की ठंडक भी तो नहीं मिल पाती।

सड़क हिली। उसकी आवाज आई। अरे, पानी की बात नहीं है। ईट, पत्थर, अलकतरे की भी बात नहीं है। यह जो मानव की धमक है, वही पीड़ादायी है। अभी जो रैली निकाली। इन नन्हें बच्चों के पैरों की मधुर ध्वनि को बेचने वाले की धमक पीड़ादायी है। इनकी हँसी का व्यापार करने वालों के वाहन की दौड़ पीड़ादायी है। साम्प्रदायिक विवाद में उलझे युवा शक्ति के अट्टहास हँसी, उनके द्वारा हमारे हृदय पर मानवता की मौत पीड़ादायी है।

मेरी पीड़ा नहीं समझोगी। जाम में फँसे गर्भ में सिसकते शिशु की कराह पीड़ादायी है। बेतहाशा दौड़ रहे वाहनों से कुचलते रक्त की धार का वहन पीड़ादायी है। मेरे मोखे पर बैठकर भीख माँगते लोगों के दलाल की क्रूरता पीड़ादायी है। वर्दी के फैले हाथ पर पड़ते चंद सिक्कों की खनक पीड़ादायी है। थककर चुर रात के वीरानी में अधमरे मजदूर की शरीर से निकल रहे पसीने की चिपचिपी अहसास पीड़ादायी है। भूख-प्यास से मर रहे अमीरजदा बेटे के बाप की अधनंगी शरीर का बेतरतीब दर्द पीड़ादायी है। नेताओं की

बिना नम्बर वाली वाहनों की कतार से रुक गए भीड़ की चुप्पी पीड़ादायी है।

पीड़ा की अथाह गाथा को शब्दों में कितना बाँधूँ, अहसास कर सको तो भ्रष्टाचार में लिप्त लोगों की वाहनों से, बातों, चालबाजियों से निकलते ध्वनि के प्रदूषण से मेरे सहयोगी वृक्ष, जल, अन्न, धरती, वायु, आकाश सभी त्रस्त है और उनकी पीड़ा बहुत पीड़ादायी है।

तुम जाओ! तुम्हारी यह बेजुबान नजर भी पीड़ादायी है। मुझे अकेला छोड़ दो। जाओ अपने जलते पैरों को किसी जंगल में पनाह दो। आह! अब तुम्हें जंगल भी तो नहीं मिलेगा।

क्यों! जंगल क्यों नहीं मिलेगा, मैंने प्रश्न किया।

सड़क की थाप में कुछ रुखापन आ गया। जैसे बोल रहा हो, चारों ओर हल्ला है जंगल कटने से ओजोन परत में छेद हो रहा है और इन्हें कुछ पता ही नहीं। कंक्रीट के मकान से धरती का तापमान बढ़ता जा रहा है, वातावरण से ऑक्सीजन की मात्रा घट रही है और इन्हें कुछ पता ही नहीं। इतने भोले बनने से समस्या समाप्त थोड़े होने वाली है। एक-एक सांस के लिए डॉक्टर के पास दौड़ो। दमा है, बी.पी. है रोते रहे। हमारी छाती पर बलगम थूकते रहो, चक्कर खाकर गिरते रहो, बेहोश होते रहो। सड़क लगातार भुनभुना रही थी। मत आओ होश में तुमलोग। जिस बच्चे के भविष्य के लिए जंगल काट रहे हो, कमीशन खा रहे हो, वह बच्चा जब एक-एक सांस को तड़पेगा, जब उसके अंदर सृष्टि निर्माण के अंश नहीं रह जाएँगे। कमीशन के विदेशी खादों से जैसे धरती को नपुंसक बना रहे हो, बंजर बना रहे हो। अन्न को जहरीला बना रहे हो, तुम्हारे बच्चे भी नपुंसक, बंजर पैदा होंगे तब मत रोना। कमीशन के पौध से वृक्षारोपण कर जैसे मेरे छाती पर नपुंसक वृक्ष की ठूंठ खड़ी कर रहे हो। वैसे ही कमीशन के शुक्राणु-अंडाणु से अपने लिए भी नपुसंक पौध पैदा कर लेना।

सड़क की धधक बढ़ती जा रही थी। कुछ जवाब सूझ नहीं रहा था। लग रहा था सड़क की धधकती ज्वाला मुझे जला देगी। उसकी आग उगलती ध्वनि, प्रश्न, भविष्य की विकरालता का बयान मुझे मतिभ्रम की स्थिति में ले जा रहा था। मैं वहाँ रुक नहीं पा रही थी। पैरों की जलन से आगे भी नहीं बढ़ पा रही थी। सड़क से मिले जलन की पीड़ा पैर से होते हुए पेट, हृदय और अंततः मष्तिष्क में पहुँच गई थी और बहुत जलन दे रही थी। सर दर्द से फटने लगा। मैंने कहा, सड़क अब रुक जाओ। चुप हो जाओ। मैं तो प्रेम का अनुसंधान कर रही थी, तुमने यह कहाँ पहुँचा दिया। अभी मेरी उम्र ही क्या है? कुछ ठहरो। कुछ जीने दो। तुम तो राही को राह दिखाती हो, मुझे उस राह पर ले चलो, जहाँ प्रेम की मेरी खोज को पूर्णता मिले।

सड़क चुप हो गई। प्रेम मुझे ही कहाँ मिला है? मैं मायूस आगे बढ़ने ही वाली थी कि अचानक वह बोली, रुको, सुनो, कल दो लोग वेदों पर बात करते यहाँ से गुजर रहे थे। कुछ यम-यमी बोल रहे थे। यमी ने प्रथम प्रणय निवेदन किया था यम को। जाओ वेदों में जाओ, शायद तुम्हें प्रेम मिल जाए, मिले तो मुझे भी थोड़ा दे जाना। सड़क

अब शांत थी। स्थिर थी। मेरे अंदर का जलन भी कमने लगा। प्रेम शब्द में ही आकर्षण है। सड़क भी शांत हो गई, नरम हो गई। प्रेम के साथ मिलने का वादा कर मैं वेदों की ओर बढ़ चली। यम-यमी को ढूँढना भी तो था।

शहर में पुस्तकालय तो बहुत है, पर आश्रम का पुस्तकालय भाता है। उसका पुस्तक बिक्री केंद्र भी मेरे पसंदीदा जगह में से एक है। टहलते हुए हजारों किताब एक नजर में दिख जाता है। मैंने यम-यमी प्रसंग के लिए भी आश्रम की राह ली। ठाकुर और उनके माध्यम से माँ काली से मिलने का लोभ तो रहता ही है।

आज आश्रम में चहल-पहल थी। सभी लोग परम्परागत परिधान धोती-कुर्ता और साड़ी में थे। स्वामी जी की संख्या भी कुछ ज्यादा थी। सभी के चेहरे से प्रसन्नता टपक रही थी। ऐसा लग रहा था, जैसे सभी को आनन्द का खजाना मिल गया था। भारतीय भीड़ का यह स्वरूप कुछ अलग था।

मैंने बहुत भीड़ देखा है। राजनीतिक भीड़, धार्मिक भीड़, राशन पाने की भीड़, सिनेमाघरों की भीड़, स्टेशन की भीड़, बस स्टैंड की भीड़। सभी भीड़ में आशा कम, निराशा ज्यादा दिखती रही है। आश्रम में भी दुर्गापूजा, कालीपूजा, कई समारोहों आदि के भीड़ को देखा है, पर आज की भीड़ कुछ अलग थी। यह भीड़ थी ही नहीं। हर तरफ उल्लास था। बहुत लोग थे। सभी सम्पूर्ण लग रहे थे।

पता चला अभी-अभी दीक्षा-कार्यक्रम सम्पन्न हुआ है। कलकत्ता से स्वामी जी आए हैं। पूर्व से पंजीकृत साधक को दीक्षा दी गई है। एक सम्प्रदाय के सदस्य होने की खुशी का यह वातावरण था। सभी ठाकुर के हो गए थे।

इससे पहले ये लोग किसके थे ? एक प्रश्न मन में आया। किसी से पूछ लूँ क्या ? आपने देश की यह अजीब परम्परा मुझे प्रायः द्वंद में डालती है। घर-घर भगवान हैं। हर घर में विद्वान हैं। सभी किसी पंडित के जजमान हैं। हर चौक-चौराहे पर मंदिर है, मस्जिद है, गुरुद्वारा और चर्च है। सब के अंदर चेतना है। धर्म है। विश्वास है। विवेक है। भगवान है। यह व्यक्तिगत गुण जन्मजात प्राप्त है। जन्म के साथ हम हिन्दू हैं, मुस्लिम हैं, ईसाई हैं, सिख हैं। क्या जन्मजात प्राप्त इन संस्कारों की नींव इतनी खोखली है कि हमें इसके अलावा भी अनेकों सम्प्रदाय का सदस्य बनना पड़ता है या हम बनते हैं। हमें अपने संस्कार को दूसरे से समझना पड़ता है। क्या यह निहायत व्यक्तिगत मामला नहीं है ?

मैं इस प्रश्न पर सोच में लगी ही थी कि हमारी एक परिचित दीदी मेरे पास आ गई। वह भी अभी दीक्षित हुई थीं। बोली, प्रसाद खाओगी। खिचड़ी का प्रसाद है। मैंने कहा, प्रसाद तो बाद में खा लूँगी, पर एक प्रश्न मन में आ रहा था कि यह दीक्षा आदि क्यों ? मेरी आस्था ठाकुर में है। मैं उनके सिद्धान्तों को मानूँगी। दीक्षित होना जरुरी क्यों है ?

उन्होंने कहा, चलो स्वामीजी से मिलवाते हैं, वही इसका जवाब बताएँगे।

पटना आश्रम के प्रबंधक स्वामीजी से हम मिलें। वह व्यस्त थे, फिर भी समय दिया।

उन्होंने बताया, इस दीक्षा-प्रकरण को इस तरह समझो। बहुत सारे स्कूल है।

विभिन्न स्कूलों में विभिन्न बोर्ड की पढ़ाई होती है। तुम्हें जो पढ़ाई अच्छी लगती है, उस बोर्ड के स्कूल में नामांकन लेती हो। नामांकन से पूर्व उस स्कूल के अनुरूप तुम्हें तैयार होना पड़ता है। परीक्षा देती हो। पास होती हो। फिर वहाँ के नियम बताए जाते हैं। सहमति पर नामांकन होता है और परिचय पत्र, नियमावली आदि दिया जाता है। अब उस विद्यालय के सभी विशिष्ट शिक्षा को ग्रहण करने की तुम अधिकारी बन जाती हो।

इसी तरह यह संस्थाएँ भी हैं। अध्यात्म की कई धाराएँ हैं। सामान्य रूप से तो हमारे अंदर अध्यात्म के जन्मजात संस्कार हैं। पर उच्च ज्ञान के लिए उससे सम्बंधित ज्ञान केंद्रों पर जाना पड़ता है। हमें कौन-सी धारा पसन्द है, उसका विचार कर हम सम्बंधित ज्ञान केंद्र या स्कूल खोजते हैं। उस संस्था के विशिष्ट ज्ञान को प्राप्त करने के लिए वहाँ नामांकित होना पड़ता है। दीक्षा-प्रकरण यहाँ की नामांकन-प्रक्रिया है। नामांकन के बाद उन्हें धारा-विशेष के सभी ज्ञानात्मक और प्रयोगात्मक ज्ञान दिए जाते हैं, ताकि वह अपने जीवन के उच्चतम लक्ष्यों को पहचान कर विश्व-कल्याण में अपनी भागीदारी निभा सकें।

पूर्व में भी विभिन्न ऋषियों के स्कूल हुआ करते थे। जिसे आश्रम या गुरुकुल के नाम से जाना जाता था। विश्वामित्र-आश्रम, वशिष्ठ-आश्रम, याज्ञवल्क्य-आश्रम, मुद्गल ऋषि-आश्रम आदि।

यह अलग बात है कि आज ऐसे संस्था अपने मूल जिम्मेदारियों को ना निभाकर समाज को धर्म के नाम पर दिग्भ्रमित कर रहे हैं। जबकि होना यह है कि ग्रन्थों के गूढ़ रहस्यों को, उसके शब्दों के मूल अर्थों को समझाकर व्यक्ति को स्वतंत्र छोड़ देना चाहिए समाज-कल्याण की दिशा में कार्य करने के लिए। वह चाहे तो अन्य स्कूलों से भी ज्ञान लें। उच्च ज्ञान के लिए उच्च ज्ञान केंद्रों में जाने की उसे पूरी स्वतन्त्रता होनी चाहिए। दीक्षा देकर संस्था-विशेष से बांध देने की जो परम्परा चल पड़ी है, वह सही नहीं है।

स्वामी जी के तर्क सही ही लगे। ज्ञान के लिए संस्था आवश्यक तो है। अब संस्था उद्देश्य विहीन हो जाए तब राष्ट्र का दुर्भाग्य, नागरिक का दुर्भाग्य।

मैंने उनसे वहाँ आने के उद्देश्य को बताया कि मैं वेद में वर्णित यम-यमी प्रसंग को समझना चाहती हूँ। क्या यहाँ कोई मदद मिलेगी?

स्वामी ने कहा ग्रन्थ तो पुस्तकालय में मिल जाएँगे, पर उसपर चर्चा तो अभी कोई नहीं कर पाएंगे। लगातार यहाँ कार्यक्रम है। बहुत व्यस्तता है।

मैं ग्रन्थ देखने के उद्देश्य से पुस्तकालय में गई, पर वहाँ भी सभी कार्यक्रम की व्यस्तता दिखाकर मुझे बाद में आने को कहा।

कुछ देर ठहरकर मैं घर आ गई। मन के अंदर ऋग्वेद की खोज और बढ़ गई। ऋग्वेद का दसवां मंडल आँखों के सामने घूम रहा था। कभी संस्कृत के शब्द कान में गूँजने लगते और कभी यम-यमी का प्रेम दृश्यमान हो जाता है।

अनसुलझी पहेली की तरह यम-यमी मुझे अपने शिकंजे में कसता जा रहा था। कहीं कोई राह नहीं दिख रहा था कि ऋग्वेद उपलब्ध कैसे हो? पिताजी के पुस्तकालय

में वेद से जुड़ी आलोचनात्मक ग्रन्थ कई थे, पर मुझे मूल ग्रन्थ की खोज थी। मैं कॉलेज में अपनी सहेलियों के बीच चर्चा कर रही थी कि गजब है कहीं वेद ही नहीं मिल रहा। तभी एक सहेली ने कहा, मैंने अपने घर में वेद देखा है। मेरी मम्मी के पास है।

आश्चर्य से मेरी आँखें चौड़ी हो गई। मम्मी के पास वेद!

हाँ, उसने गर्व से कहा। सभी गायत्री वाले वेद पढ़ते हैं।

अच्छा! मुझे ऋग्वेद देना ना। मैंने मनुहार किया।

बोली, कल मम्मी से पूछकर ला दूँगी।

मुझे विश्वास तो नहीं था कि उससे वेद ग्रन्थ मुझे मिलेंगे। इतना कठिन ग्रन्थ! उसकी मम्मी के पास कैसे हो सकता है? पर उसपर आशा को टिका देने के अलावा और कोई चारा ना था।

ऋग्वेद तो मिल गया। यम-यमी संवाद भी मिल गया। पहले श्लोक के साथ ही मेरे होश उड़ गए। वेदों में भी यह सब व्याख्या है। मैंने तो सुना था, वेद धर्मग्रन्थ है। उसमें हमारे संस्कार के बारे में लिखा होता है। फिर ऐसी बातें कैसे लिखी जा सकती है?

स्त्री के द्वारा पुरुष से प्रणय-निवेदन इतने खुले रूप में मुझे स्वीकार्य नहीं हो रहा था। अभी तक यह जाना था कि पुरुषों द्वारा ही प्रणय-निवेदन होता है। पहला प्रेमपत्र युवकों का ही आता है। युवतियाँ स्वीकार या अस्वीकार करती हैं। पर यहाँ तो पूरा उल्टा था। मुझे बिल्कुल विश्वास नहीं हुआ। संस्कृत के सभी श्लोक थे। मैं संस्कृत की शिक्षिका के पास इस संदर्भ में पूछने गई। उन्होंने कहा, मैं बहुत नहीं जानती इसके बारे में। पर एक किताब है मेरे पास "वैदिक आख्यानों का स्वरूप", वह तुम मुझसे ले लो। पढ़कर देखो कुछ तो उसमें जरूर होगा। जहाँ संस्कृत नहीं समझ आएगा, मुझसे पूछ लेना।

मैंने पुस्तक ली।

ध्यान से पढ़ी। यहाँ भी यम-यमी संवाद के पहले श्लोक का अर्थ लगभग वही दिया हुआ है।

यमी ने यम से कहा, "यम! विस्तृत समुद्र के मध्य इस निर्जन द्वीप प्रदेश में आकर मैं तुम्हारे साथ समागम चाहती हूँ। तुम मेरे सखा हो। विधाता ने मन ही मन सोचा है कि तुम्हारे द्वारा मेरे गर्भ से जो पुत्र उत्पन्न होगा, वह हमारे पिता का एक श्रेष्ठ नाती होगा।"

बड़ा आश्चर्य! एक बहन अपने भाई से ऐसी बातें कैसे कर सकती है?

दूसरे श्लोक में यम का इस कार्य के लिए स्पष्ट नकारना भारतीय आदर्श की स्थापना तो थी, पर मेरा मन पहले श्लोक पर अटक गया है। हम लड़कियों को वेद, उपनिषद, मनुस्मृति आदि का नाम देकर मर्यादा में रहना सिखाया जाता रहा है, तब यहाँ यमी की क्या मर्यादा? यमी का यह निवेदन आखिर क्या है? वेद क्या बताना चाहता है? वेदकालीन स्त्रियाँ इतनी स्वछंद थीं। उसे भाई-बहन की मर्यादा का भी ख्याल नहीं था या कोई और गूढ़ रहस्य है इसके पीछे।

मेरी छोटी बुद्धि में कुछ समा नहीं रहा है। पुस्तक में और भी बहुत व्याख्या है।

कुछ विद्वान यम-यमी को पति-पत्नी कह रहे हैं। कुछ दीवा-रात्रि का संकेत दे रहे हैं। कुछ पँक्ति में उन्हें दूर का भाई बहन कहा जा रहा है।

उनके सम्बन्धों की व्याख्या विषय को और उलझा रही है। यदि यम-यमी पति-पत्नी है तो निर्जन स्थान में प्रणय-निवेदन की क्या जरूरत? वह तो इस समागम के लिए स्वतंत्र हैं। भाई-बहन के रूप में यह संवाद अवैज्ञानिक ही है। यदि किसी भी स्वरूप में प्रतीकात्मक है तो इस खुले शाब्दिक रूप में आने की वजह क्या है?

ढेरों प्रश्न मन को मथ रहे थे। जवाब के लिए कहाँ जाएँ? अपने संस्कृत शिक्षिका के पास ही गई। उन्होंने कहा कि मुझे वेद का कोई विशेष अध्ययन नहीं है। इस प्रसंग को सुना भर है। हाँ, वेद के बारे में कहा जाता है कि वेद के सभी शब्द मन्त्र हैं। उसे श्लोक नहीं, ऋचा, सूक्त आदि कहते हैं। उनके अर्थ करने की पद्धति भी श्लोकों के अर्थ करने से भिन्न होती है। वेदमंत्रों के अनुवाद नहीं हो सकते, भाष्य होते हैं। वेदमंत्रों के अर्थ समझने की न्यूनतम योग्यता षडंगो अर्थात् शिक्षा, कल्प, निरुक्त, व्याकरण, छंद और ज्यौतिष का सम्यक् ज्ञान होना है।

यह न्यूनतम योग्यता वाली बात से मेरी सहमति नहीं बनी। जब वेद ही मूल ग्रन्थ है। सभी के लिए आचार संहिता है, तब यह इतनी कठिन क्यों लिखी गई। फिर पहले षडंगो अर्थात् शिक्षा, कल्प, निरुक्त, व्याकरण, छंद और ज्यौतिष का सम्यक् ज्ञान लें, तब वेद पढ़ें और समझें, यह तो अद्भुत बात है। छह विषय पढ़ो, तब वेद को उठाओ। यह छह ज्ञान क्या वेद से पहले आए। यदि यह वेद से पहले आ गए थे, तब वेद प्रथम ग्रन्थ कैसे हुआ?

यदि वेद प्रथम ग्रन्थ है, तब इसके प्रथम भाष्यकार ने षडंग का ज्ञान किस ग्रन्थ से पूर्व में ही लिया होगा। संस्कृत की मेरी शिक्षिका बोली, तुम बातों को बहुत पकड़ती हो। अरे, यह सब भारतीय जीवन के व्यवहारिक ज्ञान थे उस काल में। ज्ञान की धारा ही इस षडंग ज्ञान के तरफ से प्रवाहित होती थी।

पर मुझे यह संवाद तो सीधा-सा ही प्रतीत होता है।

आप पढ़िए इस संवाद को।

यमी—यम! विस्तृत समुद्र के मध्य इस निर्जन द्वीप प्रदेश में आकर मैं तुम्हारे साथ समागम चाहती हूँ। तुम मेरे सखा हो। विधाता ने मन ही मन सोचा है कि तुम्हारे द्वारा मेरे गर्भ से जो पुत्र उत्पन्न होगा, वह हमारे पिता का एक श्रेष्ठ नाती होगा। (1)

यम—यमी! तुम्हारा सखा यम तुम्हारे साथ इस प्रकार का सम्पर्क नहीं करना चाहता, क्योंकि महा शक्तिशाली परमात्मा के द्युलोक को धारण करने वाले वीरपुत्र सबकुछ देखते हैं। (2)

यमी—यम! भले ही मनुष्य के लिए इस प्रकार का समागम वर्जित है, किंतु देवता लोग इच्छापूर्वक ऐसा समागम करते हैं। इसलिए जैसा मेरा मन कर रहा है, वैसा ही तुम करो। पुत्र उत्पन्न करने वाले पति बनकर तुम मेरे शरीर में प्रविष्ट होओ अर्थात सम्भोग द्वारा वीर्यसेचन करो। (3)

यम—हमने ऐसा कर्म पहले कभी नहीं किया है। हम सत्य बोलते हैं, असत्य कभी नहीं बोलते। अंतरिक्ष में स्थित गन्धर्व या जलधारक आदित्य और अन्तरिक्षस्थ योषा-सूर्यपत्नी हमारे पिता-माता हैं, इस कारण हम सहोदर बन्धु हैं। अत: हमारे मध्य ऐसा बन्धन ठीक नहीं है। (4)

देखो यह भाष्य विद्वान भाष्यकार शायण का है। उनको सबसे उत्तम वेदभाष्यकर के रूप में प्रतिष्ठा प्राप्त है। उन्होंने सूक्त-मन्त्रों के भेद को लिखा है। हमें किसी समर्थ वेदज्ञाता से यह समझना होगा। शिक्षिका ने मुझे टालने के उद्देश्य से शायद कहा।

क्योंकि अर्थ या भाष्य ही कहें तो सीधा सा लिखा है। इसमें गूढ़ता की गुंजाइश ही कहाँ है? आगे भी साफ ही लिखा है।

यमी—रूप प्रदाता, शुभाशुभ प्रेरक, सर्वप्रकाशक, सर्वव्यापक परमात्मा ने तो हमें गर्भावस्था में ही दम्पति बना दिया है। विधाता के कर्मों को कोई लुप्त नहीं करता है। हमारे संबंधों को पृथ्वी एवं द्युतलोक जानते हैं। (5)

यमी—प्रथम दिन समागम की बात कौन जान सकता है? किसने इसे देखा है? कौन इसको कहेगा? मित्र और वरुण का जो यह धाम स्थान है, इसके बारे में हे यम, तुम्हारा क्या विचार है?(6)

जैसे एक शैय्या पर पत्नी पति के पास अपनी देह को उद्घाटित करती है, उसी प्रकार हे यम, मैं अपने देह को उद्घाटित कर देती हूँ। तुम मेरी कामना करो। आओ, एक शय्या पर शयन करें और रथ के दो पहियों के समान हम एक कार्य में प्रवृत्त हों। (7)

यम—देवों के गुप्तचर दिन-रात सर्वत्र विचरण करते हैं, उनकी आँखें कभी बन्द नहीं होती। असभ्यभाषिणी यमी! तुम शीघ्र किसी दूसरे के पास जाओ और रथ के पहियों के समान उसके साथ एक काम में प्रवृत्त होओ। (8)

दिन-रात में यम के लिए जो भाग है, उसे यजमान दे, सूर्य का तेज यम के लिए उदित हो। परस्पर सम्बद्ध दिन द्युलोक और भूलोक यम के बन्धु हैं। यमी अपने भाई यम से भिन्न किसी अन्य पुरुष को पति रूप में ग्रहण करे। (9)

पुन: यम अपनी बहन से कहते हैं, ''हे यमी! देवदूत बराबर विचरण करते रहते हैं, वे सदा सतर्क रहते है, इसलिए हे मेरी धर्ममति को नष्ट करने की इच्छा वाली, तू मुझे छोड़ कर अन्य किसी की पत्नी बन और शीघ्रता से जा कर उसके साथ रथ-चक्र के सामान संश्लिस्ट हो।

संभवत: आगे चलकर ऐसे ही दिन रात्रि आएँ जब बहन अपने अबंधुत्व को पाने लगेंगी पर अभी ऐसा नहीं होता, अत: यमी! तू सेवन समर्थ अन्य पुरुष के लिए अपना हाथ बढ़ा और मुझे छोड़ कर उसे ही पति बनाने की कामना कर।''

यमी—अपने भाई (यम) का यह उत्तर सुन कर भी चुप नहीं होती बल्कि वह एक बार फिर अपने भाई को ताना देते हुए कहती है, ''वह बन्धु कैसा, जिसके विद्यमान रहते भगिनी इच्छित कामना से विमुक्त रह जाए, वह कैसी भगिनी जिसके समक्ष बंधु संतप्त हो? इसलिए तुम मेरी इच्छनुसार आचरण करो।''

यम—फिर इनकार करते हुए कहता है, "हे यमी! मैं तेरी कामना को पूर्ण करने वाला नहीं हो सकता और तेरी देह से स्पर्श नहीं कर सकता। अब तू मुझे छोड़ कर अन्य पुरुष से इस प्रकार का सम्बन्ध स्थापित कर। मैं तेरे भार्यात्व की कामना नहीं करता (13)

हे यमी! मैं तेरे शरीर का स्पर्श नहीं कर सकता। धर्म के ज्ञाता, भाई-भगिनी के ऐसे सम्बन्ध को पाप कहते हैं. मैं ऐसा करूँ तो यह कर्म मेरे हृदय, मन और प्राण का भी नाश कर देगा।"(14)

यह सुन कर तो मानों यमी बिलकुल निराश ही हो गई दिखती है वह कहती है, "हे यम! तेरी दुर्बलता पर मुझे दु :ख है। तेरा मन मुझ में नहीं है, मैं तेरे हृदय को नहीं समझ सकी। वह किसी अन्य स्त्री से सम्बंधित होगा।" (15)

अंत में यम यह कह कर अपनी बहन से पीछा छुड़ाता है, "हे यमी! रस्सी जैसे अश्व में युक्त होती है, वृत्ति जैसे वृक्ष को जकड़ती है, वैसे तू अन्य पुरुष से मिल। तुम दोनों परस्पर अनुकूल मन वाले होवो और फिर तू अत्यंत कल्याण वाले सुख को प्राप्त हो।"

मैंने शिक्षिका से कहा कि आप भी पढ़ लीजिए यह सारे संवाद।

यमी अपने भाई यम से कहती हैं कि आप मेरे साथ विवाह कीजिये। हालाँकि यम कहता हैं कि—

बहिन के साथ कुत्सित व्यवहार करने से पाप होता हैं। पुराकाल में कभी भाई बहिन का विवाह नहीं हुआ, इसलिए तू दुसरे पुरुष को पति बना।

पर संवाद तो बहन-भाई के बीच अनैतिक व्यवहार पर ही है।

मेरी शिक्षिका ने कहा, प्रत्यक्ष विवेचन से तो यही दिखता है। पर पहले भी मैंने कहा वेदों की इतनी सीधी व्याख्या नहीं होती है। इसके गूढ़ तत्व को समझना होगा। कल मैं इसके किसी जानकार के बारे में तुम्हें बताती हूँ, उनसे समझना।

यम-यमी संवाद को समझने के लिए किसी वेद-मर्मज्ञ का पता मिलता तबतक मैंने उसी पुस्तक को खंगाला। एक विवेचना यह है—

यम यमी सूक्त का मूल भाव भाई-बहन के संवाद के माध्यम से शिक्षा देना है। यम और यमी दिन और रात हैं, दोनों जड़ है। इन्ही दोनों जड़ों को भाई बहन मानकर वेद ने एक धर्म विशेष का उपदेश किया हैं। अलंकार के रूपक से दोनों में बातचीत हैं। यमी यम से कहती हैं कि आप मेरे साथ विवाह कीजिये पर यम कहता हैं कि—

बहिन के साथ कुत्सित व्यवहार करने से पाप होता हैं। पुराकाल में कभी भाई बहिन का विवाह नहीं हुआ, इसलिए तू दुसरे पुरुष को पति बना। परमात्मा ने जड़ प्रकृति का उदहारण देकर लोगों को यह सूचित करा दिया है कि एक जड़ स्त्री के कहने पर भी पाप के डर से परम्परा की शिक्षा से प्रेरित होकर एक जड़ पुरुष जब इस प्रकार के पाप कर्म को करने से इंकार करता हैं, तब चेतन ज्ञानवान मनुष्य को भी चाहिए की वह भी इस प्रकार का कर्म कभी न करे।

पिताजी ने मुझे वेद की पुस्तक पढ़ते देख पूछा, क्या पढ़ रही हो आजकल। बहुत व्यस्त दिखती हो। मैंने पुस्तक उनके हाथ में दी और बताया कि प्रेम को समझने के क्रम में यम-यमी संवाद आया है। उसे ही समझने का प्रयास कर रही हूँ।

उन्होंने समझाया, प्रेम शरीर का आकर्षण नहीं है। यही बात यम-यमी संवाद में बताया गया है।

मैं उत्साहित हो गई। मुझे तो लगा था, पिताजी यह सब कहाँ जानेंगे! पर उन्होंने चर्चा की तो मेरी समस्या ही हल हो गई। उन्होंने आगे कहा कि प्रेम मन की एक अवस्था है। एक अविरल बहता झरना जिसमें जो भी आए वो अपनेपन को महसूस करे। प्रेम = भगति= त्याग, बलिदान। आसक्ति है बदले में परिणाम पाने की चाह। यदि कोई बदले में लाभ के लिए प्रेम नहीं हो तो वो अनासक्त प्रेम है।

सच्चे प्रेम में आसक्ति का स्थान नहीं होना चाहिए। आसक्ति का मतलब चिपकाव। इससे मुक्ति पाना ही प्रेम है। प्रामाणिक निस्वार्थ भावना से प्रेम।

जहाँ तक प्रेम में शरीर के स्थान की बात है तो शरीर के प्रथम माँग की चर्चा ऋग्वेद के दशम मंडल के यम-यमी संवाद प्रसंग में आया है।

महर्षि अरविंद के अनुसार, यम धर्म के देव है, सृष्टि निर्माण के नियमो के नियंत्रण के प्रतिनिधि शक्ति हैं, अत: इस नाते भी अगर देखें तो उन्होंने सामाजिक नीति निर्देशक तत्व व मर्यादा की शिक्षा दी। सम्भवत: वही आगे चलकर सगोत्र विवाह निषिद्ध हुआ होगा। जिसके वैज्ञानिक आधार भी कहीं-कहीं मिलते हैं।

यहाँ संख्या के दृष्टि से देखें तो पुरुष निष्क्रिय अकर्ता है, इसलिए जगत निर्माण की कर्त्री प्रकृति को माना गया है। वह प्रकृति पुरुष की अंत: प्रेरणा से जगत निर्माण करती है।

यह यम और यमी के पति पत्नी भाव मे होने पर यम के विशिष्ट अर्थों में संबंध निष्क्रिय होने पर उसके द्वारा यह प्रेरणा दी गई, सामाजिक नीतियों व मर्यादा के अनुसार, उसे आगे बढ़ने की प्रेरणा दी जा रही है।

पिताजी ने आगे कहा, और यह भी कि यह सांसारिक प्रत्यक्ष दिखने वाली व्यवस्था नहीं है।

यह सूक्ष्म व्यवस्था है।

ब्रह्मा और माया दोनों हमारे ही भीतर है।

माया सांसारिक लिप्सा के लिए प्रेरित करती है।

ब्रह्म तत्व उसे रोकता है। जो प्रबल हो गया वह जीतता है। जीत यदि माया की हो गई तो सब खत्म।

इसलिए ब्रह्म के जीत के लिए कृतसंकल्प रहना होगा।

पिताजी को चुनाव कार्य से निकलना था। एक नुक्कड़ मीटिंग में मुझे आने का निर्देश देकर वह तैयार होने चले गए।

मैं वहाँ जाकर क्या बोलूँगी? कुछ चुनावी मुद्दा दिमाग में भी तो नहीं है। खैर

जाकर देख लूँगी। पहले कॉलेज जाती हूँ। संस्कृत शिक्षिका किसी वेद-ज्ञाता का पता देने वाली हैं।

इतने विमर्श के बाद जो अभी तक तो जो बात समझ आई वह यह कि यम-यमी संवाद के माध्यम से वेद ने हमें प्रेम और शरीर सम्बन्ध की मर्यादा को बनाए रखने की सीख दी है।

यमी ने प्रणय-निवेदन भी किया तो सृष्टि-निर्माण के लिए। अपने पिताजी को एक नाती देने के लिए। यानी शारीरिक-सम्बन्ध का उद्देश्य सृष्टि-निर्माण के अलावा और कुछ नहीं है। यह प्रेम की रसानुभूति का माध्यम नहीं है। इसलिए यम समझाता है, जिस उद्देश्य के लिए तुम मुझसे सम्बन्ध चाहती हो, वह मेरे संग उचित नहीं है। किसी श्रेष्ठ, सामर्थ्य पुरुष का चयन करो।

शिशु निर्माण बहुत सूक्ष्म प्रक्रिया है। इसके लिए श्रेष्ठ बीजारोपण आवश्यक है। नैतिक, चारित्रिक योग्यताओं से सम्पन्न स्वस्थ बीज से ही यह निर्माण होना चाहिए।

यह भी विचार ठोस हुआ कि शारीरिक सम्बन्ध किसी भी स्थिति में प्रेम की अभिव्यक्ति नहीं है। विचारों का क्रम पिताजी की आवाज पर भंग हुआ।

''खाना भी दोगी या यम-यमी से माँग लूँ।''

पिताजी को खाना देकर कॉलेज के लिए तैयार हुई। जल्दी पहुँचना है। शिक्षिका से पता ले लूँ। पहले नुक्कड़ मीटिंग, फिर वेद-ज्ञाता से मिलने भी जाना होगा।

आज नुक्कड़ मीटिंग में आनन्द आ गया। ग्रन्थों को पढ़ने से वाक् शक्ति भी स्वतः प्रबल हो जाती है शायद। आज मुझे महसूस हुआ। हमेशा वक्तव्य तैयार कर या कहिए रटकर जाती थी। हमारा देश गरीबी, बेरोजगारी, भ्रष्टाचार, भुखमरी का शिकार है। यह सब सत्तासीन पूँजीपतियों की साजिश है। वोट की राजनीति है। जनता को सुविधा के भ्रमजाल रूपी अफीम की गोली खिला दो, वह उस भ्रमजाल को पाने के लोभ में मदहोश आपको वोट देता रहेगा। उनकी यह साजिश कामयाब भी है। जनता इस भ्रमजाल में आराम से फँसी पड़ी है। करोड़ों स्विश बैंक में जा रहा है और सरकार गरीबी का रोना रोकर विदेशी लोन लिए जा रही है।

शिक्षक नहीं, शिक्षा नहीं, बच्चों को राशन देकर वोट खरीद रहे हैं। शिक्षा-संस्थान वोट की राजनीति का अखाड़ा बन गया है। बीज को ही सड़ा दिया जा रहा है। नैतिकता की चर्चा समाप्त है।

यह सारे शब्द पिताजी के होते थे। मेरी आवाज होती थी। पर आज के वक्तव्य सम्पूर्णता में मेरे थे।

मैंने कहा, आज की समस्या के लिए कोई सत्ता दोषी नहीं है। कोई नेता दोषी नहीं है। कोई संविधान दोषी नहीं है। गरीबी, बेरोजगारी, भ्रष्टाचार, भूखमरी सब हमारी अपनी चाहत है। हम इस अस्वच्छता में रहना चाहते हैं। हमें यह बेईमानी पसन्द है।

राष्ट्र की बर्बादी के लिए सिर्फ और सिर्फ परिवार, माता-पिता, शिक्षक, नौकरी कर रहे अफसर, कर्मचारी और वोटर दोषी है। जाति के लिए जी रहे लोग दोषी हैं।

सम्प्रदाय के नाम पर वेबकूफ बन रहे लोग दोषी हैं। मंदिर, मस्जिद, गुरुद्वारा को शस्त्रों का स्थान बनाने में सहयोग करने वाली जनता दोषी है।

लोकतंत्र में सिर्फ और सिर्फ जनता की जिम्मेदारी है कि वह देशहित में सरकार का निर्माण करे। पर आप जाति, सम्प्रदाय, क्षेत्र, स्वहित का ध्यान रखते हैं और इसलिए भूखे हैं, नंगे हैं और हमेशा रहेंगे क्योंकि जिसे आप चुनते हैं वह आपके नंगेपन और पूँजीपतियों के पूँजी से ही वहाँ आसीन रह सकता है। आपको सुविधा चाहिए। आपको सब्सिडी चाहिए। आपको निःशुल्क शिक्षा चाहिए। आपको रोजगार के संसाधन नहीं, कल-कारखाने नहीं, आपको मंदिर चाहिए, मस्जिद चाहिए।

यह सब बनाने के लिए कहीं से तो पूँजी लानी होगी। इसलिए टाटा, बिरला, डालमिया को पालना पड़ता है। उनके पूँजी से आपको शराब दी जाती है। उसके पूँजी से आपको सड़े अनाज दिए जाते हैं। उसके पैसे से आपको सब्सिडी दी जाती है।

आप कहेंगे, नहीं यह तो हमारे इनकम टैक्स से होता है। आप इनकम ही कहाँ करना चाहते? इसलिए आपके इनकम से इन पूँजीपतियों को ऋण दिया जाता है, वह आपको सब्सिडी पर देने वाले समान तैयार करते हैं। कमीशनखोरी पर वह समान सरकार खरीदती है। फिर आपको देती है। इस तरह वह अमीर भी बन जाती है और आपके वोट खरीदने में सक्षम भी।

नुक्कड़ मीटिंग से मैं आश्रम गई। आश्रम के पास ही चौराहे पर सभा थी। आज आश्रम पहले की तरह शांत था। ठाकुर जी भी खाली-खाली से बैठे दिख रहे थे। बहुत दिनों बाद उनके साथ अकेले बैठने का मौका मिला है। उनके सामने बैठते ही मन का भटकाव रुक जाता है। प्रश्न तो रहते हैं, पर उलझन नहीं रहती। ऐसे लगता है, सभी प्रश्न के उत्तर ठाकुर के आँखों में तैर रहे हैं। जैसे ही मैं आँख बंद करती हूँ। माँ, ठाकुर सभी साकार हो उठते हैं। अपने घर में पहुँचने का अहसास रोम-रोम में छा जाता है।

ठाकुर ने पूछा, क्यों इतना उद्दिग्न हो आजकल? क्या करोगी प्रेम को जानकर?

मैं चुप थी। सुन रही थी। ठाकुर को सुनना ही सबसे बेहतर है।

ठाकुर ने फिर कहा, यम-यमी को समझना है। यमी जिस सन्तान की चर्चा कर रही है, पहले उसे समझो। वह एक सर्वश्रेष्ठ नाती अपने पिता के लिए चाहती है। उसके लिए सर्वश्रेष्ठ वीर्य की तालाश में है। उसने यम के संयम, तपस्या, सर्वश्रेष्ठता को नजदीक से देखा है। उसे यम से प्राप्त वीर्य पर विश्वास है कि इससे सृष्टि को उत्तम रचना प्राप्त होगी। अनजाने का क्या भरोसा?

सन्तान धारण करने का अधिकार एक मात्र स्त्री को प्राप्त है। वह धरती है। धरती को अधिकार है कि वह उत्तम बीज की खोज कर उसे धारण करे। एक स्त्री का यह परम कर्तव्य भी है। यह उसकी स्वतन्त्रता भी है। यमी यहाँ शरीर की जरूरत पूर्ति के लिए निवेदन नहीं कर रही है। वह सृष्टि-निर्माण के अपने दायित्व का निर्वहन करने के लिए उत्तम की चाहत में है।

यम भी उसके इस बात को समझ रहा है। इसलिए समझा रहा है कि जिस उद्देश्य

के लिए तुम हमारा साथ चाह रही हो, उसमें मैं सक्षम नहीं हूँ। मुझसे उत्तम बीज की प्राप्ति नहीं होगी। यमी विज्ञान नहीं समझती। वह व्यवहार को समझती है। वह यह के साथ पली-बढ़ी है। उसके आचरण से समझ रही है कि यहाँ से उत्तम बीज प्राप्त होगा।

यम विज्ञान को समझता है। वह जानता है कि एक ही गुणसूत्र से निर्मित शिशु उत्तम नहीं होगा। इसलिए वह अन्य को धारण करने की बात करता है।

दूसरी दृष्टि से देखो तो यह एक सूक्ष्म व्यवस्था है।

यम ब्रह्म है और यमी माया। इनदोनों का वार्तालाप प्रतीक मात्र है। यह हमारे अंदर का संवाद है।

ब्रह्म और माया दोनों हमारे ही भीतर है।

माया सांसारिक लिप्सा के लिए प्रेरित करती है।

ब्रह्म तत्व उसे रोकता है। सृष्टि की उत्तमोत्तम व्यवस्था के लिए ब्रह्म का संयमित होना अति आवश्यक है।

यम-यमी संवाद इसी बात का संदेश है।

ठाकुर जी मुस्कुराए। मैंने माँ की ओर देखा। उन्होंने मुस्कुराकर कहा, हम भी तुम्हारे अंदर से ही निकलकर साकार होते हैं। यह सब मानवीय ऊर्जा का चमत्कार है। जब विचारों की ऊर्जा सघन होती है, तो हमारे स्वरूप साकार हो जाते हैं।

इस आश्रम में ही नहीं, मन्दिरों में ही नहीं, जहाँ भी पूरी क्षमता से हमें सोचोगी, तुम्हारी ऊर्जा हमारे लिए सघन होगी और हम साकार होकर तुम्हें दिशा देंगे। मैं तुम ही हूँ।

यह तो बहुत मजे की बात है, मैंने आनन्द से कहा। घण्टी की आवाज पर आँख खुली। सारे शरीर में अद्‌भुत तरंग महसूस हो रहा था।

आज मैं प्रेम पर अपने मजबूत पक्ष रखने को तैयार थी। माँ के जाने के बाद से मेरी तबियत बहुत खराब चल रही है। कमजोरी बहुत ज्यादा हो गई है। आज रास्ते में बहुत चक्कर आ रहा था। यह कई दिनों से है। क्या करूँ, समझ नहीं आ रहा है। घर में तो नहीं बताऊंगी।

मृत्यु का आवाहन कितना आसान है। लेकिन जब वह करीब आता है तो मन भयभीत क्यों हो उठता है? आत्महत्या कैसे किसी से हो जाता है पता नहीं। आत्महत्या में तो मेरा साथ भगवान भी नहीं देते हैं। अभी पिछले दिनों मरने की उत्कट आकांक्षा हो उठी। आत्महत्या के कई विकल्प पर अनुसंधान किया। फांसी लगाने से लेकर गंगा में कूदने तक का। अन्ततः जहर खाकर मरना सबसे उत्तम लगा। जहर कहाँ से लाऊँ? बहुत विचार कर पिताजी के दवा के पिटारे से 50 तरह की गोली निकाली। हर प्रकार की गोली से दो-दो। चुरण बनाकर सबको खा लिया। सुबह 10 बजे से शाम 6 बजे तक सड़क पर घूमती रही। अब मरूँगी। अब मरूँगी। आश्रम में भी जाकर बैठी। ठाकुरजी के पास ही मरूँगी। वह भी समझें, मुझे अकेला क्यों किया!

पर, काहे का मरना! शरीर का दर्द, पेट की समस्या आदि कई बीमारियाँ ही ठीक

हो गई। गजब है सबकुछ। मेरे साथ सब उल्टा ही होता है। दीदी के वाक्य, "बड़ी सख्त जान हो" सही ही लगता है। माँ के गर्भ से ही दवा पचाने की क्षमता प्राप्त है। उन्होंने गर्भ के समय ही बीज रूप में मुझे समाप्त करने के लिए कई तरह की दवा खाई, पर मुझे कुछ नहीं हुआ। मैं सशक्त होकर धरती पर आ ही गई। मेरी मौत सरल नहीं है। इसलिए बेहतर है स्वस्थ रहकर ही जीना। डॉक्टर से दिखा ही लेती हूँ कल सुबह।

कॉलेज जाते समय पुनः सिर में चक्कर आ गया। सीधा डॉक्टर के पास ही चली जाती हूँ। देखूँ समस्या क्या है? पॉली क्लिनिक गई। भारतीय कम्युनिस्ट पार्टी द्वारा संचालित इस क्लिनिक में इलाज सस्ती और सुंदर व्यवस्था है। डॉ. शकील और डॉ. गौड़ यहाँ के मुख्य डॉक्टर हैं। अन्य डॉक्टर भी विजिट पर आते हैं।

मैं आमतौर पर डॉ. गौड़ से दिखाती रही हूँ। आज वह नहीं थे। डॉ. शकील से दिखाया। डॉ. शकील मेरे पिताजी के ज्यादा सम्पर्क में हैं। मेरी स्थिति की खबर वह तुरन्त पिताजी को देंगे, जो मैं नहीं चाहती हूँ। डॉ. गौड़ से यह खतरा नहीं रहता। पर आज शकील साहब ही मिले। तुरन्त हीमोग्लोबिन जाँच हुआ। अरे, इतना कम हीमोग्लोबिन! अभी तुरन्त ब्लड चढ़ेगा। मैं दादा (मेरे पिता जी को सभी कामरेड, दादा ही कहते हैं।) को फोन करता हूँ।

मैंने उन्हें रोका, इसकी जरूरत नहीं है। मैं बताकर कल आती हूँ। रिपोर्ट लेकर घर चली आई। दो-चार दिन और ब्लीडिंग हो गया तो मेरा काम बन जाएगा। मैंने किसी को नहीं बताने का निर्णय लिया।

घर आ गई। कमजोरी थी। दो दिन कॉलेज नहीं गई।

रविवार का दिन है। सभी टेलीविजन देखने में व्यस्त थे। छुट्टी और अच्छे सीरियल, फिल्म आदि का आनन्द लिया जा रहा था। अचानक पिताजी मेरे नाम की पुकार के साथ नीचे तल्ले से ऊपर आए। उनके आवाज की तल्खी से सभी हड़बड़ा गए। क्या हुआ?

मैं आगे गई। तुम शकील से मिली थी।

जी, मैंने कहा।

रिपोर्ट कहाँ है, दिखाई।

मैंने फाड़कर फेंक दिया। उसकी जरूरत नहीं थी। मैंने कहा।

अपनी पूरी क्षमता से वह गुस्साकर बोले, यह सब करने से कोई मर नहीं जाता है। जल्दी तैयार हो और हॉस्पिटल चलो।

मुझे नहीं जाना है। मैं ठीक हूँ। मैंने कहा।

उन्होंने कहा, मैं पूछ नहीं रहा कि जाना है या नहीं। कह रहा हूँ अभी चलो।

जाना पड़ा। शकील साहब की भी डांट पड़ी। पाँच यूनिट ब्लड चढ़ाने की बात हुई।

हम पाँचों भाई-बहन का एक ही ब्लड ग्रुप है। आज बड़े भैया ने ब्लड दिया।

दो सहोदर भाई, एक चचेरे भाई के रक्त-दान और सभी प्रियजनों के डांट के बाद अब मैं ठीक हूँ। सभी का एक ही प्रश्न ऐसा क्यों किया?

अरे, इसमें क्या आश्चर्य! माँ के पास जाना था। शरीर छोड़े बिना यह सम्भव नहीं था। इसलिए एक प्रयास किया। अपने लक्ष्य के लिए प्रयास कायरता कैसे? कुछ भी बोलकर डांट देना है बस। आपलोग शरीर से चिपके रहिए। मुझे शरीर से पार आत्मा की दुनिया में जाना था। जो रास्ता सही लगा अपनाया। इसमें कायरता कहकर आलोचना कैसी?

इसबार मैंने कोई आत्महत्या की तो नहीं सोची थी। शरीर छोड़ने की यह नितांत आध्यात्मिक सोच थी। आत्म समाधि जैसा कुछ। माँ मूल में थी। उसके पास ही तो जाना था।

ठाकुर ने भी इच्छा शक्ति से अपने चुने हुए समय में प्राण त्यागा था। उन्होंने कायरता नहीं कि तो मेरा अपनी इच्छा से प्राण-त्याग का निर्णय कायरता कैसे हो सकती है। प्राण को परमात्मा से मिला देना गलत कैसे?

खैर यहाँ कौन इसे समझने वाला है। सबकी अपनी ढपली अपना राग है। मेरे पिताजी ने अब और गम्भीरता से तय किया कि इस घर में मैं जीवित नहीं रह सकती शादी कर दिया जाए। मैंने अपनी ताकत भर विरोध किया पर कोई सुनवाई नहीं हुई।

मैं कई दिनों तक दुविधा में रही। अंततः मैं आश्रम गई। मेरी सारी दुविधाओं का जबाब वहीं रहता है। मैं शांत बैठी रही। कोई सवाल-जवाब नहीं। बस बैठी रही। अचानक मुझे बहुत रोना आ गया। क्या सभी लड़कियों को इतनी दुविधा होती है। मुझे माँ की याद आ गई। माँ रहती तो इतनी परेशानी नहीं होती शायद। यह सब माँ ही तो सोचती। मैं इन विचारों के साथ आँख बंद किए बैठी थी। आँखों से झर-झर पानी बह रहा था। मुझे रोकना भी नहीं था। बहते आंसुओं को मैं कभी नहीं रोकती। अंदर दबा रहे, कष्ट दे। इससे अच्छा है बह जाए।

कुछ देर शांत रहने के बाद आँखों को खोली तो सामने स्वामीजी थे। आमतौर पर आश्रम में कोई किसी को टोकता नहीं है। खासकर संन्यासियों को स्त्री को टोकने की मनाही है। स्वयं स्वामीजी भी कुछ पूछने पर ही बोलते हैं। अन्यथा चुप रहते हैं। ज्यादातर तो ऑफिस में ही रहते हैं। आज उन्हें सामने देखकर आश्चर्य भी हुआ और थोड़ी झेंप भी गई। अपना रोना किसी को दिखाने की इच्छा साधारणतया किसी स्त्री में नहीं होती है। मैं भी स्त्री सुलभ स्वभाव से परे नहीं हूँ। इसलिए तो इतनी द्वंद में हूँ। स्वामी जी ने इतने वर्षों में पहली बार पूछा, क्या बात है? कभी इतना परेशान नहीं देखा।

कुछ नहीं। मैं बात टालना चाह रही थी। पर शायद उनको ठाकुरजी का आदेश था कि मुझसे बात करनी ही है। बहुत कुदेरने के बाद मैंने अपनी समस्या बताई। उन्होंने गम्भीरता से सुना और एक बार बात कर लेने का सुझाव दिया। बात आखिर कैसे करूँ? क्या कहूँ कि पिताजी नहीं मानेंगे। उनका सुझाव आधे-अधूरे मन से स्वीकार कर घर लौट आई। मन की चंचलता इससे शांत नहीं हुई। क्लास में, मीटिंग में, घर में खिन्न रही। धीरे-धीरे मन एक विचार पर स्थिर हुआ कि शादी की बात आगे बढ़ने से पूर्व

लड़के से ही बात कर लिया जाय। कोई मदद को तैयार नहीं था। सिर्फ मेरी भतीजी स्वीटी साथ थी। वह बार-बार टेलीफोन रखे ऑफिस का निरीक्षण करती। खाली देखकर मुझे वहाँ ले जाती और फोन कर सबकुछ कहने का दबाब डालती थी।

हम फोन उठाते। नम्बर डायल करते। दो घण्टी बजती कि फटाक रिसीवर नीचे। हिम्मत ही जबाब दे देती। दस दिन से यह उपक्रम चल रहा था। आखिर एक दिन हिम्मत से पूरा रिंग होने दिया। कॉल उठा। उधर से आवाज आई। हमने भी पूछा, अरुणजी हैं। उधर से आवाज आई हम अरुणजी नहीं वरुणजी बोल रहे हैं, बोलिए क्या काम है। हमें अरुणजी से बात करनी है, जो वहाँ काम करते हैं। यहाँ कोई अरुणजी काम नहीं करते हैं। मैं तो वरुण हूँ। अरे मजाक मत कीजिये, हमें बात करवाइये। उन्होंने फोन काट दिया।

दूसरे दिन हमने फिर फोन किया। उधर से फिर वही जबाब। तीसरा दिन बिता। चौथा दिन बिता और एक दिन उधर से बोला देखिये आप हमें फोन मत कीजिए। मेरे घर में सभी शक करने लगे हैं। अब हमें मजा आने लगा था। अपनी परेशानी भूल गए थे। मैंने पूछा—"क्यों शक करने लगे हैं। आपने क्या किया है।"

"अरे! आप लड़की हैं। किसी लड़के को कॉल करेंगी तो घर वाले को शक नहीं होगा। मैं अपने कमरे में फोन उठाता हूँ, बाहर से कोई सुन लेता है।"

"ओ, तो आप हमसे छुपकर बात करना चाहते हैं।" हमने चुटकी ली।

"नहीं, मैं चाहता हूँ आप हमें फोन ना करें।"

"हम तो करेंगे। जब तक आप हमें अरुणजी से बात नहीं करवाएँगे, हम तो फोन करते रहेंगे।"

आप समझती क्यों नहीं हैं, यहाँ कोई अरुण नहीं है। गलत नम्बर किसी ने दे दिया है। उसने झल्लाते हुए कहा।

अच्छा, आप हमें पढ़ाएँगे। यह एकदम सही नम्बर है। हमने दबाब बनाया। उसके झल्लाहट पर हमें आनन्द आ रहा था।

एक दिन वह समझाने लगा। आपलोग तो अच्छे घर की लड़कियाँ लगती हैं। क्यों लड़कों के चक्कर में समय बर्बाद कर रही हैं। अरुण कौन है? प्रेम का चक्कर तो नहीं है। वह सही लड़का रहता तो गलत फोन नम्बर देता आप ही बताइए। उसे भूलकर पढ़ाई कीजिए। हमें भी पढ़ने दीजिये। मेडिकल निकालना है। प्लीज अब फोन मत कीजियेगा।

हमने कहा, आपको हमसे बात करने में परेशानी क्या है? हम कुछ भी गलत तो नहीं कहते हैं। इतने प्रेम से बोलते है कि अरुणजी से बात करवाइए।

लड़कों के द्वारा लड़कियों को तंग करने के कथा-क्रम में यह एक नया अनुभव हमारे अहम को सन्तुष्टि भी दे रहा था। लड़के भी हमसे परेशान हो सकते हैं। यह हमारे कल्पना से परे बात थी। अब हमें जब मौका मिलता फोन के पास मिलते। अन्य छोटी भतीजियाँ भी हमारे साथ हो लीं थीं। उनलोगों को भी बदला लेने में मजा आ रहा था।

असल हम लड़कियों को इन लड़कों ने परेशान कर रखा है। तीन साल की लड़की हों या 33 साल की। सभी के साथ एक ही व्यवहार। सड़क पर चलना दूभर है। सड़क पार करते रहो तो धक्का देकर चला जाएगा। पार करने के लिए जरा ठहरो तो कान में फुसफुसाकर चला जाएगा, ''चलना है क्या।'' ऑटो में बैठो तो कुहनी की मार सहो। रिक्शा पर बैठो तो रिक्शे वाले की अश्लील भोजपुरी राग का आलाप सुनो। सामान्य बस हो या स्कूल बस खलासी आपको स्वयं गोद में उठाकर बस में बैठाने को तत्पर रहता है। कुछ नहीं तो हाथ पकड़कर खिंचेगा या पिछवारे पर धक्का देगा। कहना यह कि जल्दी चढ़ें। उसके स्पर्श का लिजलिजापन पूरे दिन को खराब कर देता है। हम कहीं कुछ बोल भी नहीं सकते हैं। घर में बोलो तो बाहर निकलना बन्द। कौन तुम्हारे लिए सबसे भिड़ता रहे। पुलिस तो स्वयं सबसे गुंडा और गुंडों का संरक्षक। आगे बढ़ना है तो सब स्वयं झेलना होगा। विरोध भी नहीं कर सकते। सभी के जेब में हर वक्त एसिड रहता है। जाने कब छिड़क दे।

देवी-देवता, ठाकुर जी सभी उनलोगों के आगे अक्षम थे। कोई कुछ नहीं कर पाता था। सड़क पर इनके नंगे नाच की शिकार हर लड़कियाँ थीं। कोई दावा नहीं कर सकती थीं कि मैं कभी इस नंगई की शिकार नहीं बनी। एक और खेल चलता है सड़कों पर दुप्पटा खींचने का। राह चलते कोई साइकिल से, कोई बाइक से बगल से गुजरा दुपट्टा उसके हाथ में लहराने लगा। हम ना जाने क्या छुपाने लगते? कभी निरीहता से, कभी क्रोध से, कभी याचक की तरह उसे देखते। कभी दुपट्टा मिल जाता। कभी पूरे रास्ते अपने हाथों का दुपट्टा बनाकर स्वयं को स्वयं से छिपाते हुए घर की ओर भागते। भागने का उपक्रम करते क्योंकि स्वयं में सिमटा शरीर पैर की चाल को भी बाँध देता है। आँखों में क्रोध, निराशा, अपमान, भय का मिश्रित भाव तैर-तैर कर आँसुओं के साथ बाहर निकलता।

दहशत के इस माहौल में एक बकरा मिला था तो हम सारा बदला चुका लेने के मुड में थे।

आज पड़ोस में प्रवचन का आयोजन था। हरिद्वार से कोई महात्मा आए थे। सभी को न्योता आया था। हमें व्यवस्था में सहयोग के लिए बुलाया गया था। ऐसे आयोजन में लोगों को बैठाने, प्रसाद आदि बाँटने में हमारी जरूरत पड़ती है। चूँकि ऐसे आयोजनों में महिलाओं की उपस्थिति ज्यादा होती है, इसलिए व्यवस्था में भी लड़कियों की खोज होती है। महीना में एक बार ऐसे आयोजनों में जाना हो ही जाता है। पहले तो मनोरंजन के लिए चली जाती थी। बीच में जाना अच्छा नहीं लगता था। क्या यह सब प्रवचन महिलाओं और लड़कियों के लिए ही है। उससे ही अच्छा और संस्कारी बनना है। लड़कों के संस्कार के लिए कोई व्यवस्था नहीं हो सकती है।

पर जब एक चाची ने समझाया कि स्वयं के विकास में हानि क्या है? खुद को भी तो मजबूत करना होगा। लड़के यदि कुसंस्कारी हैं तो हम उससे बचें कैसे यह भी तो सीखना होगा। मान लो महात्मा स्वयं गलत है। पर वह कुछ थोड़े ही बोलता है।

बोल तो हमारे ऋषि महात्माओं के ग्रन्थ रहे हैं। उनकी तो सिर्फ आवाज है। शब्दों को सुनो, अपनाओ। व्यक्ति से क्या मतलब?

स्कूल में पढ़ने जाती हो, जो किताब से पढ़ाया जाता है उसे ही सीखती हो ना। शिक्षक कैसे भी रहें? अच्छे शिक्षक हुए तो सोने पर सुहागा। वरना पुस्तक ही तो शिक्षक बनता है। यहाँ भी समझो क्लास में बैठे हैं। एक पुस्तक पढ़ाया जा रहा है। घर में तो इन पुस्तकों को पढ़ नहीं पाते हैं। यहीं थोड़ी दे पढ़ लो। अपने धर्मग्रन्थों को जानना चाहिए बेटा।

चाची की इन बातों के बाद अब मैं प्रवचनों को सुनने पर भी ध्यान देती हूँ। इन प्रवचनों का मूल आधार होता है अपने भीतर नैतिक गुणों का विकास करें।

आज भी महात्माजी यही बोल रहे थे। उन्होंने समर्पण के लिए एक अच्छी सी कहानी सुनाई।

एक बेटी ने एक संत से आग्रह किया कि वो घर आकर उसके बीमार पिता से मिलें, प्रार्थना करें। बेटी ने यह भी बताया कि उसके बुजुर्ग पिता पलंग से उठ भी नहीं सकते हैं। जब संत घर आए तो पिता पलंग पर दो तकियों पर सिर रखकर लेटे हुए थे।

एक खाली कुर्सी पलंग के साथ पड़ी थी। संत ने सोचा कि शायद मेरे आने की वजह से ये कुर्सी यहाँ पहले से ही रख दी गई।

संत ने कहा मुझे लगता है कि आप मेरी ही उम्मीद कर रहे थे।

पिता बोले नहीं, आप कौन हैं?

संत ने अपना परिचय दिया और फिर कहा, मुझे ये खाली कुर्सी देखकर लगा कि आप को मेरे आने का आभास था।

पिता बोले, ओह ये बात। यह खाली कुर्सी। आपको अगर बुरा न लगे तो कृपया कमरे का दरवाजा बंद करेंगे।

संत को ये सुनकर थोड़ी हैरत हुई, फिर भी दरवाजा बंद कर दिया।

पिता पुनः बोले, दरअसल इस खाली कुर्सी का राज मैंने किसी को नहीं बताया है। अपनी बेटी को भी नहीं। पूरी जिंदगी, मैं ये जान नहीं सका कि प्रार्थना कैसे की जाती है। मंदिर जाता था, पुजारी के श्लोक सुनता। वो सिर के ऊपर से गुजर जाते। कुछ पल्ले नहीं पड़ता था।

मैंने फिर प्रार्थना की कोशिश करना छोड़ दिया। लेकिन चार साल पहले मेरा एक दोस्त मिला। उसने मुझे बताया कि प्रार्थना कुछ नहीं भगवान से सीधे संवाद का माध्यम होती है। उसी ने सलाह दी कि एक खाली कुर्सी अपने सामने रखो। फिर विश्वास करो कि वहाँ भगवान खुद ही विराजमान हैं। अब भगवान से ठीक वैसे ही बात करना शुरू करो, जैसे कि अभी तुम मुझसे कर रहे हो।

मैंने ऐसा करके देखा। मुझे बहुत अच्छा लगा। फिर तो मैं रोज दो-दो घंटे ऐसा करके देखने लगा। लेकिन ये ध्यान रखता कि मेरी बेटी कभी मुझे ऐसा करते न देख

ले। अगर वो देख लेती तो उसका ही नर्वस ब्रेकडाउन हो जाता या वो फिर मुझे साइकाइट्रिस्ट के पास ले जाती।

ये सब सुनकर संत ने बुजुर्ग के लिए प्रार्थना की। सिर पर हाथ रखा और भगवान से बात करने के क्रम को जारी रखने के लिए कहा। संत को उसी दिन दो दिन के लिए शहर से बाहर जाना था इसलिए विदा लेकर चले गए।

दो दिन बाद बेटी का संत को फोन आया कि उसके पिता की उसी दिन कुछ घंटे बाद मृत्यु हो गई थी, जिस दिन वो आप से मिले थे। संत ने पूछा कि उन्हें प्राण छोड़ते वक्त कोई तकलीफ तो नहीं हुई।

बेटी ने जवाब दिया, नहीं, मैं जब घर से काम पर जा रही थी तो उन्होंने मुझे बुलाया। मेरा माथा प्यार से चूमा। ये सब करते हुए उनके चेहरे पर ऐसी शांति थी, जो मैंने पहले कभी नहीं देखी थी। जब मैं वापस आई तो वो हमेशा के लिए आँखें मूंद चुके थे। लेकिन मैंने एक अजीब सी चीज भी देखी। वो ऐसी मुद्रा में थे जैसे कि खाली कुर्सी पर किसी की गोद में अपना सिर झुकाया हो। संत जी, वो क्या था, बेटी ने पूछा।

यह सुनकर संत की आँखों से आँसू बह निकले। बड़ी मुश्किल से बोल पाए। काश, मैं भी जब दुनिया से जाऊँ तो ऐसे ही जाऊँ।

मुझे यह कहानी अच्छी लगी। मैं भी तो उनसे ऐसे ही बात कर लेती हूँ। कितना आसान तो है। ग्रन्थ को समझने से ज्यादा आसान है उनसे सीधे ही बात कर लो। ग्रन्थ का प्रमाण तो उन्हें चाहिए जिन्हें उनपर संदेह हो, जब संदेह ही नहीं तो क्या मन्त्र, क्या ग्रन्थ। जब कोई नजदीक रहता है तो कहाँ नाम से पुकारते हैं। सीधी बात करते हैं। दूर हो तो नाम से पुकारना पड़ता है। आवाज तेज करनी पड़ती है।

नजदीक ही रहो भई। नजदीक रहने के दो उपाय हैं। या तो उन्हें बुला लो या स्वयं चले जाओ।

प्रवचन स्थान से आने के बाद मन में वैराग्य का आगमन स्वतः हो जाता है। जीवन जीने का एक नवीन अहसास जगता है। अदृश्य ईश्वरीय सत्ता के प्रति मोह बढ़ जाता है। संसार की गति के साथ चल रहे मन में उथल-पुथल मच जाती है। एक आंतरिक संघर्ष छिड़ जाता है। जिस गतिविधियों को हम कर रहे हैं, क्या उसी के लिए जीवन मिला है? चौरासी लाख योनि के बाद मानव जीवन का अर्थ क्या है? पूर्व के कर्मफल को काटने के लिए यह जन्म मिला है। यह "काटना" क्या है। "काटना" का मतलब क्या? जो परिस्थिति सामने आ रहा है उसे उसी तरह भोग लेना क्योंकि यह कर्मफल है और उसको "भोगना" ही उसका "कटना" है या सुंदर कर्मों के द्वारा उन कर्मफलों के प्रभाव को समाप्त करना ताकि उसके "भोग" हमेशा के लिए "कट" जाएँ।

रामकृष्ण परमहंस ने एक बार कहा "कर्मों के फल" भोगने ही पड़ते हैं। जब सारी परिस्थितियाँ कर्मफल ही है और उसे भोगना ही है तो संघर्ष क्या है? संघर्ष क्यों है? नवीन पाने की इच्छा क्यों है?

भागवत गीता का कहना है कर्मयोग ही सर्वश्रेष्ठ है। जब सारे भोग पूर्व के कर्मफल

हैं, तो वह स्वत: आता रहेगा। उसके लिए पुन: कर्म क्यों? नए कर्मफल का निर्माण क्यों और कैसे? ढेरों प्रश्न मन को मथने लगते हैं। बस बिस्तर पर पड़े ऐसे प्रश्नों से जूझना आनन्ददायक लगता है। कुछ मत करो। कुछ मत सोचो। कोई प्रतिक्रिया मत दो। एकांत में शांत, मौन रहो।

मौन की अपनी भाषा है। मौन रहो तो सारे जबाब मिल जाते हैं। अनुभव भी मौन में ही समझ आते हैं। पहला ग्रन्थ भी मौन में ही लिखे जाने के प्रमाण हैं। जब हम मौन होते हैं तो ब्रह्माण्डीय ऊर्जा से हमारा सम्पर्क बनता है और हमें जीवन जीने की दिशा-दशा का ज्ञान होता है। ग्रन्थों के सन्देश भी मौन-मन्थन के बाद ही समझ आते हैं। मैं भी मंथन के मौन हूँ। जब मैं मौन होती हूँ तब बाहर घमासान मच जाता है। चुप क्यों है? भीतर कुछ सोच रही होगी। फिर बीमार पड़ेगी। इस लड़की को कुछ समझ नहीं है। घर के सभी चिंतित हो उठते हैं।

मैं समझती हूँ उनकी बातों को। वह नहीं समझते हैं कि मौन होना परमहंस को प्राप्त करना है। परमहंस को ही काली मिलती है। रामकृष्ण के परिवार वाले भी इस सत्य को नहीं समझ पाए थे। जब रामकृष्ण मौन हुए थे, वैराग्य दिखाया था तब उन्हें विक्षिप्त समझ लिया गया था। इस अवस्था से निकालने के लिए शादी कर दी गई। नन्हीं बालिका को बाँध दिया गया उनसे यह सोचकर कि उनका मौन टूट जाएगा। उनका वैराग्य टल जाएगा। क्या स्त्रियाँ पुरुषों के मौन को तोड़ने के लिए ही निर्मित हुई हैं।

मुझे इस मिथक को तोड़ना है। इसलिए मैं स्वयं मौन होना चाहती हूँ। पर कहाँ हो पाती हूँ। बाहर का हलचल मेरे मौन पर हावी हो जाता है।

स्वीटी आकर बता गई है कि ऑफिस एकदम खाली है। अगर अरुणजी से बात करना है तो जल्दी चले।

मेरी इच्छा अब कुछ करने की नहीं है। पर मन में उत्पन्न स्थिति का खौफ तो है। खौफ निरर्थक भी नहीं है। चलो, आज बात कर ही लें।

हम नीचे ऑफिस में गए। स्वीटी भी साथ थी। हमारा घर दो तल्ले का है। ऊपर हमलोग रहते हैं और नीचे प्रिंटिंग प्रेस है। वहीं ऑफिस में बेसिक फोन है। रविवार और प्रतिदिन दोपहर भोजन काल में एक बजे से दो बजे तक और रात दस बजे के बाद ऑफिस खाली मिलता है। यह दोपहर के भोजन की बहुत अच्छी व्यवस्था है हमारे प्रेस में। एक से दो सभी एकसाथ भोजन के लिए फ्री हो जाते है। सभी काम बन्द। इससे ऊर्जा सही रूप में संग्रहित होती है। सभी तरोताजा। भैया प्रेस देखते हैं। खाने के लिए जब वह ऊपर जाते हैं तो उनका ऑफिस खाली। तब हमारा राज। कोई रोकने वाला नहीं। मुन्ना भैया कभी-कभी दखल देते हैं। वह हमसे दो साल ही बड़े हैं। पढ़ाई में साथ। फिर उनकी सुनता कौन है?

वैसे प्राय: हम भी दोपहर बाहर ही रहते हैं और रात में नीचे उतरना मना है। ऐसे में रविवार ही हमारे लिए सुरक्षित रहता है। जब भैया किसी काम से बाहर जाते हैं तब भी हमें मौका मिल जाता है। भैया की अनुपस्थिति में कोई ऑफिस में नहीं आता

है। दरवाजा बन्द। हमें कोई परेशानी नहीं। यह सब सूक्ष्म बात अब हमारी पकड़ में आया है। पहले तो कभी इसकी जरूरत ही नहीं थी।

बच्चे चोरी और सीनाजोरी क्यों करते हैं? जरूर इन आधुनिक सुविधाओं का बड़ा हाथ है। फोन करना है तो चोरी। कोई सीरियल देखना है तो सीनाजोरी।

हम टेलीफोन के पास थे। कॉल लगाया। उधर से आवाज आई "आज" अखबार, किससे बात करना है।

मैंने कहा, अरुणजी से।

आप कौन बोल रही हैं?

रीता सिंह

एक आवाज गूँजी, अरुण भैया किसी रीता सिंह का फोन है। मेरे हृदय की धड़कन बढ़ गई। अब क्या बोलूँगी? मैंने स्वीटी को रिसीवर देने की कोशिश की। पर उसने मना कर दिया। हम क्या बोलेंगे, आप ही बोलिए।

उधर से आवाज आई, हैलो। प्राण हलक में आ गया। क्या बोलूँ? पुनः आवाज आई, बोलो। "बोलो" शब्द के अपनेपन ने काम कर दिया। स्वतः एक अधिकार भाव अंदर जग उठा। सारे संशय समाप्त हो गए।

मैंने कहा, पढ़ाई पूर्ण होने से पहले शादी होना ठीक है?

बोले—तुम्हारे पिताजी शादी चाहते हैं। वैसे यह शादी तुम्हारे पढ़ाई में कभी बाधा नहीं बनेगा।

एक बातचीत का यह सुंदर परिणाम आना यदि पता रहता तो क्यों महीनों का तनाव पालती? मन बिलकुल हल्का हो गया।

अरुणजी के साथ बातचीत से मन हल्का हो गया। आज बहुत दिनों बाद कॉलेज की गतिविधियों पर ध्यान गया। एक वाद-विवाद प्रतियोगिता होने वाली थी। विषय बहुत अच्छा था।

"क्या आज महिलाएँ स्वयं की सुरक्षा में सक्षम हैं।"

मेरी सहेलियाँ कई दिनों से मुझे बोल रही थी कि तुम भी इस प्रतियोगिता में भाग लो। पर अपने मन की द्वन्द में उनके शब्द कोई प्रभाव ही नहीं डाल रहे थे। आज जब मन का द्वन्द साफ हुआ तो उनके मुखर स्वर ने मुझे घेर लिया। स्नातक प्रथम वर्ष से अभी तक किसी ने नाम नहीं दिया तुम दो नहीं तो नाक कट जाएगा।

मैंने उनलोगों से कहा। देखो तुमलोग इस नाक से बचो।

यह बात-बात पर हमारे नाक कटने का जो खतरा बन जाता है बहुत खतरनाक है। छोटी-सी नाक दो-चार बार बेचारी कट गई तो बचेगी क्या? इसके बिना जिंदगी कैसी होगी? व्यक्ति की नाक तो समझ में आती है। नाक के बिना एक व्यक्ति का जीना दूभर है।

पर यह कक्षाओं की नाक, संस्थानों की नाक, जातियों की नाक, धर्म की नाक, राष्ट्र की नाक, राजनीतिक दलों की नाक। यह हजारों अदृश्य नाकों की कहानी ज्यादा

डरावनी है। सबसे ज्यादा डरावनी है परिवार की नाक, समाज की नाक और समुदाय की नाक। यह नाक सिर्फ लड़कियों के लिए बनी है। लड़कियाँ हिली नाक कटा। वह डुली नाक कटा। उसने गहरी साँस ली नाक कटा। वह जोर से हंस ली नाक कटा। उसे देखकर मुस्कुरा ली नाक कटा। छत पर टहल ली नाक कटा। चलते समय पदचाप की आवाज आ गई नाक कटा। बिना दुप्पटा के चली आई नाक कटा। मिनी स्कर्ट, हाफ पैंट, जीन्स, टीशर्ट। सब पर कई-कई नाक कटे। जाने कितने नाक होते हैं परिवार, समाज और समुदाय के पास।

एक मुस्लिम लड़की ने हिन्दू लड़के से बात कर ली तो नाक कटा। हिन्दू लड़के ने मुस्लिम लड़के को चुना तो नाक गई। ब्राह्मण से दलित से बात की तो नाक को खतरा। वैसे स्वर्ण मानते हैं कि दलितों के नाक ही नहीं होते। पर उनके भी सवर्णों जैसे ही नाक हैं और वह बीच-बीच में ऐसी ही घटनाओं से कटते भी रहते हैं।

मुझे हरिशंकर परसाई की कहानी याद आ गई। अभी कुछ दिनों पहले पढ़ी थी।

"दो नाक वाले लोग"

संयोग से उनकी कहानी संग्रह मेरे साथ ही थी। मैंने जबरदस्ती उन्हें पूरी कहानी सुनाई।

कहानी की शुरुआत विवाह पर ज्यादा खर्च की चर्चा से होती है। परसाई को सुनो तो बहुत मजा आएगा। कहानी ऐसे शुरू होती है।

मैं उन्हें समझा रहा था कि लड़की की शादी में टीमटाम में व्यर्थ खर्च मत करो।

पर वे बुजुर्ग कह रहे थे—आप ठीक कहते हैं, मगर रिश्तेदारों में नाक कट जाएगी।

नाक उनकी काफी लंबी थी। मेरा ख्याल है, नाक की हिफाजत सबसे ज्यादा इसी देश में होती है। और या तो नाक बहुत नर्म होती है या छुरा बहुत तेज, जिससे छोटी-सी बात से भी नाक कट जाती है। छोटे आदमी की नाक बहुत नाजुक होती है। यह छोटा आदमी नाक को छिपाकर क्यों नहीं रखता?

कुछ बड़े आदमी, जिनकी हैसियत है, इस्पात की नाक लगवा लेते हैं और चमड़े का रंग चढ़वा लेते हैं। कालाबाजार में जेल हो आए हैं औरत खुलेआम दूसरे के साथ 'बाक्स' में सिनेमा देखती है, लड़की का सार्वजनिक गर्भपात हो चुका है। लोग उस्तरा लिए नाक काटने को घूम रहे हैं। मगर काटें कैसे? नाक तो स्टील की है। चेहरे पर पहले जैसी ही फिट है और शोभा बढ़ा रही है।

स्मगलिंग में पकड़े गए हैं। हथकड़ी पड़ी है। बाजार में से ले जाए जा रहे हैं। लोग नाक काटने को उत्सुक हैं। पर वे नाक को तिजोड़ी मे रखकर स्मगलिंग करने गए थे। पुलिस को खिला-पिलाकर बरी होकर लौटेंगे और फिर नाक पहन लेंगे।

जो बहुत होशियार हैं, वे नाक को तलवे में रखते हैं। तुम सारे शरीर में ढूँढ़ो, नाक ही नहीं मिलती। नातिन की उम्र की दो लड़कियों से बलात्कार कर चुके हैं। जालसाजी और बैंक को धोखा देने में पकड़े जा चुके हैं। लोग नाक काटने को उतावले हैं, पर नाक मिलती ही नहीं। वह तो तलवे में है। कोई जीवशास्त्री अगर नाक की तलाश

भी कर दे तो तलवे की नाक काटने से क्या होता है? नाक तो चेहरे पर की कटे, तो कुछ मतलब होता है।

और जो लोग नाक रखते ही नहीं हैं, उन्हें तो कोई डर ही नहीं है। दो छेद हैं, जिनसे साँस ले लेते हैं।

कुछ नाकें गुलाब के पौधे की तरह होती हैं। कलम कर दो तो और अच्छी शाखा बढ़ती है और फूल भी बढ़िया लगते हैं। मैंने ऐसी फूलवाली खुशबूदार नाकें बहुत देखीं हैं। जब खुशबू कम होने लगती है, ये फिर कलम करा लेते हैं, जैसे किसी औरत को छेड़ दिया और जूते खा गए।

'जूते खा गए' अजब मुहावरा है। जूते तो मारे जाते हैं। वे खाए कैसे जाते हैं? मगर भारतवासी इतना भूखमरा है कि जूते भी खा जाता है।

नाक और तरह से भी बढ़ती है। एक दिन एक सज्जन आए। बड़े दुखी थे। कहने लगे—हमारी तो नाक कट गई। लड़की ने भागकर एक विजातीय से शादी कर ली। हम ब्राह्मण और लड़का कलाल! नाक कट गई।

मैंने उन्हें समझाया कि कटी नहीं है, कलम हुई है। तीन-चार महीनों में और लंबी बढ़ जाएगी।

तीन-चार महीने बाद वे मिले तो खुश थे। नाक भी पहले से लंबी हो गई थी। मैंने कहा—नाक तो पहले से लंबी मालूम होती है।

वे बोले—हाँ, कुछ बढ़ गई है। काफी लोग कहते हैं, आपने बड़ा क्रांतिकारी काम किया। कुछ बिरादरीवाले भी कहते हैं। इसलिए नाक बढ़ गई है।

कुछ लोग मैंने देखे हैं जो कई साल अपने शहर की नाक रहे हैं। उनकी नाक अगर कट जाए तो सारे शहर की नाक कट जाती है। अगर उन्हें संसद का टिकट न मिले, तो सारा शहर नकटा हो जाता है। पर अभी मैं एक शहर गया तो लोगों ने पूछा—फलाँ साहब के क्या हाल हैं? वे इस शहर की नाक हैं। तभी एक मसखरे ने कहा—हाँ साहब, वे अभी भी शहर की नाक हैं, मगर छिनकी हुई। (यह वीभत्स रस है। रस सिद्धांत प्रेमियों को अच्छा लगेगा।)

मगर बात मैं उन सज्जन की कर रहा था जो मेरे सामने बैठे थे और लड़की की शादी पुराने ठाठ से ही करना चाहते थे। पहले वे रईस थे—याने मध्यम हैसियत के रईस। अब गरीब थे। बिगड़ा रईस और बिगड़ा घोड़ा एक तरह के होते हैं—दोनों बौखला जाते हैं। किससे उधार लेकर खा जाएँ, ठिकाना नहीं। उधर बिगड़ा घोड़ा किसे कुचल दे, ठिकाना नहीं। आदमी को बिगड़े रईस और बिगड़े घोड़े, दोनों से दूर रहना चाहिए। मैं भरसक कोशिश करता हूँ। मैं तो मस्ती से डोलते आते साँड़ को देखकर भी सड़क के किनारे की इमारत के बरामदे में चढ़ जाता हूँ—बड़े भाई साहब आ रहे हैं। इनका आदर करना चाहिए।

तो जो भूतपूर्व संपन्न बुजुर्ग मेरे सामने बैठे थे, वे प्रगतिशील थे। लड़की का अंतरजातीय विवाह कर रहे थे। वे खत्री और लड़का शुद्ध कान्यकुब्ज। वे खुशी से शादी

कर रहे थे। पर उसमें विरोधाभास यह था कि शादी ठाठ से करना चाहते थे। बहुत लोग एक परंपरा से छुटकारा पा लेते हैं, पर दूसरी से बँधे रहते हैं। रात को शराब की पार्टी से किसी ईसाई दोस्त के घर आ रहे हैं, मगर रास्ते में हनुमान का मंदिर दिख जाए तो थोड़ा तिलक भी सिंदूर का लगा लेंगे। मेरा एक घोर नास्तिक मित्र था। हम घूमने निकलते तो रास्ते में मंदिर देखकर वे कह उठते—हरे राम! बाद में पछताते भी थे।

तो मैं उन बुजुर्ग को समझा रहा था—आपके पास रुपए हैं नहीं। आप कर्ज लेकर शादी का ठाठ बनाएँगे। पर कर्ज चुकाएँगे कहाँ से? जब आपने इतना नया कदम उठाया है, कि अंतरजातीय विवाह कर रहे हैं, तो विवाह भी नए ढंग से कीजिए। लड़का कान्यकुब्ज का है। बिरादरी में शादी करता तो कई हजार उसे मिलते। लड़के शादी के बाजार में मवेशी की तरह बिकते हैं। अच्छा मालवी बैल और हरियाणा की भैंस ऊँची कीमत पर बिकती हैं। लड़का इतना त्याग तो लड़की के प्रेम के लिए कर चुका। फिर भी वह कहता है—अदालत जाकर शादी कर लेते हैं। बाद में एक पार्टी कर देंगे। आप आर्य-समाजी हैं। घंटे भर में रास्ते में आर्यसमाज मंदिर में वैदिक रीति से शादी कर डालिए। फिर तीन-चार सौ रुपयों की एक पार्टी दे डालिए। लड़के को एक पैसा भी नहीं चाहिए। लड़की के कपड़े वगैरह मिलाकर शादी हजार में हो जाएगी।

वे कहने लगे—बात आप ठीक कहते हैं। मगर रिश्तेदारों को तो बुलाना ही पड़ेगा। फिर जब वे आएँगे तो इज्जत के ख्याल से सजावट, खाना, भेंट वगैरह देनी होगी।

मैंने कहा—आपका यहाँ तो कोई रिश्तेदार है नहीं। वे हैं कहाँ?

उन्होंने जवाब दिया—वे पंजाब में हैं। पटियाला में ही तीन करीबी रिश्तेदार हैं। कुछ दिल्ली में हैं। आगरा में हैं।

मैंने कहा—जब पटियालावाले के पास आपका निमंत्रण-पत्र पहुँचेगा, तो पहले तो वह आपको दस गालियाँ देगा—मई का यह मौसम, इतनी गर्मी। लोग तड़ातड़ लूँ से मर रहे हैं। ऐसे में इतना खर्च लगाकर जबलपुर जाओ। कोई बीमार हो जाए तो और मुसीबत। पटियाला या दिल्लीवाला आपका निमंत्रण पाकर खुश नहीं दुखी होगा। निमंत्रण-पत्र न मिला तो वह खुश होगा और बाद में बात बनाएगा। कहेगा—आजकल जी, डाक की इतनी गड़बड़ी हो गई है कि निमंत्रण पत्र ही नहीं मिला। वरना ऐसा हो सकता था कि हम ना आते।

मैंने फिर कहा—मैं आपसे कहता हूँ कि दूर से रिश्तेदार का निमंत्रण पत्र मुझे मिलता है, तो मैं घबरा उठता हूँ।

सोचता हूँ—जो ब्राह्मण ग्यारह रुपए में शनि को उतार दे, पच्चीस रुपयों में सगोत्र विवाह करा दे, मंगली लड़की का मंगल पंद्रह रुपयों में उठाकर शुक्र के दायरे में फेंक दे, वह लग्न सितंबर से लेकर मार्च तक सीमित क्यों नहीं कर देता? मई और जून की भयंकर गर्मी की लग्नें गोल क्यों नहीं कर देता? वह कर सकता है। और फिर ईसाई और मुसलमानों में जब बिना लग्न शादी होती है, तो क्या वर-वधू मर जाते हैं। आठ प्रकार के विवाहों में जो 'गंधर्व विवाह' है वह क्या है? वह यही शादी है जो आज

होने लगा है, कि लड़का-लड़की भागकर कहीं शादी कर लेते हैं। इधर लड़की का बाप गुस्से में पुलिस में रिपोर्ट करता है कि अमुक लड़का हमारी 'नाबालिग' लड़की को भगा ले गया है। मगर कुछ नहीं होता; क्योंकि लड़की मैट्रिक का सर्टिफिकेट साथ ले जाती है जिसमें जन्म-तारीख होती है।

वे कहने लगे—नहीं जी, रिश्तेदारों में नाक कट जाएगी।

मैंने कहा—पटियाला से इतना किराया लगाकर नाक काटने इधर कोई नहीं आएगा। फिर पटियाला में कटी नाक को कौन इधर देखेगा। काट लें पटियाला में।

वे थोड़ी देर गुमसुम बैठे रहे।

मैंने कहा—देखिए जी, आप चाहें तो मैं पुरोहित हो जाता हूँ और घंटे भर में शादी करा देता हूँ।

वे चौंके। कहने लगे—आपको शादी कराने की विधि आती है?

मैंने कहा—हाँ, ब्राह्मण का बेटा हूँ। बुजुर्गों ने सोचा होगा कि लड़का नालायक निकल जाए और किसी काम-धंधे के लायक न रहे, तो इसे कम से कम सत्यनारायण की कथा और विवाह विधि सिखा दो। ये मैं बचपन में ही सीख गया था।

मैंने आगे कहा—और बात यह है कि आजकल कौन संस्कृत समझता है। और पंडित क्या कह रहा है, इसे भी कौन सुनता है। वे तो 'अम' और 'अह' इतना ही जानते हैं। मैं इस तरह मंगल-श्लोक पढ़ दूँ तो भी कोई ध्यान नहीं देगा—ओम जेक एंड विल वेंट अप दी हिल टु फेच ए पेल ऑफ वाटरम, ओम जेक फेल डाउन एंड ब्रोक हिज क्राउन एंड जिल केम ट्रंबलिंग आफ्टर कुर्यात् सदा मंगलम्... इसे लोग वैदिक मंत्र समझेंगे।

वे हँसने लगे।

मैंने कहा—लड़का उत्तर प्रदेश का कान्यकुब्ज और आप पंजाब के खत्री—एक दूसरे के रिश्तेदारों को कोई नहीं जानता। आप एक सलाह मेरी मानिए। इससे कम में भी निपट जाएगा और नाक भी कटने से बच जाएगी। लड़के के पिता की मृत्यु हो चुकी है। आप घंटे भर में शादी करवा दीजिए। फिर रिश्तेदारों को चिट्ठियाँ लिखिए—'इधर लड़के के पिता को दिल का तेज दौरा पड़ा। डाक्टरों ने उम्मीद छोड़ दी थी। दो-तीन घंटे वे किसी तरह जी सकते थे। उन्होंने इच्छा प्रकट की कि मृत्यु के पहले ही लड़के की शादी हो जाए तो मेरी आत्मा को शांति मिल जाएगी। लिहाजा उनकी भावना को देखते हुए हमने फौरन शादी कर दी। लड़का-लड़की वर-वधू के रूप में उनके सामने आए। उनसे चरणों पर सिर रखे। उन्होंने इतना ही कहा—सुखी रहो। और उनके प्राण-पखेरू उड़ गए। आप माफ करेंगे कि इसी मजबूरी के कारण हम आपको शादी में नहीं बुला सके। कौन जानता है आपके रिश्तेदारों में कि लड़के के पिता की मृत्यु कब हुई?

उन्होंने सोचा। फिर बोले—तरकीब ठीक है! पर इस तरह की धोखाधड़ी मुझे पसंद नहीं।

खैर मैं उन्हें काम का आदमी लगा नहीं।

दूसरे दिन मुझे बाहर जाना पड़ा। दो-तीन महीने बाद लौटा तो लोगों ने बताया कि उन्होंने सामान और नकद लेकर शादी कर डाली।

तीन-चार दिन बाद से ही साहूकार सवेरे से तकादा करने आने लगे।

रोज उनकी नाक थोड़ी-थोड़ी कटने लगी।

मैंने पूछा—अब क्या हाल हैं?

लोग बोले—अब साहूकार आते हैं तो यह देखकर निराश लौट जाते हैं कि काटने को नाक ही नहीं बची।

मैंने मजाक में कहा—साहूकारों से कह दो कि इनकी दूसरी नाक पटियाला में पूरी रखी है। वहाँ जाकर काट लो।

लंबी कहानी थी। पर इसकी सहजता और सत्यता ने सबको बाँधे रखा। पूरी कहानी सुनने के बाद भी वही ढाक के तीन पात। अब सुन ली ना तुम्हारी कहानी। अब चलो नाम लिखवाओ। हमारी नाक नहीं कटनी चाहिए।

कथा सुनाने के हिसाब से परसाई की यह लंबी कहानी थी। परन्तु इसकी सहजता और सत्यता ने सबको बांधे रखा।

लेकिन हमारे भारत की एक बड़ी विशेषता है, कुछ भी कर लो जो एक बार जिस भूमिका में चला गया बदलना बड़ा मुश्किल है। कोई बलात्कारी बन गया तो बन गया। फिर सामने माँ ही क्यों ना हो?

हमारी सहेलियों का भी यही है। पूरी कहानी सुनने के बाद भी वही ढाक के तीन पात। कहा, अब सुन ली ना तुम्हारी कहानी। चलो प्रतियोगिता के लिए नाम लिखवाओ। हमारी नाक नहीं कटनी चाहिए।

चलो, तुमलोग कहती हो तो नाम लिखवा देती हूँ। हम प्रतियोगिता के लिए नाम लिखवाने उस सीनियर के पास गए, जिन्हें यह जिम्मेदारी मिली थी। वह बोली, चार बजे नाम लिखवाने आ रही हो। सुबह से कहाँ थी? अब कल आना। दीदी, लिख लीजिए ना। आपको बहुत चीज की तैयारी भी तो करवानी है। मेरी सहेलियों ने मस्का मारा। एक दो बार नहीं कहने के बाद वह पिघल गई। मेरा नाम लिख लिया।

सीनियर और मेरी सहेलियों के बातचीत का दृश्य मुझे सरकारी ऑफिस की तरह लग रहा था। एक क्लर्क सामने बैठा है। फरियादी सामने खड़ा घिघिया रहा है, मैं बहुत दूर से आया हूँ। यहाँ रुकने का भी जगह नहीं है। 5 बजे की ट्रेन है। मेरी सञ्चिका देख लेते तो मैं घर चला जाता।

क्लर्क—जाइए आप। आज कोई काम नहीं हो सकता है। चार बज गया है। दूसरे दिन आइएगा।

फरियादी—उतनी दूर से आता हूँ। बहुत दिक्कत होती है। ऑफिस तो 5 बजे तक खुला रहता है। पाँच मिनट तो लगेगा, देख लीजिए ना।

क्लर्क—सुबह से लगा हूँ। आपको पाँच मिनट समझ में आता है। मेरी कुर्सी पर बैठिए तब पता चले। 10 बजे से बैठे कमर ऐंठ जाती है।

फरियादी—वह तो ठीक है भैया। पर मेरी बात भी तो समझिये।

क्लर्क—क्या समझूँ? मुझे बहुत काम है। आप आज जाइए।

एक नेता का प्रवेश।

अरे! फलाना जी आप यहाँ क्या करें?

फरियादी—एक संचिका को देखना था। क्यों कार्य रुका है?

नेता क्लर्क से—अरे भाई। यह अपने ही आदमी हैं। जरा देख लीजिये।

क्लर्क नेता से—आप तो मेरी ही कमाई कम करने पर लगे रहते हैं। सभी आपके अपने ही हैं।

नेता—देख लीजिए। हमेशा तो कमाते ही हैं, कभी पुण्य का काम भी कीजिए।

संञ्चिका देख ली जाती है। फरियादी खुश-खुश नेता के साथ निकलते हैं। चाय, पानी, चंदा सब होता है। फरियादी की ट्रेन तब भी छूटनी थी। अब भी छूटी। पर अब खर्च कर भी वह खुश है।

नेता भी खुश है। क्लर्क तो हमेशा खुश। उसका हिस्सा तो मिल ही जाएगा।

अंग्रेज जो हमें क्लर्क बनने की शिक्षा-पद्धति देकर गए हैं उसने अब हमारे रक्त में क्लर्कियल के तत्व फैला दिए हैं। छोटी जिम्मेदारी मिलते हम क्लर्क हो जाते हैं।

मैंने प्रतियोगिता की तैयारी शुरू की। अपने भारत में महिला इतना बड़ा विषय है कि उसे 5 मिनट में समेटना कठिन काम है। महिला शोषण की कथा कहाँ से शुरू की जाए?

ईश्वरीय व्यवस्था में अप्सराओं की स्थिति, कुंती, द्रौपदी, सीता, राधा की स्थिति से शुरू करें। वैदिक काल में स्त्री शिक्षा नगण्य से शुरू करें। बौद्ध काल में स्त्री को देखने पर मनाही से शुरू करें, रणनिवास से शुरू करें कि हरम से शुरू करें या वर्तमान की अवस्था से शुरू करें।

मुझे कभी समझ नहीं आया कि पंच तत्वों से निर्मित स्त्री और पुरुष दोनों हैं। किन परिस्थितियों में एक शक्तिशाली घोषित हुआ और दूसरे का संरक्षक बन बैठा। रामकृष्ण से भी यहीं पर मेरा मतभेद है। क्यों उन्होंने अपने से इतनी छोटी लड़की से विवाह किया? क्यों सामाजिक कुरीति का साथ दिया। चाहे उनके शादी को कितना भी धार्मिक तथ्यों का जामा पहना दें, पर स्त्री को झेलना भी पड़ा और उनके जीवन के अनुरूप समझौता भी करना पड़ा। रामकृष्ण तो नहीं लौटे गृहस्थी में। बेचारी स्त्री को देवी बना दिया। वह स्वयं साधना में रहती तब कोई बात नहीं।

विषय भी कुछ अलग है—

"क्या आज महिलाएँ स्वयं की सुरक्षा में सक्षम हैं।"

महिलाओं की स्थिति क्या है, पर तो कई घण्टे बोले जा सकते हैं। लेकिन "वह स्वयं की सुरक्षा में सक्षम है" पर क्या बोला जाए? जन्म से ही पराश्रिता स्त्री स्वयं सक्षम एक व्यंग्य है या उसके शक्ति को पहचानने की कोशिश, पता नहीं।

भारतीय दर्शन में स्त्री को हमेशा से शक्ति माना गया। पर स्वयं की शक्ति नहीं, पुरुषों की शक्ति। उसके बिना शिव शव है। उसके बिना सृष्टि असम्भव है। शिव उससे

है, वह शिव नहीं हो सकती है। सृष्टि उससे है, वह सृष्टि नहीं हो सकती है। जीवन उससे है, वह जीवन नहीं हो सकती है। रक्षा में स्वयं सक्षम ? ? अजीब प्रश्न है ना यह ?

''क्या आज महिलाएँ स्वयं की सुरक्षा में सक्षम हैं।''

मैंने इस विषय पर कई कोण से मन्थन किया। पर सटीक कुछ मिल नहीं रहा था। एक तरफ दैवीय शक्ति का दृष्टिकोण सामने आ रहा था और आराम से सिद्ध किया जा सकता था कि नारी की पूजा भारतीय परम्परा रही है। जहाँ नारी की पूजा होती है वहीं देवता का वास होता है। ऐसे में नारी को अक्षम समझना ही सबसे बड़ी भूल है। जब अक्षम ही नहीं तो सक्षम पर सवाल ही क्या ?

दूसरी तरफ वर्तमान की परिस्थिति के आलोक में जवाब मिल रहा था कि वह सक्षम तो है परन्तु उचित प्रशिक्षण का अभाव उसे कमजोर बनाता है। उसके लिए घर, परिवार, समाज सभी का पहला शब्द होता है अकेले ? तुम अकेले कैसे जाओगी ? अरे ! अकेले हो, सम्भल कर रहना। क्या हिम्मत है अकेले निकल गई। यह अकेलेपन का भाव जब रिस-रिस कर अंदर जमता जाता है तो वह कमजोर बना देता है। सक्षम शब्द को स्त्री से दूर कर देता है।

दोनों दृष्टिकोण मुझे भा नहीं रहे थे। दैवीय स्वरूप में सक्षम मैं, स्थापित नहीं करना चाहती थी और अक्षम हूँ स्वीकार नहीं था।

अंततः पिताजी के पास गई। मेरे भाषण प्रतियोगिता की अंतिम तैयारी उनकी ही जिम्मेदारी होती है। यह उनका प्रेमपूर्ण विषय भी है। वह बराबर कहते थे,

''तुम फूल नहीं चिंगारी हो, तुम भारत की नारी हो।''

पिताजी ने पहले विषय प्रवेश की बात की। पूछा तुम्हारा दृष्टिकोण क्या है ?

उन्होंने समझाया कि किसी भी विषय के दो पक्ष होते हैं। सहमत और असहमत। यह समझ लो कि दोनों ही पक्ष सही है। उदाहरण के लिए एक आइना लो। एक तरफ उसके चेहरा दिखेगा तो दूसरी ओर नहीं दिखेगा। आइना का काम है चेहरा दिखाना। पर हम उसे पलट दें तो वह कभी अपना काम नहीं कर पायेगा। उसका प्रकाश पक्ष सत्य है तो उसका अन्धेरा पक्ष भी उतना ही सत्य है। हम किस पक्ष को स्वीकार करते हैं और प्रस्तुत करते हैं, यह हमारा पक्ष है। हमारा दृष्टिकोण है।

उन्होंने आगे समझाया कि यही दो पक्ष नकारात्मक पक्ष और सकारात्मक पक्ष कहलाता है। व्यवस्था के साथ चलना सकारात्मकता है। व्यवस्था के विरोध में चलना नकारात्मकता है।

पर व्यवस्था के भी तो पहलू होंगे। वह भी नकारात्मक और सकारात्मक होगी। उसमें भी अच्छाई और बुराई होगी। फिर हम पहचाने कैसे ? मैंने प्रश्न किया।

पिताजी बोले—हाँ। इसी बात को समझना है। हर व्यवस्था में दोनों पहलू समाहित है। देखना यह है कि प्रबल कौन है ? प्रबल पक्ष यदि समाज के अनुकूल है। विकासात्मक है। लोगों में प्रेम भाव भरता है। सभी को जीवन यापन का साधन उपलब्ध कराने में सक्षम है। तब उसे सकारात्मक समझना चाहिए।

इसके विपरीत यदि व्यवस्था व्यक्ति के जीवन यापन को उच्च बनाने की दिशा में काम न कर उसे आपस में लड़वाने, आपसी विद्वेष पैदा करने में काम कर रहा हो तो समझो वह नकारात्मक व्यवस्था है।

अब तुम उदाहरण अपने रामकृष्ण परमहंस का ही लो। उन्हें ही तुम सबसे ज्यादा मानती हो ना।

अरे! आपने यह कैसे जाना? मैंने आश्चर्य से पूछा।

बोले—बच्चों का कहाँ आना-जाना है ध्यान रखना पड़ता है।

मैं पिताजी के साथ "क्या आज महिलाएँ स्वयं की सुरक्षा में सक्षम हैं।" विषय पर वक्तव्य की तैयारी कर रही थी।

रामकृष्ण के व्यवस्था को कभी समझा है तुमने। क्या व्यवस्था थी उनकी बताओ। पिताजी ने पूछा।

जी, वह काली के पुजारी थे। सभी को सच्चा ज्ञान देते थे। व्यक्ति का आंतरिक गुण ही धर्म है बतलाते थे। विवेकानन्द से भी कहा था कि धर्म की असली पहचान से समाज की रोशनी दो। उन्होंने हमेशा कहा कि साधना दो तरह की है। एक संन्यासियों की साधना है, जो समाज के उत्थान के लिए है। संन्यासियों के लिए सभी जन एक समान हैं। सभी के कल्याण की बात करना उसका धर्म है।

दूसरी गृहस्थ की साधना है। गृहस्थ की पहली साधना उसकी पारिवारिक जिम्मेदारी है। उसके लिए जीवन के साधन जुटाना है। वह उत्तम व्यवसाय करने में स्वयं की लगाए। पर माँ का हाथ नहीं छोड़े। एक हाथ से संसार का काम करे और दूसरे हाथ से माँ को पकड़े रहे।

बहुत बढ़िया। पिताजी ने कहा।

पिताजी ने पूछा कि अब बताओ दोनों हाथ के जो काम रामकृष्ण ने बताए हैं वह स्त्री-पुरुष दोनों के लिए है या सिर्फ पुरुष के लिए।

मतलब—मैं अकचका गई। यह क्या प्रश्न है?

उन्होंने प्रश्न स्पष्ट किया। एक हाथ से संसार का काम और दूसरे हाथ से ईश्वर को पकड़ने का काम सिर्फ पुरुष करेंगे या स्त्रियों को भी करना है।

जरूर दोनों के लिए यह नियम ठाकुरजी ने दिया होगा। वैसे यह संवाद तो पुरुषों वाले प्रसंग में मैं पढ़ी हूँ। मैंने कहा।

चलो दोनों के लिए यह व्यवस्था मान लेते हैं। इस तरह तुम्हारे ठाकुर जी के अनुसार प्रत्येक प्राणी के लिए दो ही काम निर्धारित हैं।

एक सांसारिक और दूसरा ईश्वर को पकड़ने का।

जी। उनके साहित्य को पढ़कर ऐसा ही लगता है। मैंने कहा।

अब बताओ सांसारिक कार्य के अंतर्गत क्या-क्या काम आते हैं या तुम्हारे ठाकुर जी ने सांसारिक कार्य में किस-किस काम को जगह दी है। उन्होंने पूछा।

एक जगह सांसारिक दायित्व की चर्चा में उन्होंने कहा था कि परिवार का भरण-

पोषण प्रथम सांसारिक दायित्व है। माता–पिता, पत्नी, बच्चे की देखभाल प्रत्येक व्यक्ति का प्रथम कर्तव्य है। इस कर्तव्य का निर्वहन सभी के लिए आवश्यक है। विवेकानन्द की भी मदद वह इसी भाव से किया करते थे कि उनके पारिवारिक दायित्व का निर्वाह उनके द्वारा होता रहे।

यह स्त्री–पुरुष दोनों के लिए होगा ना। पिताजी ने प्रश्न किया।

हाँ, दोनों के लिए सांसारिक जिम्मेदारी बराबर है। मैंने कहा।

फिर स्त्रियाँ घर की चहारदीवारी को ही अपना संसार क्यों मानती हैं? कुछ स्त्री कार्य करने बाहर निकलती हैं। शेष घर के अंदर। कुछ का बाहर निकलना दूसरे पक्ष को अपने अधिकार पर हमला लगता है। अपने अधिकार में उनके अनाधिकृत प्रवेश को रोकने के लिए या उसे भीख में यह मिला है दिखाने के लिए वह हमला करता है। उसके इस हमलावर प्रवृति के कारण महिला असुरक्षित हैं।

वह स्वयं को सुरक्षित रख सकती हैं। इसके लिए उन्हें रामकृष्ण की व्यवस्था को अपनाना होगा। स्त्री को अपने स्वतन्त्र अस्तित्व को समझना होगा। स्त्री को सभी स्त्री के स्वतन्त्र अस्तित्व को स्वीकारना होगा। वह माँ, बेटी, बहू, सास सब बन जाती है, पर एक स्त्री कभी नहीं बन पाती।

इसलिए पुरुष को पुरुष दृष्टि से देखती ही नहीं है। वह दादा, पिता, भाई, पति, ससुर, भैसुर, देवर, जीजा, बेटा, दामाद आदि को देख पाती है, पर पुरुष को नहीं देख पाती है। उसके बराबरी में स्वयं को खड़ा नहीं कर पाती है। वह पुरुष के वर्चस्व के नीचे जीने को स्वीकार करती है।

इसलिए जब उसपर हमला होता है तो पुरुष से नहीं बचना चाहती है। वह कहती है, भैया छोड़ दीजिए। आप तो पिता के उम्र के हैं छोड़ दीजिए। आप तो बेटा के उम्र के हो छोड़ दो। तुम पुरुष हो और यह तुम्हारा पुरुषत्व नहीं है यह कोई स्त्री कह ही नहीं पाती।

पर स्त्री के द्वारा पुरुष को पुरुष कहने से क्या पुरुष स्त्री पर अत्याचार करना छोड़ देगा? मनुवादी व्यवस्था आपने ही तो बताई है। उसने यह विधान बनाया की कि नारी को कुँवारे में पिता के अधीन और शादी के पति के अधीन रहना है।

मनु का जन्म भी महिला उत्पीड़न का ही परिणाम है। यह विभिन्न पौराणिक कहानियों में है। ज्ञान की देवी सरस्वती तक तो पुरुष के अत्याचार से बची नहीं। ब्रह्मा के विवाह–प्रस्ताव के मना करने के बाद एक साल तक छिपती रही। पर किसी ने साथ नहीं दिया। अंत में वह हार गई और ब्रह्मा से शादी की। मनु जैसे बेटा को पैदा किया जिसने समस्त नारी को पुरुष का दासी बन दिया।

ऐसी व्यवस्था में स्त्री के सोच से क्या फर्क पड़ने वाला है। मुझे तो नहीं लगता कि पुरुष को सिर्फ पुरुष बताने से महिला बच जाएगी। स्वयं की सुरक्षा में सक्षम हो जाएगी।

शायद नहीं हो। पिताजी ने कहा।

पर एक बात तो होगी। जब वह पुरुष को पुरुष स्वरूप में देखने लगेगी। तब उससे विशेष सुरक्षा की आशा नहीं करेगी। वह स्वयं की सुरक्षा के प्रति हर पल सचेत होगी। घर के अंदर की हिंसा का प्रतिरोध कर पाएगी। स्वयं के अंदर के भय को जीतने का प्रयास करेगी।

आँकड़ा कहता है कि महिला-हिंसा का अस्सी प्रतिशत हिंसा घरेलू-हिंसा है। इस अस्सी प्रतिशत पर यदि वह काबू कर ले तो शेष स्वतः काबू में आ जाएगा। कारण बाहर हिंसा करने वाले भी अधिकांश वही होते हैं, जो घरेलू हिंसा में संलग्न होते हैं।

मान लिया वह सचेत भी हो गई। पर क्या उसमें इतनी ताकत आएगी कि वह हिंसा का विरोध कर सके।

यह नहीं है कि इस सोच के साथ एक पल में सबकुछ बदल जाएगा। पुरुष को पुरुष रूप में देखने की सोच बहुत सूक्ष्म स्तर से काम प्रारम्भ करेगी।

पुरुष हो, स्त्री हो या इनसे निर्मित समाज हो, जब तक सर्व स्वीकृत कुछ अनिवार्य नैतिक नियमों का पालन और सद्‌गुणों को धारण नहीं किया जाएगा तब तक उनके द्वारा कुछ भी अच्छा-बुरा स्व अर्जित संस्कारों या विकारों के कारण किया जाता रहेगा। परिवार, समाज और राज्य नामक संस्थाएँ सद्‌गुणों के आधान और दुर्गुणों के निवारणार्थ ही बनी थीं। यह नियम दोनों के लिए बराबर था। कालांतर में व्यवस्था बदलती गई। परिस्थितिजन्य कारणों से स्त्री पर इतना दबाब बना कि वह अपना अस्तित्व, अपने पर भरोसा सब भूल गई। वह पराश्रित जीव बनकर रह गई।

पराश्रित की मानसिकता गुलामों सी बन जाती है या बनाई जाती है। विरोध की क्षमता उसमें समाप्त हो जाती है। पराश्रितों की पीढ़ी निर्मित हो जाती है। उसकी मानसिक संरचना भय वाली हो जाती है। इस मानसिकता से निजात पाने में वर्षों लग जाते हैं। जब वह स्वयं को पुरुष छत्रछाया से अलग करेगी तब व्यक्तित्व में नया निखार आएगा।

यह क्यों सोचती हो कि विरोध के लिए हमेशा शारीरिक क्षमता ही चाहिए। अपनी सुरक्षा के लिए शारीरिक बल से ज्यादा मानसिक बल की जरूरत है।

जब वह पुरुष को मात्र पुरुष समझने लगेगी, तब वह स्वयं को स्वतन्त्र स्त्री भी समझ पाएगी। तब वह अपनी स्थिति को मजबूत बना पाएगी। स्त्री पर प्रायः पहला हमला एक स्पर्श से शुरू होता है। हाथों का स्पर्श या शब्दों का स्पर्श, प्रेम का स्पर्श या आकर्षण का स्पर्श। इस स्पर्श की उम्र 10 वर्ष के बालक से शुरू होती है। जब स्त्री इस बालक को पुरुष के रूप में देखेगी तो उसके स्पर्श को नियंत्रित कर पाएगी। उसके हरकतों को रोक पाएगी। बेटा बड़ा हो रहा है कर खुश होने के बजाए बेटा संस्कारी बने पर ध्यान देगी। वह संस्कारी पुरुष बने पर ध्यान देगी। उसके कुसंस्कारी हाथ को मरोड़ देगी। उसके कुसंस्कार को युवा होने ही नहीं देगी। ममत्व, प्रेम, अपना आदि के भाव से ऊपर उठकर देखने की सूझ से वह स्वयं की सुरक्षा कर पाएगी।

पिताजी की बातें कुछ-कुछ समझ तो आ रही थी, पर इन बातों से प्रतियोगिता में पुरस्कार पाने की सम्भावना क्षीण लग रही थी। इतनी मोटी बातों की कौन समीक्षा

करता ? जज क्या इन बातों को सुनेंगे। जिस सूक्ष्मता की बात पिताजी कह रहे हैं, वहाँ तक कोई पहुँच पायेगा। प्रतियोगिता में तो जजों को देखती हूँ, गपशप में रहते हैं। मुझे हमेशा लगा कि वक्तव्य की ओजपूर्ण शैली पर सबसे ज्यादा अंक मिलते है। ऐसे गम्भीर बातों को ओजपूर्ण शैली में कहना मेरे लिए संभव नहीं लग रहा था।

ओजपूर्ण यह है कि महिला सुरक्षा में जबतक पुलिस और प्रशासन का साथ नहीं मिलेगा तबतक वह स्वयं की सुरक्षा में संभव नहीं हो पाएगी। जब बड़े पदधारी स्वयं की सुरक्षा में सक्षम नहीं होते हैं। भारी सुरक्षा-व्यवस्था के बीच भी हत्या की आशंका से ग्रसित रहते हैं। हत्याएँ हो भी जाती हैं तब फिर महिलाएँ कैसे हत्यारों से स्वयं निपट लेंगी। पहल कर सकती हैं, पर तब जब पुलिस, न्यायालय त्वरित साथ दे। हिंसक को मृत्यु दंड मिले।

दोनों पक्ष को मिलाकर प्रतियोगिता की तैयारी तो हो गई। मैंने विषय के पक्ष में ही तैयारी की। मेरा स्वयं का विश्वास है कि महिला स्वयं की सुरक्षा में सक्षम है। यौन-उत्पीड़न, घरेलू-हिंसा आदि तो शारीरिक पक्ष है। मानसिक पक्ष यह है कि यह सारी प्रताड़ना पुरुषों को मिलने वाली प्रताड़ना की तरह ही है। लाखों केस की तरह यह भी एक केस है और उत्पीड़न के बाद भी आसानी से इसकी लड़ाई लड़ी जा सकती है। बस कुंठा हटानी होगी। शरीर पर हमला से पवित्रता के नष्ट होने के भाव, पुरुष द्वारा स्वीकार करने के भाव से ऊपर उठना होगा।

मैं पूरी तैयारी के साथ कॉलेज गई। वहाँ पता चला मेरा नाम विषय के विपक्ष में बोलने के लिए लिख दिया गया है। अरे! यह क्यों ? मुझसे पूछे बगैर किसने विपक्ष में नाम डाल दिया। कल ही बोलना है और मेरी तैयारी पक्ष में बोलने की है। एक दिन में तैयारी कैसे होगी ? एक साँस में मैं बोल गई। यह अजीब बात है शिक्षकों की। अपनी मर्जी से कुछ भी करती हैं। एक तो तैयारी में कोई मदद नहीं। दूसरे बिना पूछे कहीं भी नाम डाल दो। मैं उत्तेजना में थी। सभी सहेलियाँ समझा रही थीं। रहने दो ना। तुमसे हो जाएगा। जो बात पक्ष में लिखी हो उसी को पलट दो, हो गया विपक्ष।

इतना आसान होता तो मैं इतना चिल्लाती क्यों ? विपक्ष की बड़ी जिम्मेदारी होती है। पक्ष में तो आधारहीन बातें भी बोल दो। वहाँ सम्वेदना काम करती हैं। वह विजेता पक्ष होता है। विपक्ष में पक्ष को तथ्यों को काटना होता है। उसके लिए सबूत जुटाना पड़ता है। देखती नहीं, पुलिस केस में। कुछ भी जाकर रिपोर्ट लिखवा दो। अब वह सत्य है कि असत्य सबूत ढूँढो। विपक्ष को बहुत मजबूत होना होता है। तभी पक्ष पर नियंत्रण संभव है। वरना नगाड़े की आवाज में तूतुहि बनकर रह जाता है विपक्ष।

अब अपने विषय को ही लो। महिला स्वयं की सुरक्षा में सक्षम है बोलने में क्या करना है ? इतिहास के ऋषि-कन्याओं से लेकर वर्तमान के जाबांज सेना नेत्रियों के उदाहरण दे दो और बात खत्म। भारत में ही नहीं विश्व के सभी देशों में स्त्री देवी और एन्जिल के रूप में पूजी जाती है। एक देवी असुरक्षित कैसे हो सकती है ?

विपक्ष में बोलने के लिए सरस्वती के साथ अन्याय, पार्वती के साथ अन्याय, लक्ष्मी

के साथ अन्याय, सीता के साथ अन्याय, राधा के साथ अन्याय, अहिल्या के साथ अन्याय, द्रौपदी, कौशल्या, उर्मिला, यशोधरा, मीरा और वर्तमान में महिला हिंसा के सलाना आंकड़ा को सामने रखना होगा। महिला-अत्याचार के पोर-पोर को खोलकर होगा। स्त्रियाँ अपने पर हुए अत्याचार को चरम पर पहुँचने तक झेलती हैं और उसे छुपाती हैं। उसके मन के तह में पहुँचकर अत्याचार के सूक्ष्म स्वरूप को निकालना विपक्ष का काम है।

बहुत आसान लगता है तुमलोगों को विपक्ष की जिम्मेदारी उठाना। एक मजबूत विपक्ष, हमेशा समाज के कोढ़ की इलाज करता है। पर कोढ़ को जब फोड़ने की कोशिश करो तो स्वयं के उससे संक्रमित होने का डर बढ़ जाता है।

कल सड़क पार करते समय तुम्हारे साथ क्या हुआ याद है ना।

हाँ, याद है। पर उसे कैसे बताएँगे?

यही तो बात है। महिला स्वयं की सुरक्षा नहीं कर सकती है, यह साबित करने के लिए विपक्ष को तुम्हारी घटना बतानी होगी। नंगा करना होगा स्त्री को। तुम्हारे सामने से निकले वक्त उसका हाथ तुम्हारे उभार को किस तरह से मसला था उसकी बयानबाजी करनी होगी और जज कहेगा प्रतियोगिता जीत के लिए गढ़ी गई इस कहानी में कोई सच्चाई नहीं है। अतः जीत का ताज पक्ष को दिया जाता है। चाचा की कहानी, जीजा की कहानी, पड़ोसी की कहानी की परतों को उकेरना होगा।

पेपर में भंवरी देवी की कहानी पढ़ी थी ना। सरकारी अभियान के लिए काम कर रही भंवरी देवी नौ महीने की बच्ची की शादी रोकने की कोशिश की थी। पुलिस आई, शादी रुकी, पुलिस ने मिठाई खाई और चली गई। दूसरे दिन वह शादी हो गई। इसके बाद जब वह खेत में अपने पति के साथ काम कर रही थी तो दबंग और तथाकथित उच्च जाति के पाँच लोगों ने पति को पीटा और उसके साथ बलात्कार किया। ना समाज ने साथ दिया और ना पुलिस ने महीनों केस दर्ज किया। दो साल बाद लोअर कोर्ट कहता है—पति के सामने बलात्कार कैसे हो सकता है?

निम्न जाति की स्त्री को उच्च जाति के लोग छूते नहीं तो बलात्कार कैसे कर सकते हैं?

पाँच लोग जब आपस में चाचा, भतीजा, दादा पोता थे तो बड़े बुजुर्गों के सामने कोई बलात्कार कैसे कर सकता है?

अपने खेत में काम करते समय बलात्कार होने पर सुरक्षा या क्षतिपूर्ति की जिम्मेदारी नियोक्ता को कैसे दी जा सकती है?

इतने उम्र की महिला से बलात्कार कैसे हो सकता है?

हाई कोर्ट ने इसे बलात्कार माना, पर निर्णय कई बार पलटते रहे।

ऐसे जीवन्त घटनाओं के उदाहरण देकर विपक्ष को अपनी बात मनवानी होगी।

बताओ यह एक दिन का काम है।

रजनी बोली, जितना तुमने अभी बोला उतना ही बोल देना जीत जाओगी। सब जानकारी तो है ही तुम्हारे पास।

मैंने अपना सिर पिट लिया। यह लोग कुछ समझती ही नहीं है।

आज प्रतियोगिता समाप्त हुई। एक तनाव समाप्त हुआ। महिला पर हुए अत्याचार के उदाहरण पढ़कर कितना खून खौलता है और कुछ नहीं कर पाने की कुंठा मन को कितना व्यथित करती है। शब्दों में ढालना असम्भव है।

पिछले पन्द्रह दिनों में कितनी मौत मरी मैं, मुझे खुद नहीं पता।

भारत का पुरुष, इतना पतित कैसे हो सकता है? सिगरेट से स्त्री के कोमल अंगों को दागकर आनन्द लेने वाला, योनि भाग में बोतल घुसेड़ देने वाला, धारदार हथियार से अंग को काटकर उसपर शराब उड़ेलकर पीने वाला पुरुष कैसे?

कलयुग में भगवान ने सच में द्रौपदी को अकेला छोड़ दिया है। तार-तार होते उसके वस्त्र और अंग-प्रत्यंग की पीड़ा उन्हें दिखाई नहीं देती। सच वह सिर्फ कहानियों के नायक हैं और कुछ नहीं। अब भय ज्यादा बढ़ गया है। ज्यादा सतर्कता से सड़क पर चलने लगी हूँ। सभी कपटी नजर आते हैं। पास से कोई गुजरने को हो तो कछुए की तरह खोल में सिमट जाने का अहसास होता है।

शादी की तिथि तय हो गई। अब कभी-कभी अरुणजी से फोन पर बात भी कर लेती हूँ। यूँ ही कुछ-कुछ। भविष्य की बातें। व्यवहार की बातें। अपने मन की भय की बातें। पढ़ाई की बातें। कॉलेज की बातें। अभी हमारे यहाँ फीस बढ़ोतरी पर हंगामा है। परीक्षा-फीस बढ़ने की संभावना है। बढ़ा तो हमलोग आंदोलन करेंगे आदि। वह भी कुछ अपने परिवार का बताते। कुछ अपनी योजना बताते। एक अच्छी बात थी कि हम सभी बात पर सहमत होते।

समय फुर्र से उड़ गया। अरे, कल शादी है।

शादी की तैयारी चरम पर पहुँच चुकी है।

नए जीवन में प्रवेश ने जीवन के दृष्टिकोण को क्षण में बदल दिया। अब मैं किसी घर की बड़ी बहु थी। बड़ी जिम्मेदारी से भर गई मैं। सारा बचपना क्षण में काफूर हो गया। पढ़ाई अब भी जारी थी।

नई जिम्मेदारियों में रामकृष्ण परमहंस का हस्तक्षेप अब ज्यादा बढ़ रहा था। पल-पल उनके दिशा-निर्देश की जरूरत पड़ती थी। गुजरते समय के साथ पहला शिशु अमन का आगमन हुआ। पढ़ाई, परिवार और अमन के साथ दो साल गुजर गया।

आनन्द का जीवन बीत रहा था। अच्छे पड़ोसी के रूप में पोद्दार परिवार मिला था। अमन को उनलोगों ने प्रेम से अपना रखा था। उनके सहयोग से मेरी पढ़ाई निर्विरोध चलती रही। अमन का दो साल पूरा हो गया था। हमने एक ही शिशु को रखने का मन बना रखा था। बस अमन की पढ़ाई सही से हो जाए।

अचानक एक दिन मेरे पेट में भयंकर दर्द हुआ। असहनीय पीड़ा में मैं डॉक्टर के पास ले जाई गई। जाँच हुआ। पेट में इंफेक्शन था और साथ में नए शिशु के जीवन की सूचना भी। गजब की तैयारी के साथ शिशु ने कदम रखा था। एक कर्ण अपने सुरक्षा-कवच के साथ आया था। दूसरा यह शिशु। मेरे पेट के संक्रमण का इलाज यह शिशु

था। जैसे-जैसे शिशु बढ़ेगा, पेट का संक्रमण खत्म होता जाएगा। शिशु का आगमन ही आपके रोग का इलाज है, डॉक्टर ने कहा।

विश्वास होने लगा कि आत्मा अपने आगमन के लिए न सिर्फ गर्भ चुनती है बल्कि अपने सुरक्षित आगमन का इंतजाम भी करती है।

हमने ब्रह्माण्डीय इस योजना को हृदय से स्वीकार किया और एक ऋषिपुत्र का आगमन धरती पर हो इसके विधान में लग गई। पहले सुना था कि अभिमन्यु ने गर्भ में ही चक्रव्यूह-भेदन के रहस्य को जान लिया था।

अनुभव से जाना कि यह सत्य बात है। हम 10- 15 सहेलियों ने अपने बच्चे पर शोध किया और पाया कि उन बच्चों के गर्भकाल में हमने जो गतिविधियाँ की थी। जो बात-व्यवहार अपनाया था, हमारे शिशु ने सब अपना लिया था।

हमारी एक सहेली के पति को बर्तन फेंकने की आदत थी। कोई बात हुई तो खाने की थाली फेंक दी। जब उनकी पुत्री गर्भ में थी तब भी उनके घर में थाली फेंकना अनवरत जारी था। बच्ची जन्म लेकर थोड़ी बड़ी हुई तो थाली फेंकने की उसी आदत से लैस थी। नन्हीं उम्र से ही गुस्से में थाली फेंकने की आदत बन गई थी। ऐसे अनेकों उदाहरण हमने निकाले। अब हम सचेत थे। वही पढ़ते, वही सोचते, जैसा हम शिशु में चाहते थे।

हमने ठाकुर को दिनरात पढ़ना शुरू किया। गर्भ के अंदर भी शिशु की शांत उपस्थित महसूस होती थी। गर्भ में वह अनजाने आया था। अब जब पता था कि उसका आगमन निश्चित है, तब हमने आध्यात्मिक जीवन शैली अपनाकर शिशु-निर्माण की तैयारी शुरू कर दी।

माँ की एक सहेली हमेशा मानव संस्कार की बात करती थी। उनके मुख से बार-बार सोलह संस्कार की बात सुनती थी। कई बार वह कहती थीं कि नए जोड़े को शिशु निर्माण का प्रशिक्षण अवश्य दिया जाना चाहिए। ताकि शिशु निर्माण की अहम भूमिका को वह समझ सके। वर्तमान का ज्यादातर शिशु आनन्द का प्रतिफल नहीं होता है। वह तनाव का शिशु होता है। आज पति-पत्नी आपसी संबंध तनाव दूर करने के लिए बनाते हैं। ऐसे समय में गर्भ में शिशु का आगमन हो जाता है। तनाव के बीज से निर्मित शिशु जन्म ही तनाव के साथ लेता है। यह स्थिति से समाज को एक विकृत मानसिकता वाले मानव की प्राप्ति होती है। आज समाज में इतनी विकृति ऐसे शिशु के आगमन से ही है। मुझे उनकी यह बातें याद आ रही थी।

मैं अपने शिशु को समाजोनुकूल ऋषि पुत्र के रूप में धरती पर लाना चाहती थी।

मैंने उनसे सम्पर्क किया। वह गायत्री परिवार की सदस्या थीं और शिशु-निर्माण के संस्कार का प्रशिक्षण लोगों को देती थीं। मुझे बोली, संस्कारी बालक को जन्म देना है तो पुंसवन संस्कार करवा लो।

ठीक है, आप पुंसवन संस्कार के बारे में बताएँ। मुझे क्या सब करना होगा? मैंने कहा।

भारतीय दर्शन का कर्मकाण्डीय पक्ष मुझे बहुत नहीं भाता है। कारण इसी पक्ष ने समाज को अन्धविश्वास के अंधे कुएं की ओर धकेल दिया है। ग्रंथ-लेखन हमेशा तत्कालीन परिस्थिति से प्रभावित होता है। स्वभाविक है उस समय के कर्मकाण्ड उस वक्त के लिए बहुत उपयोगी होंगे। परन्तु वर्तमान में भी इतने ही उपयोगी हों, यह आवश्यक नहीं। अतः उसमें वर्तमान के अनुसार बदलाव जरूरी है। बदलाव हुआ भी, पर वह और जटिल हो गया है। परम्परा के नाम पर उसमें बहुत खामियों ने प्रवेश प्राप्त कर लिया। धर्म जहाँ प्रेम और मानवता की स्थापना का साधन था, वही अब क्लेश और अधिकार हनन का कारण को गया। सनातन धर्म के इसी कुप्रभाव के कारण भारत में सैकड़ों पन्थ को जन्म लेने का मौका मिला। शांति-स्थापना के लिए निर्मित विभिन्न पन्थों ने भी कालांतर में उन्हीं दोषों को ओढ़ लिया।

मुझे चाची ने पुंसवन संस्कार के बारे में बताया। गर्भ जब दो-तीन महीने का होता है। तब गर्भस्थ शिशु के पूरे विकास के लिए पुंसवन संस्कार किया जाता है।

विज्ञान कहता है कि स्त्री के गर्भ में तीसरे महीने से शिशु का शरीर बनना शुरू हो जाता है। जिसके कारण शिशु के अंग और संस्कार दोनों अपना स्वरूप बनाने लगते हैं। गर्भस्थ बच्चे पर माता-पिता के मन और स्वभाव का गहरा प्रभाव पड़ता है। इसलिए माता को मानसिक रूप से गर्भस्थ शिशु की ठीक तरह से देखभाल करने योग्य बनाने के लिए इस संस्कार का विशेष महत्व है।

धर्मग्रंथों में पुसंवन का मुख्य उद्देश्य स्वस्थ, सुंदर व गुणवान संतान पाना है। पुसंवन संस्कार का वर्णन करते हुए धर्म ग्रंथों धार्मिक आस्था पर विशेष बल दिया गया है। जिसका सीधा सा अर्थ माता को आत्मिक रूप से सबल बनाना है यानी जो लोग वेदों में पुरी श्रद्धा रखकर पुंसवन संस्कार करते हैं उन्हें गुणवान संतान प्राप्त होती है।

पुमानग्निः पुमानिन्द्रः पुमान देवो बृहस्पतिः।
पुमांसं पुत्रं विन्दरव तं पुमान्नु जायताम्॥

अर्थात अग्नि देवता पुरुष हैं, देवराज इंद्र भी पुरुष हैं व देवताओं के गुरु बृहस्पति भी पुरुष हैं, तुझे पुरुषत्वयुक्त पुत्र ही हो। यह विवेचन पुंसवन संस्कार के संबंध में सामवेद में मिलता है।

मैंने प्रश्न किया कि क्या सिर्फ पुरुष ही पैदा हो?

उन्होंने समझाया परम्परागत रूप में इस श्लोक का यही अर्थ समझ लिया जाता है। यहाँ "पुरुष" शब्द से अर्थ "पुरुषार्थ" से है। अग्नि जैसा प्रखर, तेजस्वी, इंद्र जैसा राजार्षि और वृहस्पति जैसा ज्ञानी गुरु तत्व से युक्त सन्तान की प्राप्ति हो। पुंसवन संस्कार गुणवान सन्तान की प्राप्ति का संस्कार है।

हमने पुंसवन संस्कार करवाया और दिशा-निर्देश के अनुरूप स्वाध्याय किया। डॉक्टर के सघन जाँच में भी थी। उनके आराम के सुझाव को छोड़कर सारे सुझाव मान रही थी। पढ़ाई छोड़ नहीं सकती थी और उसके साथ आराम सम्भव नहीं था। पी.जी.

में नामांकन दरभंगा में हो सका था। आठवाँ महीना चल रहा था। परीक्षा की तिथि निकल आई। सभी ने मना किया। ऐसे समय में बस से दरभंगा जाना ठीक नहीं है। बहुत कठिन सड़क मार्ग था। पर मैं परीक्षा छोड़ दूँ। यह संभव नहीं। हमारी जिद ही चली। अकेले अमन को लेकर दरभंगा चली आई। दरभंगा में हमारा मददगार दूत फरीद भाई हमें बस स्टैंड से दोनार स्थित घर ले गया। फरीद नहीं होता तो शायद मैं परीक्षा नहीं दे पाती।

दरभंगा में मैं गुप्ता परिवार के यहाँ रहती हूँ। अद्‌भुत परिवार है यह। इस परिवार के लिए कोई पराया नहीं था। पितातुल्य श्री रामगोविंद गुप्ता के प्रेम से सभी बंधे एक परिवार के सदस्य थे। रामगोविंद गुप्ता जी अद्‌भुत प्रतिभा के धनी थे। घर में उनकी तीन बेटियाँ और तीन बेटे थे। कमतौल में ब्याही बहन की बेटियाँ भी प्रायः यहाँ रहती थीं। सामने उनके बड़े भाई का घर था। बड़की माई, भाभी जी, अनिल भैया, उनके चार बच्चे दो बेटी और दो बेटे, बड़की माई का छोटा बेटा अरुण जी। सभी एक साथ एक डोर में बंधे थे। गुप्ता जी कभी स्त्रीलिंग शब्दों का इस्तेमाल नहीं करते थे। बेटियों से कहते तुमलोग कभी नहीं सुधरेगा। यह काम क्यों नहीं करके रखा अभी तक। उनके लिए सभी मानव का मान बराबर था। घर के लोग हों या बाहर के। किसी को नहीं लगता कि यह घर हमारा नहीं है। उनकी पत्नी जिन्हें हम मम्मी जी कहते हैं, उनका अपनत्व मेरे लिए खास है।

छह महीना के अमन को लेकर गाँव जा रही थी। अचानक देवर की शादी ठीक हो गई थी। ईद का समय था। कोई गाड़ी नहीं। कोई ड्राइवर नहीं। अरुणजी के एक अच्छे मित्र सरफराज भाई साहब दरभंगा जा रहे थे। हमें उनकी गाड़ी में जगह मिली। वह कहते थे मेरे एक कन्धे खुदा रहते हैं और दूसरे पर नेकनियति की जिम्मेदारी। दोनों में सन्तुलन बनाये रखने के लिए कन्धे को बराबर सीधा रखना पड़ता है। किसी को हम गिरने नहीं दे सकते। दुर्भाग्य यह हमारी अंतिम भेंट थी। किसी आँख के अंधे ने इस नेकी के बन्दे को जल्दी खुदा से मिला दिया। मुजफ्फरपुर पहुँचते-पहुँचते हम आँधी-पानी के चपेट में आ गए। किसी तरह दोनार, दरभंगा पहुँचे। गाँव पर विधि-विधान के लिए हमारा इंतजार हो रहा था। पर अमन को गोद में लेकर मम्मी जी ने एलान कर दिया इतनी रात में और इस तूफान में बच्चा कहीं नहीं जाएगा। उन्होंने तुरन्त गोइठा सुलगाया और ठण्ड से काँपते बच्चे को सेंकना शुरू कर दिया। मुझे सुनने को मिला। आपके लिए ही मम्मी इतना कर रही हैं। उनका यह प्रेम आज भी बदस्तूर मुझे मिल रहा है।

गुप्ता जी पत्रकार थे। तिरहुतवाणी अखबार निकालते थे। अरुणजी को इंटर में ही पत्रकार बना दिए। उन्होंने उनके व्यक्तित्व को सुंदरता से गढ़ा। गाँव से आए अनगढ़ मिटटी के लोदें को अपने परिवार के चाक पर चढ़ाकर नवीन सुंदर स्वरूप प्रदान किया। उस घर ने उन्हें बेटे के रूप में अपनाया। मैं उस घर की बहू होकर बहुत गौरवान्वित रही हूँ।

हमारी तरह ही उस घर का जिंदादिल सदस्य फरीद है। हर समस्या का इलाज। उसके पास हर समस्या का समाधान है।

अपने इस घर के प्रेम और फरीद के सहयोग के भरोसे मैं अकेले अमन और गर्भ में आठ माह के शिशु के साथ दरभंगा में थी।

दरभंगा मुझे हमेशा भाता है। माँ श्यामा की नगरी में अद्‌भुत ऊर्जा है। सर्व धर्म की ऊर्जा इस शहर के वातावरण में है। यहाँ आलस्य बहुत कम है। सुबह चार बजे से रात 12 बजे तक जीवन्त शहर। मम्मी जी के पूजन से हमारी शरणस्थली ऊर्जान्वित रहती है। घर के सभी सदस्य हर वक्त किसी न किसी कार्य में व्यस्त। शाम का समय गपशप का। चाय और गर्मागर्म पकौड़े, भूंजा आदि के साथ शहर भर की चर्चा। बीच-बीच में राज्य, राष्ट्र भी अपनी जगह बना लेता है। अभी महिला आरक्षण पर बड़ा विमर्श चल रहा है। गपशप में हम ज्यादा महिला ही होते हैं और कुछ युवा ऊर्जा तो यह विषय बहुत भा रहा है। राजनीति में महिला आरक्षण की बात तो ठीक है, पर नियोजन और शिक्षण में यह ज्यादा जरूरी है। जबतक महिला आर्थिक रूप से सबल नहीं होगी और उच्च तकनीकी शिक्षा में प्रशिक्षित नहीं होगी तबतक कोई आरक्षण निरर्थक साबित होगा। वह स्वयं निर्णय लेने में सक्षम नहीं होगी तो पुरुषों के हाथ की कठपुतली ही रह जाएगी।

प्रतिमा जी अपने कॉलेज की एक प्रोफेसर की कहानी बता रही हैं। वह इतिहास की प्रोफेसर है। सीनियर हैं, इसलिए उन्हें कॉलेज में कोई पद भी प्राप्त है। हर फाइल अपने पति से पूछ कर करती हैं। अपने ऊपर जरा भी आत्मविश्वास नहीं। ऐसी पढ़ाई का क्या मतलब? ऐसे पद प्राप्ति का भी क्या मतलब?

यह सत्य है कि महिला हमेशा भयभीत रहती हैं, कुछ गलत ना हो जाए। आप सही से अध्ययन कर काम करेंगी तो गलत कैसे हो जाएगा?

ऐसे ही जीवन्त मुद्दे पर हम गपशप करते और चाय की दूसरी प्याली के साथ सभा-विसर्जन होता। बहुत ही आनन्द का समय होता हमारा दरभंगा प्रवास। बीच-बीच में मुझसे पूछ भी लिया जाता, आपने पूरी पढ़ाई कर तो ली है। परीक्षा खराब ना जाए।

फुआ की बेटी रेखाजी से हमारी अच्छी बनती थी। प्रतिमा जी और रेखाजी हमारी अभिभावक की भूमिका में होती। उनलोगों के साथ में, मैं स्वयं को छोड़ देती। यह समय मेरे जीवन का सबसे उन्मुक्त समय था। लगभग तीन साल का अमन भी उनलोगों के साथ घुलमिल गया था। गर्भ का शिशु भी आनन्द में था। मेरे गृहविज्ञान की प्रायोगिक परीक्षा की तैयारी भी उनलोगों ने अपने ऊपर ले ली थी। कॉलेज ले जाने की जिम्मेदारी फरीद की थी। पर प्रायः प्रतिमा जी ही साथ जाती थीं।

सम्बन्ध अच्छा हो तो जीवन कितना आनंदमय हो जाता है। कहाँ जाति, धर्म, समुदाय आड़े आता है।

कल अमन का तीसरा जन्मदिन है। बहुत खुश है। पहली बार जन्मदिन को समझ रहा। आस-पास के हमउम्र मित्रों को जन्मदिन में न्यौता दे रहा है। पड़ोस की बड़ी मम्मी के साथ जाकर तोहफा खरीद लाया है। माँ तुम क्या गिफ्ट दोगी? वह बार-बार मुझसे पूछ रहा है। मेरी तबियत ठीक नहीं लग रही है। मैं तुम्हें एक मन्त्र सीखा दूँगी। उसे

हमेशा बोलते रहोगे तो कभी किसी चीज की कमी नहीं होगी। कौन मन्त्र माँ? अभी दे दो ना। अमन मन्त्र लेने को उत्सुक है।

अभी नहीं बेटा। कल जन्मदिन पर लेना।

ठीक है माँ।

मैं बात तो कर रही थी, पर पेट का दर्द बढ़ रहा था। शाम होते-होते हॉस्पिटल जाना पड़ा। रात नौ बने नन्हें शिशु का आगमन हुआ। सुबह अमन आया। उसके लिए एक जीवन्त खिलौना था यह शिशु। वह बहुत खुश हुआ। उसके पापा ने शीशु को उसके गोद में देकर कहा, लो यह तुम्हारे जन्मदिन का गिफ्ट। वह कोमलता से शिशु के एक-एक अंग को छूकर-छूकर देख रहा था।

उसके तीसरे जन्मदिन पर यह सबसे खूबसूरत उपहार था। मुझे भी इस उपहार के साथ स्वस्थ शरीर प्राप्त हुआ। लगभग पाँच किलो पानी पेट से निकला। मेरे डॉक्टर बेटे के आगमन हो चुका था। उसका आगमन हमारे जीवन का सुंदर अध्याय था। इस शिशु में अध्यात्म के उच्च साधना के बीज डाले गए थे। अब उसे फलीभूत होते देखना था।

शिशु को पल-पल बढ़ते देखने का अपना आनन्द है। अमन के एक-एक गतिविधियों को हमने जिया है। पहली बार पलटना। उसका पहला शब्द बोलना।

छह-सात महीने के अमन को अरुण जी बेटा-बेटा बोलकर उसके साथ खेल रहे थे तो उसने पहला शब्द बोला, 'बेटा'। हमने ना जाने कितनी बार उस समय उससे यह शब्द दोहरवाया। जितनी बार हम 'बेटा' बोलते, वह प्रतिक्रिया में 'बेटा' बोलता।

अमन की यह प्रतिक्रिया बिल्कुल उस गाने की तरह थी।

"जितनी चाभी भरी... उतना चला खिलौना।"

उसका पहला कदम। नौ महीने का हुआ था उस दिन। बाहर गेट से मेरे देवर के मित्र ने आवाज दी, अमन और वह डग भरता हुआ वहाँ पहुँच गया। मैं पीछे ही था। वह खुशी से चीख उठा, भाभी बउआ चलकर आ गया। फिर उस दिन हमने सैकड़ों बार उसे अपने पास बुलाया। वह बिना थके जिधर से आवाज दी जाती छोटे-छोटे डग भरता पहुँच जाता। हमने सोचा भी नहीं कि नन्हें पाँव में दर्द भी हुआ होगा। हम उसके डग भरते क्रीड़ा के आनन्द में थे। उसे भी आनन्द आ रहा था। आज नन्हें शिशु के साथ हॉस्पिटल में हूँ। थोड़ी देर में डॉक्टर आएँगी तो घर जाऊँगी। कुछ महिला मित्र मिलने आई हैं। सभी हमारे लिए खुश हैं। उनलोगों को अहिल्यास्थान जाना है। मैं दरभंगा में रही हूँ। इसलिए मुझसे कुछ जानकारी चाह रही हैं।

मैंने बताया, सिद्ध शक्तिपीठ के रूप में विख्यात अहिल्यास्थान दरभंगा के पास ही है। अहिल्या यहाँ प्रख्यात विद्वान के रूप में पूजी जाती हैं।

रामायण की अहिल्या भारतीय समाज के लिए कोई अनजान पात्र नहीं है। सभी जानते हैं कि इंद्र के धोखा की शिकार अहिल्या को उनके पति गौतम ऋषि का श्राप मिला और वह पत्थर की हो गईं।

मेरी समझ है कि उनका शिला बन जाना प्रतिकात्मक था, वास्तव में वह समाधिस्थ हुई थी।

ग्रन्थों के ज्ञाता इस बात को समझते हैं कि ग्रन्थों के सभी शब्द सभी घटनाएँ एक आवरण में ढंकी होती हैं। उसके आवरण का भेदन कर ही उसके मूल तत्व को समझा जा सकता है।

अहिल्या ब्रह्मा की मानस पुत्री थीं। ब्रह्म तत्व की ज्ञाता थीं। ब्रह्म तत्व के ज्ञाता को हमेशा सचेत रहने की आवश्यकता है। प्रति पल के घटना के प्रति उन्हें जागरूक रहना है।

उनके पिता के द्वारा रखे गए शादी के शर्तों को गौतम ऋषि ने पूर्ण किया। वह गौतम ऋषि के साथ विवाह सूत्र में बंधकर भूलोक की वासी बनी। वह गुरु–पत्नी के रूप में शिक्षिका की भूमिका में आ गईं। शिक्षिका की और भी बड़ी भूमिका होती है। वह समाज में चेतना के वाहक हैं। स्वयं की चेतना के प्रति सजगता ही उन्हें अच्छे शिक्षक की भूमिका में स्थापित कर सकते हैं।

इंद्र देवों का राजा है। उपनिषदों में इंद्र को आत्मा कहा गया है। देवलोक गलत और सही की चेतना से परे होता है क्योंकि वहाँ शरीर नहीं चेतना काम करती है। आत्मा काम करती है। सभी ऊर्जा स्वरूप होते हैं। इसलिए तो जब मानव स्वरूप में वे अपनी ऊर्जा को बांधते हैं तो मानस पुत्र, पुत्री या अवतार नाम देते हैं। ऊर्जा या चेतना के द्वारा सांसारिक भूल नहीं होती है। वह सिर्फ प्रतीकात्मक होती है।

जिस उद्देश्य से मानस पुत्री अहिल्या का जन्म हुआ था क्या वह भूलोक में उस उद्देश्य की पूर्ति में संलग्न है या सांसारिक भोग में लिप्त है, इसका परीक्षण करने इंद्र और चन्द्र आए थे। ब्रह्म चेतना को आभास हो जाता है कि उनके द्वारा निर्मित चेतना की सजगता का स्तर क्या है और वह उन्हें सचेत करने आते रहते हैं। इंद्र भी अहिल्या की चेतना के स्तर को देखने आए। अहिल्या एक उच्च स्तरीय चेतना थीं। इन्द्रादि चेतना के बराबर थीं। सिर्फ सैद्धांतिक बताया जाता कि उन्होंने अपनी चेतना की प्रखरता को त्याग दिया है और संसार में लिप्त हो गई हैं तो वह कभी नहीं मानती। इसलिए उनके सांसारिक लिप्तता का प्रत्यक्ष अनुभव कराना आवश्यक था। उन्हें बताना आवश्यक था कि जिस उद्देश्य के लिए उन्हें भुलोक में भेजा गया है, उससे वह विमुख हो चुकी हैं।

इंद्र रूपी आत्मा ने उनके आत्मा से सम्पर्क किया। वह सचेत हुई। सामने पति गौतम को देखा। उनके मुख से निकला आप वहाँ हैं? अपने आत्मा के प्रकाश में उन्होंने गौतम के वास्तविक स्वरूप को देखा। उसके सहज सांसारिक स्वरूप को देखा। यह क्या ना मैं ब्रह्म रूप रह पाई। ना उनके तेज को परिस्कृत कर पाई। वह कुंठित हुई। दुखी हुई। वह दुखी इंद्र के झकझोरने से नहीं है। वह दुखी है कि उसकी चेतना सुप्त क्यों गई? वह दुखी है कि वह ब्रह्म तत्व से विमुख कैसे हो गई। वह दुखी है कि वह गौतम तक ही सिमट गई।

गौतम भी दुखी हुए। वह सांसारिक भोग में इतनी लिप्त हो गई कि अपने ब्रह्म

स्वरूप का भी उसे ख्याल नहीं रहा। गौतम उससे विरत होकर बोले—शिला बन जाओ। मतलब एक जगह स्थिर हो जाओ। तुम समाधिस्थ हो जाओ। खुद को ढूँढो।

अहिल्या शिला बन गई। जड़ बन गई। समाधिस्थ हो गई।

उनकी व्यथा से गौतम भी व्यथित हुए। एक हमारे कारण अहिल्या अपने उद्देश्य को भूल गई। अपने प्रखर चेतना से दूर हो गई। ब्रह्म तत्व को भूल गई। मैं यहाँ रहूँ तो शायद पुनः संसार में लिप्त हो जाए। वह उनकी साधना से दूर चले गए। हिमालय में जाकर स्वयं की साधना तल्लीन हो गए। यह अहिल्या के लिए भी और गौतम के लिए भी आत्मानुसंधान का रास्ता बन गया।

दोनों आत्मानुसंधान में लगे रहे। पर गुरु बिन ज्ञान असम्भव है। वर्षों दोनों रौशनी की तलाश में रहे। अंततः गुरु को आना पड़ा। शिष्य जब तप पर अड़ जाए तब देव तत्व को गुरु बनकर आना ही पड़ता है। श्रीराम गुरु बनकर आए। उन्होंने अहिल्या को ब्रह्म तत्व की पुनः शिक्षा दी। अहिल्या के साथ गौतम के पास गए। पारिवारिक जिम्मेदारी के साथ लोक-कल्याण का सन्तुलन ही व्यक्ति को ब्रह्मवेत्ता बनाता है। दोनों ने शिक्षक के गुरु दायित्व को ग्रहण किया और समाज को नवीन ज्ञान देने के मुहीम में जुट गए।

यह कहानी सिर्फ अहिल्या, गौतम या राम की नहीं है। यह त्रिकोण सभी के जीवन का सत्य है। जहाँ एक क्षण की भी सजगता गई, जीवन भर की पूँजी समाप्त। अहिल्या इसका उदाहरण है। पूँजी यहाँ विवेक के सन्दर्भ में है। प्रत्येक मानस पुत्र-पुत्री उन्नत प्रखर चेतना के साथ भूलोक पर भेजे जाते हैं। सांसारिक जिम्मेदारी के निर्वहन के साथ लोक-कल्याण उनका कर्तव्य होता है। परमात्म स्वरूप इंद्र मानव आत्मा में हरदम दस्तक देता है। वह जानना चाहता है कि देवलोक की प्रखरता सचेत है या सुप्त।

यदि प्रखर चेतना जागृत रही तो वह उसकी प्रखरता को नवीन चमक देता है। यदि आत्मा सुप्त रही तो पुनः वर्षों आत्मनुसन्धान करने को प्रेरित करता है। आत्मनुसन्धान एकांतवास है। अन्तर्मुखी साधना है। यह आत्मनुसन्धान गुरु सानिध्य में सम्पूर्णता को प्राप्त करता है। गुरु शोधन प्रक्रिया द्वारा उनके आत्मा का अनुसन्धान करते हैं।

यह शोधन प्रक्रिया ही न्यास योग, पंचकोशी साधना, चक्र-सन्तुलन, कुण्डलिनी जागरण आदि है।

आत्मनुसन्धान कर स्वयं की चेतना पर विजय ही अहिल्या का जागरण है।

वह सब इतनी सुंदर व्याख्या सुनकर प्रसन्न हुई।

आज हॉस्पिटल में रामायण के सन्दर्भ में अहिल्या को याद कर उस स्थान की सोंधी सुगन्ध से भर गई। हमारी सहेली को इस परिचर्चा में आनन्द आ रहा था। बोली तुमने तो रामायण की इस घटना को एकदम नए अंदाज में बताया। तुम पूरी रामायण की ऐसी व्याख्या करो।

अच्छा, और इन्हें कौन पालेगा? मैंने नन्हें शिशु की ओर इशारा किया।

उन्होंने कहा, इसे राम जी पाल लेंगे। तुम रामायण की इतनी सुंदर व्याख्या इनके

सामने करोगी, तो ये बच्चे स्वतः सुंदर गुणों से युक्त हो जाएँगे। तुम काम शुरू करो बस।

डॉक्टर आ रही हैं। नर्स ने खबर दी। सहेलियों ने जाने की इजाजत माँगी। हमें भी डॉक्टर से ढेरों शुभकामना के साथ घर जाने की इजाजत दे दी। अमन के जन्मदिन पर हम नन्हें अंकित को लेकर घर आए। आज से दोनों का एकसाथ जन्मदिन होगा।

शिशु-निर्माण का नौ महीना हमने धर्मग्रन्थों के अध्ययन के साथ ही गुजारा था। रामकृष्ण परमहंस तो मेरी पाठ्यपुस्तक है। इसके अलावा अरविंदों को पुनः पढ़ा। रामायण, महाभारत, गीता, बाइबिल, कुरान की हिंदी व्याख्या सभी पढ़ा। सभी ग्रन्थों की सुंदर वाणी से मेरे दोनों शिशुओं का संस्कार मैं कर पाई। एक गर्भ के अंदर सुनता। दूसरा बाहर मेरे साथ बैठकर मेरी व्याख्या को सुनता। अमन मेरा प्रथम श्रोता बना।

एक दिन मैं रामायण का सुंदर काण्ड समझा रही थी। बोला, माँ बन्दर भी आदमी की तरह बोलता है। हाँ।

मैंने पंचतन्त्र की कहानियाँ पुस्तक खरीदी और उसे सुनाना प्रारम्भ किया। पशु, पक्षी, वनस्पति से प्रेम होने पर ही मानव दानव बनने से बचेगा।

अंकित जब मेरे गर्भ में था तो मेरे पेट में पानी भर गया था। वह शिशु के विकास के साथ समाप्त होना था। बड़ा संक्रमण था। चिंतित थी तो सुन्दरकाण्ड पढ़ने का उपाय बहुतों ने बताया। सन्तान की सुरक्षा, पारिवारिक सम्बन्ध, स्वास्थ्य के लिए सुंदर काण्ड पाठ बहुत अच्छा है। मैंने जानने की उत्सुकता में इसका पाठ प्रारम्भ किया।

सुन्दरकाण्ड का मङ्गलाचरण प्रथम श्लोक ही अत्यंत प्रिय प्रतीत हुआ।

शान्तं शाश्वतमप्रमेयमनघं निर्वाणशान्तिप्रदं
ब्रह्माशम्भुफणीन्द्रसेव्यमनिशं वेदान्तवेद्यं विभुम् ?।
रामाख्यं जगदीश्वरं सुरगुरुं मायामनुष्यं हरिं
वन्देऽहं करुणाकरं रघुवरं भूपालचूडामणिम् ?॥1॥

अर्थात्—

शान्त, शाश्वत, अप्रमेय, अनघ, निर्वाण और परमशान्ति देने वाले, ब्रह्मा, शम्भु और फणीन्द्र से निरंतर सेवित, वेदान्त के द्वारा जानने योग्य, देवताओं में सबसे बड़े, माया से मनुष्य रूप में दिखने वाले, करुणा की सागर, रघुकुल में श्रेष्ठ तथा राजाओं के शिरोमणि राम कहलाने वाले जगदीश्वर की मैं वंदना करता हूँ॥1॥

इस श्लोक में "वेदान्तवेद्यं" शब्द सबसे ज्यादा प्रभावित किया मुझे। वेदांत को वेधने से जिसे जाना जा सके वह राम है। यानी राम सहज नहीं, वेद के गूढ़ रहस्य हैं। वेद के राम आखिर कैसे होंगे ? वेद में तो मूर्ति की कल्पना नहीं है यानी राम जो शरीर रूप में दिख रहे वह नहीं है। उन्हें वेद की ऊर्जा में समझना होगा।

सुंदर कांड को पढ़ते हुए समझ में आया कि श्रीरामचरित के माध्यम से गोस्वामी जी ने वेदान्त के कई सार तत्व डाल दिये हैं। कहते हैं कि इस ग्रंथ पर स्वयं माता सरस्वती

से माता सरस्वती के इस वरदपूत्र से शास्त्रार्थ किया था। गोस्वामी जी के संत और गीता के स्थितप्रज्ञ पर बहुत सुंदर वर्णन भी आता है।

वेद के राम के उपनिषदों व वाल्मीकि के राम के आधार पर वेदों के राम भी समझ मे आएँगे।

राम की उत्पति को भी कृष्ण के उस सूत्र में समझा जा सकता है।

श्लोक 5 से 15 तक श्रीकृष्ण अर्जुन से कहते हैं—अर्जुन तुम्हारे और मेरे इस जन्म से पहले भी कई जन्म हो चुके हैं। तुम अपने पूर्व जन्मों के बारे में नहीं जानते लेकिन मैं अपने पूर्व जन्मों के बारे में जानता हूँ।

हे अर्जुन जब जब धरती पर धर्म की हानि होती है और अधर्म का बोलबाला बढ़ता है तब तब मैं जन्म लेता हूँ।

साधुओं की रक्षा के लिए और दुष्टों के नाश के लिए मैं हर युग में बार बार जन्म लेता हूँ।

जो मनुष्य मेरे इस दिव्य जन्म और कर्म को समझता है वह देह त्याग करने के बाद पुनर्जन्म को प्राप्त नहीं करता अपितु मुझे प्राप्त करता है।

राग, भय और क्रोध रहित होकर मेरा ही ध्यान रखने वाले बहुत से ज्ञानी लोग मेरे स्वरूप को प्राप्त हुए हैं।

सभी को मेरे मार्ग का अनुसरण करना होता है और जो मनुष्य जिस प्रकार से मेरा आश्रय लेते हैं उन्हें उसी के अनुसार फल मिलता है।

कर्म का फल चाहने वाले लोग देवताओं की पूजा करते हैं और उन्हें कर्म से उत्पन्न होने वाले फल तुरंत मिलते हैं।

गुण और कर्म के अनुसार मैंने चार वर्ण स्थापित किए हैं। उनका कर्ता होते हुए भी मुझे अविनाशी अकर्ता ही समझ।

कर्म मुझे स्पर्श नहीं करते और न मुझे फल की लालसा है, इसलिए जो मनुष्य मुझे समझते हैं उन्हें कर्म के बंधन नहीं लगते।

यही ज्ञान जानते हुए प्राचीन काल से ज्ञानियों ने कर्म किए हैं, इसलिए तू भी अपने पूर्वजों की तरह कर्म कर।

मूर्तिपूजा के सन्दर्भ में कहा जा सकता है कि गुह्यविद्याओं का स्वरूप और उनके प्रतीकों का स्वरूप परिवर्तन जनमानस के मानसिक परिवर्तन के आधार पर होता रहा है। वह चाहे ग्रीक का दर्शन रहा हो या वैदिक, सब जगह यह लक्षण दिखता है।

दर्शनज्ञान के तुलनात्मक अध्ययन में वह अवश्य मिलता है। वस्तुतः वैदिक संहिता में व अन्य कालांतर के ग्रंथो में अनन्य समन्वय है। भटकने जैसी, भरम जैसी किसी स्थिति की कोई संभावना ही नहीं है। हमे रूपकों के लचीलेपन व उनके गुणों के वैशिष्ट्य का वैदिक संहिता भाग के साथ समन्वय करना है। योग दर्शन तो कहता है मूर्ति अवलंबन लेने के लिए है। यहाँ केवल प्रतिमा नहीं बल्कि चैतन्यता की बात आती है। केवल प्रतिमा में ईश्वर देखने वाले की निन्दा तो स्वयं भगवान् शंकराचार्य ने की है—

"एकस्मिन्कार्ये देहे बहिर्वा प्रतिमादौ सक्तमेतावानेवात्मेश्वरो वा नात: परमस्तीति...ईश्वरो वा पाषाणादवर्चादिमात्रमित्येवमेकस्मिन्कार्ये सक्तम्।" प्रतिमा उस ईश्वर की चेतना व ध्यान का अंग है। यह ध्यान में ही सुंदर है। इसकी स्थापना, मन्दिर सभी हृदय में होना चाहिए। घर-घर मन्दिर, सड़क-चौराहे मन्दिर के लिए प्रतिमा की कल्पना नहीं है। स्वयं को उस स्वरूप में डालने के लिए प्रतिमा की कल्पना है। उन्हें समझने, नमन करने, स्वीकार करने और उनमें समाहित होने के लिए ग्रन्थकारों ने प्रतिमा की कल्पना की।

तभी सुंदरकांड मङ्गलाचरण के दूसरे श्लोक में गोस्वामी जी कहते हैं—

नान्या स्पृहा रघुपते हृदयेऽस्मदीये
सत्यं वदामि च भवानखिलान्तरात्मा।
भक्तिं प्रयच्छ रघुपुंगव निर्भरां में
कामादिदोषरहितं कुरु मानसं च ॥2 ॥

भावार्थ—हे रघुपति! सत्य कहता हूँ, भवान् आप अखिल अंतरात्मा, समस्त के अंतरतम अंतरात्मा में निवास करने वाले हो, आप अपनी अनन्य भक्ति प्रदान करें। मेरे हृदय में दूसरी कोई इच्छा नहीं है। हे रघुकुलश्रेष्ठ! मुझे अपनी निर्भरा (पूर्ण) भक्ति दीजिए और मेरे मन को काम आदि दोषों से रहित कीजिए।

रामचरितमानस की एक स्थापना और मुझे बहुत पसन्द आती है। पशुओं और मनुष्यों की मित्रता। वनवास काल में राम को गिद्ध, वानर आदि से मिले सहयोग अप्रत्याशित नहीं हैं। प्रकृति से मानव के संबंध की स्थापना वेद और वेदांत ग्रन्थों में हर जगह है। प्रकृति का एक अंग है मानव। यह बात याद रखें तो प्रकृति के प्रत्येक तत्व के साथ सन्तुलन बनाये रखेगा। जैसे परिवार के एक अंग के रूप में विभिन्न मानवीय संबंधों के साथ सन्तुलन बनाए रखता है। दु:खद यह है कि मानव स्वयं को प्रकृति का निर्माता मान बैठा है। वह पेड़ काटता है, लगाता नहीं है। पशुओं से काम लेता है पर उसे अपना सहयोगी नहीं नौकर मानता है।

रामचरितमानस में जीव-जन्तु मित्रता प्रकरण का सीधा सन्देश है कि ब्रह्माण्डीय रचना का संचालन दोनों के सन्तुलित मित्रता से होती है।

इसलिए सभी देवताओं की कल्पना में हम उनके सवारी के रूप में पशु-पक्षियों की कल्पना देखते हैं। यात्रा के लिए विमान की कल्पना होते हुए भी सवारी के रूप में पशु-पक्षी की स्थापना है। यानी देव और पशु-पक्षी दोनों एक-दूसरे के पर्याय है।

दानव के साथ पशु-पक्षी की कल्पना नहीं की गई है। तात्पर्य यह कि देवोमय भाव से ही पशु-पक्षी मित्रता सम्भव है। दानवीय प्रवृति में हम उससे दूर होते हैं।

सुन्दरकाण्ड के मंगलाचरण के तीसरे श्लोक में हनुमान की आराधना जीवों के प्रति इसी दैवीय श्रद्धा भाव का स्वरूप है।

अतुलितबलधामं हेमशैलाभदेहं
दनुजवनकृशानुं ज्ञानिनामग्रगण्यम् ?।
सकलगुणनिधानं वानराणामधीशं
रघुपतिप्रियभक्तं वातजातं नमामि ॥3 ॥

अर्थात्—

अतुलनीय बल के को धारण करने वाले, सोने के पर्वत (सुमेरु) के समान कान्तियुक्त शरीर वाले, दैत्य रूपी वन (को ध्वंस करने) के लिए अग्नि धारण करने वाले, ज्ञानियों में अग्रगण्य, संपूर्ण गुणों के निधान, वानरों के स्वामी, श्री रघुनाथजी के प्रिय भक्त पवनपुत्र श्री हनुमान जी को मैं प्रणाम करता हूँ।

वनराधीश के प्रति यह समर्पण जीवों से बराबरी की मित्रता का सन्देश है। सुन्दरकाण्ड में वानर सेना का साथ, समर्पण और राम द्वारा उनका उचित सम्मान ही परम तत्व है।

मुझे लगता है पशुओं के प्रति हमारे संवेदनहीनता के कारण मंगलदोष, परिवार का कलह, सन्तान से कलह, सन्तान को परेशानी आदि समस्या आती है। ऐसी समस्या का समाधान हनुमान चालीसा या सुंदरकाण्ड पढ़ने कहने का मतलब है हमने अपने पारिवारिक सदस्य पशु-पक्षियों, वृक्ष आदि की जो अवेहलना की है, उसके प्रति जो अपराध किया है, उसके प्रति सचेत हों। उनके संरक्षण में लगें।

सुंदरकाण्ड में सुरसा प्रसंग भी मुझे अच्छा लगा। सुरसा के मुँह की तरह बढ़ती महंगाई, सुरसा के मुँह की तरह बढ़ते अपराध, सुरसा के मुँह की तरह बढ़ते महिला हिंसा को मैंने अपने भाषण प्रतियोगिता, वाद-विवाद प्रतियोगिता में बहुत बार दोहराया था। उनका वास्तविक प्रसंग पढ़ा तो आनंद आया गया। कितना आसान है सुरसा के मुँह को बन्द करना। सुरसा के मुँह से सुरक्षित निकल आना। अपने आप को छोटा कर लो। स्वयं को स्वयं में समेट लो। अपने लक्ष्य पर ध्यान केंद्रित रहे। कर्मठता बनी रहे। पवनसुत के माध्यम से गोस्वामी जी ने हमें यही तो समझाया है। गतिशीलता।

आज हम भौतिक सुविधाओं के गुलाम होते जा रहे हैं। यह भौतिक सुख के प्रति आकर्षण ही सुरसा का मुँह है। हमारी वासनात्मक प्रवृति ही सुरसा का मुख है। हम इसे समेट लें तो सुरसा स्वयं सिमट जाएगी। शर्त वही हनुमान की तरह हमें स्वयं को समेटना होगा। स्वयं को राममय बनाना होगा। स्वयं के हृदय में राम को बसाना होगा।

सुरसा का मुख तो हमारी वैसी ही परीक्षा है, जैसी हनुमान की थी।

जात पवनसुत देवन्ह देखा। जानैं कहुँ बल बुद्धि बिसेषा ॥
सुरसा नाम अहिन्ह कै माता। पठइन्हि आइ कही तेहिं बाता ॥

देवताओं ने पवनपुत्र हनुमानजी को जाते हुए देखा। आखिर पवनसुत में विशेष बल-बुद्धि है भी या नहीं जरा जाना जाए। परीक्षा लेने उन्होंने सुरसा नामक सर्पों की माता को भेजा।

सुरसा हनुमान का रास्ता रोकते हुए बोली—

आजु सुरन्ह मोहि दीन्ह अहारा। सुनत बचन कह पवनकुमारा॥
राम काजु करि फिरि मैं आवौं। सीता कइ सुधि प्रभुहि सुनावौं।
तब तव बदन पैठिहउँ आई। सत्य कहउँ मोहि जान दे माई॥
कवनेहुँ जतन देइ नहिं जाना। ग्रससि न मोहि कहेउ हनुमाना।

आज देवताओं ने मुझे भोजन दिया है। यह वचन सुनकर पवनकुमार हनुमानजी ने कहा—श्री रामजी का कार्य करके मैं लौट आऊँ और सीताजी की खबर प्रभु को सुना दूँ।

तब मैं आकर तुम्हारे मुँह में घुस जाऊँगा।

हे माता! मैं सत्य कहता हूँ, अभी मुझे जाने दे। जब किसी भी उपाय से उसने जाने नहीं दिया, तब हनुमानजी ने कहा—तो फिर मुझे खा न ले॥

दोनों में संघर्ष शुरू हुआ। अपनी-अपनी शक्ति का दोनों ने विस्तार किया। बदन बढ़ाना शक्ति बढ़ाने का प्रतीकात्मक है।

जोजन भरि तेहिं बदनु पसारा। कपि तनु कीन्ह दुगुन बिस्तारा॥
सोरह जोजन मुख तेहिं ठयऊ। तुरत पवनसुत बत्तिस भयऊ॥

अर्थात्—

उसने योजनभर (चार कोस में) मुँह फैलाया। तब हनुमानजी ने अपने शरीर को उससे दूना बढ़ा लिया। उसने सोलह योजन का मुख किया। हनुमानजी तुरंत ही बत्तीस योजन के हो गए॥

जस जस सुरसा बदनु बढ़ावा। तासु दून कपि रूप देखावा॥
सत जोजन तेहिं आनन कीन्हा। अति लघु रूप पवनसुत लीन्हा॥
बदन पइठि पुनि बाहेर आवा। मागा बिदा ताहि सिरु नावा॥
मोहि सुरन्ह जेहि लागि पठावा। बुधि बल मरमु तोर मैं पावा॥

अर्थात्—

जैसे-जैसे सुरसा मुख का विस्तार बढ़ाती थी, हनुमानजी उसका दूना रूप दिखलाते थे।

ऐसा करते हुए जब सुरसा ने (सौ योजन) चार सौ कोस का मुख किया। तब हनुमानजी ने बहुत ही छोटा रूप धारण कर लिया और उसके मुख में घुसकर (तुरंत) फिर बाहर निकल आए और उसे सिर नवाकर विदा माँगने लगे। सुरसा प्रसन्न होकर बोली मैंने तुम्हारे बुद्धि-बल का भेद पा लिया, जिसके लिए देवताओं ने मुझे भेजा था। अब तुम जाओ, श्री रामचंद्रजी का सब कार्य करो, क्योंकि तुम बल-बुद्धि के भंडार हो। यह आशीर्वाद देकर वह चली गई, तब हनुमानजी हर्षित होकर चले।

राम काजु सबु करिहहु तुम्ह बल बुद्धि निधान।
आसिष देइ गई सो हरषि चलेउ हनुमान॥

आज सभी समस्या सुरसा की तरह विकराल मुख के साथ खड़ी है। हम उतने विकराल तो नहीं हो सकते हैं। पर सिमट तो सकते हैं। आडम्बरविहीन तो हो सकते हैं। गांधीजी ने सिमटे जीवन को अभ्यास में लाया था। खादी का वस्त्र, टायर का चप्पल, एक लाठी, आडम्बर से परे जीवन। फिर भी नायक थे। हम सबके भीतर ऐसा नायक जग उठे, हम भी हनुमान बन पड़े तो सुरसा का मुख कहाँ टिकेगा?

आम तौर पर हम समझते हैं कि पूरा सुंदरकाण्ड पवनसुत के बल की व्याख्या है, पर मैंने पाया कि पूरा सुन्दरकाण्ड ज्ञान की व्यापक व्याख्या है। विवेक का सार है। प्राय: बल क्रोधी हो जाता है। यहाँ बल विवेकी है। विवेक से ही शक्ति की विजय है। विवेकहीन बल किसी काम का नहीं होता है। वह अहितकारी हिंसा का जनक होता है।

मंगल ग्रह के प्रकोप से प्रभावित व्यक्ति का उपचार है सुन्दरकाण्ड पढ़ना। ऐसा क्या है मंगल ग्रह के प्रभाव में कि सुन्दरकाण्ड ही उसका उपचार है।

भारतीय ज्योतिष में मंगल लाल रंग का ग्रह है। इसलिए इसे लाल ग्रह के नाम से भी जानते हैं। संस्कृत में मंगल को अंगारका कहा गया है, इसका अर्थ अग्नि की तरह लाल है। इन्हें भौम यानी भूमि पुत्र भी कहा जाता है। वह युद्ध के देवता है और अविवाहित है वह मेष और वृश्चिक राशियों के स्वामी और मनोगत विज्ञान (रुचका महापुरुष योग) के गुरु है। वे मंगलवार के अधिष्ठाता है।

स्पष्ट है यह लाल ग्रह जब जागता है तो युद्ध के लिए तैयार हो जाता है। युद्ध की सी स्थिति में इसका अग्नि सा तप्त रंग और तप्त हो जाता है। यह क्रोध की अवस्था में आ जाता है। क्रोध की अवस्था में सबसे पहले विवेक मरता है। तात्पर्य यह कि व्यक्ति जब मंगल के प्रभाव में रहता है तो उसका क्रोध प्रबल हो जाता है। विवेकहीनता उसपर हावी हो जाती है। शब्दों का चयन समाप्त हो जाता है।

इसका उपाय क्या है?

पवनसुत के गुणों को धारण करना।

वह युद्ध की सी स्थिति में भी स्थिर रहते हैं। वाणी पर नियंत्रण रखते हैं। आए संकट का विवेक से हल निकालते हैं। तब उन्हें शत्रु से भी आशीर्वाद मिलता है।

राम काजु सबु करिहहु तुम्ह बल बुद्धि निधान।
आसिष देइ गई सो हरषि चलेउ हनुमान॥

सुन्दरकाण्ड पाठ स्वयं पर नियंत्रण का सुंदर उपचार है। विवेकशीलता के गुण को धारण करना ही सुंदरकांड पाठ उपचार की अंतिम खुराक है।

सुंदरकांड की चरम उपलब्धि दीपोत्सव है। जब विवेकपूर्ण सत्य की विजय होती है, तब प्रकाश पर्व मनाने की वेला आती है। अमावस्या का अँधेरा आत्मबल के दीप से जगमगा उठता है।

जब सृष्टि में अन्धेरा बढ़ने लगता है तो देवशक्तियां, आदि शक्ति का आवाहन करती हैं। राम ने भी किया। आदि शक्ति अविवेकी अंधकार से आच्छादित परिस्थितियों पर क्रोधित हुईं। क्रोध ने विनाश का रूप धारण किया। आदि शक्ति जब क्रोधित हो सम्पूर्ण विनाश का खेल रच रही थी, तब महाकाल को सामने आना पड़ा।

कहते हैं—काल ही नियंत्रणकर्ता है। सबकुछ काल में ही समाहित है। काल से ही निर्माण है। काल से ही समापन है। काल ही अन्धेरा है और कल ही प्रकाश भी ही है।

महाकाल अनन्त ब्रह्माण्ड की असीमित ऊर्जा है। शक्ति को सन्तुलित करना सिर्फ महाकाल के हाथ में है। जब आदि शक्ति अपनी ही ऊर्जा से परिपूर्ण विनाश की ओर बढ़ रही थी तो महाकाल ने उनके कुलकुंडलिनी शक्ति के केंद्रित ऊर्जा को विखण्डित किया और सप्त चक्रों के माध्यम से उनके अंदर प्रकाश का दीप प्रज्ज्वलित किया।

राम की आदि शक्ति सीता रावण-विध्वंश के बाद भी शांत नहीं थी। उनका अंदर धधक रहा था। क्रोध, अपमान से वह सम्पूर्ण विनाश की ओर बढ़ रही थीं।

सीता की अग्निपरीक्षा प्रतीकात्मक है। आदि शक्ति सीता वर्षों से रावण के विध्वंश की रचना रच रही थी। उनके अंदर का क्रोध चरम पर था। इस क्रोध के साथ वापस आना विध्वंश का कारण बनता। अग्नि-सी क्रोध को अग्नि में ही भष्म किया जा सकता है और उसे सौम्य दीप में बदला जा सकता है। आदि शक्ति सीता के क्रोध को भी शांत करने के लिए महाकाल राम अग्नि को साक्षी बनाकर सामने आए। सीता सौम्य हुई, उनकी सौम्य दीप्ति कालांतर में दीपावली उत्सव में तब्दील हुई।

यह दीपोत्सव बाहर का नहीं आंतरिक है। मनोभाव में जमे नकारात्मक विचारों को जला देना और ज्ञान की ज्योति जलाना ही वास्तव में दीपोत्सव है।

सुन्दरकाण्ड पढ़ने और समझने के क्रम में रामचरितमानस और तुलसी साहित्य के प्रति उत्सुकता बढ़ी। एक दिन पलट रही थी तो यह प्रसंग सामने आया।

जाके प्रिय न राम बैदेही।
तजिये ताहि कोटि बैरी सम, जदपि प्रेम सनेही॥
तज्यो पिता प्रहलाद, विभीषण बंधु, भरत महतारी।
बलि गुरु तज्यो कंत ब्रज-बनित्नहिं, भए मुद-मंगलकारी॥
नाते नेह रामके मनियत सुह्र्द सुसेब्य जहाँ लौं।
अंजन कहा आंखि जेहि फूटै, बहुतक कहौं कहाँ लौं॥
तुलसी सो सब भांति परम हित पूज्य प्रानते प्यारे।
जासों होय सनेह राम-पद, एतो मतो हमारो।

जिसे राम (इष्ट) प्रिय नहीं हैं वह भले ही अपना कितना ही प्रिय क्यों नहीं हो उसे बड़े दुश्मन के सामान छोड़ देना चाहिए। प्रहलाद ने अपने पिता हिरणकश्यप का, विभीषण ने अपने भाई रावण का, भरत ने अपनी माँ, राजा बलि ने अपने गुरु और

ब्रज की स्त्रियों ने कृष्ण के प्रेम में अपने पतियों का परित्याग किया था। उन सभी ने अपने प्रियजनों को छोड़ा और उनका कल्याण ही हुआ। राम के साथ प्रेम का नाता ही सबसे बड़ा नाता है, सम्बन्ध है।

नाते नेह रामके मनियत सुहृर्द सुसेब्य जहाँ लौं। मित्र और पूजनीय लोगों के साथ हमारा सम्बन्ध, उनके राम के साथ सम्बन्ध (प्रेम और स्नेह) पर आधारित (जहाँ लौं) होना चाहिए। ऐसे सुरमे को आँख में लगाने से क्या लाभ जिससे आँख ही फूट जाए?

रामकृष्ण परमहंस भी कहते हैं, सत्संगति का बड़ा ध्यान रखो। जिसका सतगुणों का साथ नहीं है, उसके नजदीक रहने पर तुम्हारे सतगुण भी नष्ट हो जाएँगे। जो हिंसा में लिप्त है, वह तुम्हें भी हिंसक बनाएगा। प्रेम से बड़ा कोई धर्म नहीं है।

हमेशा ध्यान रखना चाहिए वही व्यक्ति अंर्तज्योति से प्रज्वलित है जो इष्ट का सही चयन करता है। प्रह्लाद ने स्वयं किया। बाली ने, गोपियों ने, विभीषण ने, बुद्ध ने, महावीर ने सभी ने अपना रास्ता स्वयं चुना। आप देव को चुन रहे हैं कि दानव को, यह आपका क्षेत्र है। जिसके आदर्श पर चलना है उसके आदर्श के अर्थ ग्रहण करने होंगे, तब अंदर का दीप प्रज्वलित होगा।

मैंने रामकृष्ण को चुना, मैंने परमहंस को चुना। परमहंस की गति मिले, इसकी खोज में भटकती काली, काली करती रही और एक दिन न्यासयोग प्रणेता से भेंट हुई। डॉ. बी.पी.साही। उन्होंने कहा, क्या सुंदर आधार बना है? रामकृष्ण को विवेकानन्द मिले थे। मुझे तुम मिली हो। तुम मेरी विवेकानन्द हो।

न्यास के गूढ़ तत्व को काली ने मुझे पकड़ा दिया। बताया इसी प्रक्रिया के अंदर प्रवेश करती जाओ, खोह में प्रवेश से घबड़ाना नहीं। वहाँ तुम ही काली होगी, तुम ही शिव होगी, तुम ही राम और तुम ही कृष्ण होगी, तुम ही दुर्गा और तुम ही परमहंस होगी। तुम ही बुद्ध, महावीर, अल्लाह, ईसा और सृष्टि होगी।

सत्य है जिसने जिस इष्ट के गुण को अपना लिया, वह वही हो जाता है। मैं रामकृष्ण परमहंस बन रही हूँ। मैं काली-सी हो रही हूँ। मैं गुरु तत्व में लीन सृष्टि ऊर्जा के मौन को, आनन्द को, प्रेम को भज रही हूँ। रच रही हूँ। आप भी अपने अंदर जाएँ। अपनी दिव्य प्रेम की ऊर्जा से संपर्क बनाएँ। खुद में ही रच-बस जाएँ।

"दिव्य प्रेम प्रगट हो रोग-शोक नष्ट हो।"

❖❖❖

* 9 7 8 8 1 9 4 7 4 6 7 1 3 *
FCW - #0006 - 061026 - C0 - 216/140/10 - PB - 9788194746713 - Matt Lamination